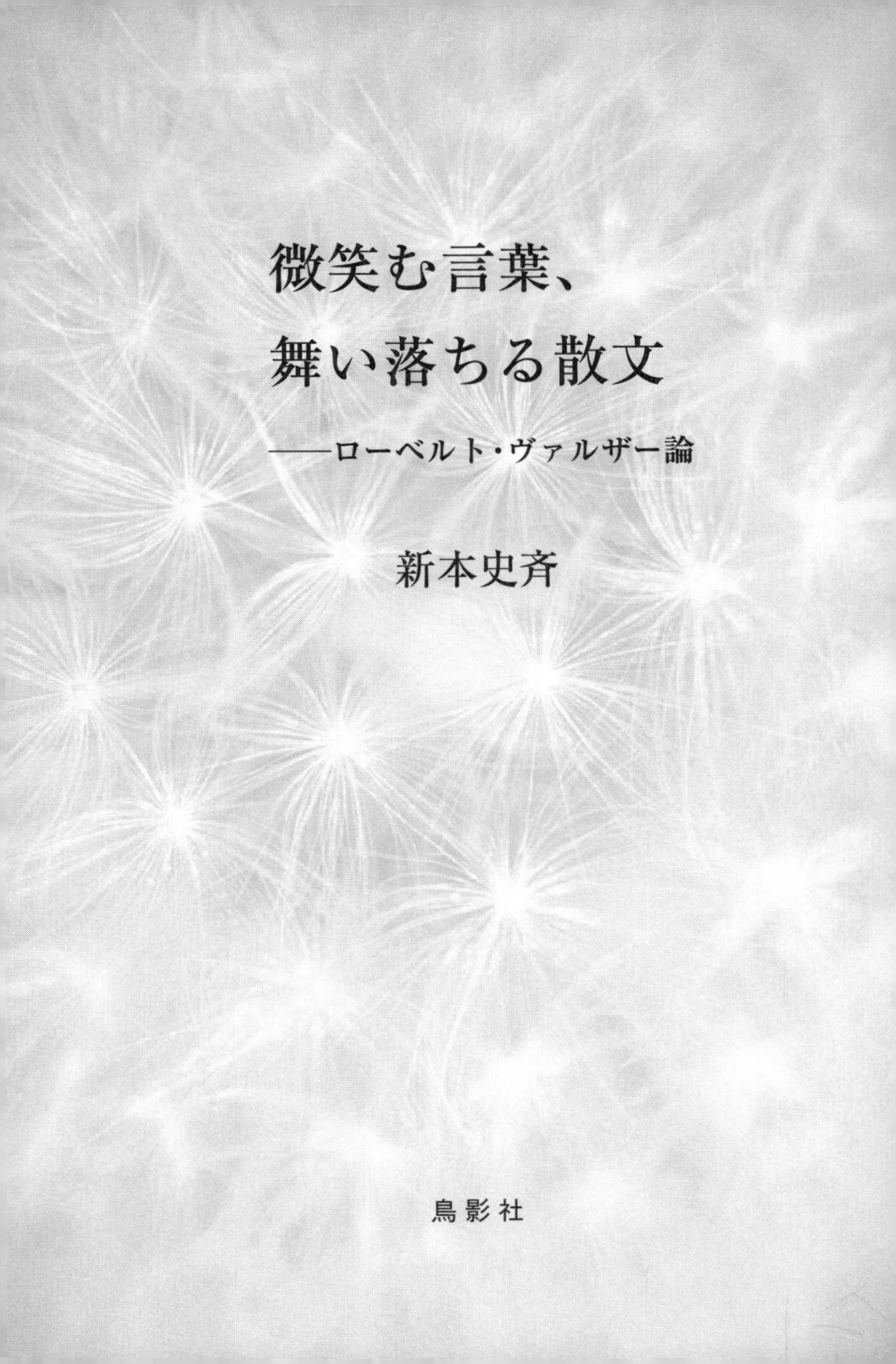

微笑む言葉、舞い落ちる散文

——ローベルト・ヴァルザー論

新本史斉

鳥影社

目次

微笑む言葉、舞い落ちる散文

——ローベルト・ヴァルザー論

第一部　『ローベルト・ヴァルザー作品集』を読み解く

序章
「散歩文」の原風景——散文小品『グライフェン湖』を読む

ヴァルザーは世界の事物や内面の事物がもつ譲ることのできない要求、われわれに現実だと受け取って欲しいという要求に対しては、たえずそれを裏切る。野原はヴァルザーにとって、あるときは紙の上に書かれたなにかでしかない。〔……〕それは——ほれぼれするほど並々ならぬ言葉の熟練ぶりにもかかわらず——作家としての戯れではなく、人間としての戯れであって、多くの柔和さ、夢想、自由、われわれのもっとも強固な信念さえもが心地よい無関心へと弛んでしまう、あの一見無意味で怠惰な一日がもつ道徳的な豊かさを備えている。

（ローベルト・ムージル、一九一四年）[1]

一八九九年七月、スイス、ベルンの新聞『ブント』紙日曜版に掲載されたローベルト・ヴァルザー最初の散文作品『グライフェン湖（Der Greifensee）』は、歩き始める主人公を描くことから始まっている。

さわやかな朝、僕は大きな都市、大きな、名の知られた湖をあとに、小さな、ほとんど名の知られていない湖へ向かって歩き始める。途上、僕を迎えてくれるのは、ありきたりの道でありきたりの人間を迎えてくれるものばかりだ。僕は草刈りをしている何人かの人たちに「こんにちは」と声をかける、それだけだ。愛らしい花々をめでるようにながめる、これもそれだけのことだ。自分自身とのんびりおしゃべりを始める、これまたそれだけのことだ。僕は何か特別な風景に眼を向けたりはしない、なにせ歩いてゆきながら、ここには何一つ特別なものはない、と考えているのだから。(『作品集第四巻』九頁、SW2/32)[2]

すでに一文一文に、その後、展開していくことになるヴァルザーのもろもろの主題が、基本形とも言えそうな形で書きこまれている、驚くべき散文である。少なからぬ数のヴァルザーの散文が、登場人物の身体の運動、移動の開始とともに始まることはよく知られているが、この最初の文章もまた、「僕」が歩き始めるところから始まっている。向かってゆく方向は決して恣意的なものではない――「大きな都市、大きな、名の知られた湖」から「小さな、ほとんど名の知られていない湖」へ。途上で出会おうとする事物も明確に意識されている――「ありきたりの道でありきたりの人間を迎えてくれるものばかり」。これは事実の描写ではない。主人公の「僕」の、そして書き手ヴァルザーの意志の言明なのである。以降、ローベルト・ヴァルザーの署名のもとに書かれるあらゆる作品は、この小ささへの意志、無名性への意志、あらゆる非日常性を拒もうとする意志に貫かれることになるだろう。

この最初のテクストは、内容において来るべきヴァルザー的主題を予告しているだけではない。その形式においても、来るべきヴァルザーのテクストで重要な役割を演じるテクストの運動を含んでいる。続けて読んでいこう。

そんな具合に僕は歩いてゆき、そして歩いてゆくと、大きな、間口の広い家々があり、一休みしてゆくよう誘うかと思えば忘れ去ってしまうよう誘いもする庭園があり、ぴちゃぴちゃ音を立てている噴水があり、美しい木々があり、中庭があり、食堂があり、その他にも忘れっぽい今のこの瞬間、もはや覚えてなどいないものがあり、そんなこんなが続くうちに最初の村はもう通り過ぎている。どんどん先へ歩いてゆくと、緑の葉群の上の方、しんと静まりかえった樅の梢の先っぽあたりに、キラキラと顔をのぞかせている湖がまず眼に映る——そう、あれが僕の湖だ、あそこ目ざして僕は進むのだ、あいつが僕を引き寄せるのだ。いったいどんな具合に引きよせるのか、どういう理由で惹きつけるのか、ご関心の読者は、僕の叙述についてゆきさえすれば、ご自分で確かめることができるでしょう、この叙述は、道を越え、牧草地を越え、森を越え、森のせせらぎを越え、野原を越え、ぴょんぴょん飛び跳ねてゆき、ついにはあの小さな湖のほとりにたどり着き、そこで僕とともに歩みを止め、予想だにしなかった、というか、かすかに予感していたにすぎなかった美しさを前に、ただただ息を呑んでいる。ともかくも、この叙述の語る、どこかで聞いたような大仰な言い回しに耳を傾けてみよう。——白く広がる静けさ、それを緑のこんもりとした静けさが包み込む。湖とそれを抱く森。空、ライトブルーのうっすら霞んだ空。水、空そっくりの水。まるで水が空で空が青い水でもいいくらい。甘くて青くて温かみのある静けさ、そして朝。美しい、美しい朝。どうもぴったりの言葉が出てこない、もうずいぶん言葉を尽くしたはずなのに。何について語ればいいのか僕にはもうわからない。だってあらゆるものがそれは美しく、ひたすら美しくあるためだけに存在しているかのようなのだ。おひさまが空から湖に照りつけて、湖はまるでおひさまのようになっていて、湖をとりまく生あるものたちの眠たげな影がそこでひそやかに揺れている。乱すものは一つとてなく、すべてがはっきりとくっきりとした近さ、ぼうっとぼやけた遠さの中で愛らしい。この世界の色のことごとくが一つに集い、うっとりしたような、うっとりさせるような朝の世界となっている。ごくつつましやかに彼方に顔をのぞかせているのはアッペンツェルの山々で、それは冷たい不協和音ではなく、そうではなくて、ただ、遠い、高い、ぼんやりした緑のようで、湖を取り巻くものたちの晴れやかな、柔らかな緑と一つになっている。この取り巻く世界はなんと穏やかで、静かで、ありのままなのだろう、おかげでこの小さな、ほとんど名もない湖自身も同じく、静かで、穏やかで、ありのままで――と、こんな具合に叙述は語る。まことに、なんとも興奮気味の度を失った叙述である。で、僕はこれ以上何を語ろう？　もしもう一度始めなければならないのなら、僕はこの叙述のように話してしまうだろう。だってそれは正真正銘、僕の心から生まれた叙述なのだから。(『作品集第四巻』九－一一頁、SW2/32f.)

きわめて奇妙な展開というべきだろう。まずは、散歩する「僕」の眼に映る事物が次々に書きつけられてゆく。その小気味良い叙述のリズムは軽快な歩みをそのまま模倣しているかのようだ。しかしもう一方で、再現的に読むことをためらわせる言葉も書きつけられている。「忘れ去ってしまうよう誘いもする」庭とはいったいどのような庭なのか。「忘れっぽい今のこの瞬間」とは何時《いつ》を指しているのか。歩いている今なのか、それとも文章を書いている今なのか。そもそも「もはや覚えてなどいない」といっている「僕」は、歩いている僕なのだろうか、それとも書いている僕なのだろうか？

こうした疑問は、いよいよ湖が見えてくるくだりに至って、さらに前景化する。語りの主体としての「僕」がいよいよ明示的に姿を現し、読者に話しかけるだけではない。「叙述」そのものが擬人化され道々事物を飛び越えていく様が叙述対象となり、さらには「叙述」の叙述行為も叙述されるのである。その「叙述」は、眼前に広がる世界の最も基本的な存在と色調を言語に置き換えようとするかのように慎重に一文を書きつけ、かと思うとすぐさま留保をつけるかのように書き加え、かと思うとまた別の言い方に書き換え、と試行錯誤したあげく、稚拙な同語反復に陥っていく。言葉が足りない、のだろうか。いや、多寡の問題ではない。すでに言葉は多すぎる、といっても事情は同じなのだ。ここでは、「度を失った叙述」が語る「使い古された」言葉にアイロニカルな距離をとる「僕」が登場してはいる。しかし距離を取ってみたところで、この語り手も「叙述」による叙述を反復する以上のことはできない。なぜなら、それは「僕の心から生まれた叙述なのだから」。これは表現技術、知的アイロニーで解決できるような相対的な問題ではない、書くことそのものに突きつけられた絶対的問題なのである、とこの文章は言いたいようなのだ。

『グライフェン湖』でのこの奇妙な文の運動を、ここでヴァルザーの「散歩文の原風景」と呼ぶことにしたい。「散歩の原風景」ではない。散歩を書くことが「散歩の叙述」そのものについての言及を呼び込み、散歩風景を再現することの不可能までもが論じられてしまうこのテクストの運動を、「散歩文の原風景」と呼びたいのである。この紙上の原風景は、以降、たとえそれとして書かれることがなくとも、たえず背後に潜在することで、ヴァルザーのテクストに奇妙な表層性の感触をもたらし続けることになるだろう。言葉はいつも足りず、多すぎ、風景は風景の叙述であることを隠そうとせず、書割じみてしまう。最初の散文であると同時に最初の散歩文でもある『グライフェン湖』には、三次元の散歩風景が平面上の散歩文に押しこめられるときの軋みそのものが書きこまれているのである。

ここで、比較的成功した最初の二編のベルリン小説、『タンナー兄弟姉妹（Geschwister Tanner）』、『助手（Der Gehülfe）』のいずれもが、ヴァルザーの作品としては例外的に、一貫して叙述そのものへの言及が起こらぬ再現中心主義的な作品であることを思い出しておいてもいいだろう。[3] また、『ヤーコプ・フォン・グンテン（Jakob von Gunten）』も加えたベルリン小説三編が、「出発」から始まる散歩文とは逆に、いずれも「到着」の状況から始まることを指摘しておくのもよいかもしれない。これらの事実は、同時代における「長編小説」の形式から逸脱していくヴァルザーの散文の可能性を読み解く鍵が、そもそも散文を書き出すと同時に立ち上がった散歩文にあることを示唆している。

そしてこの最初の散歩文＝散文の末尾においては、「僕」はあたかも絵の中に入りこんでいく子どものように、叙述された世界の中に入っていく。

湖上には、あちらへこちらへ泳ぐ一羽の鴨だけが見える。すぐさま僕は服を脱ぎ捨て、鴨のようになる、つまりは嬉々として泳ぎ出す、ついには息があがって、両腕はぐったり、両足はがちがちになってしまうまで。ただただ楽しくてへとへとになるまで体を動かすのは、なんて気持ちよいのだろう！　今描いてみたばかりの、あまりに情感欠いた描写をほどこした空は僕の上にあり、僕の下には甘美で静かな深みがあり、その深みの上で僕は不安に胸締めつけられ手足を動かし、ふたたび大地にたどりつき、震え、笑い、息をきらし、ほとんど息ができなくなっている。グライフェン湖の古城が挨拶をよこしてくる、けれども今は、歴史の記憶などに用はない。僕が楽しみにしているのは、むしろ夕暮れであり、夜であり、それを僕は同じこの場所で過ごすつもりで、一日の最後の光が水面にゆらめくときこの小さな湖がどんな風になっているか、数え切れぬほどの星々が頭上にまたたくときここがどんな様子になっているか、あれこれと想いをめぐらし――そして僕はふたたび泳ぎ出す。（『作品集第四巻』一一頁、SW2/33）

散歩風景が二次元の文章に押しこめられる不満を書きこまないではいられなかった「僕」は、わが身によって世界をふたたび三次元化し、息づかせようとするかのように叙述世界の中に入りこむ。描写したばかりの鴨を模倣《ミメーシス》するように泳ぎだす。今や現在が、それに続く時々刻々が、ほかならぬこの「僕」の運動によって、ふたたび呼吸し始めるかのようだ。むろん、これもまた叙述でしかないだろう。そのこともヴァルザーの最初の文章はすでに知っている。だから、「僕」はふたたび泳ぎだす。ヴァルザーの散歩文、散文は世界にふたたび新たに生を吹きこむための絶えざる運動なのだ。そしてその下には深淵が広がっている。動き続けることをやめるや、「僕」はそこに呑みこまれてしまうだろう。以降、ローベルト・ヴァルザーは、ヘリザウの精神療養施設でペンを置くまでの三三年間、この決死の運動を続行する。本書は、この運動が、その時々にどのような形態をとって続行されていったかを叙述しようとする試みである。

以下、本書第一部では『ローベルト・ヴァルザー作品集』等に訳出された作品をとりあげ、初期スイス時代（一八九九―一九〇五年）、ベルリン時代（一九〇五―一九一三年）、ビール時代（一九一三―一九二一年）、ベルン時代（一九二一―一九三三年）それぞれにおけるヴァルザーの文章の運動の特徴を、作品の細部に即しつつ論じていく。

まず第一章では、初期ヴァルザーにおける失語の危機の問題が、もっとも鮮明に主題化されているキーテクストである、劇作品『白雪姫（Schneewittchen）』を詳細に分析する。

第二章では、（『白雪姫』も含む）初期の小劇における〈母の言葉〉の喪失の問題と、最初の長編小説『タンナー兄弟姉妹』における意味の重みを欠いた、軽やかな、幸福な言葉の誕生との関係について論じる。

第三章では、世界都市ベルリンでの「成功」と「失敗」、兄カールとの確執、長編小説という大形式からの落伍といった諸問題を、大きなものからの能動的な差異化の運動として、一貫して捉え直すことを試みる。

第四章では、中編作品『散歩（Der Spaziergang）』を読み解くことによって、長編小説を生み出したベルリン時代、散文小品を量産していったベルン時代の間にあって、比較的注目度の低いビール時代のヴァルザーの再評価を試みた。

第五章では、大形式との対決の総決算ともいうべき、ミクログラム小説『盗賊（Der Räuber）』を詳細に読み解いていくことで、晩年のヴァルザーの闘いの形式、その必然性を明らかにする。

本書第二部においては、複数の言語への翻訳を比較対照することで、ヴァルザーのドイツ語原文の表層に見えていながら、意識されてこなかった特性を可視化することを試みる。この比較翻訳分析の方法論については、『別の言葉で言えば――ホフマン、フォンターネ、カフカ、ムージルを翻訳の星座から読みなおす』（ペーター・ウッツ著、新本史斉訳、二〇一一年、鳥影社刊）から大きな刺激を受けている。著者ウッツの言葉を借りるなら、文学研究者が原作テクストの鍵となる箇所に碇を下ろし、その深層から何らかの発見を汲み出そうとする「意味のダイバー」であるとすれば、翻訳者は波頭から波頭へ横滑りしつつ、原作の言語の表層をたどってゆく「言葉のサーファー」である。それゆえにこそ、複数の翻訳が並置される「このエコー空間において［……］読み手は音声形態や言語形式のように、まさに表層にありながら隠されていたテクストの層に気づくようになる」（三六頁）のである。[4]

この方法を実践すべく、第二部第一章には、『白雪姫』の全訳をおいた。『現代スイス文学三人集』（一九九八年、行路社刊）に所収した拙訳を一部修正して再録したものである。ヴァルター・ベンヤミンが「近代文学の最も深遠な形象の一つ」と呼ぶこの魅力的な作品をぜひ通読していただきたい。

続いて第二部第二章では、この『白雪姫』を、あらためてドイツ語、英語、フランス語、日本語が反響するエコー空間に置きなおし、原作および諸翻訳間に生じる視差を手がかりに、ヴァルザーの原作テクストに張り巡らされている言葉のネットワークを明らかにする。

第二部第三章では、『ローベルト・ヴァルザー作品集』には所収されていない散文小品『ヴァトー』を取り上げ、ドイツ語原文の英語、仏語、日本語への翻訳不可能性／可能性に注目しつつ、「画家を描く」ヴァルザーの散文におけるテクスト表層の運動の特徴を明らかにすることを試みる。

なお「ヴァトー」は鳥影社から近刊予定のヴァルザーの絵画論集『絵画の前で』（仮題、若林恵訳）にも訳出が予定されている。併せ読むことで、さらに拡大したエコー空間を楽しんでいただきたい。

註

1 Kerr, Katharina(Hg.): Über Robert Walser. 3 Bde. Frankfurt am Main 1978/1979, Bd. 1, S. 90. [『ムージ

ル・エッセンス』中央大学出版部、二〇〇三年、北島玲子訳、八一‐八二頁。］

2　本書におけるローベルト・ヴァルザーのテクストからの引用は、日本語訳については、原則として『ローベルト・ヴァルザー作品集』（全五巻、新本史斉、若林恵、フランツ・ヒンターエーダー＝エムデ訳、鳥影社、二〇一〇―一五年）および本書第二部第一章『白雪姫』から引用し、出典箇所については、書名に続けて漢数字で頁数を示す。この表示がないものはドイツ語原文から今回訳出したものである。対応するドイツ語原文については、Walser, Robert: Sämtliche Werke in Einzelausgaben. 20 Bde. Hg. v. Jochen Greven. Zürich, Frankfurt a. M. Suhrkamp 1985-1986. および Walser, Robert: Aus dem Bleistiftgebiet. 6 Bde. Hg. v. Bernhard Echte u. Werner Morlang. Frankfurt a. M. Suhrkamp 1985-2000. Taschenbuch: Bd. 1 bis 3, Frankfurt a. M. Suhrkamp 1990, 1992. を参照し、前者については（SW/　）の形で、後者については（AdB/　）の形で、出典箇所の巻数と頁数をローマ数字で示す。それ以外のドイツ語原文を参照するときには、そのつど注記する。

3　ちなみに『ヤーコプ・フォン・グンテン』では、日記体小説という設定上、当然、「書く行為」そのものへの自己言及は起こっている。このことと、この小説の買った不評とは無関係ではないだろう。詳細については本書第一部第三章を参照されたい。

4　Utz, Peter: Anders gesagt. Autrement dit. In Other Words. Übersetzt gelesen: Hoffmann, Fontane, Kafka, Musil. München. Hanser 2007, S. 35.［『別の言葉で言えば』ペーター・ウッツ著、新本史斉訳、鳥影社、二〇一一年、三六頁。］

第一章

「母の言葉」と「王子言語」のあいだから生まれる虚構言語
――初期小劇『白雪姫』を読む

われわれは、彼の『白雪姫』に――それは近代文学の最も深遠な形象の一つだ――思いきって聞いてみるのでもないかぎり、この治癒の過程を決して知ることはない。だが、この一作だけで、あらゆる詩人のなかでも一見したところ最も散漫なこの詩人がなぜ、あの仮借ないフランツ・カフカの愛読するところになったのかを、理解するのに充分なはずである。

（ヴァルター・ベンヤミン、一九二九年）[1]

一　童話の終わろうとするところから始まる童話劇

前史、それとも、先行テクスト？

一九一九年、初期の劇作品を集めた『喜劇（Komödie）』がカッシーラ社から出版された際、ヴァルザーは序文で次のように書いている。

まだ血気盛んな若者だったころ、つまりは一八九九年に、わたしはゼンパッハの戦いをドラマ化しようと考えました。それでこの計画をある文筆家に話してみたところ、それはやめた方がよい、むしろ自分の内側から何か創作してみてはどうかと勧められたのです。勧めに応じてわたしは『少年たち』を、そしてほかの作品を書き上げたのです。[2]

スイスがオーストリア帝国の侵攻を撃破した一三八六年のゼンパッハの戦いを素材に歴史戦闘劇を書こうとしたという箇所には、シラーに感激し俳優を志した十代のヴァルザーの劇場熱の余韻を読みとることができるだろう。兄カール・ヴァルザーの手になる水彩画がありありと伝えるように、『群盗』の主人公カール・モーアの衣装をまとった少年ヴァルザーは何よりもまず、舞台に立つことを夢見ていたのである（次頁右）。しかしその試みは、一九歳で訪れたシュトゥットガルトで、俳優ヨーゼフ・カインツから才能の欠如を宣告され、あえなく潰えている。

ここで「ある文筆家」と呼ばれている人物は、無名のヴァルザーの詩を早くから評価していた文芸批評家のフランツ・ブライもしくは文芸誌『インゼル（Die Insel）』創刊者のオットー・ユリウス・ビーアバウムと推測されているのだが、そのいずれであったにせよ、世紀転換期の文芸の潮流に敏感であった彼らが駆け出しの新人に、一九世紀的ジャンルである歴史劇よりも内面に発する創作を勧めている光景は容易に想像できる。実際、ヴァルザーの初期劇作品はいずれも、孤立した内面に美的表出の場を与えることを目ざし一八九九年一〇月に創刊された『インゼル』誌に掲載され

『インゼル』誌ポスター
(エミール・ルドルフ・ヴァイス作、1899 年)

カール・モーアに扮したローベルト
(兄カール・ヴァルザー画、1894 年)

ることとなる。[3]

しかし、『少年たち (Die Knaben)』に続けてヴァルザーが書き上げ、同じく『インゼル』誌に掲載されることとなった劇作品『詩人たち (Dichter)』、『シンデレラ (Aschenbrödel)』、『白雪姫 (Schneewittchen)』は、ユーゲント・シュティール風の『インゼル (=島)』誌の装丁が体現しているような、遠方への憧憬に満ちた内面が紡ぎ出す夢幻的作品にとどまってはいなかった。ヴァルザーが「内側から」呼び出したテクストは、本章の作品分析が明らかにするように、近代的主体が拠って立つ舞台そのものを崩しかねない、批評性を秘めたものとなっていたのである。

あらためて一点注目しておきたいのは、いまだ本格的に書き始めていなかったヴァルザーが歴史上の事件ではなく、童話を下敷きとしたドラマ形式を選ぶ方向に進んだことである。これは結果的にみれば、きわめて重大な選択であった。歴史上の過去と公認されている事件を素材にしていた場合、それも、ヴァルザーの祖国であるスイスの主権確立にかかわる「ゼンパッハの戦い」を素材としていた場合、祖国の独立不羈を言祝ぐにせよ、それをパロディするにせよ、書き手は、不変の年代を付与されている公認の過去と向き合うことから始めなければならなかっただろう。それに対して童話を素材とするとき、書き手は「虚構」の物語と関係を持つことから始めることになる。[4]そして、次節以降で述べるように、ドラマが言及するものがいわゆる「現実」ではなく「虚構」であることによってこそ、このドラマは十全にその批評性を発揮することができるのである。

しかし、このことはこれまでのヴァルザー研究においては必ずしも十分に意識されてはいなかった。ウルス・ヘルツォークの『黄金の、理想的な嘘』は、一九七七年のズーアカンプ社刊の三巻本のヴァルザー論集に続き一九九一年再びズーアカンプ社から刊行されたヴァルザー論集にも唯一の『白雪姫』論として再録されていることからわかるように、ヴァルザー研究における『白雪姫』解釈を長年にわたって代表してきた論文であるが、そこでは、古典的規範からすれば技術的難点と見えかねないテクストの細部、例えば、作品内での一貫した事実の地平の見極めがたさ、登場人物による自己言及的発言は強引に合理化、正当化され、登場人物自身すら「ネジの緩んだ芝居」（『白雪姫』本書三〇五頁）と呼んでいるものが、首尾一貫した劇作品へと救済されているのである。[5]ヘルツォークによる救済策の核心は、このドラマと「もとの童話」との関係を定式化する次の一文にはっきりとあらわれている。

ドラマの客観的前史としては変更不可能であるあの童話は、登場人物が想起する過去の体験としてのみ変更可能なのである。[6]

登場人物はそれぞれにとっての心的事実を事後的に変更・捏造することはできるかもしれぬが、それとは別に、ドラマの背後には、「童話」に記載されている内容が、否定しようもない厳然たる事実として存在している、というのがヘルツォークの議論の大前提なのである。（その際、ヘルツォークが参照しているのは、『グリム童話』に所収された「白雪姫」の物語である。）このように「客観的事実」のレベルと「主観的虚構」のレベルを明確に区別しつつ一貫した作品解釈を展開するヘルツォークの議論においては、母と子の葛藤は「演技＝芸術」によっては救済しえぬ「現実の不幸」として最後の場面に噴出しかけている、ということになる。[7]

一般に「リアリズム」と呼ばれる作品解釈は、このように作品に内在する事実の地平を想定する。つまり、現実におけるのと同様、作品のなかでも何かが事実起こっており、程度の差はあれ言語はそれを描写、伝達している、という考え方から出発する。そして、その際には、このような文学的約束事以前の判断、つまり、「童話」そのものも語られた物語、さらには（それが『グリム童話』をさすならば）書かれた物語である、という常識的判断は括弧に括られ、不問となるのである。ヘルツォークはここで、「あの童話」＝「事実」と確定することで、あたかも「歴史劇」に対するような態度で「童話劇」を読んでいる、といえばわかりやすいかもしれない。

しかし、あらかじめ言ってしまうなら、対象のいかんによらず常にテクストを「事実／虚構」の二元論的対立に還元していくこのような眼差しこそ、実のところヴァルザーのドラマが解体しようとしている近代的意識の枠組と考えることができるのである。とすればヘルツォークは、テクストによって批評されている制度的眼差しによって、テクストを論じようとしているのであり、ここで生じているのは読み手がテクストに読まれている（そしてそのことに無意識である）という、まことに転倒した事態なのである。

ヘルツォークの一貫した作品解釈の立場が、テクストの細部における不協和音をいかに捨象することで成立し得ているかについて、ここで一点のみ、具体例を明示しておきたい。ヘルツォークはドラマで「あの童話（das Märchen）」と呼ばれるものを、無条件にグリム童話の『白雪姫』と定め、そこでの王妃＝悪、白雪姫＝無垢の図式を前提とすることから出発している。しかし、登場人物に声を与えるドラマ化という方法自体にすでに、童話での抽象悪、抽象無垢からの解放の契機がふくまれていることを忘れてはならないし、このドラマはそのような既知の構図に基づいて判断を下すだろう読者をすでにその内部に取り込んでいるのである。

王妃
ああ、世間の好奇心でそばだつ耳に
わたしが妬みのあまり気がふれただの
根っからの悪党だのと噂をふりまく

あんな迷信深い作り話《メルヒエン》など信じるんじゃありませんよ。
あんなの全部根も葉もないおしゃべり。(『白雪姫』本書二七九頁、SW14/78)

もちろん、ここでも「悪どい」王妃は嘘をついているのだと主張することはできるかもしれない。しかし、実際には、その主張の根拠は、このドラマの内部にはなく、王妃言うところのあんな迷信深い「作り話=童話(Märchen)」を知っている、そして「事実」として信じているという点にしかない。そして世界中にあの白雪姫の話を知らぬこのドラマ『白雪姫』の読者など想定できぬと言う点で、やはりここでの「世間《ヴェルト》」は「世界《ヴェルト》」なのであり、「好奇心でそばだつ耳」はこの作品の読者をも射程に含む表現と考えざるをえないのである。そしてそのとき、「メルヒェン」という語は当然二義的に機能している。「あんな作り話」だけではない。「あんな童話」を信じてよいかも問われているのである。

この一文を読んだだけでも、このドラマが閉じた世界としては在りえないこと、つまりオリジナルであるかにふるまう既知の童話の意味配置の中で読まれる二次的作品としてしか存在しえないこと、そして、そのことを登場人物自身が意識していることがわかるはずである。そして、このようなメタレベルへの言及は、後述するようにこのドラマにはふんだんに書きこまれている。そうである以上、このドラマを、ごく自然に、既知の童話の意味配置に基づいて読むことはできない。登場人物が「メルヒェン=童話/作り話」と呼ぶものを「客観的前史」と呼ぶことはできないのである。必要なのはリアリズムという文学的常識ではなくたんなる常識なのであり、童話『白雪姫』はこのドラマに先行する一つの「物語」にすぎないというごく単純な事実を、ドラマの登場人物にならって念頭に置くことが、読者にはまず求められているのである。

制度としての「童話」、批評としての〈メルヒェン〉

「庭。右手に城中への入口。背景に山なみ。」（『白雪姫』本書二七五頁、SW14/74）

「皆、城へ向かってすすむ。」（『白雪姫』本書三一五頁、SW14/115）

通常の童話改作とは異なり、この二つのト書きに挟まれたヴァルザーのドラマには、新たな物語の展開とよぶべきものはない。[8] 誰もが知っている童話『白雪姫』の筋に照らしていうならば、城での婚礼という童話おきまりのハッピーエンド直前に位置すると考えてよいこのドラマでなされているることは、徹頭徹尾、「前史」もしくは「先行テクスト」としての「あの童話」についてのさまざまなコメント、解釈にすぎないのである。あたかも完結することに異議を唱えるかのように「あの童話」について数十ページにわたってしゃべりつづけたあげく、登場人物たちは最後のト書きに至って、やっと「城」に向かって進もうとする。（しかし城に入るわけではない。）

なぜ、ヴァルザーがこのような改作を行ったのかを問うために、作品そのものについて詳論する前に、まず、ヴァルザーの童話小劇すべてに共通する改作手法について一言触れておきたい。

一九二九年までに読むことのできたヴァルザーの作品に関して、ヴァルター・ベンヤミンは「メルヒェンが終わるところ、そこからヴァルザーは始める」と書いている。[9]「神話」および「メルヒェン」をめぐる独自の思考の文脈において、ベンヤミンが置こうとしている力点はおそらく別のところにあるとしても、[10]実際、ヴァルザーの童話小劇三作品が、いずれも従来の「童話」の「終わるところ」で演じられていることは注目に値する特徴である。『白雪姫』および『いばら姫(Dornröschen)』(一九二〇年一二月『プロ・ヘルヴェチア』誌初出)はあきらかにもとの童話のハッピーエンドの直前と考えてよい場所で始まり、終わっているし、一義的にもとの童話との位置関係を言い切ることのできない『シンデレラ(Aschenbrödel)』(一九〇一年七月『インゼル』誌初出)にしても、例えば次の科白が示しているように、もとの童話以降の意識で演じられていることは間違いない。

王子
さあ、向こうに行ってあの衣装を着ておいで
メルヒェンがおまえに定めたあの衣装を。
この甘美な成り行きはあらかじめ定められたこと
いましめから逃げ出そうたってそうはいかない。(SW14/72)

このように、ヴァルザーの童話小劇の登場人物たちは、もとの童話のことを知っているし、自分

たちがその物語の「いましめ」のもとにあること、すなわち童話の筋の展開に従属していること、それゆえ物語はハッピーエンドで終わるほかないことも知っている。ただし、彼らはハッピーエンドの意味合いそのものを変容させている。ヴァルザーにとって、筋の展開の最後に訪れる城での王子との婚礼、富と権力を手にする社会的強者への上昇は「ハッピーエンド」ではない。それではまだ不十分というのではない。そうした終わり方はそもそも「幸福」と呼ぶに値しないのである。

このことは、初期小劇の舞台がしばしば「庭」に設定されていることにも暗示されている。ヴァルザーの希求する「ハッピーエンド」は、いわば楽園的幸福なのであって、筋の展開の結果としてもたらされる「幸福な結末」とは無縁の、〈今、ここ〉に訪れうる僥倖なのである。[11]

例えば、『シンデレラ』の「王子」は「おしまい／目的（Ende）」についてこう語る。

王子
はじまり、まんなか、おしまいってのは全部
先へずらされたってことでしかなくて
なるほどと思ったこともなければ、キュンときたこともない話。
つまるところ僕にとってのおしまいは
今、君といっしょに、楽しくしていたいってこと。　(SW14/67)

『白雪姫』の「狩人」も、ヴァルザーにおける物語の「おしまい」がどのような瞬間であるのかを

教えてくれる。

狩人
おしまいはしまいにはみずからにキスをするもの
はじまりはまだおしまいにはなっていないけれど。
お妃さまは慈しみ深く頷いていらっしゃる
その慈しみに満たされてわしの言葉は息を止める。
それゆえわしは至福に満ちて口をつぐむことにいたしましょう。

（『白雪姫』本書三一〇頁、SW14/110）

この王子、狩人のように、ヴァルザーの登場人物たちは筋の展開そのものについてのアイロニカルなコメントを口にしつつ、筋の最後に訪れる「幸福な結末」を、今、ここに訪れ、言葉を失わせる「キス」のごとき至福の瞬間に置き換えようとする。〈今、ここ〉そのものが未来に設定された他のいかなる目的に従属することもない〈幸福な目的〉そのものとなること、それこそがヴァルザーの登場人物にとってのハッピーエンドなのである。そして、筋の展開が結果としてもたらす幸福を無意味にしてしまう、このような〈幸福〉を実現しようとするとき、「童話」というジャンルそのものもおのずと軋まないではいない。

例えば、『シンデレラ』の主人公はこう語る。

シンデレラ
［……］あなたは王子
王様の子、見ればわかるわ
わたしたちの時代には無理のある
時代がかったお姿を。
肩にはいたちの皮製の
マントがだらりと垂れ下がり
もはや誰一人使いはしない
剣と槍までおたずさえ。　(SW14/41)

王子の姿を形容するこのシンデレラの言葉からわかるように、ヴァルザーの小劇の人物は、「童話」という文学的約束事の世界にごく自然に登場するのではなく、書いているヴァルザーの生きる現代の舞台上に引きずり出されている。そこでは、過去の遺物である王子の衣装のごとく、「童話」というジャンル自体のアナクロニズムが現在の光に照らされくっきり浮かび上がっているのである。この意味においても、ヴァルザーは「すでに終わっている」というさめた認識のもとに「童話小劇」を始めているのである。

であれば、なぜ、ヴァルザーはもはや一九〇〇年においては時代遅れといっていい「童話」というジャンルをあえて呼び出すのだろうか。ヴァルザーが可能性を見いだしているのは、実のところは、文学作品としてすでに書物文化の内部に場所を得ている「童話」ではない。すでに見たように物語としての童話の内容にヴァルザーは決して満足していない。童話の登場人物自身が筋書きの展開を否定して、身にまとう衣装を揶揄しているのである。

注目すべきはこの自己批評の構造である。ドラマ化という方法ゆえに可能になった童話の登場人物による、あるいは擬人化された童話自身による自己批評において、「メルヒェン」は批評される側と批評する側に二重化する。同じ「メルヒェン（Märchen）」という言葉で書かれていても、批評の対象となるのは文学の一ジャンルとしての「童話」であり、批評の主体となるのはドラマ化において可能となった「小さな嘘のかたり」である。むろん、両者はつねにきれいに区別できるわけではない。というよりも、「メルヒェン（Märchen）」という語の内包するこの両義性こそを原動力に、このドラマの遊戯的批評性は展開する。

誤解のないように付言しておけば、ヴァルザーは文学以前の口承文芸に戻ることができるなどと素朴に考えているわけではない。現にこのドラマも文字で紙に書かれている。言ってみるなら、ヴァルザーは、一〇〇年前にグリム兄弟が猿ぐつわをはめ文字に置き換えることで、かろうじて救い出した「メルヒェン」のいましめを、ふたたび、今度は紙の上で解き放とうとしているのである。

言い換えればそこには、「事実／嘘」のいずれかに言説を分類してしまう近代において、近代文学以前にありえたかもしれぬ「かたり」にモデルを見いだせるかもしれぬような虚構言語の形式を実現しようとするヴァルザーの期待がこめられている。それについては『シンデレラ』の登場人物「メルヒェン」自身が謙虚な言葉でほのめかしている。[12]

メルヒェン
わたしのことを信じる人などないけれど
かまいやしません。わたしが近づくことで
皆がまた何かを感じさえすれば。　(SW14/51f.)

ヴァルザーのドラマ『白雪姫』は、主人公白雪姫の苦しみを描いている童話小劇であると同時に、童話『白雪姫』について繰り返し自己言及しているメタ小劇であり、さらには二〇世紀においてはすでに死にかかった言語形式である「メルヒェン」について反省している批評的小劇である。(このドラマがきわめて複雑な展開を見せるのは、常にこの三つの位相に関わっているからである。)ヴァルザーは「童話」という文学ジャンルの自明性を信じて童話を素材とするわけではないし、同時代の何人かの作家たちと同じような意味合いで「童話」という文学形式にアクチュアリティを見いだして取り上げたわけでもない。[13] そうではなく一ジャンルとしての近代文学の制度の中におさまってしまったかにみえる「童話」のうちに、近代文学以前の、書字として定着する以前の言語形式にありえた可能性——以降、本論においては「童話」と区別する意味でそれを〈メルヒェン〉とよぶことにしたい——を呼び出そうと、そしてそこからヴァルザー自身の虚構言語を作り出そうとしているのである。

二　白雪姫の、そして〈メルヒェン〉の病

「楽園」それとも「法の廷」?

ヴァルザーの童話劇がどこから始まるのかを確認したところで、もう一度ドラマ『白雪姫』冒頭に立ち戻ろう。

「庭。右手に城中への入口。背景に山なみ。」——何の意味もなさそうなこのそっけないト書きは、この『白雪姫』という小劇が置かれている場所、さらにはヴァルザーの選んだ〈メルヒェン〉という形式そのものが置かれている場所をも示す、凝縮された表現として読みうるものである。

すでに述べたように、ヴァルザーにおいて「庭」は「楽園」でありうる可能性を秘めた〈今、ここ〉にほかならない。しかし、毒林檎を食べさせた王妃の過去の罪を追及する白雪姫とそれを否認する王妃との会話からなる第一場は、「楽園」からはほど遠い、「法の廷」とでも呼ぶべき場へ堕ちてしまっている。そして、このドラマをリアリズムの眼差しから読もうとする読者は、無意識のうちに、この法廷における裁判官の、それも全知の裁判官の席に座っていることになるだろう。彼は最初から「前史」としての「あの童話」を知っており、その「判断=判決(Urteil)」は「あらかじめの知識に基づいた判断=先入見(Vorurteil)」となっているからである。そうしたリアリズム

的立場は、「背景に山なみ」というト書きを眼にしても、その山なみに既知を反射させつつ読んでいる自分自身がこのドラマの内部にすでに映し出されてしまっている可能性を考慮しようとはしない。[14]自らは作品の外部に立つ観察者、作品は内在的に閉じた世界、読まれるべき対象、という関係を無自覚に前提してしまっているのである。

冒頭のト書きは、このドラマが、そうした場所から始めなければならないことを知って、い、る、ことを示している。読者と山なみの間に「あの童話」の言説が「過去の事実」としてこだましている空間において、先入観のもとに読み始められねばならぬことを覚悟しつつ、ドラマは「童話」の幸福な結末に落ちこむ手前で、「法の廷」を「楽園」に変容させようとしているのである。

しかし、冒頭の会話からわかるのは、すでに主人公の白雪姫自身が、「法廷」を支配している空気に感染してしまっているという事実である。

王妃
　ねえ、おまえ、病気なのかい？
白雪姫
　いったい何をお聞きになりたいの。
　美しすぎるゆえの日々の眼の棘の
　死を本当はお望みのくせに。
　なぜそうお優しくごらんになるの。

さも愛しげな眼《まなこ》から
あふれる善意は見せかけで
猫撫で声もつくりもの。
あなたの心には、そう、憎しみが巣くってるのよ。
だって狩人を遣わして
この厭わしい顔に短剣を
突きつけるよう命じたのだもの。
それをいまさら病気かいなんて。
嘲りにそんな優しいお言葉は似合わない。
いえ、優しさこそ悪意たっぷりの嘲り
恥知らずに、こんなに残酷に侮辱するときは。
病気なんかじゃない、そう、死んでいるの。
あの毒林檎でとても苦しんだのよ。
ああ、本当に苦しかった、そしてお母さま、あなた
あなたなのよ、それをわたしに喰べさせたのは。
それをいまさら病気かいなんて、馬鹿にしてらっしゃるの。
王妃
ねえ、おまえ、勘違いですよ。おまえは病気

そう、重い、本当に重い病気なんですよ。
お庭のそよ風にあたればきっと
よくなりますよ。お願いですよ
弱いおつむで考えるのはおよし。
無理をするのはおよしなさい。
あれこれ思い悩むのはやめて
体を動かしてごらん、跳ねたり駈けたりね。（『白雪姫』本書二七五－二七六頁、SW14/74f.）

白雪姫の涙ながらの訴えと王妃の白々しい言い逃れから作品は始まっている――かに見えるだろう。「無垢な犠牲者」たる白雪姫は、「加害者」王妃の言葉と行為、舌と眼の発する相反する二重のコードに翻弄され続け、「あの童話」での殺人未遂も「ふざけて／冗談半分で（zum Spaß）」（『白雪姫』本書二七七、二九九頁、SW14/76, 99）やったのだという事後的な意味づけによって、殺意という内実を欠いた身振り劇であったかのように言い繕われる。いかにも、権力が「過去の事実」を歪曲している光景として理解できそうな場面ではある。しかし、あらためて問い直してみよう。この場を支配している権力者は本当に王妃なのだろうか。

ひとたび「白雪姫の苦難の物語」というリアリズム的前提から離れて読むならば、引用箇所は、そうした一義的な意味には収斂しがたい奇妙な曖昧さを含んだテクストとして立ち現れる。何より無視し難いのは「ねえ、おまえ、勘違いですよ。」という王妃の言葉通り、二人の会話にはどこかしらズレがある、という感触である。

白雪姫が病的状態にあるのは読んで確かなことだが、それは、白雪姫自身が言っているように毒林檎の毒のせいではないし、かといって、ヘルツォークが解釈するように「憂鬱」という病ともどこか違っている。[15]「毒林檎」であれ「憂鬱」であれ、このドラマのテクストの外や背後に実体的な病の原因を探したり、特定の病名を想定したりすることでは、ここでの奇妙なズレの感触を解消することはできない。答えはこの感触が由来するところの、会話の言葉そのものに求められねばならないだろう。

白雪姫は王妃の「優しげ」な態度を「見せかけ」、「つくりもの」と受け取ることしかできない。つまり、憎悪という背後に隠れた真実を糊塗する嘘としてしか、王妃の言葉を受け取ることができない。これはリアリズム的な立場をとる読者と同型の態度といっていいだろう。実はこの態度こそを、王妃は「病気」と断言しているのである。そして「重い、本当に重い病気（ernstlich, wirklich ernstlich krank）」という指摘は、病の深刻さのみならず、その症状そのものをも同時に語り出している。この病とはいかなる場合においても「嘘」と「本当（Wirklichkeit）」を峻別しようとする「真面目な（ernst）」思考そのもののことなのだから。それゆえ王妃はそのような「思考」そのものを放棄するよう、そのために体を動かすよう促しているのである。[16]

このように、王妃の言葉はつねに二重のレベルにまたがった両義的な言葉として響いている。それは〈白雪姫の苦難の物語〉のレベルで読む限りでは、ごまかし、言い逃れ、虚偽の言葉であるかに響く。しかし同時に、先入観から王妃の言葉を虚偽と判断してしまうような思考法、遠近法に対する批判的言及としても響いているのである。そして、王妃の言葉につきまとうこの二重性は、先に触れたこのドラマにおける権力関係の二重性に対応している。

一般に、従来の童話の筋書きは、権力関係（童話『白雪姫』ならば、王妃＞白雪姫）における弱者・犠牲者が、機知と幸運によって非抑圧状態から解放される物語ということができるだろう。これはＥ・ブロッホによれば、ユートピア的想像力の生み出す物語として正当化されうるものである。[17] しかし、このドラマのようにあらかじめ童話の筋書きを知っている読者までもが登場人物の言及対象となっている作品の場合、童話の物語内部の権力関係とは別の、よりメタレベルの権力関係までもが読みの射程にはいってこなければならない。すなわち、弱者・犠牲者であったはずの白雪姫は、読まれ方まで含めて考えるならば、その弱者の味方たる読者の判断により、逆に強者の立場にも立っていることになるのである。（すなわち、白雪姫＋読者＞王妃）。

さらにこの二重性に、ヴァルザーにとっての〈幸福〉が絡む。

すでに述べたように、ヴァルザーにとって従来の童話の結末は何の〈幸福〉ももたらしはしない。なぜなら、たとえ童話の結末でのように、母に有罪判決を下したところで、ヴァルザーの白雪姫にとっての究極の不幸、「喜んで信じたいところ」である母の言葉が「信頼などまったく存在しないところ」では信じられないという状況は、なんら解決されることはないからである（『白雪姫』本書二七九頁、SW14/79)。

これは『グリム童話』第二版以降での「母」を「継母」に置き換えるという合理化によっては解決＝隠蔽しきれぬ、この物語の核心に残り続けている解決不可能な不幸なのである。そして、おそらくこの状況こそ、ヴァルザーがもろもろの童話の中でも『白雪姫』を書き直した理由の一つだろう。完全な信頼とともに受けとめることのできる「母の言葉」――ヴァルザーにとって〈幸福〉と背馳することのない唯一の言葉――の不可能性をめぐっている物語として、ヴァルザーはこの作品を素材に選んだのである。(次章で述べるように、この「母の言葉」はおそらく現実のヴァルザーが経験することのできなかったものでもある。)

これまでに語り継がれ書き継がれてきたもろもろの白雪姫の物語とは異なり、ヴァルザーの白雪姫は、この窮状にとどまり続ける。正確には、そこから逃れようとしつつも繰り返しそこに引き戻されることを強いられる。そして、その果てに分裂の危機にまで至る白雪姫の苦悩の真実性が、このテクストの批評性を支えることになる。

第一場の白雪姫は「罪の忘却」の勧めを拒み、「忘却は罪」を主張する。「過去の事実」を明らかにして罪を確証することにより、安定した世界像を取り戻そうとする。しかし、事実を求める法廷でこそ、事実が揺らぐという逆説がある。この逆説はすぐさま、すでに日本語の言い回しとしても定着している『藪の中』という作品を思い出させるだろう。しかし、実のところ、芥川龍之介がこの作品で設定しているのは、一つの事実をめぐって相矛盾する四つの主観的真実が存在しうるという、現実の裁判にも似た状況にすぎない。読後感としてはっきりわかることだが、芥川の作品を読んだところで、「事実」は不可視なものにとどまるにせよ、「事実が存在する」という信念そのものは揺らぎはしないのである。作者の、そして読者の足は「事実」の大地をしっかりと踏みしめている。

それに対して、ヴァルザーのこのドラマにおいては見通しのきかない「藪」などどこにもない。読者も含め、誰もが「あの童話」の内容を知っている。[18] にもかかわらず、このドラマを読むときには、芥川の裁判劇では感じることのなかった浮島に立つような落ちつかなさがつきまとう。なぜなら、当事者たちによる「過去の事実」の証言は、過去時制もそのままに、ほとんど「あの童話」の再話となっているからである。

わたしは毒林檎をおまえに与え
かじったおまえは死んでしまった。
小人たちはおまえを棺に入れて運んだ
ガラスの棺に。そして王子が
キスをしておまえは息を吹き返した。（『白雪姫』本書二九二頁、SW14/92）

事実の証言が虚構の物語とほとんど重なってしまう、というこの奇妙な二重性を、さらに際立った形で示しているのが、第一場における「メルヒェン」への二様の言及である。

王妃
あんな迷信深い作り話《メルヒエン》など信じるんじゃありませんよ［……］
（『白雪姫』本書二七九頁、SW14/78）

狩人　けど、実行してはおりません。それはあの童話《メルヒエン》がはっきりと真実を告げ知らせておりますとおりで。（『白雪姫』本書二七七頁、SW14/76）

もはや繰り返すまでもないが、王妃は「嘘」をつき、狩人は「真実」を述べている、というのではない。王妃の「嘘」のみが無反省に読みとられるとすれば、それは読み手自身が第一場での白雪姫と同様の「病」にかかっていることを証すのみである。

注目すべきは、二人が、同じ「メルヒエン」という語を、まさに二項対立する意味——前者は「うわさ話、作り話＝嘘」、後者は「童話＝事実」——で用いていることである。まさしくこれこそが、二人が全く同じ「病」にかかっていることの症候なのである。

王妃の言葉は、啓蒙の理性の脱魔術化のパロールに連なるものであり、その声高な声が子ども部屋にまで響きわたってすでに久しい。子どもたちは迷信を信じることはやめるよう教育されつつ、その一方で童話を読み聞かされるというのが近代以降の子ども部屋なのである。また狩人のように語るとき、科白自体がコミカルな矛盾を呈してしまうことは見逃しようがない。「あの童話」を「新聞」あるいは「統計」、「カメラ映像」……などに置き換えてみればわかるように、これまた近代以降の世界におけるありふれた常套句であり、いわゆる「ノン・フィクション」のことである。ただノン・フィクションの常套句の根拠がここでは事実ならぬ虚構の物語であるという滑稽さが、どうにも笑いを誘うのである。しかし、笑えないのは、「あの童話」の事実性に対する肯定の態度も、否定の態度も、なおこの「病」からの解放をもたらしえない状況の救いがたさである。二人の科白が、罪の追及に対する自己弁護として語られていることは偶然ではないだろう。おそらく、法的な文脈において自己正当化のために言語を使用している限り、この病から抜け出る可能性はないのである。

ここで病んでいるのは „Märchen“ という言葉自体なのだということもできるだろう。「事実／嘘」の二元的価値判断で世界を分割する受難の時代においてその語義に痕跡を残す両義的な場所はもはや見つからず、どう身体をひねろうと「事実／嘘」どちらかの用法へ落下してしまうかのようだ。

ただ、同時に見逃してはならないのは、「あの童話」についてのあからさまなメタ言及自体は、不可視性という「法」の究極の根拠に対する侵犯行為として機能していること、しかも厳粛なる法を笑いにさらす可能性を秘めていることである。リアリズム読者の真面目さも、この笑いの可能性を抑圧しきることはできない。

法に対するこの侵犯行為自体にも、ヴァルザーのドラマは意識的である。というのは、王子が王妃を「蛇（Schlange）」（『白雪姫』本書二九九頁、SW14/99）と呼ぶことに示唆されているように、「庭＝楽園」、「林檎」、「罪」という一連の語彙が書きつけられることで、このドラマは間接的に、ユダヤ・キリスト教世界におけるあの「起源の神話」に言及しているからである。その文脈において、狩人の次の科白は、ここまで述べてきた白雪姫の「病」の起源を明確に説明している。

あの毒林檎は本当じゃない。
毒があるのはそれを語る嘘の方。(『白雪姫』本書三〇九頁、SW14/109)

つまり、毒林檎という実体ではなく、毒林檎を過去の事実として語る、「客観的前史」を装う言説自体が、「病」をひきおこす「毒」をもつ木の実だというのである。ここに至って、このドラマの批評の射程は神話批判にまで達していることが明らかとなる。ヴァルザーによれば、「知恵の樹の実」を口にしたのが失楽園の起源なのではない。「起源の神話」を実体的に語ること自体が、失楽園の起源なのである。

以上述べたことは、読書行為において、判断を下し、意味を付与するという解釈行為がいかに「法」と「権力」に関わる問題であるか、それが同時にいかに「オリジナル」、「起源」をめぐる神学的思考であるかについての書き手ヴァルザーの意識を証言している。ヴァルザーのテクストは、法の下において法の外部を、失楽の歴史の内部において楽園を回復する可能性を追求しているのである。

ある新たな「メルヒェン」の生活史

「事実/嘘」という対立図式のイデオロギー性は、「先行テクスト」をめぐる言及においてのみならず、王妃の「罪」を立証しようとする「無垢な」白雪姫の証言の整合性がほころぶ、ある場面においても露呈している。それはより正確に言うならば、白雪姫の証言のほころびが即座に「真実」へと縫い閉じられてしまうきわめていかがわしい場面である。そこでは白雪姫の口から飛び出したある文章が、何の根拠ももたぬままに、瞬く間に「真実」としての権威を獲得してしまう。

王妃
　さあキスをして忘れておくれ。
　元気よく上を向いてお利口になさい。
白雪姫
　この狩人を酷《むご》い行為に駆りたてた
　その口にどうしてキスなどできて。
　死んでもあんたなんかにキスするもんか。
　そうよ、あんたはキスでこの狩人を
　殺しへと煽りたてたんだわ。
　あいつがあんたの甘い恋人だったその瞬間《とき》
　わたしに死が宣告されたのよ。
王妃
　おまえ、何を、いってるんだい？

狩人　王妃さまが、わしを、キスで？
王子　それは真実に違いないと、真底、僕は信じるね。
（『白雪姫』本書二七七－二七八頁、SW14/76f.）

一つの新たな「メルヒェン」の誕生の瞬間である。直前の王妃の科白に触発されて、「キス」と「殺し」の関係について何一つ知らぬ白雪姫の口から突如飛び出し、何一つ知らぬ王子に即座に支持されるこの無根拠な物語は、当事者二人の驚愕にもかかわらず、「既知の童話」ときわめて親和的な意味を産出しているがゆえに、何の正当化の手続きもなされぬまま以降ごく自然に「事実」としてドラマの中を流布していく。そして興味深いことに、前述した論文で「あの童話」を「客観的先史」としているヘルツォークも、この王妃と狩人の愛人関係だけは、ヴァルザーがグリム童話から積極的に変更した事実と認めつつ、議論を展開しているのである。[19]

これは、リアリズム的に解釈されたドラマ内の地平のみならず、既知の物語による意味の地平も含めた上で、物語形成の力学を考えたときにはじめて理解できる出来事である。この「法の廷」を支配しているのは、王妃の権力だけではない。〈王妃＝加害者＝悪〉／〈白雪姫＝被害者＝無垢〉というこの場面の意味を決定しているのは、「あの童話」の言説なのである。ここでの「キスで殺しを……」という「メルヒェン」の生誕と流通と事実化は、そのような意味の場においてしかありえない。

むしろ、「既知の物語」から意識的に距離を置いて自由に読み取るべきなのは、当事者の王妃、狩人が、この「メルヒェン」を否認するどころか、文法的に文を構成しえぬほど、驚愕をあらわにしている点だろう。この破綻にあえて注目したいのは、このドラマにおいて三カ所のみ見いだしうる文法的に不完全な科白がいずれも、無根拠なまま事実化していくこの文が登場するたびに口にされるという、見過ごすことのできぬテクスト上の事実があるからである。以下に挙げる三つの文法的に不完全な文は、それぞれ驚愕、笑い、切断という手段によって、白雪姫の口から飛び出たあの一文が強引に構成しようとする因果関係、それによる全体化の暴力に抵抗しているかのようだ。

狩人
王妃様が、わしを、キスで？
(Sie mich mit Küssen?)（『白雪姫』本書二七八頁、SW14/77）

王妃
まあまあ、キスでだなんて、ハッハッハッ。
(Ha, ha, mit Küssen, ha, ha, ha.)（『白雪姫』本書二九七頁、SW14/97）

王妃
「あんたはキスであの男を煽りたてて／そして……」
(《Du feuerst mit Küssen ihn / zu dem ...》)（『白雪姫』本書三一四頁、SW14/114）

二つ目の非文については劇中劇を論じる第三節で、あの白雪姫の無根拠な発言を途中まで引用している三つ目の非文については最終場を論じる第四節で詳しくとりあげるが、ここで確認しておきたいのは、「キス」と「殺し」を因果関係で結び付けようとする、ほとんどワイドショー的にキッチュな——それゆえ物語化の欲望というものを十二分に満足させる——「メルヒェン」を取り入れることによって、ヴァルザーは『白雪姫』の登場人物たちがいかなる空間におかれているかを、はっきりと示してみせていることである。

ヴァルザーにおいては、発話器官をふさぎ直接の接触を実現する「キス」という行為が、言葉には不可能な〈幸福〉を示すトポスとなっていることを、ここであらためて想い出しておくことも無駄ではないだろう。すなわちヴァルザーは、その至高なる「キス」を「殺し」との因果関係に取り込み、物語化のために労働させようとする文を書き込んだ上で、それを繰り返し引用しては、文法的に破断してみせているのである。

第三場において、またもや白雪姫の口から「キス」と「殺し」の因果関係が繰り返されるとき、王妃はついに逆上する。

王妃

わたしはキスで狩人を煽りたてた。
ちがう？　そうじゃないの？　そうお言いなさい！

善良な世界に大声でそうお叫びなさい。
風に、雲に、くりかえし
逞しい木の幹に刻みつけ
柔らかな大気へ吹きこむがよい。
春のように、芳しい香りとともに
それを振りまき散らすように。
おお、そうすれば誰もがそれを吸いこんで
おまえを無垢と讃え、わたしを悪者と呼ぶ
愛で殺しをもてなして
キスの毒薬で煽りたてたというので。
［……］
白雪姫
十分よ、もう十分よ。気が変になっておしまいになるわ。
毒にやられた古傷に二度と触れてはいけなかったのね。
また新たに血が吹き出して
もうけっして治りやしない。
どうか許して下さるのなら……お妃さま。（『白雪姫』本書三〇三－三〇四頁、SW14/103f.）

ここに描かれているのは、「既知の童話」の意味の磁場において発話され、反復され、流布し、文字として刻みつけられ、事実化していくあの新たな「メルヒェン」の生活史とでも言うべきものである。それは新たな生成を描き出している点でメルヒェンの潜勢力を証している一方、すぐさま事実化していく姿を描き出している点で近代におけるメルヒェンの堕落をカリカチュアしていると言えるだろう。

劇中劇、それとも、劇中劇中劇？

第二場の後半、王妃と白雪姫の間には、はじめて和解が訪れるかにみえる。ここで白雪姫受難の劇中劇が演じられるのは、「白雪姫のため」（『白雪姫』本書二九五、二九六頁、SW14/95, 96）という言葉を王妃が繰り返し口にすることからわかるように、白雪姫から王妃に心変わりした軽薄な王子に、〈王妃＝悪＝加害者〉／〈白雪姫＝無垢＝被害者〉の構図を思い出させるためであり、そのためにもそれは、過去が十分に現前化されるよう、「あたかも現実であるかのように」演じられねばならない。

王妃
　あたかも現実であるかのように
　ここ、わたしたちの眼の前で演じるのです。
　森の中での白雪姫の苦境の場面を。

本当に殺したいかのように振舞うのですよ。
姫、おまえは本気で命乞いするのですよ。
わたしと王子は拝見するとして
演技が甘いようなことでもあれば
けちをつけます。さあ、はじめ！（『白雪姫』本書二九七頁、SW14/97）

しかしながら、この再現前の効果は、当初の目的であった王子ではなく王妃に作用する——かに見える。劇中劇のなかで、ナイフをおさめた狩人に白雪姫が感謝した瞬間、王妃は逆上する——かに見えるのである。

白雪姫
［……］ありがとう、おお、ありがとう！
お妃さまがおまえのような心を持っていらっしゃればよいのに。
王妃
そうなのかい？　本当かい？　誓って本気で言っているのかい？
われを忘れてつい本心をしゃべったのかい？
そうかい、それなら狩人よ、やめておしまい
おまえのような男に似合わぬ演技など。

下心を隠した馬鹿なおしゃべりで
今日の午後中わたしを不安にさせた
このあくどい小娘に襲いかかるのです。
おお、殺してしまい。この女の
どす黒い偽りの心《しん》の臓《ぞう》を持ち来たり
ここに、王妃の足下に置くのです。（『白雪姫』本書二九八－二九九頁、SW14/98f.）

王妃の命令で、狩人は白雪姫にナイフを突きつける。劇中劇は突如中断されてしまった――かに見える。ところが、この直後、王妃は笑いながら狩人を押しとどめ、「全部お芝居にすぎないのですよ。」（『白雪姫』本書二九九頁、SW14/99）と続けるのである。

いったいどこまでが現実なのだろうか？　どこからがお芝居なのだろうか？　問題はきわめて複雑である。

第一に、白雪姫がつい役を離れて本音（＝王妃への不信）を洩らした可能性を考えてみよう。実際のところ、右に引用した白雪姫の言葉は、第一場で王妃の無慈悲を本気で嘆いたときの科白「こんな心を王妃さまが持っていらしたら／もっといいお母さんだったのに」（『白雪姫』本書二七八頁、SW14/78）の前半部分のほぼ文字通りの反復なのであり、王妃がそこに母に対する不信感を聞き取ったとしても、さらには、それで逆上してしまい、自分の側の本音（＝白雪姫への殺意）をもらしたとしても不思議はない。「既知の童話」が念頭にある読者にとっては、王妃の殺意を基底にすえるこの読み方が、もっとも自然であることはいうまでもないだろう。しかしながら、話された言葉の背後に本来の意図をさぐるやり方は、あくまでも推測、解釈にとどまるのであり、それにより事実を決定することは不可能であるといわねばならない。

では、今度は形式的に、演技者と観客の境界線がどこに引かれているかという観点から考えてみよう。その場合、白雪姫の言葉が本音かどうかは問題ではなくなる。そもそも王妃は「あたかも現実であるかのように」演技しろとあらかじめ迫真の演技を要求していたのだから、演技者と定められた白雪姫の科白を本気ととることは不当と言うほかない。となると問題は、王妃が演技者なのか否かという一点に集中することになる。その場合、「わたしと王子は拝見するとして［……］さあ、はじめ！」という言葉で示された演技者と観客の境界線に基づくかぎり、王妃は観客なのだから、本気で白雪姫殺害を命じたことになる。「やめておしまい［……］似合わぬ演技など」という王妃の言葉は舞台の外側から言われていることになる。（図1、次頁）

しかしながら、王妃もまた演技者であるとすれば、話はさらに変わってくる。「やめておしまい」という言葉で、白雪姫の苦難の劇中劇は終わっても、まだ王妃の演技は続いていることになるからである。その場合、白雪姫の苦難のシーンは実は劇中劇中劇であって、王妃の演じる劇中劇の中に含まれていたことになる。（図2、次頁）

むろん、自分で定めた劇の境界線を事後的に無効にしてしまうことを、権力者王妃の恣意と非難してみることも可能である。しかし、そもそもこの劇中劇（中劇）は何のために上演されていたのだろうか？　始まる以前に王妃が繰り返していたように、これは「白雪姫のため」の劇中劇なの

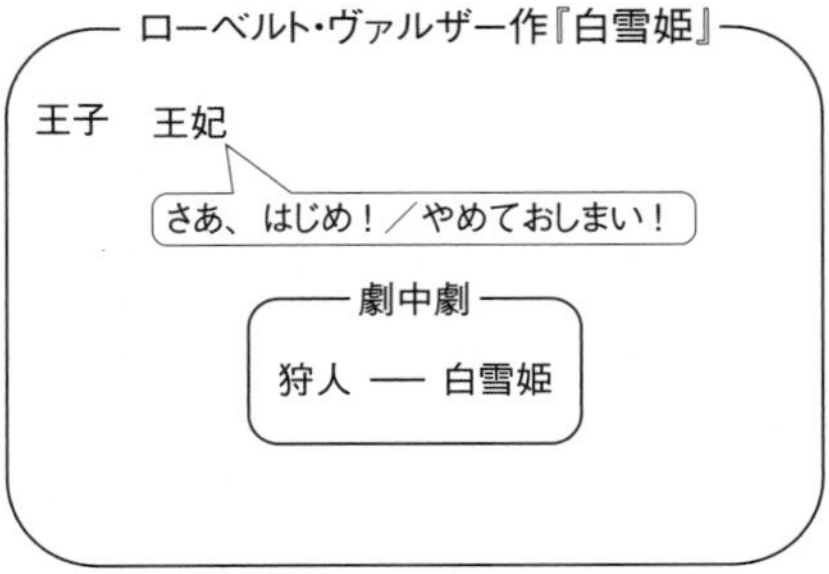

図1

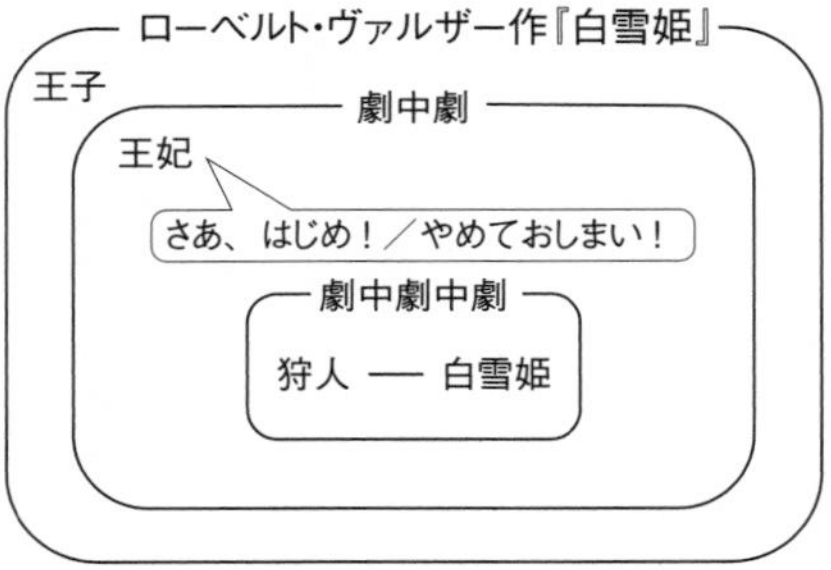

図2

である。実際、王妃が逆上した（とみせた）結果、王子は「なんと狡賢い蛇なんだ。」（『白雪姫』本書二九九頁、SW14/99）と王妃から離れていく。上演目的に照らしてみる限り、王妃の不意なる逆上（の演技）によってこそ善悪の構図はよりリアルに現前されて、単なる過去の再現だけではおそらく不可能だった効果が生じ、王子の心が王妃から離れ白雪姫に戻るという上演目的は達成されているのである。その意味で、「演技者＝白雪姫、狩人」と「観客＝王子、王妃」の境界線の設定自体がすでに効果的な演出だったという主張は十分に正当化可能である。

事実の確定をめぐっては、以上のように三様に考えることができる。しかしながら、ここでわれわれまでもが、ドラマ内の「事実」の確定に神経症的にこだわる必要はない。そのようなリアリズム的な縛りを離れて、再び、問おう。ここでは何が起こっているのだろうか。

それは「客観的事実」を確定しようとする手続きそのものについての批評的反省だといってよ

い。王妃にとって、白雪姫の母不信の言葉は「演技／本気」の別に関係なく強烈な現前としてあるだろう。また白雪姫にとって、ナイフを突きつけられ、「殺しておしまい」という叫びにさらされることは、「演技」か「本気」かにかかわらず、生命の危機、そして何よりも母に死を宣告されるリアリティに満ちているだろう。しかし、その場でリアルだと確信された出来事は、そのままで「事実」となることはできない。事後的に「ふり」、「冗談」といわれることで単なる身振り劇におとしめられる危険に、常にさらされている。つまり、「事実」とは正当化の問題なのであり、ここでの問題は具体的には、王妃の権力が決定するのか、それとも「あの童話」の意味配置が決定するかというあの問いに、ふたたび帰着するのである。この意味で、この劇中劇（中劇）は、このドラマとあの童話の関係自体を再度縮小コピーして提示してみせている場だといってよい。〈過去の事件〉が再現されているのではない。〈過去の事件、それも生命がかかった事件が後から「ふり」だとされる事態〉が反復されているのである。

こうして「犠牲者」白雪姫は、ふたたび、「権力者」王妃の送り出す、言葉と行為、舌と眼の相反する二重のメッセージの間で決定不能を強いられることになる。誤解してはならないのだが、「殺しておしまい」というメッセージの背後に「これは演技である」というメタ・メッセージがあるのではない。そうではなく笑って「冗談だ」と王妃がいうときに、その背後に「信頼が不在の場所」という深淵がぱっくり口を開いている点で、この劇中劇（中劇）での状況には出口がないのである。

第二場での劇中劇（中劇）を経て、再び舞台が「庭」へと戻った第三場は、ト書き「第一場と同じく庭」が示すように、第一場の反復として始まっている。そこで白雪姫は「以前のように」(『白雪姫』本書三〇〇頁、SW14/100)嘆いている。のみならず「信頼が不在の場所」に繰り返し曝されることで、「病」は「以前の倍にも」(『白雪姫』本書三〇三頁、SW14/103)なって再発している。いまや他者も世界も一瞬ごとに姿を変え、分裂・断片化する。

おかあさんはおかあさんじゃない。
世界は甘美な世界じゃない。
愛は疑心暗鬼の無言の憎悪。
王子は狩人、生は死。(『白雪姫』同頁、SW14/103)

重要なのは、白雪姫の病を分裂病と名付けることではないし、ましてそれを作者ヴァルザー個人に還元し、狂気と沈黙の神話に奉仕することではない。
このドラマの構造において注目すべきなのは、事実と虚構の区別を要求する近代的思考が過去の不可知、眼前の出来事の不可知につきあたることで「病」に陥るとき、そして通時的連関・同一性が解体しようとするとき、そのときにこそ、すでに「メルヒェン」に関してその症候を確認したような、近代における言語の病からの「癒え」の可能性が見えてくるという逆説である。

三　王子、あるいは、意味の小人

〈癒え〉への媒介としての「王子言語」

白雪姫
　王子ですって。どうしてあんな子どもがキスなどできて。
まだ顎髭の一本も生えてない
ほんの小さな子どもじゃないの。
高貴であるには違いない、けど、それにしても恐ろしく小さい。
おのれの潜む身体のように弱々しく
しがみつく意味のように小さいの。　（『白雪姫』本書二九二頁、SW14/92）

　かつて、童話『白雪姫』で異界の存在たちに与えられていた「小さい」という属性が付与されていることからもわかるように、このドラマにおける王子は矮小化され、カリカチュアされている。だが、王子が一貫してコミカルなのは、そのためだけではない。ただ一人、「あの童話」の内容を知らぬことになっている王子は、ドラマ内部を自然に生きている。言い換えれば、他の人物が様々に「あの童話」と「このドラマ」に言及しつつ自覚的に演じているのに対し、王子のみが無自覚なまま演じてしまっているのである。劇中劇（中劇）においても、演技の範囲をどう解釈しようと、王子のみは観客の側にとどまっていたことを思い出してもいいだろう。「悪党が悪党の役を演じるのだから／それはごくごく自然なものさ。ちょうど／狩人服のようにぴったりと、体に板についていやがる。」（『白雪姫』本書二九八頁、SW14/97f.）と悦に入って批評しているつもりの王子こそがただ一人、自分の衣装と役割が与えられたものであることに、気づいていない。[20] そして、自らは事実世界のうちにあり、虚構世界は観客として外から鑑賞するものというスタンスを疑わぬ点で、王子はドラマ内部に映し出されたリアリズム的読者の鏡像ともなっているのである。

しかし、まさにその無自覚性ゆえに、王子はこのドラマにおいてきわめて重要な役割を果たしている。王子の大真面目な、それゆえにコミカルとなってしまう言動によってはじめて、彼がすがりつこうとする「事実」とはつまるところ「意味」に基づくものであり、さらに「意味」とは無根拠で実体のない、きわめていかがわしいフェティシズムに由来していることが露呈されるのである。こうして「小さな」王子を介して「事実」と「意味」の神秘のヴェールが剝がれ落ちてしまうことによってはじめて、白雪姫に〈癒え〉の可能性は訪れる。以下、王子の言動を詳細に追っていくことにしよう。

王子の語る最初の科白――「それは真実だと、真底、僕は信じるね。(Ich glaube wirklich, das ist wahr.)」は、すでに述べたように、あの無根拠な言説「キスで殺しへ［……］」を流布させる契機となるのだが、実のところ、この王子の判断には何の根拠もない。「異国の王子（der fremde Prinz）」（『白雪姫』本書二七五頁、SW13/74）とト書きに記されている彼が知っているのは、わずかに白雪姫の蘇生の場面のみだからである。この過度に「事実（Wirklichkeit）」「真実（Wahrheit）」

を強調する最初の科白からはむしろ、あの第一場の白雪姫が罹患していたものと同じ「重い、本当に重い（ernstlich, wirklich ernstlich）」病の症候を読み取るべきだろう。

第一場の終わり、「悪辣な」王妃に虐げられる「可愛らしい」白雪姫を「誠実な肩で」支えるナイトの役を、本人としては真剣に、はたから見れば喜劇的に演じつつ、王子は白雪姫を「城中の一室」へと導き入れる。ハッピーエンドは先取りされてしまうかに見えるが、そこでの愛の語りの失敗と王子の心変わりは、婚礼と世界秩序の回復という童話的結末をあらかじめパロディ的に不可能にしてしまう。

注目すべきは、この愛の語りの失敗と裏切りによってこそ、第二場の後半、「病」からの最初の〈癒え〉の可能性がもたらされているように見えることである。「思考するだけの裁判官なんてどこかへいっちまえ！［……］あのもう一人の裁判官を連れて来て。／あの甘美で何も知らない感情を。」（『白雪姫』本書二九一頁、SW13/91）という言葉がはっきりと示すように、事実要求的態度からエロス的態度へのラディカルな移行がはじめて訪れているのである。いったい「城中の一室」では何が起こっているのだろうか。

王子
ああ、何と素敵な心地だろう。
君の甘美な口からこぼれ落ちる言葉を聞くのは。
その言《こと》の葉《は》の一ひら一ひらがなんて生き生きしてるんだろう！

その豊かさに陶然と傾けられた僕の耳は
まるでハンモックに揺られ傾くよう。
バイオリンの妙なる調べに、囁きに
ナイチンゲールの啼き声に
愛のさえずりに夢心地。(『白雪姫』本書二八一頁、SW14/81)

第二場そのものが、法廷的場面と化した第一場の休憩時間として始まること、ましてやそれが愛の語りという事実要求の緊張からはほど遠い言説をめぐっていることを考えれば、そこでの〈癒え〉は、当然の成り行きであるかにも思えるだろう。一部引用した王子の愛の語りが繰り返し強調してやまぬように、愛の語りにおいては情報伝達など重要ではないし、語ること聞くこと自体が手段であるとともに目的であり、なによりもエロスそのものでもあるからだ。しかし自体はそう簡単には進まない。愛の語りは失敗する。なぜだろうか。

王子の語りに対して白雪姫は「お上品な王子風の物言いをなさるのね」(『白雪姫』本書二八一頁、SW14/81)と答えている。文脈上、「王子風の物言い」と訳した言葉は、文字通りには「王子言語(Prinzensprach)」と訳せる造語である。たしかに、比喩、文彩をちりばめた王子の場違いに饒舌な語りは「恋愛名詩選」からの引用じみた白々しさを感じさせるものである。そこではレトリックと愛情の関係が少々転倒していると感じられるかもしれない。しかし、愛情がこめられていようがいまいが、そもそも愛の語りとは多かれ少なかれ決まり文句でしかありえないものである。修辞的であることそれ自体に問題があるわけではない。ここでむしろ問題なのは、「愛のさえずり」に耳傾けることはエロスに陶酔することだと語る言葉が、行動と矛盾していることである。つまり、白雪姫は「愛のさえずり」どころか、まだ一言も言葉を発していないのである。

自分を外から見ることのできない王子は、「沈黙」を称揚し「沈黙」を誓う言葉を「饒舌に」語り続けるという矛盾を犯しながら平然としている。それについては、凡庸で際限ない王子の語りを引用する代わりに、白雪姫の短いコメントを引用すれば十分だろう。「あなたはまるで滝のように沈黙について話してばかり。／なのにご自身は、沈黙なさりはしないのね。」（『白雪姫』本書二八二頁、SW14/82）それでもしゃべり続ける王子に対して、ついにキレた白雪姫は「あんた（du）」呼ばわりで矛盾を責める。「あんたは話してばかりのくせに／そのくせ沈黙を約束する。（Du redest immer und versprachst / ja Schweigen doch.）」（『白雪姫』同頁、SW14/82）しかしながら、王子の返事は驚くほどにあっけない。「そんなこと、もういいじゃない。」（『白雪姫』本書二八三頁、SW14/83）それを受けて白雪姫は言う。

白雪姫
そうね、おしゃべりしましょ、陽気にね。
重い気分も暗い悩みも
愛の国から追放しましょ。
ふざけて、踊って、叫びましょ。

沈黙を無理に押しつける
時代の苦などなんでしょう！　（『白雪姫』同頁、SW14/83）

王子が饒舌に語った、愛の語りならではの言語のユートピアは、異化的な迂路を経てはじめて受け入れられる。王子の愛のない愛の語りが露呈してしまった言表行為（＝語ること）と言表内容（＝沈黙）の形式的矛盾とその際の開き直りが、言語を事実伝達の経済性の支配下に置く近代という「時代の苦」の中で白雪姫の「病」を呼んだ、あの事実としての「童話」という「木の実」を解毒しているといってもいいだろう。透明に事実を伝達するだけに限らない言語の不透過性、物質性についての反省意識がここではじめて生じているのである。本来、言語に許されているはずの、様々な言語形式――「おしゃべり」「ふざけ」「踊り」「叫び」――の可能性が開示される。白雪姫にとっての美的言語の発見の場面と言い換えてもいいだろう。

それに続いて、王子が王妃と狩人の愛の光景を目撃する場面においては、「眼で見る」のではなくあえて「耳で聞く」ことを選ぶ白雪姫の、言語への反省意識は明らかである。

いいえ、ねえ、何が見えるの？　言ってちょうだい。
そうしたらわたしは唇から
その像の細やかな描写を受けとるから。
描くときにはあんたはきっと

賢明で分別のある意味をかぶせて
どぎつい光景を和らげるでしょう。ねえ、何なの？
眼で見る代わりに、耳で聞きたいの。（『白雪姫』本書二八三－二八四頁、SW14/83）

一見、自明な視覚の直接性においても、「既知」による意味づけが不可避であるなら、言語という間接性をあえて選択することによってこそ、世界を自明なものとしてではなく、意味によって構成されたものとして、幻想なしに受け入れることができる。そのとき間接性それ自体が、媒質としての直接性へと転化しうる可能性が見えてくるのである。白雪姫の関心は、語られる内容から語る言葉へと移っていく。

王妃と狩人の愛の光景を描写しつつ、自ら興奮していく王子の言葉に、白雪姫は答える。

わたしは柔雪のようにひっそりと
うけとめるべき陽光のために横たわる。
そう、わたしは雪――
そしてわがためならぬ、春のための
暖かな息吹きに溶けて流れる。
うっとりとするのはこうして浸みこんでいくこと。（『白雪姫』本書二八五頁、SW14/85）

繰り返しあらわれる「雪」の表象は、ここでは太陽の如き王妃の官能性に対する白雪姫の性的魅力の欠如を指しているかに見える。が、それはまた、上述した「言語」をめぐる状況のメタファーとして読まれねばならない。ここで語られているのは、陽光の反映のための、また春の到来のための媒介として間接性・非本来性を押しつけられる「雪」の不幸であると同時に、媒介としての「雪」の物質性そのものへの思い入れである。ちょうど太陽が不可視であるように、事実も不可知であるならば、指で触れうる雪＝コトバそのものの物質性にうっとりとしようという反転が、ここには仄見えている。

「像」ばかりを見る視線、「意味」としての「官能」

ああ、僕の見るものは優美で甘美
眺めるだけの、たんなる眼には。
聖なるもの、その繊細な網の目に
像《ぞう》を受けとめる感覚にとっては。
濁った水がどろどろと
溢れ出るように汚らわしいもの
過去のことを知る精神にとっては。
ああ、それは二重の光景で

甘美で邪《よこしま》、憂慮すべきはずの優美。（『白雪姫』本書二八三頁、SW14/83）

第二場で、愛の語りが失敗した後、王子は窓から見た（らしい）中庭での王妃と狩人の愛の場面の光景を、賢しげに「二重の光景」として区別してみせる。あたかも、既知によって意味づけすることを逃れられない精神とは別に、いわゆる「純粋知覚」が可能であるかのような口ぶりである。（この純粋知覚をより強く刺激する王妃に惹かれるというのがその後の心変わりを自己正当化する王子の論理である。）この王子の科白で注目したいのは、二行目の「たんなる眼」が四行目の「像を受けとめる感覚」という語に置き換えられたうえで、七行目の「過去のことを知る精神」と対比させられている点である。むろん、「純粋感覚」なるものを取り出しうると信じて疑わない王子自身は、まさにここでの訳文のような意図でしゃべっていると考えてよいのだが、その一方で„Sinn“（知覚／感覚／官能／意味／意識……）という語と„Bild“（像／イメージ／写真／絵／光景／比喩……）という語の持つ多義性ゆえに、ここでの文章そのものはしゃべっている王子自身に対するアイロニーをも読み取ることのできる含みのあるテクストとなっている。[21]

以下に述べるように、王子が出来事そのものに対する「感覚」あるいは自らの肉体の自然な「官能」のつもりで使っている„Sinn“という言葉が、いずれも頭で考えられた「意味」により構成されたものに過ぎないこと、王子のまなざしはすでに「意味」づけられた「像」以外のものをみることはできないことは、とりわけ「王子」（=リアリズム的読者）に意味づけられる対象であることを強いられてきた「白雪姫」との会話を通じて際立たせられている。

王子
どうしてって、そりゃ、僕は君を裏切って
官能をもっと刺激するほかの女へと走っていく
そんなひどい悪党じゃないか。

白雪姫
あんたは悪党には遠く及ばないわ！　そうなの、そうなの？
官能を、つまりは意味をもっと刺激するの？
まあなんてこと、意味の中にはなんて無意味があるんでしょう。
（『白雪姫』本書二八七頁、SW14/87、„Sinn“の訳語を下線で強調。）

ドイツ語原文においては„Sinn“という語の多義性がテクストにさまざまな「遊び」、解釈の余地を与えているのだが、日本語ではそれを写し取ることができないので、ここでは本論の解釈にそって、「官能」と「意味」という二つの日本語に訳し分けている。訳し分ける際の基準は、誰がしゃべっているかである。王子はこの言葉の多義性に無反省なままであるのに対して、白雪姫は遊戯的にアイロニカルにそれと関わることができるのである。作品の他の箇所も参照しつつ、白雪姫の反省意識について詳論しよう。

王子が純粋知覚を刺激する自然さとして持ち出す、庭での王妃の情交の姿が決して自然なものでないことは何よりもそれを「細やかな描写」で語る王子の言説に露呈している。王子はそれを「世を遠く離れた原生林の奥深く」といった大自然の比喩で語りつつ、あまりの甘美さに「言葉を失い、像《たとえ》を失う」(『白雪姫』本書二八四頁、SW14/84)と語っているにすぎない。しかし、そのような至高なる甘美さは、厳密に言おうとすれば、「不可能であるにもかかわらずそれでもあるもの」とでもさしあたり言っておくほかないはずのものであり、言語化、認識しえぬ、つまりは、時間の連鎖の内における展開ではとらえ得ぬ瞬間的な性質のもののはずである。[22]この意味で、王子いうところの純粋知覚はやはり、知によってもたらされた「感覚」にすぎず、ある種の「意味」に基づいているのである。

そしてその「意味」の核心には、白雪姫のいうように、「無意味(Unsinn)」なフェティシズムがあることが明らかになる。王子の心変わりの瞬間は、王子自身の言葉の身振りからうかがうことができる。

王子
それにしてもあの悪党、とんでもない恥知らず野郎だ。
おお、おれは興奮してきたぞ。この女《あま》め！
[……]
野郎じゃあない、くそっ、女《おんな》のほうだ！
あんながさつな野郎など、どうだっていい。

ああ、この甘美な、甘美な女《おんな》――　（『白雪姫』本書二八五頁、SW14/84f.）

この興奮が、王子本人が主張しているように純粋な直接性であるなら、王子を「意味の小人」などと名づけるのは不当である。しかし、この興奮はやはり第三者によって媒介された間接的なものにすぎない。それはルネ・ジラールが言うところの「欲望の三角形」においてはじめて形成される稀少価値という「意味」に対する欲望にほかならない。[23]狩人とつるむ王妃という配置は、根本的にはブルジョワ小説の中での、散文的商売人の詩的な夫人が発散する背徳の魅力と変わるところはないし、それを窓越しに眺め興奮する図は、『地獄』（A・バルビュス）の覗き穴にまで墜ちている。[24]これは、そうした文学的トポスを反復する三文小説的場面と言ってもいいし、単純にポルノと呼んでもいいだろう。「まだ顎髭の一本も生えていない」王子の興奮が高まるためには、このような意味に満ちた配置と、「この女め！」というフェティッシュな言葉が必要なのである。そして、王子のこのような嗜好は、グリム童話の読者ならばよく知っているように、このドラマに始まったことではない。

王子
許しておくれ、愛しい冬の像《イメージ》の君
敬虔で真っ白な静けさの模像《にすがた》の君
［……］

許しておくれ、薔薇色の頬と開いた口と
吐息で生者さながらに
君が眠るガラス棺から
愛が君を抱き上げたことを。
あれは本当に死ぬほど美しい像《すがた》だった。
もしあのままにしておいたなら
今でも愛は君の前に跪いたろうに。

白雪姫
まあなんてこと、なんてこと！　今ではこうして生きているというのに
あんたはわたしを死人のように投げ棄てるのね！
あんたたち男はなんて奇妙な人たちなんでしょう。
（『白雪姫』本書二八六－二八七頁、SW14/86）

おそらくは白雪姫という物語のある一面を尽くしているこのガラス器の中の白雪姫の姿は、紛れもなく近代のイメージである。とりわけ似合うのは美術館よりもむしろショーウィンドウだろう。そこでこそ清純な雪のイメージ商品である処女白雪姫の商品価値はもっとも高まる。実際、このドラマでの生きた白雪姫から、その種の商品価値が失われてしまっていることは明らかであり、王子の裏切りは、より高い商品価値に魅入られる点で、時代全体がフェティッシュな倒錯のもとにある

ことを考えれば、奇妙どころかきわめて凡庸なのだ。白雪姫はガラス棺の中の仮死体であればこそ、その死臭なきアウラを立ち昇らせ得たのである。「許しておくれ、愛しい冬の像《イメージ》の君、／敬虔で真っ白な静けさの模像《にすがた》の君」と心変わりを謝罪するに至っても、王子はみずからの表象行為については驚くほど無自覚なままである。対象が白雪姫であれ王妃であれ、この種の王子はつねに「像」の発散するフェティッシュな意味に興奮し続けるばかりなのである。

世界を表象し続ける「王子言語」をくぐり抜けて

王子は「事実」とは意味に他ならぬこと、そして意味とはつまるところフェティシズムに基づくにすぎぬことを、その真面目な喜劇を通してあからさまにしていく。となれば、われわれ読者はいっそう王子のことは笑えない。少なくとも男性読者は、ここで思わず不安げに自分の顎をなでてみるくらいの自覚を持たねばならないだろう。繰り返すなら、このドラマではもはや登場しないかに思われた鏡という童話の小道具は、王妃ではなく、ひそかに意地悪く「顎髭がない」矮小な読者の姿を映し出しているのだから。

不在の「沈黙」を語り、物象化された「像」を愛好し、既知の意味の磁場において、「白雪姫」の無根拠な言説に「真理」を重ねることをためらわぬ王子は、世界に触れることなく世界を意味で覆っていこうとする、「王子言語」すなわち、表象する言語を操る存在である。

「像」しか見ることができず、意味しか感じることができない以上、しかもそのことに何の焦燥も感じることのない以上、王子は決して〈世界〉そのものに出会うことないままに「世界」を表象しつづけるだろう。この王子には〈キス〉の能力が欠如しているのだと白雪姫が断言していたことを、もう一度想い出しておこう。――「王子ですって。どうしてあんな子どもがキスなどできて。」

このドラマにおいては、白雪姫、王妃、狩人が事実要求の病から癒えていくにしたがい、王子の言動はいよいよコミカルに孤立していく。最終場において、ただ一人なお、狩人の姦通の罪を訴え、その罪を忘れるほどなら「それならいっそ忘れさせて下さい。／僕が聖油を受けた王子、支配者だということを。」(『白雪姫』本書三一二頁、SW14/112）と叫ぶ王子は、このドラマの向かおうとする場所と自分の支配原理の場所が相容れないものであることを我知らず口にしているのである。実際、このドラマが幕を閉じようとするとき、最初の四人の登場人物中、「何と言ってよいやら、僕にはわかりかねます。」(『白雪姫』本書三一三頁、SW14/114）と言葉を失い、立ち去っていった王子ただ一人が、舞台からは欠けている。この作品は、「王子言語」＝「表象する言語」から解放された瞬間にすばやく幕を閉じているのである。

ただし、ヴァルザーは決してオプティミストではない。白雪姫に断言させている。

戻ってきたら、叱ってあげる。
それにきっと戻ってくるわ。　(『白雪姫』本書三一四頁、SW14/114)

世界を表象し支配しようとする「王子言語」が完全に退場するなどありえない。むしろ書き手であり続ける限り、ヴァルザー自身、つねにそれをくぐり抜ける形でしか書くことはできないのである。「楽園」は潜在的にはいつも〈今、ここ〉にありうる。としてもそれは——ヴァルザーが愛読したクライストも繰り返し書き続けたように——「法の廷」が機能不全に陥った瞬間に垣間見えるものでしかないことも確かなのである。[25] ヴァルザーと「王子言語」の闘いは、この後、ミクログラム草稿にいたるまで三十数年間、さまざまな変奏を経つつ続いてゆく。その間、ヴァルザーの白雪姫は王子が戻るたびに叱り続けなければならないのである。

四 〈かたり〉としての語り

肯定／否定のかなたで肯定すること

「劇中劇」なのか「劇中劇中劇」なのかを決定することの不可能、あるいはあの「キスで殺しへ」というわさ話の真偽を決定することの不可能、そもそも「あの童話」が「事実」なのかそうでないのかを決定することの不可能——こうした曖昧さを作者ヴァルザーの不徹底な改作のせいにしてはならない。ヴァルザーの『白雪姫』は、「白雪姫」の苦悩のリアリティと、「白雪姫の物語」に対するアイロニー、さらには表象言語に対する懐疑を、一貫して同時に描いている童話改作劇なのである。

迫られているのはむしろ、作品を読む側の態度変更だろう。今や、虚構作品内部における「事実の地平」を見渡そうとする欲望そのもの、「根底の事実」を前提として読もうとする慣習自体を、読者自身が「病」として認めなければならないのである。

繰り返し論じてきたように、このドラマにおいては、根拠を求める態度こそが無根拠を明らかにするという逆説的な構造がある。「過去の事実」の証言は形式的に「童話」の再話となり、根拠を求めて繰り返し口にされる「あの童話」への言及は、自明にも思えていた「過去」が実は「先行テクスト」にほかならない、という意識をもたらすことになる。

王妃
［……］おまえは自分自身に
作り話《メルヒエン》をしてるのよ。だって童話《メルヒエン》が言ってるでしょう
わたしはあくどい王妃だと
［……］
白雪姫
ああ、そのお話なら知ってるわ
林檎のことも、棺のことも。
お願いだから、何かほかのお話、話してよ。
ほかには何も思い浮かばないとおっしゃるの？
いつもおんなじ話を書かなくてはと
この筆跡にこだわってばかりなの？　　（『白雪姫』本書二九二－二九五頁、SW14/92ff）

ここでの王妃の科白では、一文の中、一行の中に、近代において分割されたメルヒェンの二つの用法が並置されている。すなわち、「童話（das Märchen）」＝「文学という制度的虚構内部での真の言説」／「作り話（ein Märchen）」＝「事実が要求されるべき日常の現実における偽の言説」。定冠詞が添えられるか不定冠詞が添えられるかが違っただけで、同一概念が「真／偽」に振り分けられることが一目瞭然となっている、まことにレトリカルな一文なのである。

白雪姫の言うように、定冠詞の意味するオリジナルとしての特権は、「筆跡」すなわち文字言語の特権性にその根拠を持っている。その定冠詞の真正性に照らされることによって、不定冠詞付きの「メルヒェン」には「真／偽」のうちの「偽」の場所が与えられることになったのである。『白雪姫』のみならず、他の童話劇においても、ヴァルザーは近代における「メルヒェン」の用法の分裂に意識的である。[26]

さらに、主語としての「あの童話（das Märchen）」を受ける述語に注目するとき、このドラマにおけるヴァルザーの戦略は明らかになる。それは、「告げ知らせる（verkünden）」（『白雪姫』本書二七七頁、SW14/76）という公共性の高い叙述内容に関わる動詞に始まり、「言う（sagen）」（『白雪姫』本書二九二頁、SW14/92）といったニュートラルな動詞へ、さらには「ひろめる（aussprengen）」（『白雪姫』本書三〇八頁、SW14/108）といった客観的事実とは関連の薄い動詞へと、いわば、貶められてゆく。そしてその中では決定的な認識が書きつけられている。「童話は嘘をついておる、それはつまり、かたっておるのです。（Das Märchen lügt, das also spricht.）」（三〇七頁、SW14/107)「メルヒェン」は話しているがゆえに、〈かたり〉(=語り/騙り)だというのである。このドラマでは、このようなやり方、定冠詞の指示する一つの「筆跡」を強迫的に辿りなおすことを強いられる以前の、つまり書かれた「童話」以前の、いわば不定冠詞の言説の束であり得たような「メルヒェン」の場所が真剣に探し求められている。「近代文学」としての「童話」のあとに来るべき、ヴァルザーの小さな虚構言語の場所は、近代文学以前の〈かたり〉のあり方を媒介に探求されている。そしてそれはもはや口承文芸によってではなく、紙の上の「書かれたドラマ《レーゼドラマ》」において実現されねばならない。

白雪姫を苦しめる、真偽の区別からの解放は、このドラマでは病の頂点としてやってくる。

狩人
　わしはおまえを殺そうとしたと信じるかい?
白雪姫
　はい、ううん、いいえ。はいを圧し殺したら
いいえがすぐまた、はいと言っちゃう。
信じるわって言うのよ。そう言うのよ。
はいがいつもおまえを信じるように。
いいえにはもううんざり。はいは心地良いわ。
おまえが何を言おうとわたしは信じるわ。

喜んで言うわ。「はい、信じます」って。

いいえにはもうずっと嫌気がさしてたんだもの。

そうよ、はいはい、あなたのことを信じるわ。（『白雪姫』本書三〇四－三〇五頁、SW14/105）

白雪姫の頭の中は文字通り真っ白になったかのようだ。「感情」を「思考」に優先させているのだという指摘だけではもはや不十分である。第一場で主張されていた「思考という裁判官」の代わりに「感情」という「もう一人の裁判官」を連れてくるという二者択一的選択は、第二場での劇中劇（中劇）をまえに崩れさったことを思い出さなくてはならない。むしろ、ここで起こっているのは、「信じる」を選択するという主体的行為ではなく、「信じる」という動詞すらもはや正確に用いることができなくなっているという救いようのない事態、「はい／いいえ」の二者択一的論理の破綻なのである。原文をみれば明らかなのだが、「わしはおまえを殺そうとしたと信じてるのかい？（**Du glaubst, daß ich dich töten wollt'?**）」という狩人の問いに対する「はい（ja）」は論理的には「彼の殺意の存在を信じていること」を意味しなければならないのだが、混乱の結果、白雪姫が行き着いた「はいはい（ja ja）」という返事は、「狩人（のいうこと）を信じる」へとズレこんでしまっている。つまり、かつての白雪姫ならば、この問いに対して、言表内容の「真／偽」の選択肢のうちの「真」を選択していたのが、ここでの白雪姫は、もはや語る言葉そのものを全的に肯定するばかりになってしまっているのである。

それゆえ、狩人が「わしはおまえさまにそれは厚かましい嘘をつきますぞ」（『白雪姫』本書三〇六頁、SW14/106）といったところで、白雪姫は自己言及文のパラドックスの罠に陥りはしない。「さあ、嘘をつくがいいわ、信頼が／それを銀色に輝く真実にするから。／あらゆることにあらかじめ、はいと言っておきますわ。」（『白雪姫』本書三〇六頁、SW14/106f.）あらかじめ「はい」ということ、これはもはや対話ではない。そうではなくここでテクストは、言うなれば「語り部」とそれに耳を澄ます「子ども」の構成する「かたりの世界」に入ろうとしているのだ。そこでは「はい」という言葉はもはや話される内容の事実性についての「肯定／否定」ではない。先をうながす「続けてよ（fahr fort）」（『白雪姫』本書三〇七頁、SW14/107）という語とともに、聞き手による「合いの手」へと機能を換えて、かたりの場におけるおはなしのリズムを積極的に構成しているのである。先ほどの引用文の最終行に、あの、健全な「肯定」をなしくずしにする過剰な肯定「はいはい（ja ja）」が書きつけられていることを見逃してはならないだろう。[27]

「物語」を断ち切る〈おしゃべり〉

すでに見たように、王妃は第三場で「キスで殺しを……」という無根拠な「うわさ話」が再び白雪姫の口から飛び出た瞬間に逆上するのだが、続けて王妃は、狩人を呼び出すとこう命令する。

王妃
　わたしの、たった一人の男《ひと》。まずキスをね。
もう消えちまいたいくらいだわ。けれど

なおしばしの間、わたしは話さねばならぬ。

この芝居をば説明せねばならぬ。さもなくば
当事者のこの子は野蛮だなどと言うでしょうから。

話しておくれ、わたしの代わりに。

言っておくれ、悲嘆にくれる愚かな娘に
わたしがどんなに憎み、また愛しているかを。

ナイフを抜いて。いや、およしなさい！

鞘におさめたままにしておくのです。

話すだけにしてこの子を宥めるのです。

何を信じればよいのか言うのです。

そしてわたしの心をしずめ
この場全てに沈黙をもたらすのです。

このネジの緩んだ芝居が始まる前のように。

さあお始め。ただし気をつけるのですよ。

あまりに言葉が少なすぎるため
寡黙が語りすぎてしまわぬように。　（『白雪姫』本書三〇四－三〇五頁、SW14/104f.）

これまで、曖昧なままであった王妃と狩人の愛人関係の「事実」が確認されたかに見える箇所で

ある。しかし、ここでも「キス」は語られているのであって、ト書きによる事実性の保証はない。[28]さらに重要な点は、第二場で叙述された王妃と狩人の愛の営みの光景も、一貫してフェティシストの王子による叙述を通してしか報告されていないこと、また、仮に王妃と狩人の「キス」の関係があったと想定した場合でも、「殺し」と「キス」を因果関係におくワイドショー的言説自体は話者の欲望を反映する以外のものではないということである。いずれにしても、続けて「ネジの緩んだ芝居」とすら述べられているこのドラマにおいて、一貫した「背後の事実」の地平を設定しようとする無益な遠近法はもはや放棄した方がいいだろう。テクストに張りめぐらされた言語の網目の実在性は、制度的虚構に過ぎない大雑把な「事実の地平」などよりもはるかにリアルで繊細な問題をめぐっているのである。

注目すべきは、ここでヴァルザーが、これまでさんざん言説化されてきた「キス」を認める発言をあえて王妃自身にさせた上で、その不利な立場から、このドラマそのものの説明をさせようとしている点である。そこで王妃はわざわざ狩人を「語り手」として指名している。王妃自身が語るや「あの童話」の言説の意味配置が活性化し、これまで同様の悪循環に陥るだろうことがわかっているからである。「語り手」は、このドラマでも「あの童話」においてもその善意が認められている狩人でなければならないのだ。

さらに注目すべきは、ここでは「ナイフを抜かない」ことが強調されている点である。これはなによりもこの場が言語のみで構成される領域となったことを意味している。この〈言語の領域〉で、客観的事実であるかに振舞う虚偽、すなわち白雪姫の「あの童話」という言説空間における

「法」は廃棄されようとするのである。[29]

その際、「芝居が始まる前」のように「沈黙をもたらすのです」と狩人に命令する王妃は、念を押すように「言葉が少なすぎる」ことのないように、と注意を与えている。「寡黙が語りすぎてしまわぬように」。一見奇妙に響くこの注意は、このドラマ全体についての説明ともなっている。このドラマが始まる以前の沈黙とは、書物としての「童話」の沈黙なのであり、その沈黙においては「あの童話」の言説のみが唯一の真実として支配していたのである。それゆえにこそ「あの物語」を機能不全に陥れるためには、過剰なまでのおしゃべりが必要なのだ。

狩人

あの毒林檎は本当じゃない。
毒があるのはそれを語る嘘の方。
そう主張する嘘自身
見事な実の如く膨らんで
誘うばかりに媚び張ちきれんばかり。
そのくせ中身は、それを大胆にも
口にする者、皆に病をもたらす。

白雪姫

あんなの真っ黒で気違いじみた

聞くに耐えない嘘っぱち。それは子ども心を不安にさせる。
あんな嘘とっとと失せちまえ。さあ、嘘をもっと続けてよ。
ほかには何を言って下さるの？　お願い
もう一つの馬鹿げた嘘の首っ玉なんて
うまくポキンとねじ折っちまってよ。　（『白雪姫』本書三〇九頁、SW14/109）

すでに述べたように、ヴァルザーにとって、「病」を白雪姫にもたらした起源は「毒林檎」ではなく、「見事な実の如く膨らんで」事実を主張する「毒林檎の童話」にある。その「実」を口にした途端、白雪姫は善悪、真偽を問う思考の病に陥ってしまったのである。しかし、たんなる饒舌では解毒剤にならない。それは、さも真実であるかのように、重要であるかのように振舞おうとすることが決してないような言葉、みずからの非真実、無意味さ、卑小さをあらわに示す〈おしゃべり〉でなくてはならないのである。この過剰なおしゃべりがあってはじめて、ドラマが始まる以前のそれとは異なる、別様の〈沈黙〉は訪れうる。

表象言語を中断する〈沈黙〉

この錯綜したドラマを閉じるのは以下のような会話である。

王妃
そうすれば［＝戻って来れば］、あの男はきっとまたおまえの恋人ですね。
そうしたら――そうしたら、その、なにかい
あの事も思い出さなくちゃいけないかい、つまり――
なんのことでしたかしら？　ああ、そうそう、つまりですね
偶然の言ったことだけれども
『あんたはキスであの男を煽りたてて
そして』……

白雪姫
黙って、おお、お黙りになって。あの童話《メルヒエン》が
言ってるだけで、あなたじゃないし、わたしでもない。
わたし、むかし、むかしにそう言ったのよ――
もういまはむかしのこと。さあ、おとうさま。
皆を城中に引き連れて下さいな。
（皆、城へ向かってすすむ。）　（『白雪姫』本書三一四－三一五頁、SW14/114f.）

王妃が言い淀んだ末に口にしようとするのを、あわてて白雪姫が遮った言葉『あんたはキスであの男を煽りたてて／そして――（《Du feuertest mit Küssen ihn / zu dem》――）』――これは、すで

に本章で論じた、あの根拠のないままに流布した新たなメルヒェン「キスで殺しを……」の前半部分にほかならない。

過去の『白雪姫』論において、W・ギュンターは王妃の言い淀みを復讐への気がかりだと解釈し、それを批判する形でヘルツォークは、これはドラマの結末後も永遠に続く、事実の噴出と忘却への試みを示唆している箇所なのだと論じている。[31] しかし、この科白が指示しているのはそうした背後の「事実」ではなく、まさに二重括弧が強調しているとおり、「文」そのものなのであり、しかも、その「文」は、本章での議論の延長上で考えるなら、「事実」を語っているのではなく、無根拠に「かたられた」、事実とも嘘とも判定できぬあの「メルヒェン」的文章なのである。

この「文」をかたっている主体を、ここで王妃は「偶然」なのだと言い、さらに白雪姫は「あの童話」なのであって「わたしでも王妃でもない」と言っている。これらはいずれも、「悪意」のないはずの白雪姫の口から唐突に生れ落ちるや、「あの童話」の意味の場において勝手に成長していった鬼っ子ともいえるあの文章の由来についての、正確な指摘だといってよいだろう。白雪姫が二行目において「わたしは言っていない」と現在形で否定したことを、次の行では「わたし、むかし、むかしにそう言ったのよ (Ich sagte einmal, einmal so -)」と過去形で認めているのも矛盾した発言ではない。つまりここでは、キスと殺しを因果関係で結びつけるあの「メルヒェン」的文章は、その因果の鎖を真ん中で切断された上に、事実の地平における通事的過去にではなく、「むかしむかし (einmal, einmal)」という定型文句と過去時制をその言説形式とする「かたりの時空間」へと送り込まれているのである。

「ねえ／言ってよ（Sag'）」という言語への要請の一言で始まったこの「ネジの緩んだ」ドラマは、「あの童話」という超越的な物語を引き落とし、表象言語を駆使し世界を意味づけようとする王子を退場させたあげく、事実へと堕落しようとしたメルヒェンを「黙って（Schweigt）」という沈黙への要請によって切断したところで終わる。

そして、注意しておかなければならないのは、最後のト書きが「皆、城へ向かってすすむ」であって、決して「皆、城へ入る」とはなっていないことである。つまり、あらかじめ王子との結婚というハッピーエンドがパロディされてしまっているこのドラマは、童話の「結末（Schluß）」である「城（Schloß）」に、到達し完結することは、「いまだ、ない」ままで終わっているのである。狩人が口にする謎めいた言葉はおそらくそのことを示唆している。「おしまいはしまいにはみずからにキスをするもの／はじまりはまだおしまいにはなってはいないけれど。（**End küßt sich in dem End, wenn auch / Anfang noch nicht zu Ende ist.**）」（『白雪姫』本書三一〇頁、SW14/110）

おそらくこのドラマの終わりは、「結末」ではなく、「中間休止」に過ぎない。最後の大団円が不満で退場した王子について、白雪姫が「きっと戻ってくる」と断言しているように、「白雪姫」の物語はまた繰り返し語られるのであり、そのときには、王子がまた「王子言語」とともにもどってくるのである。ヴァルザーの『白雪姫』の試みは、意味と事実と結託しようとする「王子言語」を束の間切断するささやかな試みにすぎないのである。

註

1 Benjamin, Walter: Gesammelte Schriften. Hg. von Rolf Tiedemann und Hermann Schweppenhäuser. Frankfurt a. M. 1991, Bd. II.1, S. 326.［「ローベルト・ヴァルザー」西村龍一訳、『ベンヤミン・コレクション2』浅井健二郎編訳、ちくま学芸文庫、一九九六年、一〇三頁。］

2 Walser, Robert: Komödie. Theatralisches. Berlin. 1919, S. 6.

3 雑誌『インゼル』が時代のいかなる願望を体現していたかについては、三宅晶子「ユーゲントシュティールにおける夢の構造分析」、『感覚変容のディアレクティク』（三宅晶子、忽那敬三、山内正平編、平凡社、一九九二年）所収、二八－三二頁を参照。

4 もちろん歴史劇においても、読者は過去に現実に起きた出来事そのものを知っているわけではなく、その出来事を叙述する言説を知っているにすぎない。そして「歴史」も「大きな物語」なのであり、「虚構」と厳密には区別できないという、一九九〇年代の日本においても盛んに論じられた「歴史物語論」的議論もありうるだろう。しかし、こうした「大きな物語」の解体をめぐる議論は、本章における関心とは直接には関係してはこない。ここでの議論はあくまでも、原義的には「小さな嘘」を意味しうる「童話（Märchen）」という「小さな物語」の登場人物が、自分自身を閉じこめている物語を生死をかけて解体しようとする遊戯的試みをめぐることとなる。

5 Herzog, Urs: »goldene, ideale Lügen«. Zum »Schneewittchen« -Dramolett, In: Über Robert Walser 2, Hg. von Katharina Kerr, Frankfurt a. M. 1978, S. 239-254. Wiederabgedruckt in: Robert Walser. Frankfurt a. M. 1991, S. 101-114.

6　Ebd., S. 101.

7　最後の場面についての解釈については本章第四節を参照されたい。なお、ドラマの内部における「現実」と「虚構」を二項対立的に前提するリアリズム的立場からの白雪姫解釈はヘルツォーク以降も続いている。それは例えば、M・シャークの議論における次のような叙述に明らかである。「白雪姫は、過去を抑圧し現在との和解に至ろうと努力を続けていく中で、因果的思考よりも主体的感情を優先させることによって、自分自身が要求してきた判決の宣告という事態を回避しようとする。」Schaak, Martina: „Das Theater, ein Traum". Robert Walsers Welt als gestaltete Bühne. Berlin. 1999, S. 192. を参照。

他方で、このドラマにおいてはこのような二項対立が成立し得ないことを論じているものとしては、Hübner, Andrea: Ei, welcher Unsinn liegt im Sinn? Robert Walsers Umgang mit Märchen und Trivialliteratur. Tübingen. 1995. をあげることができる。ただし、ホフマンスタールに触れつつ二〇世紀初頭における言語懐疑という問題設定からヴァルザーの初期童話劇を論じているヒュプナーの議論は、「メタレベル言説の欠如」、「主体の不可能性」といったポストモダン的なテーマに見合う箇所を抜き出す形で進められており、例えば、「事実」と「虚構」の区別が揺らぐ世界で苦しむ登場人物自身が、いかにしてその苦しみのさなかにあって「あの童話」の言説の超越性をなし崩しにしていくか、その中で主体としての自己同一性を喪失してしまうか、といった動的プロセスが叙述されることはない。これもまた、大きな問題から始めることによって、ヴァルザーの小さな作品に固有のテクストの運動を見えなくさせる議論といえるだろう。

8　例えば、ドイツで言えば、同じグリム童話を素材にしたI・フェッチャーの『誰がいばら姫を起こしたのか』などの知的、イデオロギー批判的童話改作、また日本で言えば、太宰治の『御伽草子』、寺山修司の『さかさま童話史』などの名作を考えればいいだろう。作品としての質の違いはあれ、これらの童話改作においてはいずれも、作者による新たな解釈のもと、かつての童話に書き込まれた市民道徳観をパロディーしつつ、新たな、別の物語が展開する。

9　Benjamin, Walter: a. a. O., S. 328.［邦訳『ベンヤミン・コレクション2』一〇五頁。］

10　ベンヤミンのヴァルザーへの関心は、常にカフカをめぐる思考の周縁に配置されているように思われる。「メルヒェン」に関する言及でいえば、「神話」の全体性に抗する「正義」の契機を「メルヒェン」というジャンルのうちに見いだそうとする眼差しにおいて――内容において「メルヒェン」の可能性を救い出していると読める一九世紀のロシアの作家ニコライ・レスコフの場合とは異なり――「物語」の明白な死後の時代である二〇世紀においてむしろ形式において「メルヒェン」の可能性を救い出している作家カフカを思考する、その思考の周縁においてヴァルザーは読まれていると言えるだろう。ベンヤミンは引用箇所の後、このように続けている。「『そしてまだ死んでいなければ、彼らはまだ生きていますよ』どのように（……）彼らは生きているか、ヴァルザーはそれを示す。彼の営みの名前はどうなっているか、それを挙げることで、ヴァルザーが始めるように私もこの論を終えることにしよう。すなわち『物語集』、『作文集』、『詩作集』、『小散文集』とかいったようなものがそれなのである。」(Benjamin, Walter: Ebd.［邦訳、同頁。ただし、一部改訳。］）このヴァルザーの散文を模しつつ閉じられたそれ自身並列的な記述からも、ベンヤミンが「長編小説」という大形式の統一性ではなく小形式の複数性に、ヴァルザーの散文の可能性を考えていることが読み取れるだろう。その意味で、ベンヤミンがカフカについて用いている「物語の崩壊生成物（Zerfallsprodukt von Erzählung）」という概念はヴァルザーの初期メルヒェン小劇と散文の関係について考えようとするときわめて示唆的である。『白雪姫』以降の、「物語」の地平を形成するよりもむしろ破壊し、それゆえ自身も断片（Bruchstück）の集積としてしか存在しえない散文を、ヴァルザー自身は「散文小品（Prosastück）」と命名するのである。（Benjamin, Walter: Benjamin über Kafka. Hg. von Hermann Schweppenhäuser. Frankfurt a. M. 1981, S. 165. を参照。）

11　ヴァルザーの初期の小劇には「庭（Garten）」が繰り返し登場する。『詩人たち』の冒頭のト書きは「通り。左手に家、右手に庭。」であるし、『シンデレラ』の冒頭のト書きは「家の裏の庭」である。

12　ヴァルザー自身、むしろこのドラマを読まれるものとして考えていたことは、当時の手紙に読むこともできる。「いつか、例えば音楽を添えて上演されるかどうかは、まったくもって疑わしいですし、さしあたってはまったくどうでも良いことに思われます。これらの作品は語りと言葉に、また、テンポとリズミカルな喜びに重きを置いて書かれているのです。」（一九一二年一二月一二日、E・ローボルト宛ての手紙）、Walser, Robert: Briefe 1897-1920. Hg. von Peter Stocker u. Bernhard Echte, unter Mitarbeit von Peter Utz u. Thomas Binder. Berlin 2018, S. 199.

13　A・ヒュブナーは、ホフマンスタールの「童話」ジャンルへの関心を例に引きつつ、ヴァルザーの童話への関心が、同時代的な文脈に合致するものとして論じている。本章注7 Hübner, S. 39-52 を参照。

14　既知の「白雪姫」の物語を投影しつつドラマ『白雪姫』のテクストそのものを読まないリアリズム的読者の姿は、イメージとしての白雪姫は愛せても生きた言葉を発する白雪姫は愛せない王子、劇中劇において明らかに喜劇を演じつつも自分のみは常に観客のつもりでいる王子の姿として、このドラマの舞台上にカリカチュアされて映し出されている。「あの童話」にあった「鏡」という小道具は、このドラマでは実は「山なみ」として冒頭に登場していると見ることもできるだろう。本章第三節を参照。

15　Herzog, Urs: Robert Walsers Poetik. Literatur und soziale Entfremdung. Tübingen. 1974, S. 19-21.

16　『白雪姫』と同時期に書かれた小ドラマ『少年たち』も「思考」をやめ「体を動かすこと」を勧める会話から始まっている（本書第一部第二章参照）。「自意識」に停滞することを身体の「運動」によって回避するというモチーフはごく初期から後期に至るまでヴァルザーのテクストに繰り返し登場することになる。

17　Broch, Ernst: Das Prinzip Hoffnung. Frankfurt a. M. 1974, Band 1, S. 409-428 参照。ブロッホ自身によるマルクス主義的白雪姫改作は、この意味において、きわめてオーソドックスなものといえる。

18　ただし王子のみは例外である。この点に関しては本章第三節を参照されたい。

19　Herzog, Urs: a. a. O., S. 103.

20　ヴァルザーのメルヒェン小劇において、衣装はつねにストーリーが強いる役割と関わっている。ドラマ『シンデレラ』の主人公も、登場人物「メルヒェン」が与えようとするきらびやかな衣装を拒み続け、ついに仕方なく衣装と役割を受け入れる際にも「お仕えするために、ご主人様」という召使めいた言葉と「はい、はい」（SW14/73）という過剰な肯定の言葉で、権力関係における上昇から身をかわしつつ、あくまでもアイロニカルに役割を演じる意志を表明している。ドラマ『シンデレラ』でのこの衣装の拒否については、Utz, Peter: Tanz auf den Rändern, S. 23-52. を参照されたい。

21　この点についてのさらに詳細な分析については、本書第二部第二章での翻訳比較分析を参照されたい。

22　ジョルジュ・バタイユ『至高性』湯浅博雄、酒井健、中地義和訳、人文書院、一九九〇年、二三頁を参照。

23　ルネ・ジラール、『欲望の現象学』古田幸男訳、法政大学出版局、一九七一年、一―五九頁を参照。

24　アンリ・バルビュス『地獄』田辺貞之助訳、岩波文庫、一九五四年を参照。

25　クライストにおける「法」の機能停止と「楽園」の可能性については、拙論「fall の相から見られた世界 I」――クライストの「カント危機」論」『津田塾大学紀要』第三〇号、一九九八年、二二七－二三八頁、「fall の相から見られた世界 II――クライストの『こわれ甕』論」同三一号、一九九九年、二二五－二六一頁、および「fall の相から見られた世界 III――クライストの『ミヒャエル・コールハース』論」同三三号、二〇〇一年、一二三－一四六頁を参照されたい。

26　文脈は異なるが、小劇『シンデレラ』においても定冠詞か不定冠詞かによって、„Märchen“という語は意味合いが変っている。例えば、次の箇所でも、会話の中で二つの„Märchen“が対照されている。王子「童話（das Märchen）がそれを望んでるんだ。そう、ほかならぬ童話（das Märchen）なのさ／僕らが婚約するのを見たがっているのは。」シンデレラ「それよりもっと楽しいメルヒェン（ein munteres Märchen）は／夢うつつの、ここの雰囲気よ。／あんたのとこじゃ夢見れないでしょ。」（SW14/71）ここでも定冠詞つきの„das Märchen“は「もとの童話」を指示しており、それに対して、不定冠詞を伴った„ein Märchen“はもはや現実と虚構の境界が定かでなくなったこのドラマでの〈今、ここ〉を指している。

27　この「はい、はい（ja, ja）」は小劇『シンデレラ』の最終行に書き付けられて、一見、童話のハッピーエンドに収まったかに見えた結末を、多義的な解釈が可能な宙吊り状態に浮遊させている。「王子――僕はここで待とう、彼女が来るまで。（衣装をまとって回廊の上に姿を現したシンデレラに）ああ、来たのかい？　シンデレラ――お仕えするために！　王子――ああ、君って人は！　だめだよ、よくもまあそんなことが――（階段を駆け下りる）　シンデレラ――はい、はい。」

28　興味深いのは、『白雪姫』に先行する小劇においては、しばしば〈キス〉が科白の外のト書きとして書き付けられている点である。これは、ヴァルザーの初期の作品の虚構的強度の変容を考える上で、示唆的であるかもしれない。

29　ベンヤミンであれば、この領域を〈正義〉と呼ぶかもしれない。Benjamin, Walter: Zur Kritik der Gewalt. In: Gesammlte Schriften. Bd II. 1., S. 192を参照。

30　ここでは原文での „fort mit der Lüge" という言い回しに含意されうる二義性「嘘は失せてしまえ／嘘を続けろ」をあえて並べて訳出している。文脈抜きで単体として抜き出せば、一般には前者の意味で解される表現であるが、„fahr fort"「続けてよ」という言葉が繰り返されるこの場面においては、„mit der Lüge fortfahren"「嘘を続ける」の意味が同時に響いているのである。

31　Herzog, Urs: a. a. O., S. 16.

第二章

「母の言葉」の喪失を埋めてゆく散文
――ベルリン時代の長編小説『タンナー兄弟姉妹』をその前史から読む

おひさまのもとには、おひさまのもとにあることよりすばらしいことはなく……
（インゲボルク・バッハマン）[1]

教えてあげよう／雪ひらの重さは〇・〇〇四グラム
（ユルク・ハルター）[2]

一　カフカとベンヤミンの読む『タンナー兄弟姉妹』

一九〇七年に出版されたローベルト・ヴァルザーの最初の小説『タンナー兄弟姉妹』は、一九九〇年代の日本において好んで使われた表現を使うなら、「フリーター」を主人公とした小説である。二〇歳すぎのジーモン・タンナーは定職につかぬまま、書店や銀行の見習い、住み込みの事務助手に家事手伝い、さらには「失業者のための筆記室」での筆耕アルバイト、と転々と仕事を変えてゆく。しかし、その間に主人公が新たな認識を獲得し成長していくわけでもなければ、主筋をになうほどに濃密な人間ドラマが展開するわけでもないし、ジーモンを通して社会全体が批判的に描かれようとしているわけでもない。「教養小説」にも「恋愛小説」にも「社会小説」にも分類できぬこの作品においては、ジーモンの独白や作文や夢想、兄弟姉妹のクラウス、カスパール、ヘドヴィヒ、女友達のクララ、ローザらと交わす会話や手紙が、これといった筋立てもないままに三〇〇頁以上にわたって紙上を埋めているのである。この小説形態については発表当初より、「まったく小説らしからず、単純このうえなく、まるで日記[3]」「完全に無形式[4]」、「非有機的、骨なし、ゼリー状[5]」といった指摘がなされてきた。その一方で、小説の言語そのものについては――場合によっては同じ評者によって――「その優雅さ、繊細さ、抒情性[6]」、「独自の音楽性、波打つ抒情性[7]」といった好意的な評価が少なからず寄せられた。ヴァルザーの最初の小説は、内容・形式に関しては未熟ではあるものの、その詩的・音楽的言語においては見るべきものがある新人作品として寛容に受け止められた、ということができるだろう。

しかしこれらの書評は、否定、肯定いずれの方向においても、この作品の可能性を見誤っていたというべきだろう。評者たちが期待するような小説構造が欠落していることは、決して今後改善されうる技術的欠陥などではなく、書き手ヴァルザーと長編作品というジャンルの関係として考察すべき本質的問題である。それらしい形容詞や比喩で持ち上げてみせる印象批評は、「骨なし」で「無形式」にも見えるヴァルザーの言語こそが胚胎する可能性の探究を遮るものでしかない。この作品を読み解く助けとなるのは、既成の価値基準に照らして評価しやすい側面のみを抜き出して語る一般的言語ではなく、ヴァルザー作品の類例のない奇妙さそのものに寄り添い、そこに見られる諸特性の連関の必然性に迫ろうとする、個の角度ある言葉である。

ジーモンは、思うにあの兄弟姉妹の中の一人です。彼は耳元まで幸福でいっぱいになって、ありとあらゆる場所を歩き回っているのではないでしょうか、そしてつまるところ彼から生まれ出るものといえば、読者の満足よりほかないのではないでしょうか。これは本当に出世には縁のない歩みです。でも世界に光をもたらしてくれるのは、出世には無縁の歩みなのです。(フランツ・カフカ、一九〇九年)[8]

彼らは夜がもっとも黒くなるところ、ポツンポツンと希望の提灯に照らされた、いわばヴェネチアの夜からやって来た。目のなかにはまだ祭の輝きをいくらか宿しているが、心は取り乱して泣きたいほど悲しく。彼らは泣き、それが散文となる。というのもすすり泣きこそヴァルザーの饒舌のメロディーなのだから。それはわれわれに、彼のいとしい者たちがどこからやって来たのか教えてくれる。他のどこでもない狂気から彼らはやって来た。それは狂気を経てきた人物たちであり、だからこそ彼らにはあんなにも心引き裂くような、あんなにもまったく非人間的な、一途な表面性が残っているのだ。もし彼らに具わっている、ひとを幸福な気分にするとともに気味悪くもさせる性質を一言で名づけようとすれば、次のように言うことが許されるだろう。彼らはみな癒された人びとなのである。もちろんわれわれは、彼の『白雪姫』に

――それは近代文学の最も深遠な形象の一つだ――思いきって聞いてみるのでもないかぎり、この治癒の過程を決して知ることはない。だが、この一作だけで、あらゆる詩人のなかでも一見したところ最も散漫なこの詩人がなぜ、あの仮借ないフランツ・カフカの愛読するところになったのかを、理解するのに充分なはずである。（ヴァルター・ベンヤミン、一九二九年）[9]

規範に照らした作品評価からはほど遠い、個の読書経験に基づいた両者のヴァルザー論は、ヴァルザーの文章の無内容性、表層性、それが読者にもたらすある種の幸福感に触れている。そして、カフカの場合は、それが所有と自己支配を原則とする近代市民的な生のありようとは無縁の、移動するノマド的な生との連関において生まれるものであることが、ベンヤミンの場合は、小説以前の作品において試みられた夜と狂気からの癒えにおいてこそ生まれえたものであることが指摘されている。本章では、同時代におけるヴァルザーのもっとも良き読者であったこの二人の文章を導き手としつつ、小説『タンナー兄弟姉妹』における生の幸福を伝えてくれる比類のない言葉、耳を傾ける者、読む者をも幸福にしてしまう感染力のある言葉が、いかなるところから生まれ出てくるのかを明らかにしたい。

二　失われた「母の言葉」をもとめて
――『タンナー兄弟姉妹』の前史としての初期小劇

謎めいた言葉が連ねられているかに見えるベンヤミンのヴァルザー論は、直観と比喩によりかかった印象批評などではまったくない。ベンヤミンが、一九一九年にカッシーラ社から刊行された『喜劇』に「白雪姫」とともに所収された他の初期作品を読みこんだ上で書いていることは、「夜」、「すすり泣き」、「狂気」といったキーワードの使い方からして明白である。以下で述べるように、これらはいずれも、初期の小劇作品『少年たち (Die Knaben)』、『詩人たち (Dichter)』(いずれも未邦訳)、さらには第一章で論じた『白雪姫』において焦点が当てられる重要モチーフなのである。本節では、これら初期小劇における諸モチーフをとりあげ、ベンヤミンの凝縮された言葉が含意するところを明らかにするとともに、ヴァルザーにおける散文言語誕生のプロセスについて論じたい。いわば「前史」ともいえるこれらの劇作品を念頭に置きつつ、そこからの散文的展開として読むとき、『タンナー兄弟姉妹』のかつて否定的に論じられた小説構造とかつて肯定的に評価された言語的特性の関係は認識しうるものとなるだろう。

「芸術」からの別れ、「樅の森」での死――『少年たち』

一九〇二年六月に文芸誌『インゼル』に発表されたヴァルザーの小劇『少年たち』は、「死」に魅入られた四人の少年たちの「芸術」からの別離をめぐる作品である。すでに作品冒頭から、のどかな山間の草地に遊ぶ男の子たちには、「死」の影がさしている。

（山間の草地。フランツ、ヘルマン、ハインリヒ登場。
　はるか後ろにペーター。兎のように小さい。）
フランツ　こんなに登らなくちゃいけないと死ぬことなんて考えなくなるね。（草に寝転ぶ。）
ヘルマン　もちろんさ、普通じゃないことを考える暇なんてなくなるからね。
フランツ　これまで何回も考えたことあるの？
ヘルマン　あるさ、何度も。いい加減、死ぬってことがおよそ退屈に思えてくるくらいにね。
［中略］

ハインリヒ　まもなく日が暮れる。見て、影がこんなに長くなってる。もうすぐ触るよ。
ヘルマン　影が伸びてゆくことほどに繊細なことってあるかな？
ハインリヒ　こんなふうに触ってくることほどにね。
ヘルマン　自然に聞いてみなくちゃ。絶対に答えは返ってこないだろうけど。
ハインリヒ　いや、僕らの心が答えてくれるさ。
ヘルマン　そのときにはたくさん言葉にして、説明して、強調しなくちゃいけなくなるだろう。
ハインリヒ　だめだよ。いつも、ずっと、黙ってなくちゃ。
ヘルマン　ああ、きみってやつは！（抱擁し合う。）
ハインリヒ　あ、もう、きみの足に触ったよ。

ヘルマン　何が？　ああ、影だね。
ハインリヒ　こういう影って、何を意味しているんだろう？
ヘルマン　死？　生？　偉大さ？　沈黙？（SW14/9）

三人の少年たちは、繰り返し「死」のテーマに引き寄せられつつ、「自然」、「言語」、「沈黙」をめぐって繊細な会話を続けてゆく。しかしながら、その繊細さを先鋭化させつつ生きてゆく道を、これに続く箇所で三人はそれぞれに断念する。俳優を目指すフランツは名優ヤンクに天性の霊感すなわち才能がないと断言され、バイオリニストを目指すヘルマンは名匠パガニーニに失格の判定を下され、ハインリヒは小姓として仕えようとした女主人に背を向けられる。（女主人に「韻文で」話しかけていたことをからかわれるハインリヒの姿には、「詩人」となる生き方が暗示されていると考えることができるだろう。）そして、いずれも繊細さをつきつめてゆく生き方を断念した三人は、軍への入隊を決意する。「芸術なんて戯れ言にすぎない、戦士の方がずっと崇高だ。［……］僕ら三人はみんな男になるのだ。」（SW14/16）彼らは、繊細さではなく力の側で、芸術ではなく現実の側で生きることを選ぶのである。それに対して、三人の揶揄の対象である「兎のように小さい」（SW14/7）ペーターは、別の選択をする。「深い夕闇」（SW14/10）の中、登場したペーターは語る。

僕には何の肩書きもない、才能もない、すすり泣くことが才能の一つと言えないのなら。僕に与えられた天分はすすり泣きだ。間違いなく僕にはすすり泣く才能がある。でもこれは芸術家芸術じゃないんだ、これは心からやって来るにすぎないのだから。（にっこりする。）そう、芸術なんかじゃない。（大地に身を投げる。）夜はやつらを追っ払った、でも、僕には優しくしてくれる。だって僕は夜に愛されているのだから。僕だって何かに愛されたい。でもそれが夜だけなのは悲しいことだ。夜はまっくろ、僕には見える。夜はしっとり、僕は感じる。夜はやさしい、僕にはわかる。夜の奥深い触感をさらに上手に描き上げるのが僕の仕事だ。僕は画家。僕の涙は油、そこに混ぜる絵の具は僕の感情。僕はありったけの感情で描く。ため息、苦しみ、そして、あこがれ。一番強い色彩はあこがれだ。そしてすべての色彩は、愛という広い海に流れこむ。僕はずっと、ずっと愛し続けなくちゃいけない。ほかの子たちは時に応じて器用に愛するのをやめてしまう。でも僕はずっと愛し続けなくては。（SW14/11）

死に魅入られている点、心よりきたる繊細な感情を何らかの媒介によって表現しようとしている点において、前述の三人とペーターは共通している。両者を分かつのは、世界を愛することを「時に応じて」やめてしまえる「器用」さを備えているか否かである。三人の器用さは、そもそも彼らが世界を愛することを「演劇」、「音楽」、「詩」といった既成芸術分野の枠内で追及しようとしていたことと関係している。彼らにとってこうした職業が存在することは自明であり、それゆえ、各領域における権威の判断は容易に彼らを断念させ得たのである。彼らはあくまでも、現実か芸術かという二者択一の図式の内部で判断する存在にとどまるといっていいだろう。

対してペーターは、自分の繊細さがそのような「肩書き」にはたどりつき得ない類のものであることを知っている。彼が自らの才能として語るのは、そのような既成の芸術カテゴリーからはこぼれおちてしまうような行為、そもそも行為とすら呼べない「すすり泣き」なのであり、涙の油で感情という絵の具を溶かして夜を描くこと、それこそが自分なりの生に対する愛だと語っているのである。むろん、すすり泣きで描くこの「画家」は、世に「芸術家」と認められる存在ではありえない。

さらにペーターは、これほどまでに深い、自分と夜との関係が何に由来するのかについても語っている。

きっといつかは愛することもやめなくちゃいけないだろう。でも僕にはわかっている、そのときは生きるのもやめるときだと。だって僕の生への愛は、母さんへの愛にほかならず、その母さんは死んでしまったのだから。[中略] 僕がこんなに若くして死にたいのは、眠りたいということだ。若さはすぐに眠ろうとする、だって若いとすぐに疲れてしまうのだから。そして僕はすばらしく疲れている。人間、疲れていると悲しくなるものだけど、僕は楽しくなる。疲れは僕にたくさんのものを約束してくれる。死を約束してくれる。母さんのキスを約束してくれる。僕は死ぬほど疲れ果て、キスを思い出すのが大好きだ。僕は死ぬことなしにはキスしてもらえない。そう、僕はキスが大好きだから、死ぬのも大好きなのだ。死は僕にキスしてくれる。(SW14/11f.)

ペーターにおける死への誘惑は母の死に由来している。この設定からして、作品の登場人物の中でもペーターこそが、一五歳の時に精神を病んでいた母を亡くし、その後も定職に就くことのないまま書くことを選んだヴァルザー自身に近しい存在であることは明らかだろう。

しかしここでは、伝記的事実との対応関係のみならず、「生」、「死」、「母」、「キス」といったヴァルザーにおける重要モチーフが、もっとも早い時期に密接な連関を形成しているテクストとして注目してみよう。まず、前半部においては、「生への愛（Liebe zum Leben）」と「母への愛（Liebe zur Mutter）」が並置された上で、「そしてその彼女は死んだ」とも「そして彼女は死である」とも読みうる **„und sie ist tot"** というレトリカルな言葉を蝶番にして、「生への愛」＝「母への愛」＝「死への愛」という連関が形成されている。さらに後半部においては、「生」はさらに「若さ」と「疲れ」の連関として描かれ、それが「死ぬほど疲れて（todmüde）」という「死（Tod）」と「疲れ（müde）」が文字通り一体化した語を介して、死の側で待ち受けている「死のキス」＝「母のキス」に接続されている。

さらに以下に引用する最終場面を読めば、その「死のキス」＝「母のキス」が「沈黙」と結びつけられていることがわかるだろう。「キス」は、初期ヴァルザー作品において、発話器官である口をふさぐことによってこそ無言のうちにある種の伝達を実現する神秘的、エロス的な行為なのである。

（森。ペーターが樹々の幹の間から登場。）

さあ、僕は死のう。僕は早くに死ぬことができる。だってこんなに早くに疲れてしまったのだから。まだ語るべきことはたくさんあるのかもしれない、けれどそれは語れないものだ。語れないものもしかすると語ることはできるのかもしれない。でも、樅の樹々はとても静かで、僕に静けさを命じている。母さんのことが大好きだから、僕は死のう。（死ぬ。）

（風が吹き森がざわめく。）

ペーターの母があらわれ両腕を差しのべ、彼の方へ急ぎ歩み寄る。）（SW14/17）

作品『少年たち』を書くことを通して、ヴァルザーは、みずからにおける「語ること」＝「書くこと」の問題が、芸術か現実かの二者択一の問題ではなく、失われてしまった母とのエロス的合一への希求の形をとる、死と沈黙への誘惑にいかに向き合うかという問題であることを認識する。そして、ペーターが死を通して母との合一を遂げた「樅の樹々（Tannen）」がざわめく森という場所は、「語ることの可能性／不可能性」がせめぎ合う特権的な場所として、長編小説『タンナー兄弟姉妹（Geschwister Tanner）』においても、繰り返し様々なヴァリエーションで登場することになるのである。

「言葉の砂の中の魚」――『詩人たち』
一九〇〇年六月に文芸雑誌『インゼル』に発表された作品『詩人たち』は、詩人であるゼバスチャン、ヘルマン、ガブリエル三人の会話、詩人オスカーの独白、一人の女性詩人の夢想を通して、詩人という存在についての反省が展開される小劇である。ここでは、もはや直接的な形で、生と死がテーマ化されることはない。繰り返し問題となるのは、この世界における詩人の存在し難さである。冒頭、ゼバスチャンは次のように語る。

この古い家の石のベンチに腰掛けることにしよう。どんなに僕が疲れているかを言える人間はここにはいない。僕は詩人だ。感情を、人びとが詩行と呼ぶ貧相な音節の羅列に無理に押し込めること、これが僕の職業だ。僕の詩行は、肩をすくめ冷たい眼差しを向ける読者の様子から判断するに、どうも良くないものみたいだけれど、僕はそれを気に病んだりはしない。だって変えようのないことなのだから。僕の嘆きがいくら心奪うものであっても、僕からもっとましな芸術家をつくりだすなど、どだい無理な話なのだ。［……］僕が事物について書くのは、ことによると退屈ゆえのことで、書かれた事物が詩行の中から僕を見つめるまなざしは、もっとひどいものではないにしろ、僕に悲しみを感じさせる。世界はそんなことには関心はない。一人前に思える僕のことはさしおいて、生半可な才能と戯れている。断固として拒むべきものを受け入れている。［……］ああ、もう四分の三もはまり込んでいるこの中途半端な仕事とは別に、まっとうにパンを稼げる職があればいいのだけれど。(SW14/18f.)

詩人の社会的存在の困難と詩を書くことそのものの困難とが結びつけられて語られているくだり

である。世界において正当に評価されることがないために、ある種の詩人は即物的な意味で生きのびてゆくことすら難しい。こう語るとき、ゼバスチャンは文字に「書かれた事物」から「悲しみ」のまなざしが向けられていることを感じることのない詩人、「感情」を「貧相な音節の羅列」に押し込めることで「疲れ」果ててしまうことのない詩人、すなわち書くことの不可能性を知らない詩人と自らをはっきり区別している。

さらに「批評の寵児」とも呼ばれていた詩人カスパールが名声の絶頂において縊死したとのセンセーショナルなニュースが伝えられると、ゼバスチャンは生きた詩人の存在よりも、死んだ有名詩人の名前こそを好む世界、「気の利いた話の種」となりうる非日常的な出来事ならば何でも嬉々として受け入れる世界のことを嘆く。と同時にその一方で、カスパールの「名前の余韻にでもなれれば、僕もずいぶん助かるのだけれど」（SW14/19）とこぼす。すでにこの初期の小劇においてヴァルザーは、同時代における「詩人」の存在可能性をめぐって、きわめて冷めた認識を示しているといっていいだろう。『『詩人の故郷はどこに？』――『時代の中に、記憶の中に、忘却の中に。』――『束の間の気まぐれが贈ってくれる好意の中に。』――『ということは僕らの故郷は気まぐれのプレゼント。僕らは気まぐれという王女様の宮殿に住んでるっていうわけだ。』』（SW14/27）三人の詩人たちはビュヒナーの『レオンスとレーナ』の台詞であってもいいようなアイロニカルなトーンで、詩人の場所をめぐる会話を交わしている。

しかしながら、この小劇での関心が向かうのは、書くことを断念してまっとうな生業につくという選択肢ではない。ゼバスチャンの抱える書くことをめぐる問題をさらに先鋭化した言葉で語るのが、部屋の窓を開き、夜の世界に向かって一人独白するオスカーである。

月がキスする、広やかな大地に、家の前の静寂に満ちた広場に。樹々が囁く、噴水が震える、夜が笑う、そして僕の耳はあまりに敏感すぎる。［……］僕の感情は鏃《やじり》となって僕を傷つける。心は傷つき思考は疲れ果てようとする。僕は月を詩に押しつけ、星々もいっしょにして、そこに僕自身を混ぜあわせたい。言葉の砂の中の魚のように跳ね死んでゆかせる以外に、感情をどうすればよいというのだろう。詩作をやめてしまうや僕はおしまいになってしまうだろう、それは僕には喜ばしいことだ。(SW14/21)

詩人オスカーの言葉には距離がない。語彙の貧困とすら言えるほどに、夜の世界そして夜の世界を感受する感情は、直截的な身体言語ばかりで描かれている。何よりもそれを示しているのが接触を意味する「キスする」という動詞だろう。「キス」は詩における言葉の介在そのものを否定するかのように、「月を詩に押しつけ、星々もいっしょにして、そこに僕自身を混ぜあわせたい」という強引な言い回しを呼びこみ、そして、言語そのものの根源的な不可能性を語る「言葉の砂の中の魚」のイメージ、さらに詩作そのものの断念、もしくは、自らの死を暗示する言葉につながってゆく。

そしてこの小劇そのものも、詩人の死を予告するオスカーの不吉な言葉によってしめくくられる。

僕は溶け去ってゆくとき叫ぶだろう。その叫びはおぞましい響きを百万もの谷、百万もの山々に響かせるだろう。夜は泣くだろう。大地は怒り、のたうつだろう。そして、人々は詩人が孤独に死にはしないことを感じとるだろう。(SW14/28)

以上のように、『少年たち』および『詩人たち』においては、登場人物たちの語りを通して、世界のそして感情の表象不可能性の問題、その問題と向き合ったときの「生／死」の可能性についての反省が重ねられ、「疲れる」、「泣く」という直裁的な身体感覚が繰り返し書きつけられる。しかし、そこからどのように『タンナー兄弟姉妹』で読者が出会うような幸福なおしゃべりが生まれうるのかについては、この二作品では何も書かれていない。それが作品を通して実現されるのは、童話劇『白雪姫』を待たねばならないのである。[10]

「判断」する言語から「微笑む言葉」への転回――『白雪姫』(一九〇一年、『インゼル』誌に発表)

第一章で詳論した『白雪姫』については、「沈黙」、「死」への誘惑から幸福なおしゃべりへの転回のプロセスを論じる本節の文脈での位置づけのみを確認しておこう。

ヴァルザーの『白雪姫』は、童話の物語のうちに閉じ込められた主人公が、自らを取り巻く世界を、小さな嘘の物語へと解体しようとする戯曲と読むことができるだろう。既知の「白雪姫」の物語が終わった場面から始まるヴァルザーの作品において、主人公白雪姫は、完璧な信頼と一体となった「母の言葉(Mutterwort)」を希求している。(「なんと待ち遠しいことでしょう／お母

郵便はがき

料金受取人払

諏訪支店承認

1

差出有効期間
令和 3年10月
20日まで有効

392-8790

〔受取人〕

長野県諏訪市四賀229-1

鳥影社編集室

愛読者係 行

ご住所 〒 □□□-□□□□	
(フリガナ) お名前	
お電話番号 ( ) -	
ご職業・勤務先・学校名	
eメールアドレス	
お買い上げになった書店名	

鳥影社愛読者カード

このカードは出版の参考にさせていただきますので、皆様のご意見・ご感想をお聞かせください。

書名	

① 本書を何でお知りになりましたか？

i．書店で
ii．広告で（　　　　　　　　　　）
iii．書評で（　　　　　　　　　　）
iv．人にすすめられて
v．DMで
vi．その他（　　　　　　　　　　）

② 本書・著者へご意見・感想などお聞かせ下さい。

③ 最近読んで、よかったと思う本を教えてください。

④ 現在、どんな作家に興味をおもちですか？

⑤ 現在、ご購読されている新聞・雑誌名

⑥ 今後、どのような本をお読みになりたいですか？

◇購入申込書◇

書名　　　　　　　　　　¥　　　　　（　　）部

書名　　　　　　　　　　¥　　　　　（　　）部

書名　　　　　　　　　　¥　　　　　（　　）部

鳥影社出版案内

2020

イラスト／奥村かよこ

choeisha

文藝・学術出版　鳥影社

〒160-0023 東京都新宿区西新宿 3-5-12 トーカン新宿 7F

TEL 03-5948-6470　FAX 03-5948-6471（東京営業所）

〒392-0012 長野県諏訪市四賀 229-1（本社・編集室）

TEL 0266-53-2903　FAX 0266-58-6771　郵便振替 00190-6-88230

ホームページ www.choeisha.com　メール order@choeisha.com

お求めはお近くの書店または弊社（03-5948-6470）へ

弊社への注文は１冊から送料無料にてお届けいたします

＊新刊・話題作

出来事
吉村萬壱

季刊文科62～77号連載「転落」の単行本化
芥川賞作家・吉村萬壱が放つ、不穏なホンモノとニセモノの世界。
1700円

香害（化学物質汚染）から身を守る
古庄弘枝（二刷出来）

「香り」は日本中を席巻し、よかれと思ってつけるその香りが、隣人を苦しめ、大気を汚染している。「香害」です。
500円

「血液型と性格」の新事実
AIと30万人のデータが出した驚きの結論
金澤正由樹

スポーツ、政治、カルチャー、恋愛など、様々なシーンのデータを分析。血液型と性格の真新しい事実が、徐々に明らかに！
1500円

漱石と熊楠 同時代を生きた二人の巨人
三田村信行（二刷出来）（東京新聞他で紹介）

いま二人の巨人の生涯を辿る。同年生まれイギリス体験、猫との深い因縁。並列して見えてくる〈風景〉とは。
1800円

五島列島沖合に海没処分された潜水艦24艦の全貌
浦 環（二刷出来）

実物から受けるオーラは、記念碑から受けるオーラとは違う。実物を見よう！ 海底に眠る旧日本海軍の潜水艦の全貌。
2800円

反面教師として読んだ『文章読本』
原不二夫

日本語を書くすべての人々に贈る「文章読本」の決定版。文章を書く者すべてにとって、これは必須の一冊となるだろう。
2800円

地蔵千年、花百年
柴田 翔（読売新聞・サンデー毎日で紹介）

芥川賞受賞『されど われらが日々―』から約半世紀。約30年ぶりの新作長編小説。戦後からの時空と永遠を描く。
1800円

詩に映るゲーテの生涯

小説を書きつつ、半世紀を越えてゲーテを読みつづけてきた著者が描く、彼の詩の魅惑と謎。

入門フォーカシング
阿世賀浩一郎

身体と心のモヤモヤに効く技法、フォーカシングの絶好の入門書！
600円

スマホ汚染 新型複合汚染の真実
古庄弘枝

放射線（スマホの電波）、神経を狂わすネオニコチノイド系農薬、遺伝子組換食品等から身を守る。

1600円

老兵は死なず マッカーサーの生涯
林義勝他訳

生まれから大統領選挙挑戦にいたる知られざる全貌の決定版・1200頁。
5800円

愛知ふるさと素描
河村アキラ

『名古屋ふるさと素描』に、新たに40枚を追加。愛知県内各地に残されたニッポンの消えゆく庶民の原風景を描く。1800円

純文学宣言
季刊文科25～81（61より各1500円）

〈編集委員〉青木健、伊藤氏貴、勝又浩、佐藤洋二郎
富岡幸一郎、中沢けい、松本徹、津村節子

【文学の本質を次世代に伝え、かつ純文学の孤塁を

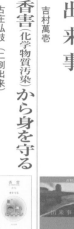

新訳金瓶梅（全三巻予定）
田中智行訳（朝日・中日新聞他で紹介）

三国志などと並び四大奇書の一つとされる金瓶梅。そのイメージを刷新する翻訳に挑んだ意欲作。詳細な訳註も。
3500円

アルザスワイン街道
―お気に入りの蔵をめぐる旅―
森本育子（2刷）

アルザスを知らないなんて！ フランスの魅力はなんといっても豊かな地方のバリエーションにつきる。
1800円

小鬼の市とその他の詩
クリスティナ・ロセッティ詩集
滝口智子訳

表題作他、生と死の喜びと痛みをうたう19世紀英国詩人のみずみずしい第一詩集、完訳。
2200円

ふわふわさんとチクチクさんのポケット心理学
心豊かに生きるための40のレシピ
小林雅美

ポケットに入るぐらい気楽な心理学誕生。人生を切り開く「交流分析」を40のレシピとしてわかりやすく解説。
1600円

シングルトン
エリック・クライネンバーグ／白川貴子訳

一人で暮らす「シングルトン」が世界中で急上昇。このセンセーショナルな現実を検証する欧米有力誌で絶賛された衝撃の書。
1800円

低線量放射線の脅威
J・グールド、B・ゴールドマン／今井清一・今井良一訳

低線量放射線と心疾患、ガン、感染症による死亡率がどのようにかかわるのかを膨大なデータをもとに明らかにする。
1900円

ドリーム・マシーン
悪名高きV-22オスプレイの知られざる歴史
リチャード・ウィッテル／影本賢治訳

これを読まずにV-22オスプレイは語れない！ 陸上自衛隊に配備されたオスプレイの知っておくべき歴史的事実。
3200円

フランス・イタリア紀行
トバイアス・スモレット／根岸彰訳

十八世紀欧州社会と当時のグランドツアーの実態を描き、米国旅行誌が史上最良の旅行書の一冊に選定。発刊から250年、待望の完訳。
2800円

ヨーゼフ・ロート小説集
平田達治／佐藤康彦 訳

第一巻 優等生、バルバラ、立身出世
サヴォイホテル、曇った鏡 他
第二巻 ヨブ・ある平凡な男のロマン
タラバス・この世の客
第三巻 殺人者の告白、偽りの分銅・計量検査官の物語、美の勝利
第四巻 皇帝廟、千二夜物語、レヴィアタン（珊瑚商人譚）
別巻 ラデツキー行進曲（2600円）
四六判・上製／平均480頁 3700円

ローベルト・ヴァルザー作品集
新本史斉／若林恵／F・ヒンターエーダー＝エムデ 訳

カフカ、ベンヤミン、ムージルから現代作家にいたるまで大きな影響をあたえる。

1 タンナー兄弟姉妹
2 助手
3 長編小説と散文集
4 散文小品集Ⅰ
5 盗賊／散文小品集Ⅱ
四六判、上製／各巻2600円

一五〇年前のIT革命 岩倉使節団のニューメディア体験
松田裕之

「身にして二生」を体験する現代人必読の一冊。AI時代を生き抜くヒントがここにある！　1550円

岡谷製糸王国記 信州の寒村に起きた奇跡
市川一雄

富岡ではなく岡谷がなぜ繁栄？　諏訪式機械と諏訪式経営、「工女ファースト」の実像、片倉四兄弟の栄光。　1600円

桃山の美濃古陶 古田織部の美
西村克也／久野治

古田織部の指導で誕生した美濃古陶の未発表の伝世作品の逸品約90点をカラーで紹介。桃山茶陶歴史年表、茶人列伝も収録。　3600円

頼朝が幾何で造った都市・鎌倉
平井隆一

鶴岡八幡宮 鎌倉大仏の謎が解けた！工学博士の歴史家が7年の歳月をかけて描いた本格的な歴史書！　1500円

新渡戸稲造 人格論と社会観
谷口稔

多岐にわたる活動を続けた彼の人格論をベースに農業思想・植民思想・教育思を論じ、思想の解明と人物像に迫る。　2200円

幕末の長州藩 西洋兵学と近代化
郡司健

海防・藩経営及び会計的側面を活写。西洋の産業革命に対し伝統技術で立向った長州藩の歴史。　2200円

天皇家の卑弥呼 誰も気づかなかった三世紀の日本
深田浩市（三刷）

倭国大乱は皇位継承戦争だった!!　日本書紀や魏志倭人伝、伝承、科学調査等から卑弥呼擁立の真の理由が明らかになる。　1500円

西行 わが心の行方
松本徹（毎日新聞書評で紹介）

季刊文科で「物語のトポス西行随歩」として十五回にわたり連載された西行ゆかりの地を巡り論じた評論的随筆作品。　1600円

浦賀与力中島三郎助伝 木村紀八郎
幕末という岐路に先見と至誠をもって生き抜いた最後の武士の初の本格評伝。　2200円

軍艦奉行木村摂津守伝 木村紀八郎
若くして名利を求めず隠居、福沢諭吉が終生敬愛したというサムライの生涯。　2200円

南の悪魔フェリッペ二世 伊東章
スペインの世紀といわれる百年が世界のすべてを変えた。黄金世紀の虚実1　1900円

不滅の帝王カルロス五世 伊東章
世界のグローバル化に警鐘。平和を望んだ偉大な帝王が続けた戦争。黄金世紀の虚実2　1900円

フランク人の事蹟 第一回十字軍年代記
丑田弘忍訳　第一次十字軍に実際に参加した三人の年代記作家による異なる視点の記録。　2800円

大村益次郎伝 木村紀八郎
長州征討、戊辰戦争で長州軍を率いて幕府軍を撃破した天才軍略家の生涯を描く。　2200円

新版 日蓮の思想と生涯 須田晴夫
日蓮が生きた時代状況と、思想の展開を総合的に考察。日蓮仏法の案内書！　3500円

古事記新解釈 南九州方言で読み解く神代
飯野武夫／飯野布志夫 編　『古事記』上巻は南九州の方言で読み解ける。

夏目漱石『猫』から『明暗』まで

平岡敏夫（週刊読書人他で紹介）

ゆえに、作品には微かな〈哀傷〉が漂う。新たな漱石を描き出す論集。2800円

赤彦とアララギ

―中原静子と太田喜志子をめぐって

福田はるか（読売新聞書評）

悩み苦しみながら伴走した妻不二子、畏敬と思慕で生き通した中原静子、門に入らず自力で成長した太田喜志子。2800円

風嫌い

田畑暁生

なぜ、姉は風が嫌いなの？ ちょっとこわくて、どこかおかしい、驚きあり笑いあり涙ありの、バラエティに富んだ傑作短篇小説集。1400円

ピエールとリュス

ロマン・ロラン／三木原浩史 訳

1918年パリ。ドイツ軍の空爆の下でめぐりあった二人。ロラン作品のなかでも、今なお、愛され続ける名作の新訳と解説。1600円

中上健次論（全三巻）

（第一巻 死者の声から、声なき死者へ）（第二巻 父の名の否〈ノン〉、あるいは資本の到来）（第三巻 幻想の村から）

戦死者の声が支配する戦後民主主義を描く大江健三郎に対し声なき死者と格闘し自己の世界を確立していった初期作品を読む。各3200円

焼け跡の青空

高畠 寛

大阪大空襲の焼跡で育った少年たちの物語。焼跡の上に広がる広大な青空、それは違った見方をすれば希望でもあった。1500円

昭和キッズ物語

藤あきら

宝物だったあのころ……昭和の時代に子供だったすべての者たちへ。さぁ、愛おしい人たちに会いに行こう。1800円

小説木戸孝允 上・下

―愛と憂国の生涯―

中尾實信（2刷）

西郷、大久保が躊躇した文明開化と封建制打破を成就し、四民平等の近代国家を目指した木戸孝允の生涯を描く大作。3500円

〝古田織部三部作〟

久野 治（NHK、BS11など歴史番組に出演）

新訂 古田織部の世界 2800円

千利休から古田織部へ 2200円

改訂 古田織部とその周辺 2800円

ドイツ詩を読む愉しみ

森泉朋子編訳

ゲーテからブレヒトまで 時代を経てなお輝き続ける珠玉の五〇編とエッセイ。1600円

ドイツ文化を担った女性たち

その活躍の軌跡 ゲルマニスティネンの会編

（光末紀子、奈倉洋子、宮本絢子）2800円

芸術に関する幻想

W・H・ヴァッケンローダー

毛利真実 訳 デューラーに対する敬虔、ラファエロ、ミケランジェロ、そして音楽。1500円

＊ドイツ語圏関係他

ニーベルンゲンの歌
岡﨑忠弘 訳　（週刊読書人で紹介）

『ファウスト』とともにドイツ文学の双璧をなす英雄叙事詩を綿密な翻訳により待望の完全新訳。詳細な訳註と解説付。　5800円

ペーター・フーヘルの世界
—その人生と作品
斉藤寿雄　（週刊読書人で紹介）

旧東ドイツの代表的詩人の困難に満ちたその生涯を紹介し、作品解釈をつけ、主要な詩の翻訳をまとめた画期的書。　2800円

ヘーゲルのイエナ時代 理論編
松村健吾

概略的解釈に流されることなくあくまでもテキストを一文字ずつ辿りヘーゲル哲学の発酵と誕生を描く。　4800円

生きられた言葉
—ラインホルト・シュナイダーの生涯と作品—
下村喜八

シュヴァイツァーと共に20世紀の良心と称えられた、その生涯と思想をはじめて本格的に紹介する。　2500円

ヘルダーのビルドゥング思想
濱田 真

ドイツ語のビルドゥングは「教養」「教育」という訳語を超えた奥行きを持つ。これを手がかりに思想の核心に迫る。　3600円

ゲーテ『悲劇ファウスト』を読みなおす　新妻 篤

ゲーテが約六〇年をかけて完成。すべて原文に即して内部から理解しようと研究してきた著者が明かすファウスト論。　2800円

二〇一八 改訂 黄金の星（ツァラトゥストラ）はこう語った
ニーチェ／小山修一 訳

詩人ニーチェの真意、健やかな喜びを伝える画期的全訳。ニーチェの真意に最も近い渾身の全訳。　2800円

『ドイツ伝説集』のコスモロジー
植 朗子

ドイツ民俗学の基底であり民間伝承蒐集の先がけとなったグリム兄弟『ドイツ伝説集』

ハンブルク演劇論　G・E・レッシング　南大路振一 訳
アリストテレス以降の欧州演劇の本質を探る代表作。6800円

ギュンター・グラスの世界　依岡隆児
つねに実験的方法に挑み、政治と社会から関心を失わなかったノーベル賞作家を正面から論ずる。2800円

グリムにおける魔女とユダヤ人　奈倉洋子

—メルヒェン・伝説・神話—

グリムのメルヒェン集と伝説集を中心にその変化の実態と意味を探る。1500円

フリードリヒ・シラー美学＝倫理学用語辞典 序説
ヴェルンリ／馬上 徳 訳　難解なシラーの基本的用語を網羅し体系化をはかり明快な解釈をほどこし全思想を概観。2400円

新ロビンソン物語　カンペ／田尻三千夫 訳
18世紀後半、教育の世紀に生まれた「ロビンソン・クルーソー」を上回るベストセラー。2400円

東方ユダヤ人の歴史　ハウマン／平田達治 荒島浩雅 訳
その実態と成立の歴史的背景をこれほど見事に解き明かしている本はこれまでになかった。2600円

ポーランド旅行　デーブリーン／岸本雅之 訳
長年にわたる他国の支配を脱し、独立国家の夢を果たしたポーランドのありのままの姿を探る。2400円

東ドイツ文学小史　W・エメリヒ／津村正樹 監訳
神話化から歴史へ。一つの国家の終焉は

モリエール傑作戯曲選集2

柴田耕太郎訳（ドン・ジュアン、才女気どり、嫌々ながら医者にされ、人間嫌い）

現代の読者に分かりやすく、また上演用の台本としても考え抜かれた、画期的新訳の完成。 2800円

イタリア映画史入門 1950～2003

J・P・ブルネッタ／川本英明訳（読売新聞書評）

映画の誕生からヴィスコンティ、フェリーニ等の巨匠、それ以降の動向まで世界映画史をふまえた決定版。 5800円

オットー・クレンペラー 中島 仁

最晩年の芸術と魂の解放
―1967～69年の音楽活動の検証を通じて―

20世紀の大指揮者クレンペラーの最晩年の姿を通して人間における音楽のもつ意味を浮かびあがらせる好著。 2150円

ある投票立会人の一日

イタロ・カルヴィーノ／柘植由紀美訳

奇想天外な物語を魔法のごとく生み出した作家の、二十世紀イタリア戦後社会を背景にした知られざる先駆的小説。 1800円

魂の詩人 パゾリーニ

ニコ・ナルディーニ／川本英明訳（朝日新聞書評）

常にセンセーショナルとゴシップを巻きおこした異端の天才の生涯と、詩人としての素顔に迫る決定版！ 1900円

フェデリコ・フェリーニ

川本英明

イタリア文学者がフェリーニの生い立ち、青春時代、監督デビューまでの足跡、各作品の思想的背景など、巨匠のすべてを追う。 1800円

つげ義春を読め

清水 正（読売新聞書評で紹介）

つげマンガ完全読本！ 五〇編の謎をコマごとに解き明かす鮮烈批評。
読売新聞書評で紹介。 4700円

雪が降るまえに

A・タルコフスキー／坂庭淳史訳（二刷出来）

詩人アルセニーの言葉の延長線上に拡がっていた世界こそ、息子アンドレイの映像作品の原風景そのものだった。 1900円

宮崎駿の時代 1941～2008 久美薫

宮崎アニメの物語構造と主題分析、マンガ史からアニメ技術史まで宮崎駿論一千枚。 1600円

ヴィスコンティ 若菜 薫

「郵便配達は二度ベルを鳴らす」から「イノセント」まで巨匠の映像美学に迫る。 2200円

ヴィスコンティⅡ 若菜 薫

高貴なる錯乱のイマージュ。「ベリッシマ」「白夜」「前金」「熊座の淡き星影」 2200円

アンゲロプロスの瞳 若菜 薫

『旅芸人の記録』の巨匠への壮麗なるオマージュ。（二刷出来） 2800円

ジャン・ルノワールの誘惑 若菜 薫

多彩多様な映像表現とその官能的で豊饒な映像世界を踏破する。 2200円

聖タルコフスキー 若菜 薫

「映像の詩人」アンドレイ・タルコフスキー。その全容に迫る。 2000円

銀座並木座 日本映画とともに歩んだ四十五歩

嵩元友子 ようこそ並木座へ、ちいさな映画館をめぐるとっておきの物語 1800円

フィルムノワールの時代 新井達夫

人の心の闇を描いた娯楽映画の数々暗い情熱に衝き動かされる人間のドラマ。 2200円

＊実用・ビジネス

AutoCAD LT 標準教科書 2017／2018／2019 2020対応（オールカラー）
中森隆道

25年にわたる企業講習と職業訓練校での実績に基づく決定版。初心者から実務者まで無料動画による学習対応の524頁。3000円

自律神経を整える食事
胃腸にやさしいディフェンシブフード
松原秀樹

40年悩まされたアレルギーが治った！重度の冷え・だるさも消失した！ディフェンシブフードとは？ 1500円

伸び悩んでいる人のための
『学びの奥義』
ー教え方のコツ・学び方のコツー
有田朋夫

勉強、スポーツ、将棋etc、もっと上手にもっと成績をあげたい人へ、なるほどと手を打つヒントがいっぱい！ 1400円

心に触れるホームページをつくる
秋山典丈

従来のHP作成・SEO本とは一線を画しコンテンツの書き方に焦点を当てる。商品企画や販売促進にも。 1600円

"できる人"がやっている
"質の高い"仕事の進め方
秘訣はトリプルスリー
糸藤正士

質の高い仕事の進め方にはできる人がやっている共通の秘訣、3つの視点、3つの深度、3つの方向がある。 1600円

草木名の語源
江副水城

草名200種、木名150種、修飾名を含め合計1000種以上収録。古典を読み解き新説を披露。 3800円

現代アラビア語辞典
——アラビア語日本語
田中博一／スバイハット レイス 監修

本邦初1000頁を超える本格的かつ、実用的アラビア語日本語辞典。見出し語1万語以上で例文・熟語多数。 10000円

現代日本語アラビア語辞典
田中博一／スバイハット レイス 監修

見出し語約1万語、例文1万2千以上収録。日本人のみならず、アラビア人の使用にも配慮し、初級…

AutoLISP with Dialog 中森隆道
AutoCAD LT 2013 対応　即効性を明快に証明した本格的解説書。 3400円

開運虎の巻 街頭易者の独り言 天童春樹
三十余年六万人の鑑定実績。あなたと身内の運命と開運法をお話しします 1500円

成果主義人事制度をつくる 松本順市
30日でつくれる人事制度だから、業績向上が実現できる。（第11刷出来） 1600円

腹話術入門（第4刷出来） 花丘奈果
発声方法、台本づくり、手軽な人形作りまで一人で楽しく習得。台本も満載。 1800円

南京玉すだれ入門（2刷）花丘奈果
いつでも、どこでも、誰にでも、見て楽しく演じて楽しい元祖・大道芸を解説。 1600円

新訂版 **交流分析エゴグラムの読み方と行動処方** 植木清直／佐藤寛 編
交流分析の読み方をやさしく解説。 1500円

楽しく子育て44の急所 川上由美
これだけは伝えておきたいこと、感じたこと、考えたこと。基本的なコツ！ 1200円

初心者のための蒸気タービン 山岡勝己
原理から応用、保守点検、今後へのヒントなど

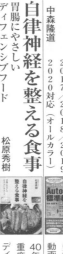

さまのお言葉が。」［本書二八八頁、SW14/88］）しかし、いかに母の王妃を愛し信頼しようとしても、あの白雪姫殺人未遂の物語が揺るぎない原作として参照されるたびに、白雪姫は疑心暗鬼の状態に陥ってしまう。その結果、ヴァルザーの白雪姫は疲れ果て（「もう疲れちゃった。／できることなら何も感じぬ像となり／開いた棺の中に横たわってたいわ。」［本書三〇〇頁、SW14/100］）、世界はついに同一性が失われたものとして立ち現れ（「おかあさんはおかあさんじゃない／世界は甘美な世界じゃない。／愛は疑心暗鬼の無言の憎悪。／王子は狩人、生は死。」［本書三〇三頁、SW14/103］）、その狂気の中で白雪姫は真偽判断そのものを放棄してしまうのである。（「あらゆることにあらかじめ、はいと言っておきますわ。／おまえが何を考えて、何を言おうとこのはいが／おまえの話を真実に無理矢理変えてしまうのよ。」［本書三〇六頁、SW14/107］）なお真偽判断に固執する立場から、このあらかじめの「はい（ja）」によって実現した争いの終焉した世界を、真実をごまかすペテンの世界、表面だけの偽の幸福の世界と呼ぼうとする読者もいるだろう。しかし、そもそもが口承伝承であり、無数のヴァージョンの束でしかなかった〈メルヒェン〉についての劇を書くことによって、ヴァルザーはそもそもオリジナルが存在しないような言説の場、それゆえ真偽判断そのものが問題とならないような言説の場を発見しているのである。そこでは白雪姫が「嘘」をついているだけではない。グリム童話も同じである。「童話は嘘をついておる。それはつまり、かたっておる」（本書三〇七頁、SW14/107）のである。「口承伝承」から「書かれた文学」となることで「小さな嘘（ein Märchen）」から「童話（das Märchen）」にいわば昇格したメルヒェンの歴史を遡行することによって、ヴァルザーは言葉から真偽判断という重荷を取り去る。そこに

「判断」そのものから解放された一つの世界が生じるのである。

王妃
争いなどはもはやなく、あるのは微笑む言葉だけ。[……]
白雪姫
有罪判決や怒り狂った法のかたる
気短かな意見など捨てちまいなさい。
ここでの法は優しさよ。
優しさこそ王冠を授けられた安息。
さああなたも加わってね、この聖なる甘美な祝祭に。
罪を虚空へ投げ散らし
花びらと遊ぶように戯れるこの祝祭に。[……]
王妃
もうおまえ、疲れてはおりませんね。
また笑って陽気になって種撒くように
明るさを振りまいてくれるかい？
白雪姫
もう決して、決して疲れやしないわ。(『白雪姫』本書三一〇－三一四頁、SW14/113f.)

このくだりにおいてはじめて、ヴァルザーの作品世界のうちに「疲れ」を知らない幸福なおしゃべりが登場する。そして、『白雪姫』におけるこの何一つ「判断」しようとしないおしゃべりの様態こそが、ベンヤミンが「あんなにも心引き裂くような、あんなにもまったく非人間的な、一途な表面性」、「ひとを幸福な気分にするとともに気味悪くもさせる性質」と呼ぶものなのである。

　これがヴァルザーにおける、『少年たち』、『詩人たち』で主題化された「母の喪失」と「死」と「沈黙」から、「生」と「語ること」へ向けての転回である。むろん、この転回によって、失われた「母の言葉」がふたたび獲得されるわけではない。表層にとどまろうとする「メルヒエン」の世界、「微笑む言葉」の世界が、たえず真偽判断の深みにひきずりおとされる脅威にさらされていることは、ヴァルザーの登場人物たちも十分承知している。『白雪姫』をしめくくる最後の台詞をもう一度繰り返しておこう。

王妃
そうしたら——そうしたら、その、なにかい
あの事も思い出さなくちゃいけないかい、つまり——
なんのことでしたかしら？　ああ、そうそう、つまりですね
偶然の言ったことだけれども
『あんたはキスであの男を煽りたてて

そして』……

白雪姫

黙って、おお、お黙りになって。あの童話《メルヒエン》が
言ってるだけで、あなたじゃないし、わたしでもない。

わたし、むかし、むかしにそう言ったのよ――

もういまはむかしのこと。さあ、おとうさま。

皆を城中に引き連れて下さいな。（『白雪姫』本書三一四－三一五頁、SW14/114f.）

白雪姫の幸福なおしゃべりは、つねに判断という「狂気」、疑いという「疲れ」の回帰を背中に感じ続けている。小説『タンナー兄弟姉妹』はこの緊張感においてこそ、なおいっそう、世界そのものを「微笑む言葉」において肯定しようとするのである。

三　幸福を伝える無価値な言葉――『タンナー兄弟姉妹』における生の肯定

「生の扉の前」で生きられる〈生〉

『タンナー兄弟姉妹』の最終章で、主人公ジーモンは、かつて自分が間借りしていたクララの家の跡地に建てられたクアハウスの女性支配人に向かって、自らの生のありようを次のような言葉で語る。

僕は今日に至るまでずっと、もっとも役に立たない種類の人間であり続けてきました。それなりにきちんと生きていることを示してくれるスーツすら持っていません。人生において何らかの選択をしているようにはまったく見えないでしょう。僕はいまだに、生の扉の前に立っていて、もちろんそうっとですが、ノックしてノックして、誰かが来て鍵を開けてくれはしないかじっと耳を澄ましているのです。このような鍵は重たいもので、表でドアを叩いているのは物乞いなのだという気がすると、誰も開けに来る気にはならないものです。僕は耳を澄ます者、待つ者にほかならず、そういう人間として完成しているのです。なにしろ僕は、待っている間に、夢見ることを学んだのですから。（『作品集第一巻』三四三頁、SW9/329）

内容のみならずその文体において、ジーモンの生に対するスタンスが凝縮されている文章である。これは、逃避主義者の告白でもなければ、むろん、市民社会批判のマニフェストでもない。ジーモンは、あえて一般的価値観の側に立ち、鍵を開けるか否かを決断する自由を有する者こそが現実の生における主体であるとしながらも、その主体者の所有物の門前に立つ存在、扉を開く自由を持たぬ受動的な存在にこそ開かれうる世界経験について、つつましやかにアイロニカルに、しかし確信とともに語っているのである。[11]「生の扉の前」という言葉はたんなる比喩ではない。ジーモンをはじめ、職を、住居を変えてゆくヴァルザーの作品の主人公たちが――そして現実にそのような生き方をしたヴァルザー自身が――反復して立ち続ける日常的でありつつ根源的でもある世界経験の場所にほかならない。[12] 第二章冒頭のジーモンもそこに立っている。「ある日のこと、ジーモンは庭園に囲まれた広々とした優雅な邸宅の前に立ち、いくぶんおずおずと――それはお昼どきの時間だった――呼び鈴を鳴らした。ベルの音が響き渡るのが聞こえると、まるで一人の乞食が呼び鈴を鳴らしているような気分になった。今かりに自分が中にいて、例えば家の主人で、ちょうど昼餉の最中であったりしたものなら、きっと面倒臭げに妻に顔を向けこんなふうに尋ねたところだろう、こんな時間にどこのどいつだ、どうせまた物乞いだろう!」(『作品集第一巻』二一頁、SW9/25)

そして、この主体者の恣意にゆだねられた圧倒的に受動的な立場は、作中、首尾一貫してジーモンみずからによって選びとられている。第一章で兄のクラウスは、弟のジーモンに宛てて、次のような手紙を書く。「私はおまえが、忍耐と善き意志なくばこの世の中では何一つ達成できぬことを十二分に思い知った後、いつの日か力強く人生行路を歩み始める姿を目にすることができるのではないかという希望を捨てていないのだよ。実際、おまえは必ずや何かしらやり遂げるだろう。少なくともおまえが大志を持たぬ人間でないことだけは私はわかっている。そこで私からの提案だ。ともかくも辛抱しなさい。ほんの三年か四年でいいから厳しい仕事に耐えてみなさい。[……]おまえが本当にひとかどの人間になれば、世界にとって何がしかを意味するほどの者になれば、そうすれば、世界は、そして人々は、まったく違った姿で立ち現れるだろう。」(『作品集第一巻』九―一〇頁、SW9/13f.) 確かに、クラウスの忠告に従って生きるならば、扉を内側から開く自由を獲得するならば、「世界」は「まったく違った姿で」立ち現れるだろう。しかしそのとき――カフカのヴァルザー論を想起しつつ言うならば——門前に佇むジーモンに立ち現われていた世界はもはや経験しえなくなってしまうのである。その選択肢を前に、ジーモンは当然のように「待ち」、「耳を澄まし」、「夢見る」生の方を選ぶ。この兄の手紙に対してジーモンはついに返事を書かない。続く箇所で、ジーモンが一週間で書店をやめてしまう行動それ自体が、そのまま、主体的な生のあり方をすすめるクラウスの提案に対する返答なのであり、その結果、第二章は、引用した「生の扉の前」の場面から始まることになるのである。

実際のところ、僕は人生において前に進もうなんて望んではいない。ただ生きたいだけなのだ、少しばかり自分流のやり方で。それ以上は望んじゃいない。本当のところ、また冬になるまで生きたいだけだ。そしてまた雪が降って冬になったら、その先生きていくにはどうすればいいかわかるだろう、どう生きていくのが一番なのかもわかってくるだろう。(『作品集第一巻』一〇三頁、**SW9/100f.**)

僕は、完全に日々のことに身を捧げ、それを越えて頭の中に浮かぶようなこと一切に関わることのない、そんな一人前の人間になりたいという望みを抱いている。(『作品集第一巻』二一八頁、**SW9/211**)

僕はすぐそばにある将来を越えた、はるか遠くの将来のことに思いを馳せるのが好きではないのです。僕の人生設計などに関心はないのです、そんなものはなるようになればいいので、僕は人の眼鏡にかないさえすればいいのです。(『作品集第一巻』一九三頁、SW9/188)

「ただ生きる」とは単純でありながらその内実を言語化することの難しい言葉であるが、ジーモンが拒もうとしているのは、日々の時間、現在があらかじめ想定された将来によって意味づけられてしまうこと、その意味に覆われて経験しえなくなってしまうという事態である。目標に従属する時間として意味づけられるとき、今現在の行為は労働と化し、その輝くばかりの現在性は失われてしまう。「お日さまが出ている一日はあまりに美しくて、それを労働によって穢してしまうような思い上がった真似はとてもできなかったのです」(『作品集第一巻』一九一頁、SW9/186)という言葉にも明らかなように、ジーモンは至高なる〈今、ここ〉の側につく生き方を選択し続けるのである。

そして、右の三つ目の引用にあるように、自らの将来の目標に対する無関心は、目の前に現前している他者に対する関心と連動している。「自分自身の関心を持つなんて、いったいそんなことありえるでしょうか?［……］自分とは無縁の利害であれば、僕は真剣になるでしょう。当然のことです、自分自身の目的を持たない者は、他の人の目標、関心、意図のために生きるものです。」――「あなたは何かしらの将来を目指すようにしなくてはならないわね。」――「そんなことは一瞬たりとも考えたことはありません!」(『作品集第一巻』一九二頁、SW9/187)

この特異なまでに徹底している通時的自己統御への意志を欠いた態度、他者支配を愛好する主人公の態度に言語的に対応しているのが、小説に繰り返し登場する、状況に自己が従属している状態こそを良しとする表現「ふさわしい（ziemen）」、「似つかわしい（passen）」という言葉であり、さらにはその時々の職について口にされる「生まれながらの本屋の売り子です。」（『作品集第一巻』一五三頁、SW9/7）、「僕は病人の世話をするにはうってつけの人間なのです。」（『作品集第一巻』一五頁、SW9/19）といった高揚した言い回しである。このような発言すべてを突き合わせて、いったいどの職に適性があると言いたいのだと矛盾を指摘しても意味はない。『白雪姫』での転回を想起しつつ言うならば、このジーモンという人物は確固とした通時的同一性が破壊されてしまった場所にのみ生まれうる、そのつどの現在こそを肯定してしまう存在なのである。「同じ一つの職にとどまっている暇などありはしないのです」（『作品集第一巻』一五頁、SW9/19）という彼の言葉は、まさに文字通りの意味で読まれねばならない。

しかし、その一方で、世界に対する十全な肯定と結びつきようのない受動性に対しては、ジーモンは断固として拒否する姿勢を示す。「何か仕事を果たさなくちゃならないとなると、僕は勤勉で働き者です、でも、僕の世界に対する歓びは、どんな人のためであれ、決して犠牲にすることはできません。」（『作品集第一巻』二六七頁、SW9/257）ある種の主体性を拒否し、他者支配に身をささげつつ、なお、完全なる従属からは逃れようとするこの態度から生まれてくるのが、次のような行為である。

今度は、食卓の用意の仕事が待っていた。［……］立てる、置く、並べて置く、摑む、並べて立てる、繊細につまむ、今度はぞんざいにつかむ、指先でナプキンをつまむ、お皿に慎重に触れる、広げる、揃える、つまりはフォーク類を揃える、その際音はたてない、速やかにそれでいて慎重に、注意深くそして大胆に、きっちりとまたすっきりと、ゆったりとしかしきびきびと、グラスはガチャガチャ響かぬよう、お皿はカタカタ鳴らぬよう、でもガチャガチャカタカタしても驚かず、それももっともと受け流し、それから紳士淑女に用意が整ったことを知らせ、料理を食卓に運び、ドアの外に出てゆき、ベルが鳴ればまた戻ってきて、食事の進み具合を眺め、喜びを感じ、自分で食べるよりも食べるのを見る方が素晴らしいと心中つぶやき、そして食卓をまた片づけ、食器類を運び去り、炙り肉の残りを口に放りこんでは、まるでそれが小躍りするような顔つきをしないではいられない行為であるかのように、小躍りするような顔つきをしてみせ、それから自分の食事をとり、今や本当に落ち着いて自分の食事をとることができると考える――こうしたことすべてをジーモンはやってのけねばならなかった。といっても彼はすべてをやらねばならないわけではなかった、例えば、盗み食いをして小躍りする必要はなかったけれど、それは彼の初めての、ささやかな盗みであって、それゆえ彼は小躍りしないではいられなかったのである。というのもこの行為は、子どもの頃の記憶を、食料棚から何やら盗み食いをして、そして小躍りした記憶をありありと蘇らせたのである。(『作品集第一巻』二〇四－二〇五頁、SW9/199f.)

ジーモンが召使として食事の用意をしている場面である。女主人に従属するこの召使は、他者の利害のために勤勉に働いているようでいながら、完全に自由を喪失しているわけではない。「盗み食い」することがそうだ、と単純に言いたいのではない。ただ作業しているだけでなく、その作業についてアイロニカルに意識し、「盗み食い」したあとに「小躍りするような顔つき」をする自らの行為の演技性すら知っており、さらには、それを子ども時代の記憶に結びつけ夢想を始めようとするこの召使の姿には、将来の自由の実現のために現在を支配せよと勧めるクラウス的な主体性とはまったく別の意味での小さな自由が実現されているのである。現にこの文章を読むとき、行為するジーモンの幸福、書いているヴァルザーの幸福が想像されるのみならず、読んでいる読者自身もまた幸福になっているのではないだろうか。確実に自己実現しつつある人間の姿を眼にするとき、人は感心、賛嘆することはあっても幸福にはならないし、完全に他者支配に服している、自由を喪失した人間を眼にして幸福が訪れることも、むろんないだろう。ジーモンにとってそして書くヴァルザーにとっては、このような小さな自由と幸福を実現することの方が、扉を開く自由を確保するよりも、はるかに重要なことなのである。

「強い芸術家」から差異化すること、「弱い詩人」を弔うこと

通常、近代社会において、目的合理的な生に対して、至高なる無目的性が追及される場とみなされる領域は「芸術」である。そして、ヴァルザー自身がまず初期小劇において描いたのも、芸術を目指す少年たち、そして詩人たちの姿であった。しかし、ヴァルザーは、小説『タンナー兄弟姉妹』において、そのどちらでもないのらくら者のジーモンを主人公とし、「芸術家」および「詩

人」の役割は、ジーモンの近傍に位置する人々、具体的にはそれぞれ兄のカスパール、知人のゼバスチャンに配している。画家カスパールの眼は、次のように形容されている。

彼の眼は、あたかも何かしらより良きものを見ているかのように、冷たく穏やかに遠方へ向けられていた。眼はこう語っているかのようだった。「我らは、我ら両眼は、美しきものを見ている。他の人間どもの眼よ、悲しむことなかれ、我らが眼にするものを汝らが眼にすることは決してないだろう。」（『作品集第一巻』七二－七三頁、SW9/73）

「彼の眼をみてると、まるでもう棘で傷ついているのを見てしまったみたいに、急に、とても、とっても可哀想になるの。彼の眼は大きくて、前に迫り出していて、何一つ心配事などないかのようで、何の用心もしないで、いつもあんなに大きく開かれている。なんて簡単に傷ついてしまいそうなんでしょう！」［……］彼女はほとんど泣きそうだった。そのとき、ジーモンとクラウスが二人を探して戻ってきた。クララはできるだけ感情を押さえ、ジーモンの腕をとると、二人で先にたって歩いた。「あなたの眼をみせて。ジーモン、あなたはとても美しい眼をしてる。見つめただけでもう、ベッドで静かにお祈りしてるような心持ちになるわ。」（『作品集第一巻』七三頁、SW9/73f.）

画家は見る存在である。自信にあふれ、才能を欠いた者に対しては軽蔑的な態度をとるカスパールの、ジーモンによって「完成している人間［……］徹頭徹尾、芸術家」（『作品集第一巻』三三四頁、SW9/320）と形容される眼は、低俗な日常の彼方にある美を見つめている。愛するクララからすれば傷つきやすそうで可哀想に思えてしまうほどに彼の眼が無防備に迫り出し開かれているのも、自分が世界を一方的に見つめる権利を有していることを微塵も疑っていないからこそである。この「芸術家」の眼は、戦場のカメラマンのレンズのように、あたかも被弾することはないかのような幻想のうちにある。そしてクララは、そのカスパールの眼のことを心配しつつも、それとの差異においてはじめてジーモンのまったく異種の眼に気がついている。「祈り」という言葉で言い表されているように、それは、見る主体であるより、世界から訪れる偶然の恩寵を待ち受ける受動的な眼、耳を澄まし、待つ者の眼なのである。

一方、「詩人」としてこの小説に登場するのがゼバスチャンである。彼はその早熟な才能をもてはやされたがゆえに、若くして自らを天才詩人と自認し、そのために社会に適応できなくなった弱い人物として描かれている。この弱い詩人に対して強い芸術家カスパールは次のような言葉を向ける。「ご自分の人生を映し出すことになるはずの一編の詩に取り組んでいらっしゃると聞きました。ほとんど人生を体験してもいないのに、どうやって人生を映し出すおつもりなのですか。よくごらんになってみるといい。ご自分がどんなに力強く若々しいか、それが書き物机にかじりついて自分の人生を詩に歌おうとなさっている。そんなことは五十歳にもなってからお始めなさい。そもそも韻文を作るなど、若者にとって恥ずべきことだと私は思っています。そんなのは仕事でも何でもありはしない。［……］詩作するのは罪人となってから、もしくは天使となってからで十分です。もっといいのは、そもそも詩作などやめておくことです。」(『作品集第一巻』七九‐八〇頁、SW9/80) カスパールがゼバスチャンに向ける言葉は、兄クラウスや雇い主たちがジーモンに向ける言葉にも通じる反動性に満ちている。あるいは初期小劇において少年たちに芸術への道を断念させた、名匠たちの言葉と同質であると言ってもいいだろう。いくら年若くとも、「完成している」カスパールは、すでにできあがった「芸術家」という揺るぎないアイデンティティを根拠に「現実／芸術」の二分法から判断を語る者なのであり、その言葉が「微笑む」ことなどあり得ないのである。そもそも彼には、すでに『少年たち』においてヴァルザーが問題にしていた「芸術」とは呼べないもの、「小さな」ものに対する感覚、また『詩人たち』で描いていたような世界の表象不可能性と詩人の存在不可能性をめぐる感覚は欠如している。

主人公ジーモンの詩人ゼバスチャンに対する関係は、画家カスパールの彼に対する関係よりも、はるかに複雑なものである。

すでに一度、夜中に、しかしそのときはひどく大急ぎでよじ登った山を、ジーモンはふたたび登って行った、歩んでゆく足の下で雪がきしんだ。いっぱいに雪をかぶった樅の木は、力強い枝々を地面に届くほど垂らしていた。半分ほど登ったところで、不意に、眼前の雪道の真中に若い男が横になっている姿が眼に映った。森の中には、眠っている男をじっと見つめるに足るだけの明るみがまだ残っていた。こんな厳しい寒さの中で、樅の森の中のこんな物寂しい場所で横になるなんていったいどういうつもりなのか？　男のつば広の帽子は、ちょうど暑くて日陰のない夏、横になって休息する者がするように、陽光を遮るべく斜に顔の上にのせられていた。冬の最中、雪の上でのんびりすることなどおよそありえない時期に、顔が覆われていること、それ自体が何かしら気味の悪いことだった。男は微動だにせず、森の中はいっそう暗くなろうとしていた。ジーモンは男の脚、靴、衣服を検分した。衣服は明るい黄色で、夏服で、きわめて薄い、すりきれたものだった。ジーモンは男の顔から帽子を取り除けた、それは硬直しており、見るも恐ろしい様子だったが、そこでもうジーモンは誰の顔なのかわかったのである、ゼバスチャンの顔だった。［……］大きな、もはや持ちこたえることのできない疲れゆえに、ゼバスチャンはここで倒れ込んだのだろう。（『作品集第一巻』一三二－一三三頁、SW9/129f.）

真冬の徒歩旅行の途中、日暮れ時の山中でジーモンが詩人ゼバスチャンの死体にでくわす場面である。ここで「気味が悪い」のはあたかも夏を思わせるような帽子ののせ方だけではない。そもそも顔が覆われていて誰なのかわからないことが不気味なのであり、さらに言えば、正体確認が引き伸ばされる数行には帽子の下にあるのがジーモン自身の顔ではないかという漠然とした予感が潜んでいる。「詩人の死体」と出会っている場所がかつてジーモン自身が秋の夜に通った道であることが言及されていることは偶然ではないし、イソップ寓話に事寄せていうならば、キリギリス的な生を送っているジーモンにとって、冬を越せるかどうかはつねに念頭を去ることのない大問題なのである。「お金もなしに街の通りをうろつくのは楽しいことではなかった、誰もが知っていることだった、そして誰もが考えた。『冬になったら、そうしたらどうなるのだろう？』」（『作品集第一巻』二八八頁、SW9/276）、「僕は冬が来るのを少しばかり恐れている。今度の冬を越すのがかなり厳しくなるのは確実だ。」（『作品集第一巻』二九三頁、SW9/281）この不意に現れた正体不明の死体を前に、読者の脳裏に、ドッペルゲンガーじみた感触が訪れてしまうことを否定することはできないだろう。[13]

そして、このドッペルゲンガーの予感に続き、詩人ゼバスチャンの死体が確認され、それが弔われることで、この日暮れ時の樅の森の場面は、この長編小説の構成上、きわめて大きな意味合いを持つ場面となる。すでに前節でふれたように、「ゼバスチャン」とは、小劇『詩人たち』において、過剰な感情に疲れ、言語に押しこめられた事物の悲しみの眼差しに射すくめられ、社会における詩人の存在し難さを嘆く詩人の名前にほかならず、疲れのあまり樅の木の森で死ぬという状況は、小劇『少年たち』の最終場面でのペーターの死の反復にほかならない。すなわち、ここでヴァルザーは、ジーモンにゼバスチャンの埋葬をさせることで、自分自身のあり得た可能性としての「詩人」を弔っているのである。そのことは、死者が繰り返し「詩人」として同定されている点にも表れている。「この男はなんと気高い死に場所をさがしあてたことだろう。雪をかぶった緑の樅の大木のただなかに彼は横たわり眠っている。僕はこのことを誰にも言わないだろう。自然が死者を見下ろし、星々が頭上で幽かに歌い、夜の鳥たちがくぐもった声で鳴き、それが聴覚も感情ももはやもたぬ者にとって最上の音楽となる。［……］ジーモンは死者から離れ、その下に詩人が眠る樅の枝の堆積に最後の一瞥を投げると、しなやかに身体をひねりその光景から視線を剝がし、雪中を山上に向けてひたすら先へ進んでいった。夜に山を登るのはこれで二度目だったが、今回は生と死が身体全体を熱くつらぬいていた。この凍てつくような夜、満天の星の下、彼は歓喜の叫びを上げたい気持ちだった。生の炎はものすごい勢いで、穏やかで蒼ざめた死の光景からジーモンを引き離していった。(『作品集第一巻』一三二－一三四頁、SW9/131f.)」

繰り返せば、ジーモンはここで「詩人」ゼバスチャンをたんに否定しているわけではない。彼は、「詩人」を樅の大枝で被い、いわば弔辞を述べ、そしてこの後、彼の「名前」は、彼のポケットに残されていた詩のノートとともに、町の編集者のもとへ届けられるのである。「青い表紙の上に『樅の木の森で凍死した姿で発見された若い男の詩集、可能であれば公表されたし』と書きいれ、大きな立派な郵便受けにコトンと投げ入れた。」(『作品集第一巻』一三五－一三六頁、SW9/134) これが詩人に対する最上の弔いであることは、小劇『少年たち』を想起すればわかるだろう。こうして小説の主人公ジーモンは、いまや山を登ってゆく身体の運動とともに、はっきりと「詩人」および「死」のイメージから遠ざかることに成功する。以降、ジーモンはそしてヴァルザーの主人公たちは、恐れることなく、夕闇の樅の木の森を訪れることができるだろう。「詩人」は丁重に弔われたのであり、決して、否定されたり、抑圧されたり、排除されたりしたのではないのだから。そして、この詩人の埋葬が書きこまれたことで、樅の木の森で演じられるこの小説の最終場面の意味も、小劇『少年たち』におけるそれとは大きく変わってくることになるのである。

「ふたたび・はじめて」出会う世界に酔い痴れる言葉
小説『タンナー兄弟姉妹』の紙面を満たしている言葉が微笑んでいるのは、それが世界との出会いの感触を伝えてくれる言葉だからである。ジーモンは何一つ判断しない。すべてを受け入れ、すべてに驚く。なぜなら、どのなじみの光景も、はじめて出会うものだからである。

数週間が過ぎ、また春がやってこようとしていた。大気はしっとりと柔らかになり、なんともいえぬさまざまな香り、響きが感じられるようになり、それはどうやら地中から訪れるもののようだった。大地は軟らかくふかふかで、人びとは厚手のしなやかな絨毯を踏むような心地で歩みを進めた。もう鳥のさえずりが聞こえてこなくてはおかしい気分だった。「春になりますね」、感覚こまやかな人たちは道で行き交うたびに言い合った。飾り気のない家々までもが、ある種の香り、深い色合いを帯びた。それはとても不思議な成り行きで、とはいえ旧知の馴染みの現象であり、けれども人びとはそれをまったく新たなものと感覚し、新奇な情熱的な思考へ突き動かされ、手足、五感、頭、思考すべては新たに生長を始めようとするように蠢動しているのだった。湖水は温《ぬる》く光り、川の上に渡された橋は以前にもまして大胆な弧を描くかのようだった。旗は風にはためき、そのはためきを眺めているだけで人びとは満たされた気持ちになった。お日さまに誘われて、列をなし、グループを作り、美しい、明るい、気持ちよい通りへ繰り出してきた人びとは、歩みをとめて温もりの接吻をあくことなく楽しんだ。いくつものコートがいくつもの体から脱ぎすてられた。男たちの仕草はふたたび見るからに屈託のないものになり、女たちは何やら至福の想いが湧きおこったかのような常ならぬ眼となった。晩になり日が暮れると夜を流して弾くギターの音がふたたびはじめて聞こえるようになり、男たち女たちは、走り回って遊ぶ上機嫌の子どもたちに囲まれ立ちつくした。ランプの灯りは静かな部屋におかれた蠟燭の炎のように揺れ、夜闇に包まれた草地に足を踏み入れると花が咲き、降り散ってくるのが感じられた。もうすぐまた草も伸び育ってくるだろう。樹々もほどなくまた低い屋根の上へと緑陰を投げかけ窓からの眺めをさえぎるようになるだろう。森は誇り高い姿を見せるようになるだろう。ああ、森……ジーモンはふたたび大きな商社で仕事を始めた。（『作品集第一巻』三〇－三一頁、**SW9/33f.**）

誰もが知っている春の訪れを描いている箇所に過ぎない、と見えるかもしれない。しかし、ここでの描写は少しばかり過剰なのだ。この描写において季節はごく自然に経めぐっているだけではない。ここで描かれようとしている春の訪れは、驚きを含んでいる。なぜならそこでは現象は、論理的には矛盾するけれども、文字通りの意味で「ふたたびはじめて（wieder zum erstenmal）」訪れているのであり、決して「同じもの」ではないのだから。現象としては「旧知の馴染みの」のものであっても、それは「まったく新たなものと感覚」されている。そのことの不思議に驚嘆しつつ、感応するようにジーモンも「ふたたび」しかしはじめての商社で働き始める。ジーモンにとってすべてはつねに「ふたたび」「はじめて」訪れているのだ。

この経験が、より特権的な条件において書かれているのが、第五章の終りである。クララは皆と夜の散歩の時間を過ごした後で、不意に自室で昏倒し、痙攣を起こす。その翌朝のクララの独白は、それまでのクララから発していた恋する者の幸福とは質の異なるもう一つの幸福、この小説全体に満ち満ちているもっと希薄で捉え難い幸福を、それまでとの幸福との差異において、はっきりと教えてくれる。

クララは素晴らしく気分がよかった。高貴な襞をつくって緩やかに身体を流れ落ちる濃青の朝の召し物でバルコニーに座り、微風がそよぐこの朝の大気の中、梢を優しく揺すっている樅の木々を見晴るかした。森というのはやはり素晴らしい、そう思うと、彼女は精妙な細工が施された手すりに体をあずけ、森の方へ身をのりだし、もっとそばでその香りに包まれようとした。「この森の広がっている様子、まるでもう夜に向かってまどろみはじめているみたい。昼日中、太陽の光のただ中で、夕闇に歩み入るように森の中に足を踏み入れる、物音はいちだんと明瞭にそして幽かになる、香気はいっそうしっとりとこまやかなものになる。そこでは安らぎ、祈ることができる。森の中ではわれ知らず祈りをささげてしまう、そこは世界に唯一つの、神さまに近しい場所。神さまは森を、まるで聖なる神殿にいるように、祈ることができるように造ったみたい。人によって祈り方は違う、けれど誰もが祈る。樅の木の下に座り本を読むとき、わたしたちは祈っている、われを忘れて考えることが祈ることと同じであるのなら。[……]今日、わたしはなんて幸福で喜ばしい気持ちなんでしょう。わたしを取り巻くものすべてが微笑んでいる、至福の微笑み。心そのものが微笑んでいて、大気は爽やかで、思うに、今日は日曜日で、日曜日には人びとが町からやってきて、森の中を散策して、そしてわたしは誰か子どもを一人見つけて、ご両親にほんの少しだけとお願いして、その子と遊ぶ。こうして座っていられて、自分がただ存在しているということ、座っていること、手すりにもたれていることに、こんなに歓びを感じていられるなんて！　こうしているのがなんて素晴らしく思えることでしょう。カスパールのことを、すべてを忘れてしまえるくらい。今ではもうわからない、どうして何かのことで涙を流したり、ひどく動揺したりすることができたのか。森はなんてどっしりとしていて、それでいてしなやかで、温もりがあって、活き活きとしていて、甘美なんでしょう。樅の木から放たれる香り、響いてくるざわめき！　木々のざわめきを聞いていると音楽なんてもういらなくなる。本当のところ、夜だけは音楽が聴きたくなる。でも、朝は決してならない。音楽を聴くには、朝はあまりに聖なるものだから。なんて奇妙なくらい爽やかな気持ちがするんでしょう。なんて不思議なことでしょう。眠りにつく、いえ、そうではなくてまず疲れる、それから眠りにつく、それから眼を醒まし、まるで生まれたばかりのような心地になる。毎日がわたしには誕生の日。まるで水の中に入るように、夜のベールから抜け出してまっさおな一日の波に入ってゆく。もうすぐ日中の暑さがやってきて、それからまた太陽がうっとりと沈んでゆく。晩から朝、昼から晩、夜から朝、なんていう憧憬、なんという不思議でしょう。すべてを感じとることができたら、すべてが不思議に満ちたものに思えてくるでしょう。だって、あることは不思議で、あることはそうでないなんてありえないもの。［……］今カスパールが来たら、わたしはこんな風でいるのを見られて泣いてしまう。わたしは彼のことを考えてはいなくて、彼はわたしが彼のことを考えていなかったことを感じとってしまう。わたしは彼のことをなおざりにしていた、そう考えたら、わたしはあっという間に、このうえなく惨めな気持ちになってしまう。わたしは彼の奴隷なのかしら？　彼の存在がわたしに何の関係があるの？」

彼女は泣いた。そこへカスパールがやって来た。「何が悲しいの、クララ？」「何でもないの！　何も悲しくはないわ。あなたはこうしてここにいる。あなたがいなかったのが悲しかったの。わたし幸福よ、でもわたし、あなたなしで、自分ひとりで幸福であることに耐えられないの。だから泣いていたの。来て、ねえ来て。」そう言うと彼女は彼を引き寄せ抱きしめた。（『作品集第一巻』九六－一〇〇頁、SW9/95f.）

カスパールと知り合って以来、恋愛の幻想において幸福のうちにあったクララは、昏倒した翌朝、あたかも一度死を経て生まれ変わったかのように、世界のうちにあることそのものを幸福と感じ、世界があることそのものを不思議と感じている。そして、ここでもその契機となっているのは、樅の木の森である。そこが神に近しい場所とされるのは、「わたし」が消える場所だからである。ここでクララは、白雪姫、ジーモンをはじめとする、主体として世界に対峙することを放棄したヴァルザーの主人公たちの住む世界のただ中にいる。昏倒する前の晩、眠れないクララはジーモンの姉のヘドヴィヒに手紙を書いている。「もし、あなたの妹であることを歓びとするような妹がいても良いとお考えなら、わたしはあなたに従いましょう。［……］そう、森も眠っています。どうして人間が眠れないことなどあるでしょう」（『作品集第一巻』九三頁、SW9/92）と。この小説のタイトル『タンナー兄弟姉妹（Geschwister Tanner）』は狭い意味での血縁の兄弟姉妹に限られるわけではない。それは神に近しい「樅の木（Tanne）」の森を経験する者すべてを指す言葉なのである。

〈「母の言葉」の不在〉を書き続ける無価値な言葉

ここまで、この小説において幸福な言葉を可能としている諸契機――主人公ジーモンの〈生〉に対する態度、「芸術家カスパール」および「詩人ゼバスチャン」からの差異化、そして世界そのものとの出会い方――をとりあげ論じてきた。しかし、それらはいずれも、初期小劇においてテーマ化されていた「母の言葉」の喪失という致命的状況からの転回として見るときはじめて、その必然性が理解できるものとなるだろう。この小説におけるヴァルザーの言語の存在様態をめぐる問いの核心に至るには、「語ること」そのものを脅かすこの根源的問題との関係を明らかにしなくてはならない。

最終章、ジーモンは、記憶に焼きついている母の姿について興味深い語り方をしている。

死ぬ少し前、僕が一四歳だった頃のある日のお昼どき、母は僕にあてて一通の手紙を書きました。「わたしの愛する息子へ！」――でも、彼女がその素晴らしくほっそりとした手書きの文字を、語りかけを越えて続けたとお思いですか？　そうではないのです。母は、疲れた、そして狂った笑みを浮かべると、なにやらもぞもぞとつぶやき、そしてペンを置くしかなかったのです。彼女はそこに座ったままで、書き始められた手紙はそこに置かれたままで、ペンもそこに置かれたままで、外ではお日さまが照っていて、そして、僕はこうしたことすべてを見ていたのです。ある夜、ヘドヴィヒが僕の部屋のドアをノックしました。起きなさい、お母さんが亡くなったの！　というのです。ベッドから跳ね起きたとき、細い光の筋がドアの隙間からこちらに漏れていたのを覚えています。（『作品集第一巻』三三八－三三九頁、SW9/324f.）

二つの光、それとともに、二つの世界と時間をめぐる一回的な経験が書き込まれている。ジーモンは白昼の太陽の光の下で、言語活動そして時間そのものの進行までもが停止してしまったかのような母の茫然自失の証人となり、ドアの隙間から洩れる隣室の光の筋の下で、中断されたままの母の言葉が永遠に失われたことを知らされる。もはやいくら待とうと、語りかけに続くその先の言葉を読むことはできないのである。しかし、この文章はたんに喪失の経験が描かれた否定的な叙述にとどまるものではない。「わたしの愛する息子へ！」――この中断した言葉が残した空虚には、そこに続くはずだった情愛溢れる母の言葉に匹敵するほどの、というよりも、それとはまったく異質の奇妙な存在感が感じられはしないだろうか。ここには、ほとんど〈「母の言葉」の不在〉という実在が言語的に実現されているのではないだろうか。

ここで書かれているのは、この小説における過剰なおしゃべりを誘発する「消失点」とでもいえるものである。「愛する息子」は、あたかも、書き継がれなかった手紙の余白を埋め、狂気のまま死んだ母の屈辱を晴らさんとするかのように、失われた「母の言葉」の周囲に言葉を紡ぎ続ける。むろん、その試みは失敗するだろう。いかなる息子の言葉も、「母の言葉」の代理となることはできないのだから。

世界は僕の前に、侮辱され、腹を立てた母親のように立っているのです。僕がすっかり夢中になっている素敵な顔、償いを要求する母なる大地の顔。僕はなおざりにしてきた、棒にふってきた、夢うつつのうちに逃してきた、道を踏み外し誤ってきた分を返済しましょう。辱められた彼女を宥め、そしていつか、僕の兄弟姉妹たちに、ある美しい柔らかな夕暮れどきに物語るでしょう、僕がこんなに誇らかに頭を上げていられるようになったのはどうしてなのか。何年もかかるでしょう。しかし、より長くより大きな力の張り詰めが要求されるほど、その仕事は僕にとって魅惑的なものとなるのです。さあ、これで僕のことがいくらかおわかりになったのではないでしょうか。(『作品集第一巻』三四六頁、SW9/332)

最終場面でのジーモンのこの言葉は、この小説の言語そのものについての言及とも読めるものである。「語ること／書くこと」、それは芸術でも詩でもない。取り戻しようもなく失われてしまった「母の言葉」を回復するためのジーモンの、そしてヴァルザー固有の――不可能なる――試みである。そして、まさにこの小説の微笑む言葉に耳を傾けることを通して、読者自身もまた〈樅の木の森に集う者たち〉を意味しうる言葉へ拡大、変容したものとしての「兄弟姉妹」の一人となるのである。その読者を代表するかのように、ジーモンの話に耳を傾けていた女性管理人は、ジーモンにキスをし、なだめ、樅の木の森のざわめきの中へと誘う。「『もう何も言わないで、何も言わないで、さあ、いらっしゃい。』……」(『作品集第一巻』三四七頁、SW9/332)

むろん、すすり泣くペーターが母との合一＝死をとげた「樅の木の森」は、すでに詩人ゼバスチャンの死を弔った森となり、クララの言う「世界に唯一つの神に近しい場所」となっている。この森のざわめきへの参入はそれゆえ、もはや死でもなく沈黙でもなく、新たな語りへ向けてのさしあたりの小休止となりえているのである。

小説の第七章において、手すさびに一〇頁にわたって子ども時代の回想を書きつけたあとのジーモンの奇妙な行為もまた、この小説の言語のあり方がどのようなものであるのかを教えてくれるだろう。

ジーモンは書くのをやめた。部屋の汚れた壁にかかっていた母の写真のところにゆくと、つま先で背伸びをして、キスをした。それから、彼は書いたものを破り捨てたが、それは不機嫌ゆえの行為でも、熟慮した上での行為でもなく、たんにそれがもう彼にとって価値のないものであるからにすぎなかった。(『作品集第一巻』一二六頁、SW9/124)

失われた「母の言葉」に照らすとき、この小説を埋める数々のおしゃべりは無価値なものでしかないだろう。この小説は、語られたのちは破り捨てられてしかるべき、意味、意義を主張しない軽やかな言葉の集積として、緩やかに構成されているのである。そうしたこの小説の存在様態そのものをヴァルザーは、一つの「メルヒェン（Märchen）」＝「嘘でしかない小さな言説」に結晶させて、作品内に書き込んでいる。

むかしむかし雪ひらがありました。雪ひらは、それにもまして素晴らしいことなど知らなかったので、空を舞い、そして地の上に舞い落ちました。いくつもの雪ひらが野に落ちそこでじっとしていました。屋根の上に落ち、そこでじっとしているものもありました。また、先を急いで歩いてゆく人の帽子や頭巾の上に落ち、払い落とされるまでそこにじっとしているものもありましたし、荷馬車の前に繋がれて立っている馬の忠実で愛らしい額の上に落ち、その長い睫毛の上にじっとしているものもいくらか少しはありましたし、また一片の雪ひらはある窓の中へと舞い込んでいき、そこでそれがどうなったかは語られはしませんでしたが、ともかくもそこにじっとしていました。小路には雪が降っており、上の森の中では……ああ、今頃、森の中はなんと美しくなっていることでしょう。そこに出かけてゆくことだってできるのです。願わくば、灯のともる晩方まで雪が降り続けますように。あるところに一人の男がおりました。男の顔は真っ黒けで、なんとか洗いたいものだと考えましたが、石鹸水をもっていませんでした。男は雪が降っているのを目にすると、道に出て雪水で顔を洗い、顔は雪のように真っ白になりました。これでもうこそこそ隠すことはありません、男はすっかり顔をあげて歩きました。しかし、男は咳がでるようになりました。ずっと咳ばかりし続け、丸一年、次の冬が来るまで、男は咳をし続けました。次の冬、男は山に登りました。汗をかくまで登りました。咳はまだ続いていました。咳はいっこうにやもうとはしませんでした。そこに小さな子どもがやってきました。物乞いの子どもで一片の雪ひらを手にしていました。雪ひらは小さな可憐な花びらのようでした。〈この雪ひらを食べてごらん〉子どもは言いました。大きな男は雪ひらを食べました。すると咳はぴたっととまったのでした。お日さまが沈みました。あたりは真っ暗になりました。物乞いの子どもは雪の中に座っていましたが凍えはしませんでした。子どもは家でさんざんに殴られたのでしたが、どうして殴られたのか、子ども自身にはわかりませんでした。小さな子どもでまだなにもわからなかったのです。子どもの足は凍えませんでした。でも子どもは裸足だったのです。子どもの眼には涙が浮かんでいましたが、まだ、泣いているということがわかるほどに賢くはなかったのでした。もしかすると子どもは夜中に凍え死んだのかもしれません。でも、子どもは何も感じませんでした。まったく何も感じませんでした。何かを感じるにはあまりに小さすぎたのです。神様はその子どもの姿を眼にしました。しかし、心を動かされることはありませんでした。神様は何かを感じるには大きすぎたのでした。(『作品集第一巻』三一九－三二〇頁、SW9/307f.)

たとえ、作中で登場人物が書いたものを「破り捨て」ても、破り捨てられた文章は削除されることなく小説の中に残っているように、「母の言葉」の喪失を償おうとして失敗し続ける『タンナー兄弟姉妹』の微笑む言葉、舞い落ちる散文もわれわれの眼の前に書物として残っている。幸いなことに、読者はくりかえしそれを読み、ふたたび、あらたに幸福になることができるのである。

註

1　Bachmann, Ingeborg: Werke 1. Hg. v. Christine Koschel, Inge von Weidenbaum und Clemens Münster. München 1993, S. 136.

2　Halter, Jürg: Nichts was mich hält. Zürich 2008, S. 10.

3　一九〇七年七月十五日、雑誌 Das literarische Echo. Halbmonatsschrift für Literaturfreunde, Jg. 9, H. 20, Sp. 1551-1552. に掲載された Hans Bethge による書評から。Kerr, Katharina (Hg.): Über Robert Walser, Bd. 1, Frankfurt a. M. 1978, S. 42.

4　一九〇七年十月十五日、雑誌 Oesterreichische Rundschau, Bd. XIII, H. 2, S. 145-148. に掲載された Otto Stoeßl による書評から。Mitteilung der Robert Walser-Gesellschaft 12, 2005, S. 9.

5　一九〇七年二月二十二日、新聞 Vossische Zeitung Nr. 89. に掲載された Arthur Eloesser による書評から。Mitteilung der Robert Walser-Gesellschaft 12, S. 4-6.

6　一九二〇年二月三日、新聞 Deutsche Allgemeine Zeitung/ Norddeutsche Allgemeine Zeitung, Jg. 59, Nr. 61 に掲載された Hans Bethge による書評から。Walser, Robert: Kritische Ausgabe sämtlicher Drucke und Manuskripte. Bd. I. 2. Hg. von Wolfram Groddeck und Barbara von Reibnitz, Basel/Frankfurt a. M. 2008, S. 330. より引用。

7　注3参照。

8　Kafka, Franz: Brief an Direktor Eisner. In: Über Robert Walser Bd. 1, S. 76f. カフカ自身の言葉を信じるならば、彼はまだ『タンナー兄弟姉妹』を読んでおらず、すでに読んだヴァルザー三作目の小説『ヤーコプ・フォン・グンテン』の内容と„Geschwister Tanner"というタイトルから、小説の内容について類推している、という形で手紙を書いている。

9　Benjamin, Walter: Gesammelte Schriften. Bd. II. 1, S. 326.［「ローベルト・ヴァルザー」西村龍一訳、『ベンヤミン・コレクション2』一〇三頁。］

10　本章におけるここまでの書き方からわかるように、作品の雑誌上での発表時期とは関係なく、原理的な意味で、『少年たち』および『詩人たち』の二作品は、『白雪姫』に先行するものであると著者は考えている。

11　ペーター・ウッツは、『タンナー兄弟姉妹』における「聞く（hören）」と「耳を澄ます（horchen）」という語の区別に注目し、「耳を澄ます」とはたんに音を認知するのではなく、みずからの聞くという行為そのものをも聞く積極性をも含んだ反省的行為であり、ジーモンはこの意味で「耳を澄ます者」としてのアイデンティティを確立していると論じ、ヴァルザーの登場人物に特徴的な「待つ」「耳を澄ます」という行為がたんなる受動性に尽きぬ経験であることを的確に指摘している。Utz, Peter: Tanz auf den Ländern. Robert Walsers Jetztzeitstil. Frankfurt a. M. 1998, S. 248.

12　ヴァルザーが生涯にいったい何度転居したのかを正確に確かめることは難しいが、一九二一年から一九二六年のベルン時代だけでも一五の住所が確認されている。Morlang, Werner: «Ich begnüge mich, innerhalb der Grenzen unserer Stadt zu nomadisieren...» Robert Walser in Bern. Bern, Stuttgart, Wien

1995, S. 25-61.

13　エメ・ブライカステンは、ジーモンをヴァルザー自身の明るい部分、ゼバスチャンを暗い部分を担う登場人物とした上で後者は前者の分身なのだと論じている。しかし、後述するように、ここで重要なのは、たんに両者の分身性なのではなく、前史としての初期小劇をも念頭におきつつ、この小説においてヴァルザーが「詩人」という存在に対してどのような虚構的関係を取り結んでいるかということである。Bleikasten, Aimée: Art et Artistes dans Geschwister Tanner. In: Gedankenspaziergänge mit Robert Walser. Hg. von C. A. M. Noble, Bern 2002, S. 263-266.

第三章
「大ベルリン」vs「小ヴァルザー」
――ベルリン時代、ビール時代の散文における差異化の運動を読む

あらゆる「高いもの」に対する深く本能的な嫌悪、これが権力に窒息するわれわれの時代にあって、彼を本質的な作家にしている。通常の言い方にしたがって、彼を「偉大な」詩人と呼ぶのはためらわれる、「偉大さ」ほど彼にとって厭わしいものはなかったのだ。

（エリアス・カネッティ、一九七三年）[1]

一　二〇世紀の世界都市ベルリンでの成功と失敗

一八九〇年一〇〇万、一九〇〇年二四〇万、一九一二年三〇〇万。新たな世紀への敷居をはさんだ二〇年少しの間に、郊外をも含めた「大ベルリン」――一九〇〇年頃から用いられ始めた呼び名である――の人口はほぼ三倍にも膨らみ、かつてのプロイセンの、そしてドイツ帝国の首都は一気に「世界都市」へ変貌する。[2]ローベルト・ヴァルザーが経験したのは、まさにこの急成長しつつあ

る「大ベルリン」であった。

一九〇五年三月、すでに挿絵画家、舞台芸術家として活躍していた兄カール・ヴァルザーを頼って、弟ローベルトはスイスからやってきた。八年前の一八九七年の夏にも、この一つ違いの弟ローベルトはドイツ、シュトゥットガルトで美術学校に通うカールのもとを訪れている。ただし、その時の目的は俳優になること、今回の目的は作家として名をなすことである。すでに数編の詩と劇作品を文芸雑誌に発表していたとはいえ、まだまだ駆け出しのこの無名作家を、兄の周囲の芸術家たちは「小ヴァルザー」とも呼んだ。

翌一九〇六年、この小ヴァルザーははじめて試みた形式であるにも関わらず、長編小説二編を早くも書き上げたようである。一作目『タンナー兄弟姉妹』は順調に翌年刊行、二作目は草稿を読んだC・モルゲンシュテルンによってアジアを舞台にした作品であったと伝えられているが、こちらは出版に至ることなく散逸している。[3] ついで一九〇七年には長編小説『助手』を書き上げ、同時に散文小品三三編を文芸雑誌に掲載、一九〇八年には長編小説『ヤーコプ・フォン・グンテン』を脱稿し、散文小品一八編を発表。この三年間は、ローベルトの作家生活の中でももっとも多産で、もっとも成功した時期となったのである。

しかし、この「成功」の三年間以降、ローベルトはほぼ十年間、長編小説を世に送り出すことができなくなる。雑誌に掲載される散文小品も半減している。一九〇九年八編、一九一〇年一一編、一九一一年九編、一九一二年一〇編。そして、一九一三年三月にはローベルトはついに故郷のビールへ帰郷するのである。ローベルト・ヴァルザーのベルリン時代は、成功とともに幕を開け、失敗とともに幕を閉じた、かのように見える。

しかし、成功と失敗によって単純にストーリー化してしまっては、生起した出来事の内実を捉えそこなってしまうだろう。俗世間での評判、他者による評価など創作者ヴァルザーにとって大した意味は持たなかった、などと言いたいわけではない。これが、その後のヴァルザーの作家としての自意識に大きくのしかかる苦渋の経験であったことに間違いはない。とはいえ、ヴァルザーは他者評価に翻弄されていたわけでもない。あらかじめ言ってしまうならば、ベルリン時代の失敗は、一方において、ベルリンという時空間に対するヴァルザー自身の能動的な働きかけからほとんど必然的に帰結したことなのであり、他方において、それ自体がビール時代以降のヴァルザー作品における創作上の最重要モチーフともなるのである。このように受動的でありながら能動的でもあった成功と失敗をめぐる体感を、ヴァルザー自身は次のように言い表している。

奈落の淵に立ち続けている彼にとって、成功は――もううんざりの――愛撫だった。そして失敗は――的を外れた――鞭の一撃だった。(SW15/65)

このような意味での愛撫と打撃として、書き手ヴァルザーはベルリン時代をくぐりぬけてゆくのである。

本章では、そのくぐりぬけ方を、大ベルリンにおける芸術家からの差異化、その大ベルリンで名を成した兄カールからの差異化、時代の大形式である長編小説からの差異化、そして、同時代にモードとなった〈不幸の詩人〉からの差異化という四つの観点から叙述していく。

二　大ベルリンの芸術家から差異化するヴァルザー

大都市における遊歩の夢

一九〇九年八月に『新展望《ノイエ・ルントシャウ》』誌に掲載された『フリードリヒ通り《シュトラーセ》（Friedrichstrasse）』において、ヴァルザーは大都市の雑踏が持ちうる意味、そしてその中に身を置く魅力を、冷静かつ高揚した筆致で描き出している。

ここでは絶えず人びとが歩いている。できあがってこのかた、この通りでは生は息づくのをやめたことがない。ここは大都市の生の心臓、止むことなく呼吸する胸なのだ。ここで生はみずからの歩みに不快にも胸締めつけられたかのように、高くそして低く息をつく。ここは運動の源であり清流であり川であり大河であり海なのだ。ここでは運動と興奮は決して完全に死に絶えることなく、通りの上の端で今しも生が終わろうとするとき、下の端では新たに生が始まっている。労働と享楽、悪しき習癖と善き衝動、死と無為なる生、高潔な心と卑劣な行為、愛と憎しみ、燃え上がるものと冷笑するもの、多種多彩なものと単純なもの、貧困と富が、ここでは奔放にまた無気力に、たがいに入り混じっては仄光り、煌めき、呆《ほう》け、夢想し、急ぎ、躓く。ここでは類のない縛めが熱情を抑え鎮めながらも、数限りない誘惑が貪婪な惑溺へいざなおうとする、それは満たされた欲望の背中を禁欲の上着の袖がそっと撫でてゆき、自足の瞳に湛えられた賢明な安らぎを貪欲の燃える眼差しがのぞきこむ、といった具合なのだ。ここでは数多の深淵が口を開き、名状しがたい諸対立が支配、君臨しており、それはもう公然たる不公正に至っているにもかかわらず、ものわかった人間で傷つく者は一人としていない。馬車はたえず人のからだ、頭、両手のそばを掠めてゆき、その車蓋の上や、内側の空間では、人びとがぎゅうぎゅう詰めで座っていて、彼らは何かしらの理由である者は中にある者は上に陣取ると、押し合いへし合いで運ばれてゆく。ここには、どんな馬鹿げた行為であってもあっという間に弁明してくれる、十分でもっともな理由がある。ここでは、生きることの難しさが歴然としているがゆえに、どんな愚行も高貴なもの、聖なるものとなる。いかなる運動にも意味があり、いかなる響きにも現実上の原因があり、いかなる微笑みからも身振りからも言葉からも、奇異なほど優美な落ち着きと如才なさが、同意するように輝き出ている。ここではあらゆることが同意される、なぜなら、どの人間もひとからげにまとめられて運ばれることによって、躊躇なく聞くもの見るもののことごとくに同意するよう強いられるからだ。同意する気になれない人間、反感を抱くほどに暇な人間、気が進まないという権利を持っている人間は誰一人としていないかのようで、というのも、ここでは誰もが——これが素晴らしいところなのだけれど——軽やかに前進しようとする姿勢を、自分もいわばきちんととらなくてはと感じてしまうのである。物乞い、ならず者、悪党等々も、ここではいずれも共に生きる人間の一人であり、何しろすべてが押し合いへし合いひしめき合いなのだから、さしあたっては、場所を共にする者として容認されねばならないのである。ああ、ここは価値のない人間のふるさとだ、小さな存在のふるさとだ、いや、ごくごくちっちゃな、いつかどこかで名誉を奪われた者たちのふるさとだ。（『作品集第四巻』一〇六－一〇八頁、SW15/76f.）

ヴァルザーを惹きつけているのは、善も悪も、富も貧困も、貪欲も禁欲も、あらゆる相対立するものも、異なるものも呑みこんで先へ先へ進んでいく、雑踏の尽きせぬ流れそのものである。それに対しては、理性的に距離をおくことも、個性を主張することも、いかなる主体による反逆も無力であるかのようだ。大都市はいかなる無意味なものたちも排除することなく受け入れてくれるがゆえに、「価値のない人間」、「小さな存在」、「ごくごくちっちゃな、いつかどこかで名誉を奪われた者たち」のふるさととも呼ばれうるのである。そして興味深いことにヴァルザーは、この大都市の不可思議な陶酔作用を、繰り返し、「夢」のメタファーで語っている。

この通りでは太陽は一時間のうちに無数の頭を照らし、雨は喜劇悲劇によって聖別されたかのごとき大地を濡らし湿らし、そして夕刻、ああ、薄暗くなり街燈が灯されると、ゆっくりと幕は上ってゆき、世の常の習わし、色事、出来事の数々が演じられる作品をのぞかせてくれる。それから、享楽という名の歌姫《セイレン》の心とろかすような誘惑の歌声がみやびやかに響き始め、諸々の魂は打ち震える願い、充たされぬ想いに千々に乱れ、そうなると、賢明でつつましやかな頭には理解不能なほどの、詩人の想像力もがんばっても追いつけぬほどの消尽《まきちらし》が始まる。それから官能の吐息で胸はずませる肉体の夢が通りに降りてきて、何もかもが、このすべてをおおう夢を、よろめきまろびながら、追いかけ、追いかけ、追いかけ続ける。（『作品集第四巻』一〇八－一〇九頁、SW15/78f.)

スイスの小都市からやってきたヴァルザーは、この作品のほか、『動物園《ティーアガルテン》』（一九一一年）、『山岳ホール』（一九〇八年）など、同時代のベルリンの空気感を描き出している一連の佳品において、その揺らめく文体によって「大ベルリン」という「時代空間／時代の夢（Zeitraum）」の中に入りこみ、[4] それをなかば内側から描き出そうとしていると言っていいだろう。それは、そんなものは所詮、人為、虚飾にすぎないと外側から批判することでもなければ、その中にどっぷりと浸かって漫然と生きていく態度でもない。いわば第二の自然と化した大都市を、人びとが夢うつつで生きていく様子を、アイロニカルな距離とレトリカルな陶酔によって、紙の上にもう一度、言語的に演出する試みなのである。

ベルリンを生きる芸術家

この世界都市の新たな環境が「芸術家」にとってどのような意味を持ちうるのかについて、ヴァルザーは、一九一〇年一月に文芸誌『芸術と芸術家』に発表した散文小品『ベルリンと芸術家(Berlin und Künstler)』において考察を加えている。

どこかほかの場所、たとえば静かな田舎では、芸術家はともすればメランコリックな気分に包まれている自分に気づく。彼は物思いに沈み一人窓際にすわっている、中世風の小部屋は黄昏の不可思議な光に満たされている、そして彼は何をするでもなく波打ちうねる景色に夢見心地の眼差しを向ける。やってくる人間は誰一人いない。芸術家を乱すものは何一つない。得も言われぬ静けさがあたりを支配するばかりだ。これとは逆に首都ではひっきりなしに邪魔が入る、まるで鼓舞激励がつぎつぎ舞い込んでくる商品倉庫にいるようだ、そしてこれはむろんわれらが芸術家にとってただもう望ましいことなのである。芸術家の魂は、呪縛されている魔術からたえず少しばかり目覚めさせられる必要がある。［……］

この点、ベルリンは最高だ。ベルリンのような都市は、いわばやんちゃで生意気な、才気走った若造であって、自分に合うものは受け入れるけれど、嫌気がさしたものは投げ捨ててしまう。ここ大都市ではっきりわかるのは、精神の波のようなものがあって、水流のようなそれが社交生活をおおい、押し流してゆくということだ。ここで芸術家は耳を澄ますことを強いられる。どこかほかの場所なら、耳に綿を詰め、無視を決め込むこともできるだろう。ここではそれは許されない。いつも人間として少しばかり集中していなくてはならない、そして自分を取り巻くこの強制的状況が、芸術家にとってはプラスとなるのである。（『作品集第四巻』九七－九八頁、SW15/49）

ひっきりなしに刺激が訪れる世界都市ベルリンの環境を、ヴァルザーはここで芸術家にとっても好ましい環境としてきわめて肯定的に描いている。なにに邪魔されることもなく芸術に没頭できる静かな田舎での生活とは別の、ある種の「集中」をそれは芸術家にもたらしてくれるというのである。そしてこの作品でもヴァルザーは、両者の環境を、「夢」―「目覚め」の比喩で描いている。変化のない田舎で暮らす芸術家がいまだ「夢見心地」の世界のうちにまどろんでいるのに対して、絶えざる変化のうちにある大都市は、芸術家に目覚めを強いる。

しかし、覚醒として描いたはずの大都市での生活をも、ヴァルザーはもう一つの夢として叙述している。

成功の月桂冠に飾られた芸術家は、うっとりするような東洋の国の夢の中を生きるように大都市の中を生きてゆく。彼は上流階級の家からお金持ちの家へとはしごを続け、わが身をじっくり省みる暇もなく、ご馳走の盛られた食卓でもぐもぐごくごく会話を続けていく。まるで酩酊状態で彼は一日また一日とすごしていく。(『作品集第四巻』九九頁、SW15/50f.)

ここで描かれている「夢」が、先述した大都市の通りでの「夢」とは異なっていることに注意しよう。これはすべてを呑みこみ、あらゆる差異を一時的にではあれ無化してしまうような、大都市の雑踏におけるいわば民主的な夢ではない。これは「成功の月桂冠に飾られた」がゆえに芸術家が陥ってしまった、逸楽郷での酒池肉林にも似た、さらなる「酩酊状態」なのである。成功者意識を前提とした、この上流階級の漂流がもたらす酩酊は、あらたな自意識を持ち込むことにより、あらゆる差違を無化してくれた大都市の通りの覚醒作用を台無しにしてしまう、と言ってもよいだろう。
兄カールと弟ローベルトの間に生まれる懸隔は、この成功のもたらすさらなる「夢」に対する姿勢の違いに、一つ、起因するといえるだろう。以下で述べるように、兄カールが「成功の月桂冠」を当然のように受け入れていくのに対し、弟ローベルトは「成功」に対するアイロニカルな姿勢を、その作品の中で描き続けた。そして、それらの作品においてはしばしば、兄カールを連想させないではいない登場人物と、そのスタンスからは距離をおくもう一人の人物が描かれている。ローベルトはそのような小品を書くことを通じて、大ベルリンでの成功の夢から差異化してゆくのである。

三　兄カールから差異化する弟ローベルト

「キッチュ」と「クッチュ」、あるいは、一母音分の差異にこめられたもの

ベルリンにやってきて来て三年目、作家人生においてもっとも多産であった一九〇七年の一一月にローベルト・ヴァルザーは文芸誌『新展望』に『すばらしい（fabelhaft）』と題した短編を掲載している。

お天気はすばらしかった。こんなお天気に家に籠ってなどいられなくなったキッチュとクッ

チュは、身支度を済ませ、階段を駆け下り、路上にとび出した。すばらしいじゃないか、外の光は。二人して足を運びつつクッチュがつぶやくと、キッチュも言った。すばらしいねぇ。ほどなくして一人の太った女が道をやってくると、即刻、散歩者両人はこの女をすばらしいと認定した。二人して電車に乗って、こうやって行くのもまたすばらしいねぇ、と若々しい髭をしごきながらふたたびクッチュが見解を述べると、すかさずキッチュも諸手を挙げて連れの意見に同調した。車両の中には、「すばらしい眼をした」娘が座っていた。それに外ではにわかに小雨が降り始めたではないか、すばらしい！（『作品集第四巻』一一六頁、SW15/59）

「クッチュ（Kutsch）」はこの時期の複数の散文小品での主人公の名前であり、同じ年にヴァルザーが『シャオビューネ』誌に散文小品を寄稿した際のペンネームでもあり、モデルはローベルト自身と考えてよい。そうであるなら連れの「キッチュ（Kitsch）」のモデルは当時一緒に暮らしていた兄カール以外には考えられない。一歳違いの兄はここで一文字違いの登場人物へと翻訳されているわけである。

より正確に述べるなら、「クッチュ」というそれ自体意味のない名から「キッチュ」が派生したとするよりは、その逆を考える方が自然だろう。現在では日本語としても使われる「キッチュ」（＝まがいもの、いかもの芸術）という語は „verkitschen“（捨て値で売る）という南ドイツで用いられていた表現に由来し、一九世紀末ミュンヘンにおける美術品取引あたりから広がっていったと推測される言葉であるが[5]、これが二〇世紀初頭のベルリンで文化産業を牛耳るカッシーラ兄弟のサロンに出入りし、カールも所属する芸術家集団「ベルリン分離派」の秘書を務めていたローベルトの耳に馴染んだ言葉であったことは想像に難くない。

実際、散文小品「すばらしい」には、伝統絵画から脱却・分離せんとする新しい画家たちの大都市ベルリンでの生活様態を活写、パロディしたと読めるくだりも含まれている。

まもなく、われらがキッチュとクッチュは電車を降りて、画廊に足を踏み入れた。美術品のディーラーが取引から顔を上げ、こちらに一瞥を投げて寄こしたが、二人はすばらしいの一歩手前であやうく踏みとどまった、つまり、男が仕事から顔を上げた仕草はすばらしいものだったが、しじゅう同じことばかり言うのはどうかと感じた両人は、これを声に出すのはやめておいたのである。三〇分後、二人は一枚のルノワールの絵の前に立っていた。「これは何とも、がすばらしい！」が二人の口から飛び出した。クッチュはまたもや指で髭をしごき始めた、がすでに連れの方はもう、ルノワールの十倍もすばらしいものを発見していた、ある古いオランダの画家の手になるものだった。すばらしいを凌ぐすばらしさ！　二人はほとんど雄叫びをあげたい気分だった。

それから彼らは外へ出た。外ではいつしか雪片がひらひらと舞っていて、それはすばらしい光景で、雪は黒々として、青光りする黒さで、これはもう――とそこで二人はぐっとこらえた、つまるところ、しじゅう同じことばかり口にするのはやめておくほうがよいと考えたのだ。一人の絵描きに二人は行き会った。時たたずしてその絵描きが言った、パリほどにすばらしい場所をわたくしは知りませんなと。「パリはすばらしい」などという言葉が口にされたことにキッチュとクッチュは吐き気をもよおし、即刻、何も気づかないでいる絵描きを、「パリはさー、そー、せー、しー、すばらしー」の言葉もろとも、軽侮をもって遇することに決めた。（『作品集第四巻』一一六－一一七頁、SW15/59f.）

ほとんど一心同体であるかのごときキッチュとクッチュは、前世紀末に評価が確立したばかりのルノワールの絵画に感動し、一六世紀のオランダ絵画を再評価し、芸術の都パリの名を口にする通俗な絵描きには軽蔑的なまなざしを投げつつ、刺激に満ち満ちた大都市の芸術シーンを漂流してゆく。むろん、そうした同時代の風俗を描写することだけが目的ではない。一読してわかる通り、この小品の面白さは、軽快なテンポで展開していく自己アイロニーにある。何を見ても「すばらしい」を繰り返してしまう二人の反応が、そして同じ言葉ばかり繰り返すのはどうもと気にしている彼らの自意識までもが、名前の示す通りそもそもキッチュなのである。この小品自体は「事あるごとにすばらしがる」ことを軽蔑するキッチュが「あまりにすばらしい青いスカート」に目を奪われてもんどりうって転んだ挙句、別の決まり文句を獲得するという、馬鹿げていながらも愉快なエピソードで軽やかに終わっている。「あの青はきょーれつだ（enorm）。やっとのことで身を起こしつつキッチュは言った。足首をぐりっと捻挫していた。この時以降、二人の口ぐせは『きょーれつ』になった、もはや『すばらしい』は口にしなかった。」（『作品集第四巻』一一七－一一八頁、SW15/60）

とはいえ、キッチュとクッチュは同一の存在ではない。虚構作品の中とはいえ、この時期ローベルトは兄をはっきりと意味を持つ「キッチュ」と名づけ、自分自身はそこから差異化する形で「クッチュ」と命名しているのである。ローベルトはカールのどのような態度を「キッチュ」とみなし、それに対する距離を作り出していったのだろうか。

主体を確保するためのアイロニーと自らを笑い飛ばすアイロニー

一九〇五年秋にカールが妹のファニーに書き送った手紙には次のようなくだりがある。「どんなに浅薄に大都市ベルリンでの暮らしが進んでいくか、おまえは全く知らないだろう。愛する人や尊敬する人がいないというのではない。機械組織全体が立ち止まることもじっくり考えることもさせてくれないのだ。そうこうするうちに、誰もが同じ言い回しばかり口にするようになっていく。」[6]まさにローベルトが『すばらしい』で活写した事態をめぐる批判的なコメントであり、二人の兄弟は、ベルンハルト・エヒテが言うように、大都市ベルリンでの文化生活にともに同じように違和感を感じていたのではないかと思わせもする記録である。[7]しかし、弟ローベルトの兄カールに対する関係は――すでに『タンナー兄弟姉妹』における兄カスパールと弟ジーモンの関係にも映し出されていたように――虚構作品においてははるかに繊細に差異化されて描かれている。ここでは、『ヤーコプ・フォン・グンテン』における主人公ヤーコプと兄ヨハンの叙述に注目してみよう。

この巨大な都市には僕のたった一人の兄弟が住んでおり、僕の見たところ並外れた人間であるこの兄はヨハンという名で、いわば名の知られた有名な芸術家といった存在だ。［……］僕は何者で、兄は何者か？　ベンヤメンタ学院の生徒が何であるかなら、よくわかっている、見ての通りだ。こういった生徒なんぞ、可愛らしいまんまるの〇《ゼロ》でしかない。でも、兄が現在何者であるのかは、僕には知りようがない。このうえなく上品で教養ある人びとに、それに、どんなものなのか知りはしないけれど、あれやこれやの儀礼に取り囲まれているのかもしれない、で僕は儀礼は尊重している、だから洗練された紳士が作り笑いで迎えてくれるような場所に兄を訪ねたりはしない。僕はヨハン・フォン・グンテンを以前からよく知っているのだ。（『作品集第三巻』六一頁参照、SW11/53）

知っていて当たり前の兄を、わざわざ「昔から（von früher her）」知っていると言い、フルネームで呼んでいるのには含みがある。召使い学校の生徒である主人公ヤーコプが、すでに冒頭節末尾で「僕は将来、うっとりするようなまんまるの〇《ゼロ》になるのだ（Ich werde eine reizende, kugelrunde Null im späteren Leben sein.）」（『作品集第三巻』八頁参照、SW11/8）と宣言するこの小説は、成長しないことをライトモチーフとする、いわば〈反教養小説〉といってよいのだが、そのテクストの所々には、教養小説のジャンルを確立した規範としてのゲーテへの言及を見いだすことができる。その一つが、主人公の名前であり、„Johann von Gunten“ の背後には „Johann (Wolfgang) von Goethe“、すなわちゲーテの名前が重ねられているのである。[8]

ヤーコプは、ある日、この、兄ヨハンと出会い会話を交わす。ひとけのないレストランでビールを飲みつつ、ヨハンは上流社会の批判を始める。

「というのも、見ての通り、上の世界、あそこは生きるに値するところではないのだ。言ってみるならの話だが。私の言うことをちゃんと理解するんだぞ。」僕は生き生きと頷いた。というのも、兄の言いたい事が前もってはっきりとわかったからだ。けれど僕は先を促した。（『作品集第三巻』七五頁参照、SW11/65）

以下、数頁にわたって続く会話の中でヨハンが繰り返すのは、内容的にはすべて上流社会、金銭に対する軽蔑であり、ブルジョワ批判の紋切り型のヴァリエーションにほかならない。そこで興味深いのは話の継ぎ目ごとにヨハンが繰り返す奇妙な科白、そしてそれに対するヤーコプの対応である。微妙に差異を伴いつつ反復される、その受け答えの部分のみを抜き出してみよう。

「おまえが俺の言うことを完全には理解しなければいいんだが。もし理解したとしたらおまえはそもそも嫌な奴だからな。」僕たちは笑った。

「……」

「それにしてもおまえが俺の言うことを完全には理解しなければいいんだが、もし理解したら――」「嫌な奴だって言うんでしょう」僕は口を挟んだ。僕たちはまた笑った。

「……」

だがさっきも言ったように、お前が正確には理解しなければいいんだが、俺は心配なんだよ。」――僕は言った。「残念ながら、僕は兄さんが望んでいるように兄さんのことを誤解するには知的すぎるんだ。でもご心配無用。兄さんの言うことには全然驚いたりしないから。」僕たちは顔を見合わせて笑った。

［……］

僕はふたたび頷いた。本当に僕は何にでも簡単に頷いてしまう。それにヨハンの言うことは気に入ったし、僕も同じ考えだった。彼の言うことには誇りがあった。また、哀しみが。そして、誇りと哀しみはいつもながら心地よい響きをもたらしてくれるものなのである。（『作品集第三巻』七五－七八頁参照、SW11/67f.）

マルティン・ヴァルザーは文学におけるアイロニーを論じた『自己意識とアイロニー』の中で、『ヤーコプ・フォン・グンテン』のこのくだりをとりあげ、きわめてブルジョワ的、自己慰撫的な「誇りと哀しみ」に満ちた「心地よい響き」で自分の属して離れられぬ世界を軽蔑的に語るヨハンのアイロニーを、トーマス・マン文学の系譜におくべき「主題／主体としてのアイロニー（Ironie als Sujet）」と名づけている。[9] 語る内容と生の様態の間に生じた矛盾を正当化するための手段にとどまるこのようなアイロニーは、あくまでも主題レベルのものでしかなく、最終的にはアイロニストの主体に従属するものになっているというのである。この種のアイロニーは、外見上、両義的な言葉を発しているように見えても、つまるところは、主体の同一性を保証するという明確な目的に奉仕しようとする一義的な言説なのである。「僕は立ち去る兄の姿をじっと見送っていた。そう、これが僕の兄なのだ。なんと喜ばしいことだろう。」（『作品集第三巻』七八頁参照、SW11/68）このくだりを読んだ兄カールが、自分に対する弟の辛辣な批評を感じないはずはなかっただろう。

語ることが、ただしストレートにではなく、理解されることを望むこの種のアイロニーは、否定的に介入することでアイロニーを円滑に作動させてくれる、適度に知的な対話者をあらかじめ想定している。ところが、ここではそれは、言説の二重性のからくりも含め、全てを理解し、過度に肯定してくる、ヤーコプの反応を前に機能障害に陥るのである。「おまえはもう、また、頷いている。くそっ、なんて理解に富んだ聞き手なんだおまえは。まるで理解の実がたわわに実った木のようじゃないか。」（『作品集第三巻』七八頁参照、SW11/68）とも、「おまえの若くて阿呆な笑いにはどこか思考を窒息させてしまうところがある。」（『作品集第三巻』七六頁参照、SW11/66）とも形容されるヤーコプは、ヨハンのアイロニーにとってはある意味知的すぎ、また痴的すぎる聞き手なのである。

『ヤーコプ・フォン・グンテン』において、主人公の兄ヨハンの言語態として描き出されたこの「誇りと哀しみ」に満ちた、自己正当化と自意識の優越をはかろうとするアイロニー形式と対置して見るとき、散文小品『すばらしい』が展開している自己アイロニーの特質は鮮明になるだろう。ここでヴァルザーは大都市における芸術シーンを見ても、何を見ても「すばらしい」を連発するキッチュとクッチュを批判、軽蔑しているわけではない。彼らの馬鹿げた行動は、過剰に演じられることによって、おかしみと笑いの源泉ともなっている。

さらには、散文小品「すばらしい」の馬鹿らしさは、ローベルトの言語が根底的に抱えている「母の言葉」の喪失の問題、世界、事物をそのまま写しとることができているかのような自然な言語の不在の問題に直結している。序章以来述べてきたように、ヴァルザーにおいては、対象、心象をそれらしい形容で器用に置き換えること自体がおよそ不可能事なのである。ヴァルザーにおいては〈現実〉と〈言語〉が自然に対応することはなく、言語とはもともとトートロジーを免れないものなのであり、キッチュとクッチュの状況はそのような言語の本源的な在りようと通底したものとして描かれている。ローベルトの眼には、「すばらしい」の反復を嘲り、自在にそれらしい形容詞をつらねる鑑賞こそが、芸術に対する真にキッチュな態度と写っただろう。

この両者の語り口の違いは、「おしゃべり（Geschwätz）」と「饒舌（Gerede）」の違いと言ってもいいだろう。『すばらしい』での溢れ出す語りが、他愛のない、意味もない、自分自身も笑い飛ばしている幸福な「おしゃべり」にすぎないのに対して、ヨハンの語りは、そもそも内容が空疎であるにもかかわらず、自らの意義、重要性に意味を与えることを目的に論理を駆使する「饒舌」なのであり、その多弁の背後には、自らに対する不安、自らの存在をめぐる不幸な意識が隠れているのである。

鞄男《コファーマン》と部屋男《ツィマーマン》、あるいは、非日常に素材を求める者と日常を探索する者

兄カールとの距離は、小品『鞄男《コファーマン》と部屋男《ツィマーマン》（Koffermann und Zimmermann）』（一九一六年）にもテンポよく、楽しく、アイロニカルに映し出されている。

ある名の知られた、活動的な編集者が、いつもの企画好きの気性から、ある晴れた日のこと、作家の鞄男《コファーマン》にこう言ってきた。「親愛なる鞄男《コファーマン》さん、すぐさまスーツケースもしくは小型トランクに荷物を詰めて、あれこれ思い悩むことなく、日本に向けて旅立ってください。よろしいですか？」すばしこくはしこい鞄男《コファーマン》は、すぐさま自尊心くすぐるこの依頼を受ける意を決し、一〇分と考えることなく準備を始め、脳中の考え、細々《こまごま》とした道具すべてを小型トランクにつめると、あの名にしおう、一見に値する国、日本に向けて、列車に乗車し、汽船に乗船し、出立、出発したのだった。（SW5/86）

このニュースを聞いた別の編集者はもう一人の作家部屋男《ツィマーマン》に、可及的速やかに来社を求める。しかし、部屋男《ツィマーマン》の態度は以下のようなものである。

重要な要件について話したいので編集者のところまで速足でこられたし、との手紙が届いたとき、部屋男《ツィマーマン》はちょうど、丁重、冗長きわまりない言葉をつくし、一匹の猫に話しかける仕事に精を出しつつも、お茶をしゅるしゅるすすり、煙草をぷかぷかふかしているところだった。彼はなかなかの背広を羽織ると、ブラシをかけ、埃をはらい、髪を梳り、顔を洗い、場にふさわしくも身だしなみを整え、曇ることなき平安な心持ちでかのビジネスマンのところへ歩みを進めた。（SW5/86）

結局、ようやく編集者の元に赴いた部屋男《ツィマーマン》は、しばし返答の猶予を願い出たのち、自室に帰り旅行籠の上に腰掛け考慮した結果、わが愛する部屋に別れを告げることができないだの、頭の中ですでに半時間ほどのトルコ旅行は済ましてしまっただの、理由にもならない理由をならべて、トルコ旅行を謝絶する。あれやこれやの日常の動作が次々と差し挟まれていくプロセスそのものに、遠方へ出かけようとしない「部屋男《ツィマーマン》」ののんべんだらりとした態度、揺るぎない決意が浮かび上がっていくのが、読むだに楽しいテクストであるが、これは実際に一九〇八年四月から六ヵ月にわたって兄カール・ヴァルザーと作家ベルンハルト・ケラーマン（！）が、パウル・カッシーラの資金提供を受け、日本を訪問したという出来事に想を得て書かれた小品なのである。[10]

この外国旅行を拒んだ部屋男《ツィマーマン》がどのような方向に進んでいったかを知るには、例えば、一九一五年に刊行された散文小品『部屋小品（Das Zimmerstück）』を読んでみればよい。

僕の知っているある作家は、ふさわしい題材を見つけ出そうと数週間にわたって無益に煩悶奮闘したあげく、ついに馬鹿げたアイデアに辿りついた、ベッド台の下に探検旅行に赴こうというのである。［……］しばし思案することも間を置くこともせず、したたかに頭をかきむしると――これは仕事に向かおうとするたびに彼が好んでやることだった――彼は書き物机に歩み寄り、腰をおろし、やる気満々でペンをひっつかむと、一気に次のような言葉を書きつけた。

「わたしは前代未聞のことを、それなりのあり方において輝かしいことを眼にすることとなった。遠くへ出かけてゆく必要などなかった。作品はすぐそばにあったのだ。

　わたしは物思いに沈んで部屋の中に立っていた。突如、眼に飛び込んできたのは、何やら生に倦んだ、生に疲れたものがぶら下がっている姿だった。

　それは、古びた、草臥《くたび》れた、もはやちゃんと支えることもできなくなっている穴から抜けかかった、一本の釘で、その釘にはほとんど同じくらい古びた使い古された雨傘がぶら下がっていた。

　古びて見るも哀れなものが、もう一つの、古びて見るも哀れなものにしがみついているさまを見るということ、よろよろのものが、もう一つのよろよろのものにぶら下がっているのを見つめ、観察するということ、あたかもぴったりと体を寄せ合いながら破滅してゆこうと、いつなりと死におもむこうと、冷たい寄る辺ない荒地で抱き合っている二人の物乞いのように。

　弱々しいものが、自身が完全に力尽き崩れ落ちるその時まで、弱々しさの中でもう一つの弱々しいものを支えているさまを見ること、惨めなものがその痛ましい惨めさの中で、もう一つの惨めなものにとって、少なくとも自らが完全に破滅してしまうまでの間、取るに足りない支えとなっているのを見ること、それがわたしを深く揺り動かし、打ち震わせた、ここにこのことを躊躇うことなく書き留めておきたい。」

　作家はペンを止めた。書いている間、その手は寒さで硬張《こわば》っていた、というのも、彼には部屋を暖めるだけのお金がなかったのである。

　戸外の首都の通りでは、凍てつくような一二月の風が吹き荒んでいた。われらが作家は、書いたものを機械的にじっと見つめると、頬杖をつき、溜息をついた。（『作品集第四巻』一六七―一六九頁、SW6/106f.）

明らかに、経験レベルではカールとケラーマンの日本旅行を、間テクストレベルでは『鞄男《コファーマン》と部屋男《ツィマーマン》』を意識した作品である。エキゾチックな遠方に作品の素材を求めた兄とケラーマンもしくは「鞄男《コファーマン》」に対して、ここではほぼ何もない部屋が「探検旅行」の行き先となっている。「遠くへ出かけてゆく必要などなかった、作品はすぐそばにあったのだ」というくだりには、嬉々として遠方へ出かけた者たちへのアイロニー、そして、過去、遠方への憧憬に惑わされることなく、〈今、ここ〉の生を描き続けてきた書き手の矜持を読みとることができるだろう。

しかし、その一方でヴァルザーは最後の数行に、そのような機会を拒んだ結果、いかなる厳しい状況が訪れうるのかについての自己省察を書きこむことも忘れてはいない。そして、そのような状況全体からこそ、通常は描写されることなどありえないような、忘れ去られた事物同士のミニマルな関係を深々とした感情移入とともに立ち上がらせる文章が、感動的にまた説得力をもって読む者に染み入ってくる。この「部屋小品《ツィマーシュトゥック》」はあの「部屋男《ツィマーマン》」の決断なしには決して生まれえなかった作品であり、まさにこのような作品を書くために、彼は部屋にとどまったのである。

この決断の延長で書かれたのはそれだけにとどまらない。ローベルトは断固として部屋の側につくことによって、何も起こらない小都市ビールでの散歩経験から中編小説『散歩』を、さらにはやはり小都市であるベルンでの、部屋から部屋へ移り住む経験からミクログラム長編小説『盗賊』を生み出すことができたのである。

「至高の美」を無視する寝そべった詩人

以上、論じてきたように、ベルリン時代の作品における揶揄するような数々の叙述は、兄カールにとってはまさに耐え難い批評と感じられたはずである。ビール時代の一九一九年、ローベルトの散文小品『ある画家の人生（Leben eines Malers）』に、カールの絵を添えて出版する話が持ち上がったとき、カール当人はその提案をはっきりと拒んでいる。その小品において「ある画家」の作品は、深い感情移入とともに、きわめてポジティヴに評価されているにもかかわらずである。

次の絵は『アルプスの眺め』というタイトルで、雪に覆われた高い山脈をあらゆる意味において、くっきりとうっとりとうつしとった作品である。このつつましやかな、とはいえ豊かな絵にはどこかしら幽霊じみた、おとぎ話じみた、内面的なところがある。雪山の雄大さ――そのどこまでも優雅でありながら高く躍動し、輝かしく律動するさまは英雄時代の詩歌を思わせる――鋭くまた柔らかい稜線などなどはこの絵のおよそ比類のない点であり、愛情こめて美しくまたすこぶる効果的に描かれて、描写の限界とも言えよう領域に至っている。この壮麗な絵の真ん中、樅の樹々の下には、なんたることかまたもや、夢想、怠惰に身をまかせたぐだぐだ、だらだらの怠け者が寝そべっているようである。なんとも魅力的に、自然がその安らいだ姿で、至高の美を見せてくれていることが暗示されているのに、すべてはこの草の上に寝そべっ

『アルプスの眺め』カール・ヴァルザー画、1899年

た若者によって完全に無視されてしまっているのである。おおかただらけた若造にちがいない！　詩人だろうか？　どうかそんなことはありませんように。それにしても、まことに偉大な輝きが安らっている絵画である。（SW7/23）

ローベルトの叙述はけっして不当なものではない。実際、一八九九年に描かれたカールの画『アルプスの眺め（Aussicht auf die Alpen）』では、上端十分の一ほどのラインに、真っ白なアルプスの山なみが前景の暗い樅の樹の森と対照をなしつつ、「おとぎ話」の絵本の書割のように「くっきりとうっとりと」描かれている。ペーター・ウッツはこのカールの絵がアルプスを、同時代における父権主義的イデオロギーに満ちた言説とは異なり、圧するような垂直方向ではなく水平方向

ヴァルザー兄弟の肖像写真

カール・ヴァルザー
1920 年の写真

ローベルト・ヴァルザー
1928 年の写真

に、偉大なイメージにおいてではなく小さく端っこに描いていることにこそ読み手のヴァルザーが感応している点を指摘しているが、[11]こうした点も含め、この時期のヴァルザー兄弟にはさまざまな親近性を読み取ることができるだろうし、ローベルト自身がその親近性を支えとしつつ、一歳年上の「画家」の背中を追うようにして、「詩人」への道を歩んでいったのである。[12]

しかしながら、その一方で、一九一六年に書かれたこの散文小品は、画家を褒めすぎてはいないだろうか。正確に言えば、褒めすぎていることがわかりすぎる文体で書かれてはいないだろうか。「描写の限界」とまで持ち上げられた絵は、続く文章ではのらくら者によって「完全に無視」されている。さらに引用の最後の箇所でふたたび「まことに偉大な輝きが安らっている」とふたたび、唐突に持ち上げられるとき、そこにアイロニーを感じないでいることは難しいのでないだろうか。とりわけ、のらくら者の詩人の弟をもつカール・ヴァルザーにとっては。

ビール時代に入ってから書かれたこのローベルトの文章にはおそらく、かつてのカールへの、そしてカールの作品への限りない感情移入と、現在のカールへの仮借ない判決の両者が、その落差とともに書きこまれている。弟ローベルトが次々と発表するこうしたアイロニカルな肖像は、その初期の絵画から察するにローベルトに劣らない繊細さ、過敏さを持ち合わせていただろうカールの眼には、自分がもっとも触れて欲しくない部分を世に暴露する、耐えがたい批評と映ったはずである。晩年になるほどに眼光が失われ不安の色を強めていく兄カールの肖像写真とは対照的に、弟ローベルトのそれからは、静かな、透徹した眼差しが覗いてように感じられるのは、観る者の先入観のためだけではないように思う。

四 『ヤーコプ・フォン・グンテン』、あるいは、長編小説という大形式からの落伍

『タンナー兄弟姉妹』を誤読するモルゲンシュテルン

ヴァルザーの最初の長編小説『タンナー兄弟姉妹』(一九〇七年)の出版に大きく貢献した人物として名前を挙げておかなくてはならないのが、ナンセンス詩集『絞首台詩集(Galgenlieder)』(一九〇五年)によって当時の文壇の話題をさらっていた詩人クリスチャン・モルゲンシュテルン

である。当時、カッシーラ社で編集顧問をしていたモルゲンシュテルンは『タンナー兄弟姉妹』の原稿の査読を依頼され、一九〇六年二月、ヴァルザーに書き直しの要点を記した手紙を書き送っている。

手紙の中でモルゲンシュテルンは、訂正は「言葉上のものに限定した」ことを言明した上で、「必要もなく冗長になる傾向、文構成の無頓着」などの文体上の問題点を指摘し、「同じことを必要もなく二度三度と繰り返すこと」や「などなど」、「例えば」といった言葉が多すぎる点にも注意を促すなど、適切かつ具体的な助言を書き記している。[13] ヴァルザーはこのモルゲンシュテルンによる指摘も参照しつつ、一九〇六年一月に数週間で書き上げたという四〇〇頁にわたる草稿を現在の三〇〇頁ほどの形に整えるのである。

このような形でモルゲンシュテルンは長編小説作家ヴァルザーの誕生に大きく寄与しているのだが、ここではあらためてその手紙を批判的に読み返し、ダダイズムの先駆者ともみなされるこのモダニズム詩人の抱いていた言語観とヴァルザーの作品言語との違いを指摘しておこう。

モルゲンシュテルンの言語意識をもっとも要約しているのは、文中で用いられている「素材の統御こそ第一条件なのです（Beherrschung des Materials ist die erste Bedingung）」という言葉だろう。実際、モルゲンシュテルンの『絞首台の歌』に収められた数々のナンセンス詩は、いずれも伝統的なブルジョワ的言語使用法にこそ反逆しているものの、「漏斗（Die Trichter）」における形状の視認性にせよ、「魚の夜の歌（Fisches Nachtgesang）」の対称性にせよ、あるいは無意味に響いているかに見える音声詩についての自己解説にせよ、明確な意識に基づいて言語素材を配置することに拠って実現されているのであって、実のところ、「素材」そのものが反乱を起こしていると言えそうな詩は、皆無と言ってよい。つまりそこには、知的なショックを与えうるものこそふんだんにあれ、例えば「耐え難いだらだら書き」と見なされるような詩行は存在しない。ベンヤミンがヴァルザーの文章の「ある常軌を逸した、何とも言いようのないだらしなさ」に見て取った「言語の野生化（Verwilderung der Sprache）」は、「素材の統御」を旨とするモルゲンシュテルンの言語観の彼岸で生じているというべきなのである。

興味深いのは、モルゲンシュテルンが出版社主カッシーラに宛てて書いた別の手紙の文面である。

今のところはまだ子どもであるが［……］この女性的な若者のベールからいつの日か男性が、成熟し、独立し、決定し、命令する意志に満ちた精神が、種子が殻を破るように立ち現れるなら［……］[14]

モルゲンシュテルンはこの言葉を書きつけたとき、当然ながら、前年に出版した『絞首台の歌』の冒頭に掲げた題辞を想起していたはずである。

男の中の子どもに。（Dem Kinde im Manne.）

真の男の中にはひとりの子どもが隠れている、その子どもは遊戯しようとしている。

（ニーチェ）[15]

モルゲンシュテルンはニーチェの『ツァラトゥストラ』を想起しつつ、若きヴァルザーに遊戯しようとする子どもを見ようとした。そこまではよい。ただし、モルゲンシュテルンにおけるその「子ども」とは、いずれ「決定し、命令する意志に満ちた精神が、種子が殻を破るように立ち現れる」べき存在、すなわち、「成熟」の時間軸において克服さるべき否定項に過ぎないのであり、最終的には「男」に従属すべき存在なのである。

ヴァルザーは世界都市ベルリンにおけるこのようなモデルネの意識、知的には新しさ、反ブルジョワ性等々を求めながらも根底においてはきわめて保守的な意識から、自らを差異化させないではいられなかった。そしてこのような状況からこそ、モルゲンシュテルンの希望的予測にまったく反する、決して成長することのない登場人物、成長しないことこそを意志する主人公をすえた長編小説『ヤーコプ・フォン・グンテン』（一九〇九年）が生まれたのである。

僕は発展しない。これは、そう、主張なのだ。（『作品集第三巻』一六六頁参照、SW11/144）

僕は幹も枝も決して張ることはない。（『作品集第三巻』一六六頁参照、SW11/144）

小さくあること、ありつづけること。（『作品集第三巻』一六七頁参照、SW11/145）

成熟、発展、素材の統御が意志として、方法として拒否されるという事態は、モルゲンシュテルンにはおよそ理解し難いことだったろう。ともかくもヴァルザーがこの成長することも成功することも拒もうとする長編小説を書いた一九〇九年に、モルゲンシュテルンはルドルフ・シュタイナーとの運命的な出会いを体験し、以降、神智学に急速に接近していく。モルゲンシュテルンの場合、既存の意味の否定には、大きな意味への希求が潜んでいたのである。ベンヤミンはモルゲンシュテルンのこの転身を「モルゲンシュテルンの場合は、たわごとは神智学への遁走の裏返しにすぎなかった」の一言でまとめている。[16]

小さな主人公、卑小な長編小説を実現すること

僕は将来、まんまるの〇《ゼロ》になるのだ。（『作品集第三巻』八頁参照、SW11/8）

〇《ゼロ》だ。個人としての僕は〇《ゼロ》にすぎない。もうペンは置こう。（『作品集第三巻』一九〇頁参照、SW11/164）

長編小説『ヤーコプ・フォン・グンテン』の冒頭節、および最終節からの引用である。主人公ジーモンが転々と職と場所を変えていく『タンナー兄弟姉妹』をいわば処女小説としてロマンティックに受容し、作家ヴァルザー自身を「未来」、「希望」といった物語において価値づけようと

した批評家らは、そうした物語を全く解釈の余地なく拒絶し、ひたすら小ささを目指すこのおしゃべりなばかりの小説を前に当惑せざるをえなかった。あるいは、卒直に嫌悪を示さないではいられなかった。「このような精彩のないダラダラ書きは耐え難い[17]」。そして、下降を目指すヤーコプを主人公とするこの小説は現実のヴァルザーにも下降をもたらし、以降、長編小説出版の試みが拒絶される事態をもたらしたのである。

しかし、再び引用文に戻ってみれば、この不健全な意味を持つとみなされた言葉は、ペシミズムの倦怠からも、ニヒリズムの冷笑からも、ルサンチマンの陰湿からも自由に感じられないだろうか。意味よりも形象に耽溺するかのような「まんまるの」という語は、そこに不幸の意識を読みこむことを許さぬ晴れやかさに満ちてはいないだろうか。朗らかに失敗と下降を目指そうとするこの長編小説は、いったいいかなるスタンスから書かれているのだろうか。

すでに本書で論じてきた、ヴァルザーにおける言語との関係——表象することに対する抵抗、母の言葉の不在と希求——は、ごく初期の散文あるいは小劇から、晩年のミクログラム小説に至るまで、ある意味、驚くほどに変わっていない。おそらくはその首尾一貫性ゆえに、ヴァルザーの書き方は置かれた状況に応じて、屈折していかざるをえない。その屈折の連続にあって『ヤーコプ・フォン・グンテン』が持つ意味はといえば、やはり時代の大形式、長編小説に対する挑発、成功の夢の中で眠りこもうとする大作家からの訣別ということになるだろう。最初の小説『タンナー兄弟姉妹』に対する好意的評価に続いて、長編小説の枠組みにそれなりに対応してみせた『助手』でさらなる成功を収めたのち、ヴァルザーは『ヤーコプ・フォン・グンテン』で、徹底的に〇《ゼロ》へ向かおうとする存在を描くと同時に、その叙述そのものにおいても卑小であり続けるような小説、間違っても偉大な意味や意義がそこから引き出されてしまうようなことのないような小説を書こうとしたのである。

そこで重要なのは、ヴァルザーが書く人物を主人公としたことである。このことによって、ヤーコプの〇《ゼロ》へ向かおうとする運動は二つのレベルで試されることとなる。一方で、叙述されるところの日々のヤーコプの行為において、他方でそれを叙述するヤーコプの行為において、〇《ゼロ》への運動は遂行されねばならない。例えば、卑小な人物として自らを描きつつも、そうすることによって書く側はひそかに優越するというアイロニカルな主体化もまた回避されねばならないということだ。この日記体小説においては内容から書き方へ重心が移動しているのである。そして、そのことをヤーコプは知っている。「そして全てにおいて問題なのは、どのように、ということなのだ［……］どのように、そう、そう。」（『作品集第三巻』三五頁参照、SW11/31）

クラウス、あるいは、「一義的存在の化身」

この小説において、〇《ゼロ》へ向かおうとするヤーコプを先取りしているかにみえるのが、模範生のクラウスである。「クラウスはまさに神の業だ、無だ、従僕だ」（『作品集第三巻』九三頁参照、SW11/81）と、現在形で書かれていることからもわかるように、クラウスはこの小説を通してヤーコプがたどり着こうとしているところをすでに達成しているかに見える。しかし、クラウスは職業としての召使として完成されているに過ぎない。対してヤーコプにとって召使学校は、たんなる職業教育の場ではなく、あくまでも、〇《ゼロ》へ向けての「もろもろの自己教育計画（Selbsterziehungspläne）」（『作品集第三巻』七九頁参照、SW11/69）の一環なのである。テクストに書きこまれている両者の差異を明確にしておこう。

二人は「校則（Vorschriften）」との関係において対照的である。この学校での唯一の教科書は「ベンヤメンタ男子学院の目指すところは何か」（『作品集第三巻』九頁参照、SW11/8）なのだが、クラウスはこれを丸暗記し、それが禁止している通り、おしゃべりもしなければ笑うこともない。「僕は教科書を暗記してるんだ〔……〕僕が何を呟いてるのかわかるかい。言葉さ、ヤーコプ。いつも呟いて、繰り返してるんだ。これは健康なことだといえるね。」（『作品集第三巻』九九頁、SW11/86）すなわち、法の言葉から逸脱しない点が、クラウスと〈書かれたもの〉との関係である。「クラウスは正直で、まったくもって一本調子で一音節で一義的な存在の化身だ。（Kraus ist ein Bild rechtlichen, ganz, ganz, eintönigen, einsilbigen und eindeutigen Wesens.）」（『作品集第三巻』九四頁参照、SW11/82）原文で三度にわたって„ein"という接頭辞が繰り返されていることからもわかるように、クラウスの単一性が強調されている。すなわち、それがいかに馬鹿げたものであろうとベンヤメンタ学院を支配するシステムに内属し、神経症的な真剣さで職業倫理を実践しているクラウスは、いかに召使の理想として完成していようと、校則を象徴するとされる「古びたサーベルと兜」同様、たんに時代遅れなのである。「クラウスは中世を生きている」（『作品集第三巻』五五頁、SW11/49）と書くヤーコプが目指しているのは、二〇世紀の世界都市でこそ試みられるべき前代未聞の生き方であり、「召使」という職業をも通り越して、小ささへの運動を続けていくことなのである。

クラウスの存在様態をさらに適切に形容しているのは「アブラハムの時代が僕の同級生の額の上で再び生気を取り戻す。古き家父長時代［……］」（『作品集第三巻』八八頁参照、SW11/77）というヤーコプの連想だろう。掟の言葉によって存在が規定された時代を思わせるクラウスにおいて、その行動はすでに教科書と校則に記された「文章（Sätze）」によって規定されている。「クラウスには根本原則（Grundsätze）がある」（『作品集第三巻』七頁参照、SW11/7）とは文字通りの意味なのだ。そしてその掟の文章に照らしつつ行為する彼を見て、ヤーコプは「クラウスには性格《キャラクター》というものがある（**Kraus hat einen Charakter.**）」（『作品集第三巻』五五頁参照、SW11/48）と記す。確固とした性格《キャラクター》を持つということ、それはクラウスの場合「文字《キャラクター》」の一義性への信頼を生きているということである。当然ながら、そのクラウスが唯一苦手とする授業は、劇の授業である。「クラウスは最悪の役者だ」（『作品集第三巻』一三〇頁、SW11/113）ただ一つの性格《キャラクター》を持つ一義的存在であるがゆえに、彼は他者を演じることができないのである。

そのクラウスにとって、おしゃべりと笑いを禁じた校則に好んで違反するヤーコプは癪の種である。

> 『君は正しいよ』、全く不当なことにクラウスは言った。［……］『君は無価値であるにもかかわらず、良き教えを超越していると思いたがるやつらの一人なんだ。［……］きっと自分のぴょんぴょん跳ね踊る身軽さを、自分の王国を自慢に思ってるんだろう。そうだろう。［……］君がダンサーなのはお見通しさ。正しいもの、適切なものをいつも笑い飛ばすこと、そのことに

かけちゃ君たちは、つまり君とその同族兄弟たちはマイスターさ。だが気をつけな、気をつけることさ［……］君たち、君たちがそうで在るところの芸術家のおかげで、労働する者、そもそも生きている者の苦労がいっぺんに減るわけじゃないんだ。教えとして君の前に浮かんでいるものを暗記することだ。僕のことを笑って見下すことができるのを自慢したがる代わりに。』

それに対してヤーコプは明るく笑う。

『馬鹿にするのかい、嘲笑するのかい、クラウスたる者がそんなこととしていいのかい？』（『作品集第三巻』一五九‐一六一頁参照、SW11/138f.）

現実原則、労働者、生活者の側からなされるクラウスの非難は、現実の諸価値をアイロニカルに超越してみせる芸術家の「空疎で虚無的な主観」に向けられた批判として、ヘーゲルのロマン主義批判以来、歴史的に繰り返されてきたものと同型である。そしてそれは紋切り型の常として、適度の正当性と同時に一般化の危険を併せ持っている。ここで召使学校の卑小な生徒であるヤーコプの内部違反者の快感は、外部に超越したアイロニストの優越感へ翻訳されてしまっている。しかし、ヤーコプの笑いは、すでに前節で論じた、自らが享楽する上流世界を軽蔑してみせる兄ヨハンのアイロニーとは異なるものである。その両者を、「根本原則」しか持たぬクラウス、決定的に言葉の足りぬ、一義的世界を生きるクラウスは区別できない。無口である限り召使の理想像であるクラウスも、語り始めるや言葉の不足ゆえに反動的になるほかないのである。
そもそも「きみは正しいよ」という言い方や、「マイスター」という語法において、実はクラウスの非難自体、ある種のアイロニーから自由ではなく、それゆえヤーコプはクラウスの言表内容と言表行為の矛盾を笑うことができる。法に保証される言語の一義性において現実を捉えるクラウス的存在は、言語のレトリック的側面に無自覚であり、かつそれに対して生理的不快を示す。しかし、労働、生活の側から語るクラスの語法が、意識されぬままに、全体主義にも通じうるレトリックとなっていることは言うまでもないだろう。

ヤーコプ、あるいは「性格過剰《キャラありすぎ》ゆえの非性格《キャラ不明》」

この小説において、あるがままで「無性格」なのは、生徒の一人ハインリヒである。

彼は商人たちのショーウィンドウの前にたたずみ、商品とお菓子にじっと見入っている。「……」彼には性格《キャラクター》というものがない。だってそれがどんなものか知らないのだから。彼は大人しい働き者で行儀もいい。だけど全て意識せずにやっているのだ。そう、まるで小鳥だ。「……」ところで気づいたのだが、彼はどこか冷たい。激しいところや挑発的なところがまるでないのだ。(『作品集第三巻』一〇頁参照、SW11/10)

ハインリヒが商品に見入り魅入られることが示しているように、このように受動的な無性格は、流通世界、大都市での存在形態と親和的な関係を結ぶ。それは個人としては単純素朴であり、複数形では匿名の大衆に呑みこまれることで、いかようにも搾取されうる存在である。

　しかしハインリヒを描くヤーコプは、そのような受動的無性格からは明確に差異化している。おしゃべりなヤーコプは、ベンヤメンタ氏にこう言わせることに成功している。「私にとってお前はほとんど、少しばかり意志があり過ぎ、性格《キャラクター》があり過ぎるのだ」（『作品集第三巻』一四八頁参照、SW11/128）クラウスの「性格《キャラクター》」ともハインリヒの「無性格《キャラ無し》」とも異なるヤーコプのこの捉え難さは、後期のある散文小品での詩人像についての形容を借りて「性格過剰《キャラありすぎ》ゆえの非性格《キャラ不明》（charaktervolle Charakterlosigkeit）」（SW19/339）という自己矛盾した表現で呼ぶことができるかもしれない。それが可能となっているのは日記を書くおしゃべりな主人公ヤーコプにふんだんに「文字《キャラクター》」が与えられているからに他ならない。

　例えば、ヤーコプは床屋で国籍を問われると嘘をつき「ある種の正直さは人を傷つけ退屈させるだけだ」（『作品集第三巻』二四頁参照、SW11/22）とうそぶく。あるいは「僕の大好きな人たちに全く誤った僕のイメージを与えることほど気持ちのいいことはない」（『作品集第三巻』二八－二九頁参照、SW11/26）と日記に書きこむ。ベンヤメンタ氏に「事実に基づいた履歴書」の提出を命じられた際にも、ヤーコプは延期したと言い、書いたが破り捨てたと言い、ついには意図的に過剰に書いたものを提出する。「わざと、わざと僕は自分の履歴書をかくも誇り高く大胆に書いた。『さあ、読んで下さい。どうですか、僕の顔めがけてそいつを叩きつけたくなりやしませんか』というのが僕の考えだった。すると先生はとても狡猾げに微笑んだ。この狡猾く上品な先生を僕は残念ながら、残念ながら尊敬している。そしてそのことに僕は気づいたのだ。前哨戦は僕の勝ちだ。」(『作品集第三巻』六〇頁参照、SW11/52)自らの像を故意に演出し、過剰に叙述し、他者に同定されることを回避し続けるのがヤーコプのやり方なのである。

差異化しつづけること、主体化しないこと

しかしこれは、たんに実像を隠すことで他者に対して優越しようとする態度ではない。ヤーコプのこの志向はそのような常識的、知的な態度を踏み越え、病的な域にまで達している。「ちなみに僕の場合、これは少し病的なほどだ。例えば世界で一番愛する人を侮辱し、僕への非難でいっぱいにしてしまったという恐ろしい意識を持ちつつ死ぬこと、これが言いようもなく素晴らしいことに思えるのだ」(『作品集第三巻』二九頁参照、SW11/26)ここでの自己偽装はもはや、背後にある主体の統御下にとどまってはいないのだ。

ヤーコプの場合、真に問題なのは、他者に対する優越ではない。純粋な意味における距離であり、差異なのである。このことが如実に表れているのは、崇拝するリーザ・ベンヤメンタ先生に近接した状況において差異化が作動する際の叙述である。

先生は疲れ切って支えが必要であるかのように、僕の肩に手を置いた。僕はとてもしっくりと感じ、彼女の一部となった。一部となっただって?　そう、まさしく一部となったのだ、僕は感情というものに対してはいつも疑い深い、しかし、僕が彼女の、先生の一部となったこと、これは真に感じられたことだ。僕らは一つだった。もちろん差異をもってだ。けれど、僕らは一気に近しいものとなっていた。しかし、必ず差異をもってだ。僕はほとんど、あるいは全く差異を感じないのは大嫌いだ。ベンヤメンタ先生と僕が二つの、全く異なった種類の、全く異なった立場にある存在であること、そのことを感知すること、そこに僕にとっての幸福がある。ちなみに僕は自分に嘘をつくのが嫌いだ。全く、全く真実のものではない卓越、優越を僕は敵とみなしている。つまり、大きな差異があったということだ。そう、でもそれがどうしたっていうんだ……（『作品集第三巻』一一三頁参照、SW11/98）

ほとんど無意味にも思えるおしゃべりは、実のところ、この作品の核心に触れる文の運動を示している。ヴァルザーについてしばしば持ち出される「繊細」という形容は、ヴァルザー個人の感情に用いられるべき形容ではない。その繊細さはむしろ、「感情というものに対してはいつも疑い深い」点にあるのであり、極度の差異の意識、とりわけ言葉をめぐる極度の差異の意識なのである。ここでヤーコプは「一部となる」という一語をめぐって半頁にもわたって逸脱することも辞さない。徹底的に差異を感知し続けることにこそ「幸福」があるとまで言うのである。

ここで「嘘をつく」とは事実を曲げる虚言を口にすることではない。通常の言説において抵抗なく受け入れられ、透明に事実を形成していく言葉、「的を射た言葉」を無自覚に口にし、そのまま通り過ぎてゆくような事態を指している。ヴァルザーにとっては、たとえその結果、「嘘」でない言葉が見つからぬにせよ、沈黙に限りなく近づかざるをえないにせよ、こうして差異にこだわりつつおしゃべりを重ねること、先立つ文を無化していくかのような無為な行為を続けること、言葉に淀みを、洪水を起こすこと、それ自体に幸福の可能性が賭けられているのである。

そのような過剰な言語が渦巻くところでは、透明な言語を介在に存立し得ている自我は苦境に陥る。

そして、彼女はそっと立ち去り、僕を考えこむままにさせた。考えこむだって？　何言ってるんだ。僕はお金がないってことを考えてただけだ。それが僕の考えだ。そう、僕はそれほど粗野で無思考だ。［……］僕は嘘をつくのが嫌いだ。そもそも自分自身に嘘をつくことが。そんなことに何の意味があろう。嘘をつくならどこかよそでする。ここではない。僕に対してでは。いや、違う。知るもんか。僕はこうして生きていて、ベンヤメンタ先生は恐ろしいことを言った。そして先生を崇拝する僕は涙も出ないのか？　僕は卑劣だ。そうなんだ。いや、ちょっと待て。自己卑下しすぎるのも僕は好きじゃない。僕は意地っ張りで、だからこそ——それも嘘だ。真っ赤な嘘だ。僕には自分に真実を言うことは不可能だ。（『作品集第三巻』一五六頁参照、**SW11/134f.**）

すでに見てきたように、この小説でのヤーコプの、書きつつ差異化してゆく意識は一貫している。それはしかし、他者の言説に回収されることからの回避にとどまらず、自己同一をも阻害している。「嘘をつくこと」、「的を射た言葉」、透明な伝達言語を自らに禁ずるがゆえにこそ、ヤーコプは自分に対して真実を言えず、透明な自分自身を持つことができない。ヴァルザーの主人公の一人が書きつける言葉「誰も僕に対して、僕のことを知っているかに振る舞う権利はない。」(SW8/78)、これは「わたし一人だけを除いて世間のいかなる人もわたしを知りません」という、自己に対する絶対的な透明性が確保されている場所から語られているのではない。[18] そのような対自＝即自となった内面性において存立し得ているような主体となることを拒むためにこそ、ヤーコプは「もろもろの自己教育計画」の一環として召使学校を選択したのである。「ここベンヤメンタ学院に来てから、僕は僕に対して謎となることを完遂してしまった」(『作品集第三巻』七頁参照、SW11/7) 小説の冒頭節にもあるように、ヤーコプは「制服」を着ること、「個室」など必要とせぬこと、すなわち場所をとらぬ卑小な存在となることを学びに、ここ召使学校にやってきたのである。「僕は自分の自我を全く尊重しない。眺めるだけだ。」(『作品集第三巻』一六六頁参照、SW11/144)

もう一度、小説の最終節における言葉を引用しよう。

〇《ゼロ》だ。個人としての僕は〇《ゼロ》にすぎない。もうペンは置こう。(『作品集第三巻』一九〇頁参照、SW11/164)

卑小さに向けての差異化が極限にまで進められ、主体化の契機から当面、解放されたところではじめて、冒頭節において未来形で語られた文は現在形となり、ヤーコプはペンを置くのである。けれどもむろんヴァルザーが筆を置くわけではない。なぜならたんに無性格で在るのではなく非性格に成るためには、〇《ゼロ》で在るのではなく〇《ゼロ》に成るためには、完成体ではなく行為体であるためには、卑小化し、非主体化する文の運動は、常に、新たに、始められねばならないのだから。

五 〈不幸の詩人〉の幸福——クライスト、ビュヒナーを読むヴァルザーを読む

二〇世紀初頭における〈不幸の詩人〉の再発見モード

ベルリン時代以降、ヴァルザーは、『トゥーンのクライスト(Kleist in Thun)』、『ビュヒナーの逃走(Büchners Flucht)』、『レンツ(Lenz)』、『ヘルダーリン(Hölderlin)』など、早逝あるいは狂気という形で生涯を終えた詩人たちについて繰り返し散文小品を書いている(いずれも『作品集第四巻』に所収)。これらの小品については、かつてのヴァルザー研究では「親近性」という曖昧な概念でもって論じられるのが常であった。例えば、ヴァルザーと過去の詩人たちとの関係にいちはやく注目したH・D・ツィマーマンは「偉大な芸術家であろうとするものは病気でなければならない、というのがヴァルザーの考えであった」とまで言い切っている。[19] しかし、すでに前章第一節でも論じたように、初期小劇を書いて以降、ヴァルザーは「詩人」という存在を、自らを重ね合わせるべき自明の場所として、疑念抜きで描いたことは一度もない。そのことはヴァルザーの作品の登場人物がどのような書き手であるかを見れば明白である。

例えば、『フリッツ・コハーの作品集(Fritz Kochers Aufsätze)』(一九〇一年)での主人公は「学校の作文」を書く子どもである。ベルリン時代の長編小説で言えば、『タンナー兄弟姉妹』の主

人公ジーモンは「失業者のための筆記室」の書き手、『助手』のヨーゼフは主人の口述筆記をする事務員、『ヤーコプ・フォン・グンテン』のヤーコプは日記をつける召使学校の生徒。さらにビール時代の『散歩』の主人公は散歩を生業とする怪しげな書き手（第一部第四章参照）、微小文字で書かれたベルン時代の長編小説『盗賊』の主人公にしても長編小説の作者の胡散臭い助手（同第五章参照）といった具合で、ヴァルザーは自らが「詩人」であることを確信できているような存在を主人公に中編作品、長編作品を書いたことはないのである。そのような存在は、すでに最初の小説『タンナー兄弟姉妹』において、不幸な詩人ゼバスチャンの姿をとって、樅の樹の森で入念に弔われていたことを想起すべきだろう。「詩人」にアイデンティティを見いだしているような存在は、ヴァルザーの最初の小説において、すでに成仏させられているのである。

別の文脈から考えるなら、例えば、ツィマーマンのように理解するとき、ヴァルザーと同時代のベルリンにひしめいていた表現主義の詩人たちとの間にある大きな違いは消えてしまうことになるだろう。この時代に「大詩人」＝「病気」という等式を確信しつつ、上記の詩人たちとの親近性を感じた、もしくは信じこもうとした書き手たちは、決して少なくなかったのである。同時代におけるこうした詩人受容を背景に考察するとき、ヴァルザーの過去の詩人たちに対する、決してストレートではありえない関係の特徴は、より鮮明に浮かび上がってくるだろう。まずは、上記の詩人の再発見が時代全体の動きであることを確認しよう。

世紀転換期以来、それまでの、狭溢で抑圧的な教養市民的価値観に反逆せんとするモデルネの反省意識は、むしろ、過去に文化のメインストリームから排斥されてきた詩人たちにこそ「反規範」としての積極的価値を見いだすようになっていた。ビュヒナーの『ダントンの死（Dantons Tod）』を例にとるならば、一九〇二年にベルリンで初演されたのち、一九〇九年にカッシーラ社からP・ランダウ編集による全集に所収され、一九二〇年までに五つの版が出版されている。また、一九一三年には生誕一〇〇周年を記念して出版された『ビュヒナーと現代』においてその「現代性」そのものが強調されている。[20] また、教養市民道徳の拠りどころであるゲーテから見放された「グロテスク作家」クライストで言えば、一九〇五年にE・シュミット編集による全集が出版された後、一九一一年には没後一〇〇年を記念した五〇〇頁にもなる伝記が出版され、その翌年には華々しくも「クライスト文学賞」が創設されている。[21] これがヴァルザー自身記している「一九一〇年前後の熱帯植物の生長を思わせる」（SW19/225）クライストブームである。

ベルリン時代、ヴァルザーは当時売出中の挿絵画家兼舞台芸術家で、ベルリン分離派のメンバーでもあった兄カールのつてで、出版社主ブルーノ・カッシーラ、美術商パウル・カッシーラとその周囲に集まる芸術家たちに接している。つまり、それ以前にもありえた過去の詩人との一対一の対話とは異質の、大都市での劇場、大量出版を媒介とした「アウトサイダー詩人の再発見」という社会的文学的現象を、そのエージェントのお膝元ともいうべき場所で目の当たりにしているのである。

「文化」の意識の射程内に入り込みイメージとしての流通が始まるや、詩人の歴史的固有性とテクストの多義性は捨象されてゆく。そうした傾向の中で表現主義の詩人の多くは、反ブルジョワ性、革命性が実現へと結びつかぬ点において、クライスト、ビュヒナーの主人公に、またそれと同一視された詩人に自分の不幸なる意識の先例を発見する。そこで活性化するのが〈不幸の詩人〉という文学的トポスである。このトポスと鏡像的な関係に入ることによって、幾人かの表現主義詩人はその存在自体を「不幸」の意識に規定されてしまう。ヴァルザー自身の言葉を借りれば、「そう思い込んだ瞬間、明らかに人は実際に不幸になってしまう」(SW6/63)のである。

その典型例がゲオルク・ハイムである。〈不幸の詩人〉をほとんど偶像化していたハイムは、繰り返し、自分の日記にレンツ、クライスト、ビュヒナー、ヘルダーリンらの名前を書きつけていたのだが、さらにはそこに自分自身の名前も連ねて書き込むようになって数週間後の一九一二年一月、没後一〇〇年から二ヵ月ほど経った日に、クライストの自殺したヴァンゼーで——あたかも、不幸の意識に存在そのものをのみこまれたかのように——スケート中に水死している。[22] たとえ、それが事故であったにせよ、こうした出来事は「偶然」という言葉で片づけることのできない、ある意味の磁場において起こっている。すでに一九〇三年に「クライストをばかげたほどに過大評価するのが突然モードになった」と書いていたヘルマン・バールは、一九二七年には「クライストは一つの神話と化した」と記している。[23]

では、ヴァルザー自身は、同時代におけるこのような〈不幸の詩人〉受容のさなかにあって、過去の詩人とどのような関係を結ぼうとしたのだろうか。一九二六年、すでにそれらの詩人が沈黙した年齢を越えた五十歳の誕生日を控えたヴァルザーは書いている。

わたしたちは、冷静で分別のある、それゆえにこそ罪深い時代に生きている。かつて詩人は早逝したものだ、ロマンチックに、情感たっぷりに、うっとりとさせるほど病み、疲れ、世界苦に満ち満ちて、といった具合に。残念なことに、今の時代、こうした情景は跡形もない。［……］あの著名作家ペテフィはなんとか二十六歳に手が届いたにすぎなかった。天才劇作家ビュヒナーもそこを大きく越えはしなかった。ヘルダーリンは健全な人間の理性を四十歳で失うのがほどよい、つまり賢いやり方と考えて、そのことで多くの人に、彼のことを最高に楽しく心地よく嘆き悲しむ機会を与えたのだった。感動というものはご存じの通り、訪れるだに快い、ゆえに歓迎されるものである。偉大なそして不幸な人間を想い涙を流す、なんて素晴らしいことだろう！　こうした非日常的存在が、なんと繊細な話題を提供してくれたことだろう！［……］わたしもまた、まったくもって目的に従って行動している。長く生きようとしている人間の一人なのである。にもかかわらず、わたしの中の何かが、迎えようとする誕生日のことで、わたしを笑い飛ばしている。（『作品集第四巻』二〇二－二〇三頁、SW18/212f.）

すでに見たように、実際に早逝する詩人がいなくなったわけではない。ヴァルザーがアイロニカルに過去を懐かしみ、生き恥を晒している自分を卑下しているのは、もはや〈不幸の詩人〉がトポスとして成立してしまった今、早逝や狂気はその反復として過度に悲劇的になること、ゆえに喜劇性さえ帯びてしまうのが不可避であることを知っているからである。ヴァルザーがクライスト、ビュヒナーらが紡ぎだした言葉に、ある種の親近性を感じていたこと自体は確かだろう。しかし、それゆえにこそ、〈不幸の詩人〉として日常の側からみた「非日常」として、感動という形で消費されるような詩人像、あるいはまた同一化の対象となりうるような詩人像からは距離をおく必要があったはずである。過去の詩人についての小品は、その距離を作り出すために書かれているとも言える。ヴァルザーの晩年の精神病院での沈黙には自己演出の可能性が指摘されているが、[24]注目すべきは、病の真偽そのものではなく、あらかじめ過去の詩人をめぐって繰り返し書かれたテクストが、作家自身の伝記的最期に消費不可能な両義性を与えることに成功していることだろう。

幸福なクライスト、笑うビュヒナー

ヴァルザーの時代状況に対する、同時に自分自身に対する、アイロニカルなスタンスを確認した上で、実際に過去の詩人を描いている散文小品に目を向けてみよう。そこでヴァルザーは過去の詩人について書きつつ自らについても書いているといっていいのだが、この詩人像=自画像の方法自体、ビュヒナーの『レンツ(Lenz)』を先例としている。[25]つまり、ヴァルザーにとって重要だったのは、ビュヒナーの場合と同様、自己同一化を回避しつつ虚構的に自らについて書くことだったといえる。

しかし、ビュヒナーの『レンツ』との違いは、作品そのものの中に、過去の詩人を受容する時代の視線が明示的に書き込まれている点である。例えば「ドイツ文学の天空にきらめく若き星ゲオルク・ビュヒナー」(『作品集第四巻』一五二頁、SW3/106)。またレーナウについては、「彼は奇妙だった。しかし、もっと奇妙なのは彼についてはは何も知られていないのに、その名声だけは雲をつくまでに聳え立ったことだ」(SW4/44)。そして『トゥーンのクライスト』では、冒頭で「一〇〇年以上を経た今日ではむろん、もはや正確なところはわからない」(『作品集第四巻』一四〇頁、

SW2/70)、そして末尾では「このお話のとどのつまりに、こう書き添えておくことも許されるだろう、クライストの住んでいた別荘の前には大理石の板がぶら下がっていて、その板にはここに誰が住み、創作に励んでいたかが記してある。アルプス観光に訪れた旅行者たちはそれを読むことができるし、トゥーンの子どもたちもそれを読み、一字一字なぞって、物問いたげに互いの眼をのぞきこむことができるし、ユダヤ人も読めるし、キリスト教徒も［……］、トルコ人も、つばめも、関心さえあれば読むことができるし、僕だって、折りさえあればまたもう一度読むことができる。［……］トゥーンでは産業博覧会が開かれたことがあって、それは、どうだろう、四年前だったろうか。」（『作品集第四巻』一五一頁、SW2/80）と書かれている。すなわち、ヴァルザーは枠物語のように、詩人を「風景」のように、〈像〉として消費する、クライスト没後一〇〇年の同時代における流通世界をも明示的に書きこんでいるのである。

しかし、イメージの流通する一〇〇年後の世界で書いていることを念押しするような枠にはさまれつつも、クライストの肖像を描いてゆくヴァルザーのテクストは、事物を客体化し商品化する視線をも解体せんとするアイロニカルかつ幸福な言葉の運動を見せる。

まず描かれるのはトゥーンの牧歌的風景である。そこに次のような文が続く。「スイスに着いた当初は農夫になろうと考えていたのだ。悪くないアイデアだ。ポツダムにいればこそそんなこともすぐに思いつく。詩人というものはかくもお手軽に頭からものをひねり出してくる人たちなのだ。クライストはともすると窓辺に腰かけている。」（『作品集第四巻』一四一頁、SW2/70f.）クライストのルソー受容の一面、窓越しに風景を眺める内面的な意識に対すアイロニーである。しかし、風景は「風景」として強調されることによって異化されることとなる。「山々は器用な舞台芸術家による拵え物のようで、というか、この一帯全体がアルバムのようで、山々はある気の利いた素人画家が、アルバムの主の女性のために真っ白な紙にさらさらと描いたスケッチのようだ、思い出に。詩を一つ添えて。」（『作品集第四巻』一四二頁、SW2/71）

このような客体化された「風景」を前提とした上で、視線を媒介とするがゆえに対象となった事物との間に生じてしまう距離を消そうとするクライストが描かれる。

彼はそのかんばせを前方に突き出して座っている。まるで深みに美しく広がる像の中にいましも死の跳躍をしようとするかのように、像の中に溶けこみ死んでしまいたい。ただただ眼だけが欲しい。いや、違う、全然違う。大気は橋でなければ、風景の像全体はクッションでなければならない、呆《ほう》けたように、うっとりと、ぐったりと、もたれかかるための。（『作品集第四巻』一四七－一四八頁、SW2/77）

これと並行して書かれるのが、〈不幸の詩人〉をめぐる叙述である。「彼は不幸なのではない。慰めようもない存在を、ごく自然に、堂々と、慰めようもない存在になれる者のことを、クライストは心密かに幸せ者と見なしている。彼の場合、事態はさらにわずかばかり、屈曲気味に、悪いのだ。不幸であるにはあまりに感覚が細やかで、一貫させることのできぬ、注意深い、疑い深い感情に目覚めすぎているのだ。」（『作品集第四巻』一四三頁、SW2/73）クライストは「不幸」という場所に同一化できぬ存在として書かれている。そして、この意味づけできぬ状況から、言葉が、生まれる。

苦しい、が、同時に快い。どこかしらに痛みがある。そう、事実、確かに、けれど、胸ではなく、肺でもなく、頭にでもなく。何だって？　本当に？　どこにも？　それでも少しだけ、どこかに、けれど正確には言えないくらいに。つまり、語るに値しないのだ。彼は何かを口にする。と、まさに子どものように幸福な瞬間が訪れる［……］。（『作品集第四巻』一五〇－一五一頁、SW2/80）

ここにクライストの姿を借りてヴァルザーの言語観が書きこまれている。語り手は現実の言説化不可能性を前に意味伝達の手段としての言語が失敗する様を物語る。ここまではクライストの言語といってもいいだろう。しかし、まさにこの絶望的な地点でヴァルザーはクライストを一般の解釈とは逆に読む。ヴァルザーのクライストは幸福なのだ。別の小品でもヴァルザーは書いている。「僕の考えでは、クライストは時として彼の時代でもっとも幸福な人間であった。」（SW19/256）すなわち、言語は意味伝達に失敗するときにこそ、いわば失敗した自らの姿を曝すことで、意味としては伝達不可能な〈幸福〉を伝えるというのが、ヴァルザーのテクストが実現しようとする逆説なのだ。ヴァルザーを読むとき、なんら積極的内容を読み取れぬまま、書き手ヴァルザーの幸福を感じ、また自らも読むことで幸福を感じるという体験、これをカフカは「つまるところ彼から生まれ出るものはといえば、読者の満足よりほかない」という言葉で表現していたのである。[26]

小品『劇作家（Ein Dramatiker）』（一九二七）では、ヴァルザーはビュヒナーの『レオンスとレーナ（Leonce und Lena）』を批判する。「この作品の美しさに関して言えば、わたしなら上出来というだろう。もちろん、自分の足で立っていない、少しばかり依拠が多すぎるというコメントつきでの話ではあるが。若者たちは、この詩人が早死にしたというそれだけで感動している。［……］この詩人の欠点と思えるのは、彼が自分自身の笑いを明るく笑っている限りにおいて不注意だという印象を与える点である。」（SW19/264）この言葉を真に受けて批判してきた批評家に対し、ヴァルザーはビュヒナーは「通りすがりにつかまえたきっかけ」（SW19/468）にすぎないのだ、と返答しているが、この小品でもやはりビュヒナー像はヴァルザーの自画像ともなっている。ヴァルザーは単なる喜劇としてこのドラマを受容する同時代を揶揄いつつ、風刺的でアイロニカルなビュヒナーを読んでいるのである。実際このドラマは、山場となるレオンスの自殺未遂が『若きヴェルテルの悩み』による恋愛自殺モードのパロディであるのをはじめ（二幕四場で、彼は黄チョッキ青ズボンの道化に自殺を阻止される）、ほとんどあらゆる箇所がシェークスピア、ゲーテ、あるいは反ゲーテ意識に支配されているロマン派の詩人たちからの引用とそれに対するパロディから織り成されていることが、今ではよく知られている。[27]そしてドラマは「ポッケ一杯の人形と玩具［……］ひとつ劇場でも作ってみるかい。」というあからさまな遊戯と演技への言及によって終わっているのである。[28]ここでヴァルザーは同時代の早逝した〈不幸の詩人〉のトポス内部で消費されるビュヒナー像ではなく、一八三〇年代の同時代の詩人たちの反ゲーテ意識、すなわち反動的自意識の在りようをパロディして笑っているビュヒナーに、書くことにより同時代の〈不幸の詩人〉像から距離をおく自らを重ねているのである。

以上見てきたように、詩人をめぐる小品群は〈書く存在〉としての自らを虚構的に映し出している点で、ヴァルザーの他の小品とは少々異なった位相に位置している。とりわけクライスト、ビュヒナーに関してヴァルザーが注目するのは、書くことにより自己同一化から逃れていく彼らのテクストの運動性である。そのことはヴァルザーが描く彼らの肖像に決して停止せぬ運動性が与えられている点にも現れている。

『ビュヒナーの逃走』では劇作品『ダントンの死』を胸ポケットにした路上のビュヒナーの姿が素描される。「ビュヒナーは激しく甘美な逃走のあまりの快さに、大地にひざまずき神に祈りを捧げたいほどだった、しかし彼は頭の中でそれをすませてしまうと、できる限り足を速め、先へ進んでいった」（『作品集第四巻』一五三頁、SW3/107）

あるいは日曜日のトゥーンを散歩するクライストも、運動し続けている。「小路へ降りてゆく階段の一段に腰を下ろしたいところだ。クライストは先へ歩いてゆく、スカートをたくし上げた女たちのそばを、写生画で知っている甕を運ぶイタリア女たちのように、ゆったりと、ほとんど気高く、頭に籠をのせて運ぶ娘たちのそばを、声を張り上げる男たちのそばを、酔っぱらいのそばを、警官のそばを、悪戯を考えながらうろついている小僧たちのそばを、ひんやりした匂いのする日陰のそばを、綱の、棒切れの、食べ物の、模造アクセサリーの、動物の口の、鼻の、帽子の、馬の、ヴェールの、ベッドカバーの、ウールの靴下の、ソーセージの、丸いバターの、チーズ板のそばを

［……］」。」（『作品集第四巻』一四五－一四六頁、SW2/75）

『いばら姫』、あるいは、一〇〇年後に想起される詩人たちの幸福

一九二〇年、ヴァルザーは初期の『白雪姫』、『シンデレラ』以来、ほぼ二〇年ぶりに『いばら姫(Dornröschen)』で童話劇の形式を試みている。この時期のドラマは初期のものに比べて短く、構造も単純になるために研究対象となることはほとんどない。しかし、ここではなぜヴァルザーがこの時期に、ふたたび童話劇の形式を試みなければならなかったのかを問い直したい。第一章で論じたように、童話劇はヴァルザーの虚構言語誕生の産屋となった極めて重要な形式なのである。『いばら姫』もまた、現実の出来事の理解不可能、言説化不可能性をめぐって書かれている。城を「一〇〇年の深い眠り」から覚ました「よそ者(der Fremde)」は童話とは逆に、「他の者でもできた」し、「他の者のところに現れる」こともできたにもかかわらず、彼がここに現れて城を覚ましたことの「秩序だった正当化」を要求される(SW14/167f.)。ここで、他にもありえた可能性にてらして現在の自明性が問われているのは、おそらくは書いているヴァルザー自身において、その存在の自明性が問われているからである。一九二〇年前後の時期、ヴァルザーは経済的にも、内的にも書き続けることが困難な状況に陥っていた。十数年ぶりに作家以外の収入を探し、一九二一年にはごく短期間に終わるもののベルンで文書館の臨時職員として働いてもいる。また『最後の散文小品(Das letzte Prosastück)』と題された一九一九年の小品では、アイロニカルな筆致ではあるものの「隅っこでじっとしていることこそ、一番わたしにふさわしいことなのかもしれない」（『作品集

第四巻』一九八頁、SW16/327）という言葉で、執筆活動に終止符を打つ可能性すら書きこんでいるのである。そして、第一部第五章で述べるように、「手の麻痺、痙攣というものを経験し、鉛筆書きという迂回路を辿って難儀しつつも徐々にそこから抜け出すことができた」、つまり、鉛筆書きミクログラムという新たな執筆方法を始めたのも、一九一〇年代の終わりと推測されている。部分的にみずからを重ねつつ書いてきた詩人たちが沈黙した年齢も越えたこの時期、ヴァルザーは書くことの持続可能性そのものを様々な形で問い直していたのである。

しかし、ヴァルザーの登場人物はこのドラマにおいて、自己同一性を再建してはいない。「いばら姫」と城を目覚めさせたよそ者は「秩序だった自己正当化」には失敗している。途中でいばら姫の気が変わり、起こってしまったことは起こってしまったこと、「運命」だったのだと納得することで、ドラマは規定のハッピーエンドである結婚式へ向かおうとするところで終わるのである。

何によってそのような奇妙な展開が可能となっているのか、以下では、ドラマトゥルギー上の折り目をなす三つの科白、具体的には、「よそ者」が自己正当化の代わりに唐突に口にする二つの格言的認識、および、そこを境にいばら姫が事態を受け入れるようになる転機となる一つの科白に注目してみよう。

第一の科白は「心地良い夢」を乱したという非難に対するよそ者の演説である。

よそ者
現実とはまた夢ではありませんか

僕たちは皆、目を覚まし
行為していても、何かしら夢を見ている者
明るい日中の夢遊病者のようではありませんか。
思いつきと戯れつつもあたかも
目覚めているかにふるまうだけの。
そう、そんなもの。それにしても目覚めているとはなんだろう。
いつも、ある神が僕らの手を引き導いている。
それらは謎というだけの
理由で僕らには見えないけれど
そうでなければいったい僕らはどうなることか
なにか高次のものなしに、支えてくれるものなしに
僕らがやっていけるなど
そんな保証がどこにあろう。
すべては夢のよう……誰も
理解していると言うことはできはしない。
理解はいつも、少しずつやってくるだけ。

王
まずは事情を話してみよ。(SW14/170f.)

王の返事からもわかるように、よそ者の長い科白は相手にされていない。なぜなら〈現実は夢〉だと語るこの科白は、自らを「秩序立てて正当化」する代わりに、「正当化」自体を否認しているからである。そもそも自由意思に基づき選択し、行為する主体が前提されなければ、自己正当化という概念は成立しない。ところが、ここで「よそ者」は、「主体」として目に映るものは、不可視である「ある神 (ein Gott)」あるいは「高次のもの (Höh'res)」と呼ばれるある種の超越性に支えられているのだと語っている。これでは会話がずれてしまうのも当然である。

〈現実は夢〉というモチーフはバロック演劇以来とりたてて新しいものではない。しかし、ここでヴァルザーが書いているのはそれとは異質な世界構造である。バロック演劇における〈現実は夢〉あるいは〈世界劇場〉は、現実の背後に超現実的な存在としての神による救済が控えていて初めて可能となる現世ペシミズムである。それに対し、よそ者の言う超越性はバロックでの神観念とは異なり、近代の主体構造それ自体に内在しているものである。

ここでの〈現実は夢〉のモチーフを説明するのは、まさしくそのような近代の歴史経験を、フランス革命を舞台に、描いてみせたビュヒナーの劇作品——あの逃走するビュヒナーの内ポケットにはいっていた——『ダントンの死』である。

私たちが目覚めているというのは、明るい夢の中のことではないか。私たちは夢遊病者ではないか。私たちの行為は夢の中のようではないか。ただくっきりと明確で、完遂されるというだけの。

このくだりはこの作品中、ただ一度だけ、ロベスピエールの現実感覚が崩れかかる山場といってよい場面である。[29]革命を完遂しようとする彼の論理は「悪徳」と「美徳」を区分し、後者において自らを民衆と重ねることで成立している。しかし、ダントンは、その「美徳」と「悪徳」をセットで「概念装置（Begriffe）」と呼び、否定する悪徳にこそロベスピエールは「コントラストにおいて世話になっている」ことを指摘する。さらに権力の場で書かれたシナリオを匂わせる「政敵追放（proskribieren）」と古典古代悲劇の役者を連想させる「靴のかかと」という言葉で、フランス革命における古代ローマモードの模倣、演劇性を揶揄するのである。この二つの言葉が繰り返し脳裏をよぎる中で、ロベスピエールが確信していた「現実」は「夢」へと解体する危機にさらされることとなる。すなわち、自らの主体的意志に基づき行為していたつもりのロベスピエールは、論理内容のレベルにおいてではなく、その論理が展開する舞台を構成する言語用法自体を批判するダントンの言葉によって、それまで自明（＝不可視）であった「概念装置」と古代ローマモードという記号の中に投げ出されていると感じるのである。ビュヒナーが古代ローマを模倣するフランス革命を描くことができたのは、おそらくは、そのフランス革命を模倣する七月革命を経験したためである。

ビュヒナーのテクストで理解不可能な現実を前にして絶望的に発せられる「夢のよう」「メルヒェンのよう」といった言葉を、ヴァルザーは至福の叫び声としてテクストに書きこんでいる。„nichts“（＝無、nothing）という言葉も例外ではない。マルティン・ヴァルザーは『レンツ』をビュヒナーの神喪失経験を描いた作品として読んでいるが、そのエッセイの中でローベルト・ヴァルザーの小品『レンツ』から「この世界で僕は、何のためにも存在していないのです。(Ich bin für nichts auf der Welt.)」(『作品集第四巻』一五四頁、SW3/110』の一文を引用して、いまだ世界に意味を求めて格闘するビュヒナーのレンツに、最初から意味のない世界を肯定しているヴァルザーのレンツを対置している。[30] このような反転が可能なのは、ローベルト・ヴァルザーがまさにビュヒナーをはじめとする過去の詩人を読み、レッシングをパロディしたヴァルザー自身の言葉を借りて言うなら、「詩作は生のすべてを要求するもので、これが間違いなら[……]間違いの方を愛し、優先し、真実の方からは逃げ出すことにしましょう。」(SW5/220)という徹底した転倒において書いているからである。ヴァルザーのテクストではもはや概念として登場する必要がなくなったビュヒナーの語彙が、生を肯定しようとする「エピキュリアン」という概念である。

『いばら姫』での第二の転機となる科白は、「熟考」(SW14/174)した上で結婚を約束するよう勧める周囲の制止に対して、姫を無思慮な行為に踏み切らせる一つの引用文である。

よそ者
　あなたの忠実な召使になりましょう!
　僕のことが半分ほどしか気に入らなくて
　僕を見つめ愛することが
　我慢するのが無理強いならば

なら言いましょう
フランスの諺が言うように
――食欲は食べるうちに出てくると（SW14/175）

これも、前の科白同様、〈正当化〉自体を放棄する言葉と言えるが、この諺をそのようなものとして意図的に用いたのはクライストである。

フランス人は言っている。食欲は食べるうちに出てくると。この、経験から語られる言葉は真実である。それをパロディして次のように言うならば。考えは話しているうちに浮かんでくると。（l'idee vient en parlant.）[31]

ヴァルザーが繰り返し言及する詩人の一人であるクライストの作品には「マリオネット劇場について」で主題化されているように、意識を逃れぬ近代の主体には失われてしまった「楽園」の再発見というユートピア的なビジョンがつねに潜んでいる。神の対極に位置する「操り人形」が裏口から楽園に入りうるとされるのは、それが意識をもたぬゆえである。しかし、クライストは近代の主体にも、意識から解放されるかもしれぬ特権的な瞬間を認めている。右に引用したエッセイ『話しつつだんだんと思考が形作られていくことについて（Über die allmähliche Verfertigung der Gedanken beim Reden）』で論じられている「知」の言説に従属せぬ言語が迸る瞬間である。クライストを論じるエッセイでヴァルザーが繰り返し強調しているのも、上演可能性を越えて過剰に溢れ出すクライストのテクストの「言葉の噴出」(SW15/25)にほかならない。これが、ヴァルザーがクライストに読む幸福である。小劇『いばら姫』は、このよそ者の科白の後、「理解」が常に遅れてしまうような「夢」のような「現実」を受け入れた姫の高揚したおしゃべりで終わる。

最後に三つ目の科白を見てみよう。すでに引用した二つの科白の間に位置し、そこを境にいばら姫が突然、気持ちを変える、ドラマ進行上の転回点とも言える箇所である。よそ者は、この「一〇〇年」の間に起こった出来事についてこう語る。

よそ者

たくさんの僕ほどには幸運ではなかったものたちが

大地に横たわっているのを目にしました。

幾人かは微笑んでいるようでした。

心惹かれる賞品を目指した果てに

獲得した死の中で幸福であるかのように。

いばら姫

[……]哀れな

ああ、勇敢な者たち。生を何ほどとも思わぬことのできた

計算問題を解くことを

名誉と愛を勝ち取ることを
価値なく臆病でいるよりは
美しく思えた者たち。
そのことにわたしは一生
想いを馳せ続けましょう。その想いは花の香のように
わたしに生気を与えるでしょう。
あたかも息をするように
絶えず想いを馳せていないのなら
いっそわたしは不幸になりたい。

よそ者
もちろん、もちろんその通りです。僕は本当に恥ずかしい。
こうして首尾よくあなたの前に立っているのが。（SW14/173）

おそらくここには、ヴァルザーの過去の詩人への関係が書かれている。ヴァルザーが〈書くこと〉を〈生〉に優先させた詩人たちととり結ぶ関係は、〈不幸〉という像において彼らを客体化することでも、彼らと一体化することでもなく、そのような意味づけする視線を笑い飛ばすかのような彼らのテクストに言語の幸福を読むこと、そしてそのことによって自らの書く行為をも持続させてゆくことである。正当化の論理や思考そのものを否認しようとするヴァルザーの言語は、「い

ばら」の中の空間に「想いを馳せること」に支えられている。そして、この短いドラマには〈早逝〉や〈狂気〉が消費される時代にあって、むしろ卑小な存在として生き恥をさらしつつ書き続けることで、社会内部の他者であり続けようとする、晩年のヴァルザーの〈持続の過程〉が書きこまれているように思える。

註

1 Canetti, Elias: Einige Aufzeichnungen zu Robert Walser. In: Die Provinz des Menschen. Aufzeichnungen 1942-1972. München 1973, S. 289f.

2 Schutte, Jürgen/Sprengel, Peter: Die Berliner Moderne. Leipzig 1987, S. 33-95.

3 Walser, Robert: Briefe 1897-1920, S. 153f.

4 三宅晶子「夢と記憶」、『感覚変容のディアレクティク——世紀転換期からナチズムへ』所収、一九九二年、二八-三九頁参照。

5 ここでの「キッチュ」に関する記述についてはLexikon der Kunst: Kitsch, S. 1. Digitale Bibliothek Band 43: Lexikon der Kunst, S. 15837（vgl. LdK Bd. 3, S. 757）を参照。

6 Echte, Bernhard/Meier, Andreas (Hg.): Die Brüder Karl und Robert Walser. Frankfurt a. M. 1990, S. 183.

7 Ebd, S. 188.

8　小説の終部で召使学校の同級生クラウスはヤーコプに対し、「その点で君とその同族兄弟たちはマイスターーさ」という言葉を向けているが、これも「ヤーコプ・フォン・グンテン」、「ヨハン・フォン・グンテン」、「ヨハン・(ヴォルフガング・) フォン・ゲーテ」のイニシャルがいずれもJ・v・G・であることを、また、ゲーテの教養小説『ヴィルヘルム・マイスター』のタイトルを連想させる言葉である。伝記的証言としても、一九〇七年一〇月、ヴァルザーの住まいを訪ねた作家A・シュテファンが、ヴァルザーが当時、『ヴィルヘルム・マイスター』を読書中であったことを報告していることを書き添えておこう。(SW11/175 参照)

9　Walser, Martin: Selbstbewusstsein und Ironie. Frankfurt a. M. 1981, S. 117-129.

10　このカール・ヴァルザーとベルンハルト・ケラーマンの日本旅行については、美術研究者奥田修による研究ノート「傾城阿古屋：カール・ヴァルザーの歌舞伎絵について」『CROSS SELECTIONS Vol. 6 京都国立近代美術館研究論集』二〇一四年、五四 - 六五頁で詳細が論じられている。

11　Utz, Peter: Tanz auf den Rändern. S. 90-129. を参照。

12　もしかすると、ヴァルザーが『白雪姫』の書割り「背景に山なみ」を設定する直接のきっかけとしては、書きあがったばかりのこの絵の光景が念頭にあったのかもしれない。そう想像してもおかしくないほど、この時期のこの兄弟の関係は密なものであった。むろん、第一章で論じたように、この書割がテクストの中でもちうる意味はそのきっかけにつきるものではない。

13　Walser, Robert: Briefe 1897-1920, S. 145.

14　Kerr, Katharina(Hg.): Über Robert Walser. Bd. 1, S. 40.

15　Morgenstern, Christian: Galgenlieder. Berlin, 1917, S. 1.

16　『ベンヤミン・コレクション4』浅井健二郎編訳、ちくま学芸文庫、二〇〇七年、六〇七頁。

17　Hofmiller, Josef: Jakob von Gunten. Gedichte. Süddeutsche Monatshefte. München/ Leipzig 6. Jg. 190, Bd. 2, S. 253. In: Kerr, Katharina(Hg.): Über Robert Walser. Bd. 1, S. 51.

18　ジャン・スタロバンスキー『ルソー　透明と障害』山路昭訳、みすず書房、一九七三／一九九三年、二九三頁参照。

19　Zimmermann, Hans Dieter: Robert Walser über Hörderlin. In: Immer dicht vor dem Sturze ... : Zum Werk Robert Walsers. Hg. von Paolo Chiarini und H. D. Zimmermann. Frankfurt a. M. 1987, S. 210.

20　Goltschnigg, Dietmar: Rezeptions- und Wirkungsgeschichte Georg Büchners. Kronberg/Ts 1975, S. 42-58.

21　Sembdner, Helmut(Hg.): Heinrich von Kleists Nachruhm. Eine Wirkungsgeschichte in Dokumenten. München 1977, S. 361-391.

22　Ebd. S. 361.

23　Ebd. S. 355、および Goldammer, Peter(Hg.): Schriftsteller über Kleist. Eine Dokumentation. 1. Aufl. Berlin u. Weimar 1976, S. 253.

24　Zimmermann, Hans Dieter: Robert Walser über Hörderlin, S. 210-221.

25　Böschenstein, Bernhard: Zu Robert Walsers Dichterporträts. In: Von Angesicht zu Angesicht, Porträtstudien. Michael Settler zum 70. Geburtstag. Hg. von F. Deuchler, M. Flury-Lemberg u. K. Otavsky. Bern 1983, S. 286-292.

26　Kafka, Franz: Brief an Direktor Eisner. In: Über Robert Walser Bd. 1., S. 76.

27 Mayer, Hans: Das unglückliche Bewußtsein. Frankfurt a. M. 1986. S. 532-540. を参照。

28 Büchner, Georg: Leonce und Lena. In: Werke und Briefe. Hg. von Karl Pörnbacher, Gerhard Schaub, Hans-Joachim Simm u. Edda Zeigler. München u. Wien 1988, S.188f.

29 Büchner, Georg: Dantons Tod. In: a. a. O., S. 88

30 Walser, Martin: Woran Gott stirbt. Über Georg Büchner. In: Liebeserklärungen. 1. Aufl. Frankfurt a. M. 1986, S. 225-235.

31 Kleist, Heinrich von: Über die allmähliche Verfertigung der Gedanken beim Reden. In: Sämtliche Werke und Briefe in 2 Bänden. Hg. von Helmut Sembdner, München 1987, Bd. 2, S. 319.

第四章　「はじめて書きつけた慣れない手つきの文字」に出会うための散歩
――ビール時代の中編作品『散歩』を読む

彼ほどに散歩そのものを描くことのできる書き手はいない。彼の場合、それは徒歩旅行でもなければ、観察でもない。事物はほとんど偶景と化し、名を失い、木は木、花は花、湖は湖と呼ぶほかなくなる。［……］つまるところ、彼は風景を描いているのではない、散歩を描いているのだ。

（ペーター・ビクセル、一九八三年）[1]

一　小説のかけない小説家

一九〇七年から一九〇九年にかけて『タンナー兄弟姉妹』、『助手』、『ヤーコプ・フォン・グンテン』をたてつづけに世に送り出してのち、ほぼ一〇年間、ヴァルザーは「長編小説」を書き上げることができない。やっと一九一九年三月に脱稿し、ラッシャー社に送られたことが確認できる『トーボルト（Tobold)』は出版に至らぬまま散逸しているし、一九二二年にライン社に送られ、一部は朗読会で読み上げられたことがわかっている『テオドール（Theodor）』も出版拒否された結果、散逸の運命を辿っている。一九二五年に書かれ、現在は一冊の長編小説として読むことのできる『盗賊』も、周知のように、本という形態にはほど遠い紙片の集積として遺されたものでしかない。ベルリン時代（一九〇五―一三）後期以降のヴァルザーは、まずは「小説の書けない小説家」と形容されてしかるべき存在なのである。

　しかし、忘れてはならないのだが、小説の空白期間と重なるビール時代（一九一三―二一）、ヴァルザーは『散歩』（一九一七）を一冊の本の形で世に送り出している。大人の手をやっと覆うくらいの、ほんの八五頁のささやかな書物ではある。[2] しかし、この「長編小説」と呼ぶこともできなければ「短編小説《ノヴェレ》」とするに足るだけの結構も備えていない散漫な作品が、この時期、書物の形で出版され得ていることには、少なからぬ意味を読み取ることができるように思われる。すなわち、この作品の成立・刊行は、ヴァルザー自身にとって、たんなる「散文小品」にはとどまらぬ、しかし世に言う「長編小説」ともずれてしまう形式を持つ、長編作品の可能性を示唆してくれる出来事であったのではないかと思われるのだ。少なくとも、同時代に受け入れられる「長編小説」の形とは和解できなかったテクスト形態にこそヴァルザーの固有性を見ようとする読者にとって、『散歩』は、「長編小説以後」のヴァルザーの散文が、時代の大形式との緊張関係の中、いかなる形式へ向かおうとするのかを明確な形で提示してくれる、注目すべき作品となっている。

二　『散歩』改稿について

この、ヴァルザーを読む視角の問題と、実のところ深く関わっているのが、『散歩』のどの版を研究対象として選択するかという問題である。

一九二〇年、ビール時代の作品を集めた散文集『湖水地方（Seeland）』に、ヴァルザーは『散歩』を改稿し再掲載している。「内容的にははるかに豊かになった」という出版社向けのヴァルザーの自己宣伝を信じる必要は必ずしもないだろう。[3] 実際のところ、「何が」「どのような順序で」書かれているかに関しては、二つの版の間に異同は見られない。ただし、文の細部には手が入れられている。この改稿の特徴は、冒頭部分を比較することで明確になるだろう。以下に、第一版の冒頭の十数行およびそれに相当する第二版の冒頭の数行の日本語訳を引用しよう。

さて、お伝えすることにいたしましょう。ある美しい朝のこと、正確に何時だったかはもはや覚えてはおりませんが、散歩に出かけようという気になったわたしは、帽子を頭に載せ、「物書き部屋」というか「物憑き部屋」と呼ぶべきか、そこを飛び出し、階段を駆け下り、通りへ急ぎました。一言、書き添えておきますなら、階段のところでは一人の女性に出くわしまして、これがスペイン人のような、ペルー人のような、はたまたクレオールのような見目形をしておりました。なんとも乾いた枯れ木の如き威厳を漂わせた女だったのです。とはいったものの、わたしはほんの二秒たりともそのブラジル女、なのか何なのかわかりはしませんが、その女の傍に立ち止まるわけにはゆかぬこと、わが身にくれぐれも言い聞かせねばなりません。と言いますのは、空間にしても時間にしてもこれっぽっちも無駄にするわけにはいかないのです。こうしたことを洗いざらい書いている今日なお思い出すことができる限りのことではありますが、広々とした光あふれる朗らかな通りに一歩足を踏み出した時には、何ともロマンチックな、冒険にでも乗り出すような心持ちで、それはもうこのうえなく幸せな気分だったのです。（『作品集第四巻』二一七頁、SW5/7）

ある朝、散歩に出かけようという気になった私は、帽子を頭に載せ、「物書き部屋」もしくは「物憑き部屋」を飛び出し、階段を駆け下り、通りへ急ぎました。階段の所では、スペイン人ともペルー人ともまたクレオールとも見える、乾いた枯れ木の如き威厳を漂わせた女に出くわしました。覚えているのは、広々とした明るい通りに一歩足を踏み出した時、ロマンチックな、冒険にでも乗り出すような心持ちで、幸せな気分だったことです。（SW7/83）

全体を通じての改稿の方針は、基本的に「文の書き換え、類語の入れ替え、［……］大仰な箇所の削除、単純化」と言ってよい。[4] しかし、作品世界への敷居となる冒頭部分を実際に読み比べてみれば、両者の間に、たんなる文体上の問題としては到底片づけることのできぬ決定的な読後感の違いが生じていることは明らかだろう。第二版では語り手の明示的な介入部分が大幅に刈りこまれているために、重心は散歩の再現に移り、散歩を報告する語りそれ自体の冗長さは、読者にはほぼ感じられなくなっているのである。

いわんや、散歩ごときに出かける（もしくは散歩ごときを書く）のに、「ほんの二秒」を取り上げ「空間にしても時間にしてもこれっぽちも無駄にするわけにはゆかない」という馬鹿らしさ、しかもそう書くことで四行も「空間」を無駄遣いしていく文の倒錯ぶり――こうした散歩的ユーモアとでも呼びたいものは、改稿によって跡形もなくなっている。後述するように、取るに足らない散歩を真面目な「職業」として大仰に語る胡散臭い仮面の下で、冗長きわまりない散歩的テクストの醍醐味を実演してみせる、というスタンスは、その後の叙述においてもこの作品の核心をなす特徴と言ってよいのだが、改稿後の第二版ではその最初の実践が読めなくなっているのである。

興味深いのは、ヴァルザー研究史において、『散歩』をとりあげ本格的に論じている研究書三冊がいずれも第二版をテクストに用いていることである。[5] 選択の理由はいずれの本においても明示的に言及されていないので推測するしかないが、一九七八年刊の全集に第二版のみが所収されていること、つまり全集の与える正統性が影響を与えた可能性は皆無ではないだろう。[6] あるいは、何人かの論者が主張しているように、第二版の文章の方が、散歩を叙述する文としてよりテンポの良いリズムを刻んでいるという判断によるのかもしれない。[7] しかし、歩くテンポと文のテンポの一体化の度合いで散歩叙述文の達成度が一義的に測られうるわけではない。そもそも何がヴァルザーの散歩叙述文の可能性であるのかについての読み手の判断が、どちらの版を採るかを左右するのである。とすれば、本書においてどちらの版を取り上げて論じるかは明らかだろう。序章において最初の散文小品『グライフェン湖』に即しつつ論じたように、語りのレベルが繰り返し論述対象に繰りこまれ、「散歩」の叙述が「散歩の叙述」の叙述となり、ついには失語に陥りかねなくなる、そうした「散歩文」の運動にこそ、本書が関心を寄せるヴァルザーの散文の可能性は潜んでいる。以下、本章では、『散歩』第一版をテクストとして、ヴァルザーのおよそ類例のない、散漫きわまりない散文の運動を追っていくことにしたい。

三　小都市、あるいは「過程《プロッエス》／審問」としての散歩

『散歩』の舞台となっている場所は――明示的に名指しされることはないが――ヴァルザーの故郷ビールである。しかし同じスイスとはいえ、ここでは『グライフェン湖』でのように、いまだ無名の若者がひたすら牧歌的風景を抜けて歩んでゆくというわけにはいかないし、またベルリン時代の散文小品でのように、大都市の雑踏の中、匿名の遊歩を楽しむというわけにもいかない。この狭い小都市では「またもや、平日の真っ昼間からお散歩のようですな」（『作品集第四巻』二二九頁、SW5/18）という顔見知りからの一声がかかってしまうのである。散歩そのものは、どこでなされようと、目的による意味づけを逃れた、生を楽しむ過程でありうるだろう。しかし、この顔の見える小都市では、それが「労働」を規範価値とする市民社会の審問の眼差しを潜り抜けていく道行きとなっていることに気づかないでいることは難しい。「『散歩していることにお気づきになったのですね』と心中つぶやくと、気づかれたことにいささかも苛立つことなく――それは愚かなことで

しょうから――わたしは心安らかに散歩を続けました。」（『作品集第四巻』二二九頁、SW5/18）幸福な散歩は、強靭な精神力が要求される試しの場となるのである。

以前の散歩を不可能にするさらなる要因は、散歩する主人公が作家、それも「成功に見放された」作家であることだ。「わたし」は最初に立ち寄った本屋では、「聖遺物」のように恭しく差し出された「教養世界の寵児」による「絶賛され嵐のような拍手喝采を浴びた傑作」に手を触れようとせぬゆえに「無知無教養者」と罵倒され（『作品集第四巻』二二一－二二二頁、SW5/11f.）、続いて飛びこんだ銀行では、慇懃無礼な銀行員の失神させせんばかりにアイロニカルな言葉を耐え忍ばねばならない。「愛すべき慈善家のご婦人方が苦痛を堰きとめるは美、窮状を和らげるは善なりという気高き思想につき動かされ、貧乏な、成功に見放された詩人（だってお客様はそうでございましょう？）が援助を必要としているとのお考えに至ったことを、どうぞお喜びなさいませ。わざわざお客様のことを思い出した方々がおられたという事実に、そしてみんながみんな十重二十重に軽蔑された詩人の存在を無関心に飛び越えていくわけではないという現実に、わたくしどもは、もうお祝いの言葉を申し上げるばかりでございます。」（『作品集第四巻』二二四頁、SW5/13）通りに飛び出すや、「つい今しがたまで階上の部屋で、鬱々と白紙の上に屈みこんでいたことなど、あっという間に忘れてしまいました」（『作品集第四巻』二一七－二一八頁、SW5/17）という解放感は一瞬の僥倖でしかなかったのだ。待ち受けているのは、作家であることを想起させる出来事の連続なのである。

しかし、これらの悪条件は、そのまま、その下で敢行される散歩を描くこの作品をかつてない抵抗力を備えた多層的なテクストへと鍛え上げる条件ともなっている。「長編小説の失敗」以降の状況は、ここでは、散歩の叙述のみならず、さらに散歩擁護論、散歩叙述の方法論といった言説までをも織り込んでいく形で虚構的に反省されることとなる。以下では、作中、最大の危機ともいえる税務署での場面をとりあげ、その一断面を提示しよう。

四　「散歩の思考」、あるいは、「幸福」と断絶することなき「知」の方法

「あなたがいつも散歩していらっしゃることは存じておりますぞ。」（『作品集第四巻』二六二頁、SW5/50）

税務署の役人の口から発せられることで、例の一言は具体的脅威となる。平日の散歩は、高額納税者たるべき「有閑階級」に属するか、さもなくば納税能力のない「無産階級」のルンペンであるかという嫌疑を呼ぶのである。いずれの疑いをも晴らすため、「わたし」は散歩がつつましい職業であることを四頁にわたって弁ずることとなる。これはヴァルザー自身の散歩擁護論として読んでよいものだ。ただし、忘れてはならないのは、ヴァルザーがそれを高尚な「散歩芸術論」などとしてではなく、「役立たずの徘徊者といった悪評にさらされる見ばえのしない散歩人」（『作品集第四巻』二六四頁、SW5/52）が可能な限り低い納税額を認めてもらうための、すなわち、その額に見

合う場所をどうにか市民社会内部に確保するための、必要のための言葉として書いていることである。本来、積極的に語るべくもない「散歩の意味」は、この自己アイロニーの下で初めて、説得のための大仰なレトリックを駆使して、語られうるのである。

最大の難関はやはり、「労働」／「余暇」の二元論から散歩を解放することだ。「わたし」は、散歩が「労働のための」ものではなく、そのままですでに「労働である」ことを納得させようとさまざまに逆説を試みる。「ひょっとするとこよなく愉快げな顔つきをしているまさにそのとき、わたしはこの上なく真面目で抜かりなき状態にあるのであり、情感あふれ夢中を彷徨するかにみえるそのときこそ、堅実な専門家なのです！」（『作品集第四巻』二六六頁、SW5/54）

興味深いのは、「わたし」が「職業としての散歩」を越え、さらに散歩の「学術的意味」までも主張するとき、この「快」＝「労働」という散歩の逆説が、「学問」に対する根底的な批評となることだ。一見したところ、「わたし」は「観察」、「研究」、「自然研究と風土研究」（『作品集第四巻』二六二－二六三頁、SW5/51f.）といった言葉を怪しげに織り交ぜつつレトリカルに、無意味な散歩を学問という有意義な領域へ引き上げようとしているかに見える。しかしながら、「その種々様々な研究は［……］正確な学問に境を接するほどのものとなっているのです」（『作品集第四巻』二六四－二六五頁、SW5/52）と主張されるとき、それは一方で、「わたし」の方便としてはったり気味に響きはするものの、テクスト全体の連関の中ではむしろ、「学問知」との差異を強調する「散歩知」の自負と読めるのである。散歩者が路上で最初にすれちがった（境を接した！）「マイリ教授」の歩みの叙述を見てみよう。

およそ転倒することなどありえぬ権威の足取りで、マイリ教授閣下は、厳粛、荘重、崇高な空気をたたえつつ悠然と歩を進めてこられ、手に携えておられる撓むことなき学術散歩ステッキは、わたしのうちに恐怖、畏怖、畏敬の念を吹きこみました。マイリ教授の鼻は支配者然とした厳格、峻厳な鷲鼻もしくは大鷹鼻で、口は法の番人さながらに締め閉じられておりました。高名な学者先生の歩みは鉄のごとき法則を絵にしたようで、教授閣下のもしゃもしゃ眉毛の奥底に隠された険しい両眼からは、世界史が、そしてはるか昔日の英雄的事跡の残照が光を放っておりました。（『作品集第四巻』二一八頁、SW5/8）

そもそも「悠然と歩を進めてこられ」と叙述されうる点で、教授閣下の足取りは散歩の軽やかさを欠いている。「転倒することなどありえぬ権威」に行き当たっては、正面から来る者は道を譲らないではいられないだろう。しかも、手には王の錫杖の如き「学術散歩ステッキ」が携えられている。むろん、「撓むことなき」ステッキは、硬直性あるいはまた権威の象徴であるだけでなく暴力の象徴なのであり、「わたし」は恐怖畏怖畏敬の入り混じった感情にすっかり満たされてしまうのである。

暴力的に見るものを圧倒するマイリ教授の散歩は、しかし、実のところ防御的である。外部との通路である口は国境線のように「法」によって、しかも二重に「締め閉じられて（zugeklemmt und zugekniffen）」いる。その眼差しも卑小な現在ではなく偉大な過去に向けられている。「世界史」、それは身体に接しつつ広がっている世界ではなく、すでに文字文化のうちに合法的に真理として承認された、表象された世界である。つまり、「鉄のごとき」学問知の歩みは、その実、外界からの侵入を拒む「殻」の歩みなのである。対するに、散歩知はどうか。

むろん、美しき意味、朗らかで高貴な散歩の思考が到来するには、伏せた眼ではなく開かれ澄みきった眼で散歩しなければならないのです［……］（『作品集第四巻』二六三頁、SW5/51）

失敗した作家の税額減免のための卑小な言説の仮面の下、ヴァルザーは大胆にも、散歩が、本来「知」の目的でありながら忘れ去られてしまった「幸福」から断絶していない、もう一つの「知」の形式であることを主張しているのである。「散歩の思考」、これは世界を圧倒する思考ではなく、世界に圧倒されることで到来する思考なのだ。

散歩する者には、ありとあらゆる美しい繊細な散歩の思考が、神秘的に密やかに忍び寄ってきます。それは、熱心な注意深い歩みのただ中で足を止め立ちつくしじっと耳を澄まさなくてはならない、といった風であり、繰り返し繰り返し、類い稀れなる諸々の印象、幻惑するような霊力にかっさらわれ踏み潰されたあげく、ついには不意に地中に吸い込まれるがごとき感覚、眩惑され攪乱された思索者、詩作者の眼前に深淵がぱっくりと口を開くがごとき感覚に襲われる、といった風なのです。頭は落下しようとします。いつもはあれほど生き生きとしている手足は硬直したかのようです。地面も人びとも、音調も色彩も、顔も姿も、雲も陽光も、幻影であるかのように彼の周りを旋回しはじめます。彼は自問しなくてはなりません。「ここはどこ？」地と天は一気に流れ崩れ落ち、稲妻を発し燐光を発し波打ち逆巻く混沌とした靄のごときものと化してしまいます。混沌が始まります。あらゆる秩序は消え失せてしまいます。（『作品集第四巻』二六五頁、SW5/52f.）

外から到来する「散歩の思考」は、主体の頭の中で恣《ほしいまま》に自己展開する思考ではない。それは、世界を思考することを可能にする既成の諸モデルを崩壊させ、思考する主体自身を機能不全に陥れる、思考の自己否定をも含んだ危うい思考なのである。

しかし、ここであらためて思い出すべきは、いかに繊細なあるいはラディカルな「散歩の思考」が訪れようと、「書くこと」が伴われていない限り、「職業としての散歩」論は成立しえないということである。日常の最中において「世界の果て」に出会うための散歩の方法論は、さらに、「世界の果て」を描くための散歩叙述の方法論を要求するのである。

五　「字を書く子ども」、あるいは、書くことの初源の場に出会うこと

散歩する者は、きわめて愛情深く注意深く、いかなる極小の、生あるものをも、それが子ど

もであれ犬であれ蚊であれ蝶であれ雀であれ毛虫であれ花であれ男であれ家であれ木であれ垣根であれカタツムリであれ鼠であれ雲であれ山であれ一枚の葉っぱであれ、あるいはまた、ひょっとすると可愛らしい良い子の生徒がはじめて書きつけた慣れない手つきの文字が記されている、哀れな投げ捨てられた紙切れであれ、観察し見つめなければならないのです。彼にとっては、もっとも高いものともっとも低いもの、もっとも真面目なものともっとも愉快なものは、等しなみに愛おしく美しく価値あるものなのです。（『作品集第四巻』二六三－二六四頁、**SW5/51**）

ここにひたすら並列的に記される様々な事物の間に、何かしらの秩序を見いだすことは難しい。常識的観点からみて重要事から些事へ向かっているわけでもなければそれが転倒されているわけでもないし、また、人間／動物、動物／植物、自然物／人工物といった分類にしたがって配置されているわけでもない。散歩しつつある者にとっては、存在物の物理的な大小も、社会的な高低も、諸々のカテゴリー表も、一時的であれ失効し、それらは「現象」として等しなみに感覚、観察されているかのような文なのである。

しかし、だからといって、これを、散歩しつつある者の眼にたまたま飛び込んでくる事物の印象をそのまま再現した、いわば自動書記的な叙述の如くに理解するのは誤りである。それでは、ヴァルザーのテクストは「無形式」というブラックボックスに封印される一方、読者は事物の再現、表象の媒介性に関して無反省にとどまることになってしまうだろう。

少なくともこれが単なる偶発的印象の再現ではないことは、隣接している事物間に、蚊／蝶、木／垣根、雲／山といった分類的、提喩的、隠喩的連関が見いだしうること、またそれ以上に、ドイツ語原文に確認できるように、隣接する名の間に、Kind《子ども》/Hund《犬》, Hund《犬》/Mücke《蚊》, Schmetterling《蝶》/Spatz《雀》, Wurm《毛虫》/Blume《花》, Haus《家》/Baum《木》, Hecke《垣根》/Schnecke《カタツムリ》, Berg《山》/Blatt《葉っぱ》といった子音あるいは母音の共有関係、ズレを伴った反復の関係を見いだすことができることからもわかるだろう。「叙述」のレベルが関与しているのである。

この問題は、引用箇所の最後に「紙切れ」が登場することによって頂点に達している。„Berg“＝「山」に続いて書きつけられた„ein Blatt“が「葉っぱ／紙」のどちらを意味するのかを考えることは無意味だが、それに引き寄せられるかのように登場する「紙切れ」に「ひょっとすると可愛らしい良い子の生徒がはじめて書きつけた慣れない手つきの文字が記されている、哀れな投げ捨てられた」という長大な形容が付されている事実は十分に検討されねばならない。これは明らかに「等しなみに愛おしく美しく価値ある」という散歩記述の民主的原理に反して書き込まれているのだから。

「書くこと」の初源の場には、それが——歓びとして感じられるにせよ哀しみとして感じられるにせよ——世界の縮減という決定的な飛躍がある。

字を書く子ども［……］文字は各駅各駅でバラバラに零れ落ちる。手の不安と痺れ、空間という住み慣れた風景に別れを告げる痛み。なぜなら今この瞬間から、手は平面の上を動くことしか許されないのだから。[8]

これは、自動書記のイメージが語られるとき、決定的に欠けている認識である。「書くこと」にはこの飛躍があり、それは一度「書くこと」に慣れ始めるや忘却されてしまう。しかし、目的、意味、秩序の網の目から、つかの間、事物を解き放つ可能性を秘めた「散歩」という行為を書くことには、社会的、伝統的に様々に分化され諸ジャンルを形成してきた「書くこと」そのものをも、あらゆる既成の約束事以前の初源の場へと差し戻す力があるのである。ヴァルザーにおける「散歩」は、書物でもなければ、もはや一枚の紙ですらない、おそらくは破れくしゃくしゃになった卑小な「紙切れ」に書かれた、いまだそこに「住み慣れ」ていない「慣れない手つきの文字」に繰り返し書き手自身を、そして読み手をもまた出会わせるための職業的、方法的行為なのである。

その、「はじめて」の「文字」は、むろん、鉛筆で書きつけられているだろう。

六　鉛筆書きの方へ

つつましく生を楽しむだけでなく、そのつつましい生の歓びを書こうとするならば、つつましやかで繊細な文が必要となる。そこまではよい。しかし、ここからがヴァルザーの、病と境を接するまでの仮借なさなのだが、つつましやかな文を書くには、つつましやかな文字が、それを実現するにはつつましやかな筆記用具が不可欠なのである。

例えば、「わたくし」が通りすがりのパン屋の看板に理不尽な怒りを爆発させるとき、それは散歩者としてのみならず、散歩記述者としての怒りでもあることを理解しなければならない。「この金色の、のみならずギラギラと嫌らしく光る文字とパンとの間に、いったい何らかの容認しうる擁護しうるかかわり、相通じる健全なつながりがあるとでもいうのだろうか。」（『作品集第四巻』二二七頁、SW5/16）この怒りは、この時期のヴァルザーにとって本質的な問題に関わっている。他に例を見ない、鉛筆書きの微小文字による草稿書きは、ヴァルザー自身の手紙からも、また残されている遺稿からも、一九一〇年代末に始まったことがわかっているのである。

［……］わたしは一〇年ほど前から、自分の生み出すもの全てを、まず最初におずおずと心をこめて鉛筆でメモする作業を始めました。［……］あなたには雑文の出来上がりようにこれほどまでにこだわるのはばかげて見えるかもしれませんが、わたしにとって鉛筆書きは重大事だったのです。つまりは、ペンが耐えられぬほどに恐ろしく疎ましいものに、ここでお伝えすることなどできぬほど我慢ならぬものになり、ついにはもう滅多にしか手にすることはなくなったくらいに阿呆になってしまった、そんな時期がこの書面の書き手にはあったのです。［……］請け合ってよいのですが、わたしは（それはもうベルリンで始まっていたのですが）ペンに関してはまさに手の麻痺、痙攣というものを経験し、鉛筆書きという迂回路を辿って難儀しつつも徐々にそこから抜け出すことができたのです。［……］つまるところ、わたしは、

それは筆跡にその崩壊となって現れたのですが、混乱の時期というのを経験し、鉛筆書きからの写し書きによって、あらためて、子どものように学んだのです——書くことを。[9]

ここでも、「書くこと」そのものに初めて出会う子どもの喩えが登場している。つまり、鉛筆書きもまた、「書くこと」の初源の歓びに出会うための方法論の一つとして選択されたのである。ヴァルザーがペンを鉛筆に持ち代える前夜に書かれた『散歩』のテクストにも、書き手が今にもペンを鉛筆に持ち代えようとするかのごとき仕草が覗いている。

この望むらくは可愛らしく感じのよい文章すべてをドイツ帝国最高裁判所用筆記ペンで書いているとわたしが言ったからといって、ギョッとなさってはいけません。そこここで感じられるかもしれぬ簡潔、的確、辛辣な物言いはそのせいであり、そうと知ればもはや驚く方はおられないでしょう。(『作品集第四巻』二三九頁、SW5/27)

十分に冗長極まりないこの作品ですらまだまだ冗長さを欠いているといわれても「ギョッと」してはいけない。読み手は、書き手ヴァルザーとともに「散歩文」そして「散文」の臨界地点、ミクログラムへと歩んでいかねばならないのである。

註

1 Bichsel, Peter: Geschwister Tanner lesen. In: Robert Walser. Dossier Literatur 3. Zürich, Bern 1984, S. 84f.

2 Walser, Robert: Der Spaziergang. Frauenfeld & Leipzig. 1917.

3 Walser, Robert: Briefe 1897-1920, S. 444f.（一九一八年四月一日付のラッシャー社宛ての手紙）

4 Walser, Robert: Sämtliche Werke. Bd. 7, S. 214. 編者J・グレーフェンによる解説。

5 Stefani, Guido: Der Spaziergänger. Untersuchungen zu Robert Walser. Zürich und München 1985, Claudia Albes: Der Spaziergang als Erzählmodell. Tübingen 1999, Elisabetta Niccolini: Der Spaziergang des Schriftstellers. Stuttgart, Weimar 2000. ちなみにニッコリーニの研究においては、内容としては本章での論点である散歩記述での自己言及性に焦点が当てられているにもかかわらず、対象とするテクストとしては第二版が選択されている。

6 Walser, Robert: Das Gesamtwerk. 12 Bde. Hg. von Jochen Greven. Zürich und Frankfurt a. M. 1978.

7 D・ローデヴァルトの先駆的研究において、「語り」と「歩み」がより一体化しているという理由で第二版の方が高く評価されたことが、全集での版の選択自体に間接的に影響していると考えることもできる。Rodewald, Dirk: Robert Walsers Prosa. Versuch einer Strukturanalyse. Bad Homburg v. d. H. -Berlin-Zürich 1970, S. 183-207.

8 Benjamin, Walter: Gesammelte Schriften. Bd. VI, S. 200f.

9 Walser, Robert: Briefe 1921-1956. Hg. von Peter Stocker u. Bernhard Echte, unter Mitarbeit von Peter

Utz u. Thomas Binder. Berlin 2018, S. 299f.

第五章
「ミクログラム」のもたらす幸福――ベルン時代の長編小説『盗賊』を読む

鉛筆書きスケッチは観る者に要求する、作品に近づき精確にみつめることを。
マリア・ドレア[1]

実際、重要なのは、ガリヴァーが巨人の国、小人の国を訪れたということなのです。
アンドレイ・ビートフ[2]

一　秘密文字からテクストへ

スイス、ヘリザウの療養施設に入所していたローベルト・ヴァルザーは、一九五六年一二月のクリスマスの朝、日課の散歩の途中、心臓発作で急死する。晩年のヴァルザーと親交のあった文筆家カール・ゼーリヒは、翌一九五七年一〇月、鉛筆書きの極小文字が書きこまれた五二六枚の紙片の一部を、スイスの文芸雑誌『ドゥー（du）』に掲載し、「一九二〇年代そしてそれに続く神経病初期の時期に詩人が用いた、この自らの考案による解読不能な秘密文字は、おそらく外界からの臆病な逃避、自らの考えを隠すための装飾的カモフラージュとして理解することができるだろう。後年、通常文字に回帰したためにこの秘密文字は放棄されることとなり、ローベルト・ヴァルザーはこの文字で芸術的に新しいものを生み出すことはついになかったのである。」と解説を添えた。[3] 伝記作家ゼーリヒは、この遺稿の形式が後期のヴァルザーにおける外界との極めて複雑な関係に関わるものであることを認識しつつも、自らテクストの上に身を屈めその複雑な関係の内実に分け入ろうとはせず、逆に、作家としてのヴァルザーを病と結びつけ神秘化する態度を選んだのである。[4]

しかし、ゼーリヒの死後、テクストの参照が可能になると、まずは比較的解読が容易であった一部が、ヴァルザー研究の先駆者ヨッヘン・グレーフェンによる解読、マルティン・ユルゲンスによる校閲を経て一九七二年、『盗賊（Der Räuber）』、『フェリクス場面集（Felix-Szenen）』と名づけられて全集の一巻に所収され、[5] さらに一九八一年以降進められたヴェルナー・モアランク、ベルンハルト・エヒテ両者による綿密な共同解読作業の結果、現在では鉛筆書き原稿の大部分が六巻本の書物『鉛筆書きの領域から（Aus dem Bleistiftgebiet）』に所収され、通常の活字テクストの形で読むことができるようになっている。[6]

本章では、手紙、作品における作家自身の言及、およびこの遺稿そのものの形態を手がかりに、ヴァルザーにおいて、（遅く見積っても、現存するテクストによって確認できる）一九二四年以降、なぜこの「ミクログラム」という書記方法が要請されねばならなかったのかを考察する。さらに、ミクログラム紙片二四枚に書きつけられた長編小説『盗賊』（一九二五年）における作品および執筆形態そのものについての自己言及的記述に注目し、その作品構造と微小なテクスト形態とがいかに密接な関わりにあるかを明らかにする。[7]

論に先立って、ミクログラム紙片の存在様態（文字の大きさ、形態、配置のされ方、用いられた用紙など）を理解するための参考資料として、紙片コピー一点を掲載する（二二九頁）。

二　「手の危機＝批評」から生まれる鉛筆書きという「手仕事」

あらかじめ言っておくなら、微小文字についての、ヴァルザー自身による直接的、明示的言及は存在しない。そのこと自体、ミクログラムについて考察するための一つのヒントであることを念頭に起きつつ、まずは、複数のテクストにおいて言及されている「鉛筆書き」の側面から、一九一〇年代後半以降のヴァルザーの筆記方法にアプローチすることにしよう。

一九二七年、『新スイス展望《ノイエ・シュヴァイツァー・ルントシャウ》』誌の編集者マックス・リュヒナーへあてた手紙の中で、ヴァルザーは鉛筆書きを始めた時期、およびその事情に触れている。第一部第四章で一部引用した文章だが、もう一度、ここでは省略なしで、引用しよう。

> わたしは一〇年ほど前から、自分の生み出すもの全てを、まず最初におずおずと心をこめて鉛筆でメモする作業を始めました。そのために執筆のプロセスはおのずとほとんどすさまじさの域に達するまでに遅々として進まぬものになってしまいました。当然それに付随する事務所を

思わせるような清書システムと入り混じったこの鉛筆書きシステムは本当に辛いものでした。その辛さの中でわたしは忍耐を学び、それはもう忍耐することに関しては芸術家になったといっていいほどです。

あなたには雑文の出来上がりようにこれほどまでにこだわるのはばかげて見えるかもしれませんが、わたしにとっては鉛筆書きは重大事だったのです。つまりは、ペンが耐えられぬものに、恐ろしく疎ましいものに、ここであなたにお伝えすることなどできぬほど我慢ならぬものになってしまい、ついにはもう滅多に手にすることはなくなったくらいに阿呆になってしまった、そんな時期がこの書面の書き手にはあったのです。このペンに対する嫌悪から抜け出すためにわたしは鉛筆で書きつけ始め、描き始めたのです。鉛筆の助けによってまた遊び、詩作し始めることができるようになったのです。物を書く楽しみがあらたに湧き出してきたのです。請け合ってよいのですが、わたしは（それはもうベルリンで始まっていたのですが）ペンに関してはまさに手の麻痺、痙攣というものを経験し、鉛筆書きという迂回路を辿って難儀しつつも徐々にそこから抜け出すことができたのです。失神、痙攣、無感覚というのはいつも身体的なものであると同時に魂に関わるものでもあります。つまるところ、わたしは、それは筆跡にその崩壊となって現れたのですが、混乱の時期というものを経験し、鉛筆書きからの写し書きによって、あらためて、子どものように学んだのです——書くことを。[8]

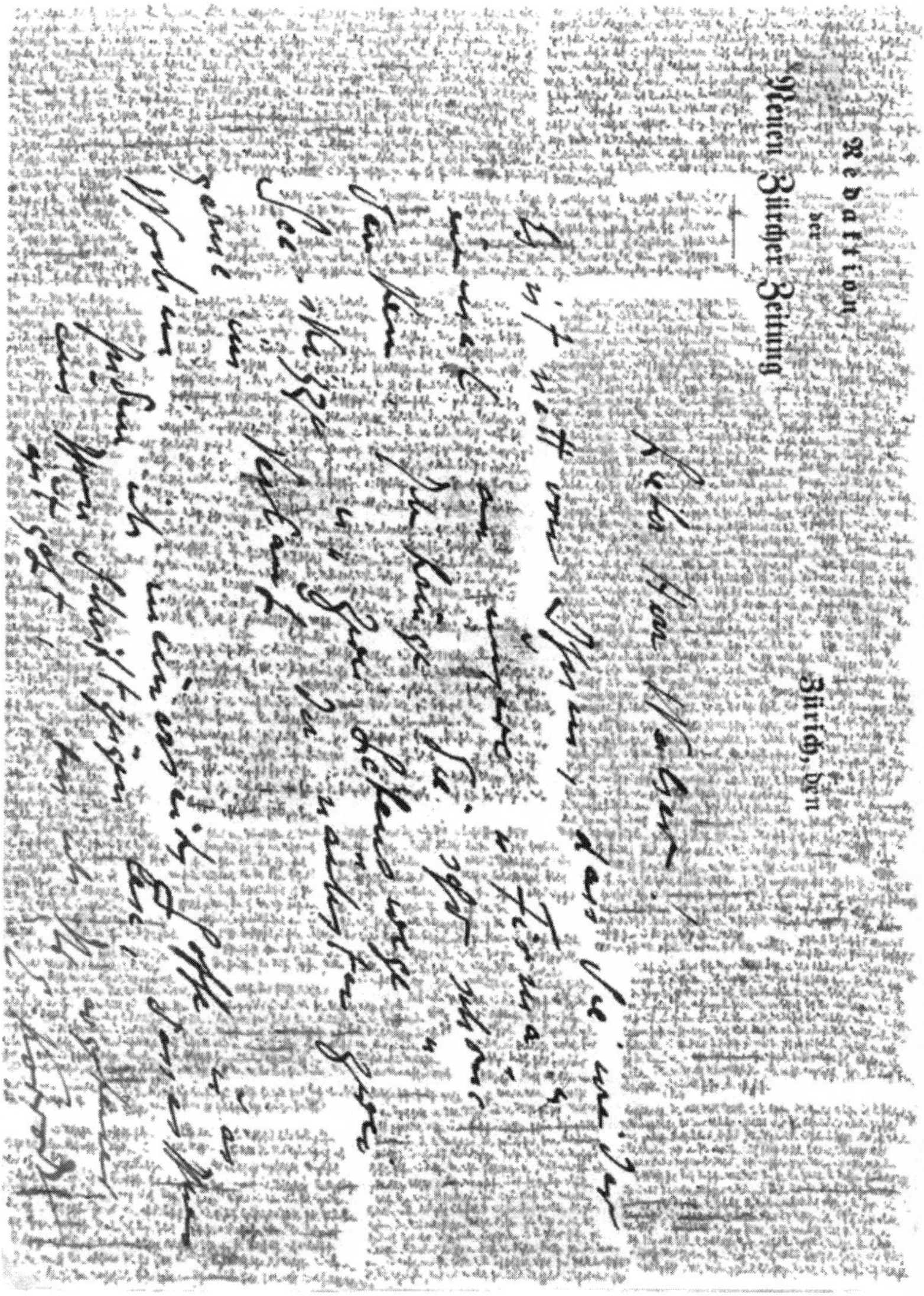

ミクログラム No. 9a
『新チューリヒ新聞』編集委員エドゥアルト・コローディから送られてきた葉書を用いたもの。ヴァルザーの筆跡からして調子は良さそうですねと書いてきたコローディの推測が正しいことを裏づけるかのように、ヴァルザーの鉛筆書きのミクログラムが、インク書きの文字を取り囲みつつ、びっしりと紙面上を埋めている。[9]

（原寸大 15.1 × 10.3cm）

この手紙はすでにミクログラムが実践されて少なくとも二年以上経過していた時点で書かれていることになるが、一〇年ほど遡る経験から話がおこされているので、ここでは「鉛筆書き」についてのコメントとして読むこととしよう。

この報告からまずわかるのは、鉛筆書きへの移行は、功利的観点からは説明できないということである。文面を信じる限り、筆記用具の変更は、例えば、執筆場所の制約がなくなり携帯性がたかまる、あるいはメモを取るスピードが高まるといったような、より大きな可能性を執筆作業にもたらしたわけではない。[10] 逆に、それは、執筆プロセスを煩雑にし、遅々としたものに変えてしまったようなのである。

また、この筆記用具の持ち替えは、物書きにおいては珍しくない愛用の文具をめぐる神経症的なこだわりとも質を違えている。ここでヴァルザーは、筆記用具の微妙な差異に趣味的に拘泥しているわけではまったくない。問題は、ペンか鉛筆かという単純この上ない区別でしかなく、その大ざっぱな違い一つに、書く行為そのものの存続可能性はかかっていた、と報告されているのである。

鉛筆書きの内的必然性にさらに迫るために、ほぼ同じ時期（一九二八―一九二九）に書かれた散文小品を、あわせ読んでみよう。

ある時期、わたしは書物の執筆から散文小品書きへ立場を移してゆきました。というのも、長々と続く叙事的連関はわたしをいわば苛立たせるようになったのです。わたしの手は言うなれば仕事を拒む召使女へと成熟していったのでした。彼女を宥めるためにわたしは、有能ぶりを発揮するのをいくぶん控えてくれてもかまわないという態度をとりました。するとどうでしょう、こうした配慮によってわたしは徐々に彼女を取り戻すことに成功したのです。［……］思うに、かつてわたしの名前は今よりも名声高いものでした。けれども「新聞寄稿者」の肩書きにすすんで同意することによって、わたしはもっと知られることのない名前にも慣れていったのです。（『作品集第四巻』二一二頁、SW20/428f.）

同じ事態をめぐる二つのテクストを読み合わせることで、この時期のヴァルザーを襲った危機の内実は今少し明らかになっただろう。

ヴァルザーにとってペンを鉛筆に持ち換えることは、書物の執筆にたずさわる「作家」としてのありように背を向け、雑文で糊口をしのぐ「散文小品書き」を生業とする存在、いわゆる「新聞寄稿者」に移行すること、「名声」ある存在から「無名」の存在へとわが身を貶めることと並行した関係におかれている。すなわち、筆記用具の変更は、書き手としての自己認識の変化と連動して起こった出来事として説明されているのである。

事実、問題になっている時期、すなわち、ベルリン時代（一九〇五―一九一三）の終わりからビール時代（一九一三―一九二一）を経て、ベルン時代（一九二一―一九三三）にかかっていく時期は、ヴァルザーが「長編小説」というジャンルと訣別した、あるいは訣別を強いられた時期と一致している。この期間、ヴァルザーは『ヤーコプ・フォン・グンテン』（一九〇九）の不評以降、途絶えていた長編小説というジャンルに繰り返し挑戦し、一九一九年三月には長編小説『トーボルト』の草稿が完成し、一九二一年一一月には長編小説『テオドール』が書き上げられたことが知られている。しかしながら、この二つの長編小説は公刊されることがないままに散逸の運命を辿るのである。すなわち、「ペン」から「鉛筆」への持ち替えは、既成の文学市場においては、もはやヴァルザーの長編小説は受け入れられないことが明らかになりつつあった時期に起こっているのである。[11]

以上のことを確認した上で、注目したいのは、上記二つの引用文における危機の描かれ方の変化である。最初に引用した手紙において、手の「麻痺・痙攣」と即物的に、またネガティヴな形で書かれた事態は、散文作品においては「わたしの手はいってみれば仕事を拒否する召使女へと発展したのでした。彼女を宥めるために［……］」と擬人的に、しかも——ある種のアイロニーを伴っているとはいえ——ポジティヴに言い換えられている。[12] 主人たる「頭」が、意のままに働く「召使女」であったはずの「手」のストライキにより、有無を言わせぬ形で、同時代の市場の求める長編小説形式——「長々とした叙事的連関」を欠いてはいないもの——からの離脱を強いられたことは、散文作品の方では肯定的に受け止めなおされているのである。ここで、ペンを持てなくなるという危機は、身体による意識の批評として捉えなおされているといってもよいだろう。そして、このストライキ以降、ヴァルザーのテクストにおいて、書く行為は、いやましに「手」の仕事として認識されるようになる。

やはり一九二八—二九年の時期に書かれた未発表の草稿「物語のようなもの(Eine Art Erzählung)」には次のような文章が見られる。

わたしは自分が、手仕事にいそしむ長編小説家もどきの存在であることを知っている。短編小説家でないことだけはまず間違いない。というわけでわたしは調子が良いと、つまりは気分が乗ってくると、仕立屋、靴屋、鍛冶屋となって、シュッシュッ、コンコン、カンカン、トントン、読めばすぐに中身のわかる文章を作り上げる。お望みならば、物書くろくろ細工師と呼んでくれたってかまわない。わたしは書くことで壁紙を貼っていくのである。（『作品集第四巻』二〇五頁、SW20/322）

誤解してはならないのだが、通常、「職人芸」といった言葉で賞揚されるのは、ここでいう「短編小説家（Novellist）」のカテゴリーに属する書き手の方である。ヨーロッパ文学の伝統においては、コンパクトで緊密な作品構成、彫琢された簡潔な文体といった書き手の職人的技能が発揮される場となってきたのは、ある人物の生、ある社会、場合によってはある時代全体までをも叙述対象とする「長編小説（Roman）」よりも、むしろ、基本的にはある出来事の報告に自らの叙述対象を限定してきた「短編小説（Novelle）」のジャンルなのである。[13]

ところが、ヴァルザーがここで「手仕事」という言葉で指しているのは、そのような意味での完成度の高い職人的技能ではない。自分は「短編小説家」ではないと断言する「わたし」が代わりに提示するのは、「手仕事にいそしむ長編小説家もどきの存在」もしくは「物書くろくろ細工師」といった何とも身元のはっきりしない怪しげな肩書きなのである。[14]このような曖昧な作り手が生産するものが、どのような性格をもつものとなるのか、さらにもう一歩踏み込んで教えてくれるのが、本章第三節以降で詳論する小説『盗賊』に含まれる次の文章である。あらかじめここで、触れておこう。

そして今やわたくしは、手仕事について論じることにし、こんなことを言ってみたいと思います。小説家にとって語ることは仕事でありますが、手仕事職人にとっては語ることはおしゃべりであり、すなわち、祝祭的なはめはずしであり、それはちょうど階段で出会った召使娘や主婦たちの場合と同じなのです。(『作品集第五巻』九九頁、AdB3/70)

たしかに内容のみとりだせば、「読めばすぐに中身のわかる文章」である。しかし、それが「手仕事にいそしむ長編小説家もどき」などと自称する書き手によって書かれていること、そして、まさに「手仕事」というほかない鉛筆書きミクログラムで書かれた「長編小説」の内部で書かれていることを考え合わせるならば、一見、当たり前の事情を語る一般論であるかに思えた文は、そのまま、書き手自身の置かれたダブル・バインド状況にアイロニカルに言及している極度に繊細な文章ともなるだろう。このくだりを読んだだけでも、『盗賊』が、その存在様態と文学形式の両面において、「手の危機/批評」以降の書き手ヴァルザーが直面し続けている問題を真正面から引き受けている「仕事」であること、そしてまた、その「仕事」がほかならぬ「おしゃべり」として遂行されているという事情がわかるはずである。

三　「ミクログラム」のもたらす二重の幸福

すでに述べたように、もう一つの移行、文字の微小化については、この期間が生涯において、もっとも多産な時期であったにもかかわらず、ヴァルザー自身は、散文小品においても私信においても、一言も触れていない。つまり、意識的に秘匿しているのである。この事実は、ミクログラムという筆記形態が「隠れる」という欲望と密接に関連していることを示唆しているだろう。ただし、「隠れる」という行為は、ゼーリヒが病に関連づけてイメージしたように、不安、畏れといったネガティヴな動機ばかりから実践されるわけではない。それは、むしろ――わたしたちの誰もが子どもの頃の記憶をたどればわかるように――〈幸福〉の経験と分かちがたく結びついているのである。

ミクログラムの実物を眼前に――むろんさしあたり現物大のコピーでも構わないのだが――手元にある筆記用具を手に実際にテクストの上に屈みこんでみる。するとわかることなのだが、切り取られた無地の紙、カレンダーの一部、送られてきた葉書、手紙、電信文、はては税務署からの書類に至るまで様々な紙片の上に、左上隅から右下隅まで、あるときは数段組に場を区切り、時には段によって九〇度向きを違え、印刷された文字や開けられた穴があれば飛び越え迂回しつつなお行をそろえて、一～二ミリほどの大きさの文字を書き連ねていく作業、これは、間違いなく極度の集中を必要とする作業だったはずである。と同時に、それは、極度の集中を可能にしてくれる作業でもあったのだ。ミクログラム原稿は、短く見積もっても四六歳から五五歳まで、書き続けられていたことになるが、この期間、ヴァルザーは、机の上に体を屈め鼻を擦り付けるようにして書くことによってこそ、市民社会、文学市場、現実原則といった諸力、諸価値が暫時優先権を失ってしまうような小さな世界を生み出すことが、そしてその中に隠れることができたのである。[15]

一九二七年に『ベルリン日刊新聞』に掲載された散文小品『鉛筆書きスケッチ（Bleistiftskizze）』は――この題名も日々実践していたミクログラムを秘匿せんとする試みと解することができるわけだが――鉛筆書きの現場を次のように描いている。

> わたしの魂にはそのつど、自分がかくも念入りに、注意深く、書く行為にたずさわる姿を眺めることができることで、満足の微笑みが、また微笑みのように感じられるいくばくかの自己嘲笑がわきおこった。とりわけ、鉛筆で書くことでこれまで以上に夢見心地に、落ち着いて、快く、熟慮しつつ書くことができるようで、この筆記方法はわたしにとって独特の幸福へと成長していくようで［……］。（『作品集第五巻』一九一頁、SW19/122）

注目すべきは、ここで言う「鉛筆書き」のもたらす「独特の幸福」が、たんなる没入状態ではなく、二重の意識を伴うものとして描かれていることである。そして、この二重の意識はやはり、小さな世界の内部に没入している「わたし」とそれを眺めてもいる「わたし」という二つの異なったスケールを生きる「書く存在」を想定しないことには、どうにもリアリティーを持たないと思われるのだ。「わたし」が満足しているのは、きわめて慎重に書く行為にたずさわることができているからだけではなく、自分がそうできていることを「眺める」ことができるからなのであり、そこで生まれている感情も、たんなる「満足の微笑み」ではなく、「微笑みのように感じられるいくばくかの自己嘲笑」を同時に含む感情なのである。「小さな世界」は生きられている、と同時に、「小さな世界に生きること」は笑われている。ミクログラムから生ずる独特の幸福の特徴は、何よりもこの二重性にある。そして、この二重の意識をわずかなりとも生きてみようと試みる者にのみ、ミクログラムの幸福の世界は開かれる。ヴァルザーの「小さな世界」を二五年間保管していた伝記作者ゼーリヒは、「極小文字」の世界に迷い込んでしまったヴァルザーを、外から見るばかりだった。それに対して、読者グレーフェンは「微小文字」のテクストの上に実際に屈みこんでみたのである。ヴァルザーの幸福を共に生きたのがどちらであるかは言うまでもないだろう。[16]

ミクログラムによって書かれた登場人物たちを特徴づけているのも、この二重性を含んだ幸福である。ヴァルザーの子ども時代の記憶の断片を素材とする二四の小場面から成る『フェリクス場面集』冒頭のフェリクスの独白に耳をすませてみよう。

なんていろんなことが心に浮かんで来るのだろう、それでいて僕はまだこんなにちっちゃい。小人と呼んでもらってもいいくらいだ。小路を抜け人びとをかすめツバメたちがすいすい飛んでいく、あんまりすぐそばでぶつかっちゃいそうなくらい。お兄ちゃんお姉ちゃんはみんな学校に行っている。家では学校で出された宿題をやっている。僕は自分ではもうかなり物分りがいいと思っている。でもだからこそみんなは僕のことをまだまだと思っていて、それももっともと僕は思っている。なんて楽しいんだろう、こんなにちっちゃいってことは。責任があることなんて何一つない。［……］四歳の僕の舌の滑らかさには驚くばかりだ。自分がこんなに聡くて賢くて目端がきくなんて思いもよらなかった。ほんとうに自分自身にうっとりしてしまう。［……］大人たちは食べ物を手に入れる。夜に眠るベッドを持っている。最初の知が自分の中でパチパチって火花を散らすのを感じること、これはあらゆる知識をひっくるめて所有するのより、たぶんずっと存在を美しくしてくれる。だって知識を所有するなんて、それは重くて大変に決まっているのだから。（『作品集第五巻』二二一－二二二頁参照、AdB3/153f.）

ヴァルザーの書いたものの中でも、もっとも幸福なテクストの一つだろう。むろん、それを可能にしているのは、ツバメとともにかすめすぎてゆく生の息吹に肌で触れている四歳の主人公フェリクスの言葉である。大人は衣食住に追われて生きているけれど自分には負わなくてはならない責任は何一つない。学校に通う兄姉はすでに知の詰めこみ作業を強いられているけれど、自分は所有された知識より最初の知の火花こそを美しいと思う。こんなに小さいことはなんて素晴らしいことだろう……まさにその通りである。ただし、子どもは自らを小さいと意識することも、いわんや小さいことは楽しいことだと感動することも、ましてや自分の四歳の舌の滑らかさに感心することも、真の意味ではありえないのであって、やはり、ヴァルザーはここでも、なかば言語以前を生きている存在と、それを意識し認識し言語化することとのズレそのものを伝える書き方をしている。これはまさに、「満足の微笑みが、また微笑みのように感じられるいくばくかの自己嘲笑がわきおこ」っているような書き方なのである。

しかし誤解してはならないのだが、このテクストにおいて「自己嘲笑」が幸福を破壊するような事態は、いささかなりとも起こってはいない。（逆に、ここで「自己嘲笑」抜きの、真なる子どもの幸福が描かれようとしていたなら、それはこの時期のヴァルザーの不幸についてのグロテスクな証言となっていただろう。）ここでの幸福はそもそも、真の子どもの小さく在る歓びとして書かれているわけではない。ここでは最初から、子ども時代をあとにして久しい存在が小さくなった、その歓びこそが書かれようとしているのであり、それを可能にしているのは、フェリクスという仮面であると同時に、ほかならぬミクログラムという方法なのである。

小さな文字で書いている限り、ヴァルザーは——小さな子どものように——衣食住のための憂慮、すなわち、市場に受け入れられうる体をなす作品を書かねばならぬという圧力から自由に、書くことができる。そしてその自由の中でこそ、「最初の知の火花」ともいうべき連想は訪れうる。そしてそれが「小さな世界」という虚構条件においてこそ可能となっていることもまた、ヴァルザーは書き入れる。「なんて楽しいんだろう、こんなにちっちゃいってことは。［……］四歳の僕の舌の滑らかさには驚くばかりだ。」小人フェリクスの歓びは、微小文字を書いている四十七歳のヴァルザーの歓びとしてこそ、十二分に理解できるのである。

「小さく書くこと」、「子どもを演じること」、「同時にそれが子ども時代をとうに後にした者の演技であることをも書きこむこと」――この『フェリクス場面集』での方法が、はるかに強烈な自己嘲笑とともに実践されているのが、同じ年に書かれた『盗賊』である。「あるまだ年若い、少年と呼ばれる年齢から抜け出てすらいない画家が描いた一幅の水彩画が、この文化に満ち満ちた詩行を書きつけるきっかけとなったのです。」（『作品集第五巻』二一四頁、AdB3/148）と作中にもあるように、この小説の、そして主人公の名「盗賊」は、そもそもは、シラーの戯曲『群盗（Die Räuber）』のカール・モーアに扮した一五歳の少年ローベルトを描いた水彩画に由来している。[17]

しかし、この長編小説でヴァルザーが潜り込む役柄は、かつての紅顔の美少年ではないし、少年が演じた群盗の首領たるカールでもなければ、それに続く盗賊小説のヒーローたち、例えばその一人、大泥棒リナルディーニでもない。「わたくしたちの若造と、その昔、何百もの善良市民の首を切り落とし、金持ちから富を巻き上げては貧乏人に分け与えたリナルディーニとでは、なんと違っていることでしょう。［……］当地のわたくしたちの盗賊はといえば、たとえばカフェ・ウィーンでハンガリー楽団の奏でる響きのなか、無垢な眼差しの突き刺すような光線と、君に届けとばかりに念じた想念で、窓辺の美少女の魂の平静にとどめをさしたにすぎないのです。」（『作品集第五巻』二四頁、AdB3/20）。そして、この惚れっぽい卑小な盗賊は、どうやら物を書くことを生業としているようなのだが、それはどうも「作家」、「詩人」といったまともな「職業」として認知されてはいないようなのである。

ヴァンダと知り合う以前、彼は風景のもたらす印象をたくさん盗んでおりました。なんとも奇

妙な職業ではありませんか。ちなみに彼はさまざまな心性も盗んでいたのです。（『作品集第五巻』三八頁、AdB3/30）

ミクログラム長編小説『盗賊（Der Räuber）』において主人公の描く行為、表象する行為は、「盗む（rauben）」という軽蔑的な、非合法的な言葉で言い表される。そこには、「作家」という肩書きで呼ばれることができない自らの存在に対するヴァルザーの自己嘲笑が響いている。しかしこの自己嘲笑には同時に、「表象する＝盗む」ことを市民社会に公認された立派な「仕事」と信じることに何らのためらいも感じない「作家」という存在に対する根底的な批評が隠れてもいるのである。

四　「恋愛小説」の不可能性に抗して

先送りと並置

「エーディットは彼を愛しています。」（『作品集第五巻』九頁、AdB3/11）の一文とともに始まり、『赤と黒』を連想させるような教会での「エーディット」による「盗賊」の狙撃事件で締めくくられているこの小説に、世に「恋愛小説」と呼ばれているジャンルへの意識が書きこまれていることは間違いないように思われる。しかし、この小説には恋愛小説への言及こそふんだんに書きつけられているものの、読者が感情移入できるような恋愛感情の叙述箇所は実のところ皆無に近い。

第一文であまりにあからさまに提示されたエーディットの愛ですら、何ら主題として展開されることなく、すぐさま姿を消してしまうのである。あらためて第二文までを引用しよう。

エーディットは彼を愛しています。この話については後ほど詳しく。(『作品集第五巻』九頁、AdB3/11)

この小説は、より正確には、この二つの文から始まるというべきだろう。「恋愛」は冒頭に書きつけられるや、こうして先送りされ、以降、話は「彼」についてのもろもろの風評へ拡散してしまう。そして〈先送り〉の手つきは冒頭節中、さらに一度ならず繰り返されている。「そう、彼のために死んでしまったあの未亡人のこと。街の通りの一つに店を構えていた、まずしっかり者といえようこの女性の話にも、必ずや戻ってくることにいたしましょう。」(『作品集第五巻』一〇頁、AdB3/11)、「わたくしたちの街には大きな中庭とでもいった趣があり、さほどにも部分部分がしっくりと釣り合いが取れているのです。この点についてもさらにお話しする機会はありましょう。」(『作品集第五巻』一〇頁、AdB3/11)。このような〈先送り〉の暴力にさらされ続けることで、提示された話題は次々に背景に退いていく。そしてこれが各節で繰り返された結果、小説全体も首尾一貫したストーリーを紡いでいくことができないままに、膨大なエピソードの集積となってゆくのである。

とはいえ、冒頭に提示された「恋愛」という主題は忘れ去られてしまったわけではない。第一文は主題化への欲望を捨てきれぬかのように、若干形を変えつつ、さらに二度、冒頭節に登場している。

そしてあの可哀想なエーディットは彼を愛しており、そして彼の方は、今や暑さもずいぶん増してきたということで、夜の九時半にもなって水浴びに出かけるといった調子なのです。（『作品集第五巻』九－一〇頁、AdB3/11）

今日は少しばかり小雨がぱらつき、そして彼女は彼を愛しているのです。（『作品集第五巻』一〇頁、AdB3/11）

主題たらんとする「愛」が、二度、三度と繰り返されるたびに、この書物特有のさらなるテクストの運動に遭遇していることがわかるだろう。「そして（und）」という並列の接続詞によって導入される、〈並置〉の運動である。前に、後ろに、この接続詞が書きつけられることで、恋愛は、登場人物の奇癖、当日の天候と等しなみの出来事として扱われてしまうのである。

冒頭節で「恋愛」が、〈先送り〉と〈並置〉というこの書物を特徴づける二つの形式に出会っていることは偶然ではない。書物全体を通じて同様の形で反復される〈先送り〉の形式は、話されていたことを未完結のまま放り出し、他の話題を導入することで非主題化する。また、並列の接続詞もこの書物のあらゆる箇所において登場しては、語られた内容が周囲の言葉との間に意義の階層を作り出すこと、論理的連関を作り出すことを妨げ、ある意味、自由、平等なテクストの平面を形成している。

そのような意味で、冒頭節は、この書物の主要人物「エーディット」と「彼」を読者に紹介すると同時に、この書物全体を規定している〈恋愛という主題とそれを非主題化するテクストの運動〉をプレゼンテーションする場ともなっているのである。

書くことをも内包する「愛」の不可能性

こうした非主題化の暴力にさらされつつも「愛（Liebe）」はこの書物においては一貫して主題であり続けようとする。しかし、事を難しくするのは、それが描写対象レベルでの「愛」にとどまってはいないことである。

「愛」はこの作品においては、小説舞台上の登場人物間の水平的関係においてのみならず、登場人物と語り手、書き手との間の、いわば垂直的関係においても交わされようとする。ところが後者の関係は、周知のように、どこまでも互いに互いを与え合おうとすることが可能である前者の関係とは異なり、どうしようもなく非対称である。語り手、書き手は、語られる対象、書かれる対象を何らかの形で意味づけないではいないし、その意味で所有しないわけにはいかないのに対して、その逆はありえないのだから。まさにこの点において、この書物における「愛」は通常の恋愛とはまったく異質の不可能性に遭遇し、この長編小説も世に言う恋愛小説とはまったく異質の展開を必要とする。

ヴァルザーはこうした状況を作品内部において虚構的に再構成するために、一つの設定を導入した。

今日は、盗賊は詩作に没頭しすぎたあまりすっかり蒼ざめた顔をしています。というのは、ご想像いただけるでしょうが、わたくしがこの本を書くのに、彼はそれはもう果敢に手助けしてくれたのです。エーディットの庇護者、すなわちあの月並み男に——ちなみに彼はきわめてがっしりとした人間でした——ある日盗賊は何やら話しかけることがあり、その際、彼は次のようなことをつまびらかにしたのです、自分はある作家が小説を書くのを手伝っており、その小説ときたら確かに小さくはあるけれども文化と内容にはちきれんばかりで、その小説は主としてエーディットをめぐるもので、彼女はその小さいけれども内容に満ち満ちた小説に主人公として登場するのだと言うことを。（『作品集第五巻』一九三頁、AdB3/133）

それを聞いたエーディットは蒼ざめて、次のように語る。

「私は彼を追い払った、そして彼は今や著名な作家のところへ行ってすべてを報告し、二人は今しも一致団結して私について作品を書いている、そして私はどうすることもできないし、誰も私の力になってくれる人はいない。私は、百フラン札を財布からするりと抜き出そうともしない、この物乞いに書きなぐられるままになっていなければならない。そしてこの出来事全体で何よりもおぞましいのは、彼は私への従属と畏れのあまり、私を愛しそして盗むということ、世界中が私のことを知りつくすことになる、こんなことがありうるなんて思いもよらなかったわ。天にましますお神さま、どうか復讐に力をお貸し下さい。」（『作品集第五巻』一九四－一九五頁、AdB3/134f.）

ヴァルザーは、「語る主体」である「わたくし」と「語られる対象」である「彼」がともに手を携えて、愛するエーディットについて一編の小説（＝この小説）を書いている、という自己言及的な設定を導入するのである。一見、奇矯な設定に見えるかもしれないが、これは主人公の名前にすでに書き込まれていた設定と言えるだろう。そもそも主人公は「書くこと（schreiben）」＝「盗むこと（rauben）」の悪行に手を染めていればこそ「盗賊（Räuber）」と命名されているのであるから。

その意味で、ここでのエーディットの嘆きはヴァルザーの嘆きとも重なっていると言えるかもしれない。相手を簒奪し所有する暴力的な愛からはほど遠い「従属と畏れ」ゆえの「愛」ですら、相手を描き、表象するやもう「盗む」ことになってしまう。おぞましいことに、相手を描こうとする限り、ヴァルザーの目指す「愛」は永遠に不可能であるかに思われるのだから。

この不可能にも思える「愛」そして「恋愛小説」を成就させるために、さらにヴァルザーは通常の長編小説ではありえないトリックを導入する。

「語り手」と「主人公」の曖昧な関係

これまでの引用からもわかるように、長編小説『盗賊』は、ベルリン時代後期以降のヴァルザー自身の姿とも重なる「小説のかけない小説家」という矛盾した存在を主人公「盗賊」として対象化し、それを一人称の語り手である「わたくし」がアイロニカルに語っていく形で展開してゆく書物であると、まずはいってよいだろう。

ところが、この書物にはこの基本構造が崩れている箇所が含まれている。「アンリ・ルソー女」と呼ばれる茶装束の女性と「盗賊」との会話が続くくだりで、おまえはこれまでの人生で「所有する」ことをなおざりにしてきたではないかと詰問された盗賊の返答は、次のように叙述されているのである。

「わたしは所有してはおりません」とわたくしは返答しました。「使いたい気にならないようなものは何ひとつとして。」（『作品集第五巻』二〇頁、AdB3/18、傍線部は引用者による強調。）

むろんここは、「アンリ・ルソー女」と「盗賊」との会話場面なのだから、傍線部は本来であれば一人称「わたくし」ではなく三人称「彼」を用いて、「と彼は返答しました」とならなくてはならない。語り手と登場人物の審級の区別は、言うまでもないことであるが、「文学的」、「美的」価値が云々される以前の、虚構作品としての小説が成立するための基本的前提条件である。とすれば、このような書き損じもしくは見落とし箇所が残っている以上、やはり『盗賊』は長編小説になりそびれた、未完成の、不完全な遺稿にすぎないと見るべきなのだろうか。

ところが、この小説にはそのような常識的な判断を不可能にする、過剰なまでの自己言及的記述がふんだんに盛り込まれている。この小説では、たんに主人公「盗賊」がある作家を手伝うことで、愛するエーディットを描く側に回りこんでいる、というだけではない。「一致団結して＝一つになって（vereint）」書いているという、「わたくし」と「盗賊」の関係がきわめて曖昧なのである。というより両者の関係が曖昧であることが、きわめて強調されているのである。

あの城池の白鳥たち、ルネサンス建築の正面玄関《ファッサード》。どこでわたくしはそれを見たのでしょう。というよりむしろ、どこで盗賊はそれを見たのでしょう。（『作品集第五巻』一〇七頁、AdB3/76）

わたくしは、わたくしと彼を取り違えてしまわぬよう、つねに気をつけていなくてはなりません、わたくしは一介の盗賊風情とつるむつもりはないのです。（『作品集第五巻』一〇〇頁、AdB3/71）

彼とわたくしはいずれにしても別物です。（『作品集第五巻』二一五頁、AdB3/148）

わたくしはわたくし、彼は彼です。わたくしにはお金があり、彼にはありません。そこに大きな違いがあるのです。（『作品集第五巻』二一七頁、AdB3/149）

これらの箇所と併せ読むとき、先ほどのくだりをたんなる取り違えとして片づけることはできなくなるだろう。過剰に繰り返される「彼」と「わたくし」の区別は、逆説的にその疑わしさを強調してしまう。そしてくだんの人称の混乱箇所も、語りの審級に関する首尾一貫性の欠如としてではなく、語りの審級の峻別という制度に視線を注がせるための自己演出、意識的攪乱として、理解することができるのである。既存の文学的価値判断の彼方で、この書物独自のテクストの運動を辿っていく用意のある読者ならば、「主人」と「召使」をめぐるもう一つのエピソードから、問題となっている箇所を読み解いていくことが可能だろう。

「あなたの召使のユリウスによりますと」とその紳士は盗賊の我楽多《がらくた》置場もしくは盗賊部屋に入りながら言いました。「あなたは事と次第によっては年に数回ほど、教養人たちに面会なさるとのこと。」［……］「まあともかくも、まだちゃんと整えておりませんベッドの上にどうぞお座りください」と、召使などまったくおらず、むしろいるかのように振舞っていただけのその男は言いました。「わたしのユリウスはちょうど今不在なのです。」紳士は「ふむ」と言うと、難しい顔を崩さず［……］。（『作品集第五巻』一〇九頁、AdB3/77）

「アウグストやらユリウスやらを背後に抱えた」とも形容されてもいる盗賊が、来訪者に対して、存在しもしない召使と主人の一人二役を演じて見せたこのエピソードは、この小説の語りにおける作家と助手、すなわち語り手の「わたくし」と登場人物の「彼」の関係を入れ子状に映し出したものと考えていいだろう。「知識人サークル」に属するこの紳士同様、語りの審級に対する侵犯行為に「難しい顔」をしてみせるのではなく、両者が相互嵌入する書法の遊戯性にこそヴァルザーならではの自己関係の様態をみてとることこそ、語る主体と語られる対象の従属関係を転倒し、両者の間に不可能とも思われた愛を実現させようとするこの「恋愛小説」の読者にふさわしい、知の運用法であるのかもしれないのである。

作者のポケットから落っこちてくる長編小説

ヴァルザーは一九〇七年作の散文小品の一つで、語り手に次のように語らせている。

僕は彼について（über）書く。つまり、彼を僕の下に（unter）いるものに感じたいわけだ。そうでなければ、彼〈について（über）〉書いたりはしないだろう。この卑しい行為。出かけていって生きている人びとについて書くこと。あたかも彼らが死人であるかのように。（一九〇七年、SW15/58）

〈生ある存在〉を言語によって表象する際に生ずる一義的な像への対象化作用、権力関係に対する、ヴァルザーの「繊細」というより「過敏」と呼んだ方がよい感覚が書きこまれている。この過敏さが初期小劇『白雪姫』を書かせることとなった経緯は第一部第一章で論じたとおりであるが、それから二〇年以上を経たベルン時代の作品『盗賊』もまた、この過敏さを共有している。というのも主人公の「盗賊」は、できうるならば描かれる対象である「エーディットの視線の下で（unter Ediths Augen）」小説を書きたいという願望を抱いていた、というのである。

盗賊はエーディットの視線の下で、つまり彼の愛する人のそばで、すなわち彼女の働くホールで、友人たちによって長らく待ち望まれてきた長編小説を書こうと考えたことを想い出しました。なんとロマンチックな決意でしょう。もちろんそれは失敗したのでした。（『作品集第五巻』五三頁、AdB3/39）

こうした素朴な試みはもちろん失敗するだろう。対象を前にしては書きづらい、というだけではない。対象の眼下で書いたからといって、意味づけの主体であることから解放されるわけではないのである。

しかしながら、この実現不可能なロマンチックな空想は、別ルートを辿って実現が試みられている。語り手が登場人物を描き出し、不特定多数の読者に公表し、そのことで収入と名声を獲得するという構造、すなわち〈長編小説執筆をめぐる制度〉そのものを書物内部に取りこみ、それに対して言葉を奪われた側、意味づけられる側、物言えぬ側からの暴力を浴びせることによって実現されようとしているのである。

語り手の「わたくし」は、この執筆制度から落伍しかかっている焦燥を繰り返し明示的に表明している。

ここでの脱線には時間を埋めるという目的があります。というのも、わたくしはある程度のかさをもった本へとたどり着かなければならず、さもないと今以上に、もっと深々と軽蔑されてしまうのですから。このままでいるわけにはいきません。この街の紳士たちはわたくしのことを阿呆と呼んでいます。なんとなれば、わたくしのポケットから長編小説がころころ落っこちてこないからなのです。(『作品集第五巻』一一九頁、AdB3/54)

むろん、ある程度の分量さえあれば長編小説として認められる、というわけではない。この書物の舞台となっている「部分部分がしっくりと釣り合いがとれている」小都市の教養市民が理解するところの長編小説は、例えば次のような役割を果たすことができなければならない。

あなたのしわくちゃになった教養にアイロンがけしてさしあげるために小説を一冊お貸ししましょう、もし、あなたが自分のうちに更生への真摯な願いを感じていらして、心根のしつけが必要なことに気づかせた私に感謝するおつもりがあるのならばの話ですが。あなたには個性というものが欠けているのです。(『作品集第五巻』一三六－一三七頁、AdB3/96)

このように語る未亡人の家主ゼルマが「盗賊」に貸し与える長編小説とは、市民的教養を身につけた女性たちをめぐる小説らしいのだが、それを読んだ盗賊は「つつましくしているのこそふさわしいような女たちが、偉大な貴婦人にほかならぬ存在にまつり上げられて」いることに「厚かましくも、欠伸をして」こう考える。「それにしても、この小者たちが、作者に励まされ、さも重要そうに振る舞うさまときたらどうでしょう。」（『作品集第五巻』一七七頁、AdB3/122）例えばこのように、登場人物の存在を意味で満たし、それを読む読者にも個性というものを付与すべく、作者という主体のポケットから落ちてくるもの、そして代わりにそこに名声と報酬をもたらしてくれるもの、例えばそのようなものとして「長編小説」は世間に理解されているようなのである。

しかし、この作品においては、まさに長編小説をめぐるそのような制度が、教会の説教壇での盗賊の演説とそこからの落下のエピソードに映し出され、批評されている。

説教壇から落下する語り手

教会でのエーディットによる盗賊の狙撃事件は、作品全体を締めくくるクライマックスと呼ぶべき出来事であるが、エーディットと盗賊の間の情念的関係がほとんど内容として語られていないこの小説においては、例えば両者の恋愛感情のもつれから事件を説明する道は断たれている。発砲の動機を尋ねられたエーディットが、「ヴァルター・ラーテナウが死んだときに、拍手をしたって聞いたから」とおよそ的外れな返答をするのも、「それは真実ですか」と問われると「そう言ってみただけです」（『作品集第五巻』二〇七頁、AdB3/144）と答えるのも、通常の恋愛小説ならば書き込まれているはずの恋愛に由来する動機がこの小説には不在であることを物語っている。登場人物間の水平的な関係から考えようとする限り、狙撃事件が起きた理由はいっこうに明らかにならないのである。

しかしその一方で、別の次元においては、狙撃の必然性は十分すぎるほど明示的に提示されている。すなわち、語ること、書くことにおいて不可避的に生じる権力関係である。説教壇に登った盗賊は、自分は「愛について語る」のだと、演説を切り出す。


尊敬すべきみなさま、わたくしの手を取り、この信仰と精神の高みの場に導いて下さった司祭様の許可をいただきまして、わたくしは皆さまに愛について語ることにしたいと思います。そしてわたくしの愛するその人は、わたくしがどのように表現し、何を語るつもりであるのか聴きにきていることと思います。(『作品集第五巻』一九八頁、AdB3/137)

もはや明らかだろう。これは盗賊がかつて夢見ていた、「エーディットの視線の下」でエーディットについて書く／語るという不可能事の実践にほかならないのである。ただしこのやり方ではなお一つ、重大な条件が欠けている。聴衆の見上げる説教壇の上から語るのでは、「下」で書くことにはならないのである。そこで「盗賊」はこの条件を実現するために、説教壇からの落下を画策するのである。

ちなみに、本節における引用文では、『作品集第五巻』での訳文を一部修正し、説教壇上で語る際の盗賊の一人称は「わたし」から「わたくし」に変更している。説教壇での語り口として「わたくし」の方がふさわしいだけでなく、ここにおいて、盗賊の語り口は期せずして、語り手「わたくし」のそれと一致してしまっていること、言葉の身振りにおいて、ほとんどそのまま「語り手」が顔を出してしまっている状況こそが、日本語訳における演出として、適切と考えられるからである。

そして彼女はいまやこうしたことすべてを聞き、わたくしが語る言葉はすべて彼女を傷つけることを目的としており、それもしたたかに傷つけることを目的としており、そのことによって、いかにわたくしが彼女に優越しているか、わたくしの口から語っている精神、父の精神、母の精神、教育の精神、ヒューマニズムと道徳の精神、祖国の精神が彼女に優越しているか、それを感じさせたいと思っているのです。(『作品集第五巻』二〇四頁、AdB3/141)

説教壇の上から語ることが、いかに権力的な行為であり、語られる対象を傷つける行為であるかが、過剰なまでに言葉を尽くして強調されていると見ていいだろう。ここでの真の目的は、たんにエーディット個人を侮辱することにとどまらない。これは聴衆＝読者を前に、「書く」ということがいかに「精神」による傷害行為にほかならぬことであるかを訴える自己告発なのであり、同時に、書かれた対象＝エーディットを暴力の行使へ誘おうとする挑発なのである。

「みなさん、さあ、愉快とはいえぬ出来事にお備えください。とはいっても、もう数分は間があるでしょう。なぜなら、彼女はいまだに復讐する勇気を出せないでいるのです。自分がいかに臆病者であるのかがよくわかっているのです。わたくしはひとつ怒らせてやろうと、それはひどい恰好で彼女の前に現われたものです。そして、わたくしのポケットには報酬が入っており、それはどこから来たかと言えば、彼女についてのお話をでっちあげて手に入れたもので、それを書くときにはもう笑って笑って椅子から転げ落ちたものでした。今、この瞬間、昏倒することができたならどんなにすばらしいことでしょう。わたくしは今や持ち上げられ、緑色の板に載せられ、寝かされ、テントの中に運び込まれるに最適の精神状態にあるといえましょう。」こう語ったところで彼は昏倒しました。小さな叫び声が天井の高い広間を貫きました。エーディットは高らかに立ちあがっていました。彼女の手からはピストルが滑り落ちました。説教壇の階段からは高貴なる盗賊の血が滴り落ちました。これほどに知的な血が流されたことはいまだかつてなかったことでしょう。「ああ、なんと極度に知的かつ痴的な男でしょう」とヴァンダがささやきました。(『作品集第五巻』二〇六–二〇七頁、AdB3/143)

とてもリアリズム的には読むことのできないこの箇所を読めば、説教壇への登壇が、説教壇からの墜落以外のいかなる目的も有していなかったことは明らかだろう。「エーディットの視線の下で」という権力関係の転倒の夢は、文字どおり上から下への落下の運動として実現される。「発砲音がまったくなかった」(『作品集第五巻』二〇七頁、AdB3/143)とわざわざコメントが添えられているのは、これがリアリズム的な意味での作品内部での現実としてのみ、受け取られるべきではないことを意味しているだろう。

物語の語り手、すなわち言葉を持つ者に対する言葉を持たぬ者の側からの垂直の発砲は、この作品に限らず、ヴァルザーが一語一語を書きつける際、潜在的には常になされていると考えてよいものである。表象の権力を逆向きに批評する、この発砲の脅威こそが、ヴァルザーを散漫なおしゃべりへ向かわせ、沈黙に直面させ続けているのである。

この狙撃場面のあとになっても、語り手の「わたくし」は、あたかも狙撃されたのは自分とは無縁の「盗賊」にすぎなかったかのように「わたくしはわたくし、彼は彼です。わたくしにはお金があり、彼にはありません。そこに大きな違いがあるのです。わたくしたちは共同作業によりヴァンダを見下ろす術を学びました。わたくしのような身分の者がお匙をなめたりするでしょうか？　ありえないことです。わたくしのような存在は日曜日の午前、若くて上品な人びととゲーテについて語り合うのです」（『作品集第五巻』二一七頁、AdB3/150）と涼しい顔でうそぶいている。これは、語られた対象としての自らは他者として切り捨て、自らはふたたび語りの説教壇に登って見せる態度といっていいだろう。とすれば、これはさらなる狙撃を挑発する態度でもあるだろう。説教壇からの落下が描かれるとき、必ずそれを描く語り手が生じてしまう以上、説教壇への登壇とそれに対する狙撃は、ヴァルザー文学においては、無限反復の記号がついた運動なのである。ヴァルザーの語り手はすべて、今にも撃ち落とされるのを心待ちにしている登壇者たちなのである。

一方、語りの座から落下することのできた盗賊は、いまやかつてなかったような幸福感のうちにある。彼はもはや、愛するエーディットについて語る主体であること、語ることでエーディットを所有することを放棄している。エーディットを所有できないことこそを愛していると言ってもいいだろう。そして、書く主体であることを放棄した彼は、いまや極端に小さくなっている。エーディットを描いた長編小説をポケットから落っことす作家へと成り上がるどころか、彼自身がエーディットに所有されるほどに小さくなってしまっているのである。

彼女は彼をポケットに詰め込むことすらできたでしょう。エーディットへの従属のあまり、彼はそれほど小さく、取るに足らぬまでに小さくなったのです。わたくしたちは感情において小さければ小さいほど幸福であるのです。(『作品集第五巻』二一〇頁、AdB3/145)

そして、かくも小さくなった彼は、もはや表象の対象とすることをやめた〈存在〉をめぐる予感に満ち満ちた世界のなかで、我を忘れるばかりである。「病院から退院した彼は、まずは半時間ほど通りにじっと立ちつくし、それからちょこちょこと歩き、また立ち止まるとこう叫びました。『そこらじゅうすべてが彼女だらけだ。彼女は宇宙だ。』」(『作品集第五巻』二一六頁、AdB3/149)これは、世に言う「恋愛小説」に失敗してみせることに成功してみせた、この小説においてこそ可能となった、取るに足らぬほどに小さくなった者にのみ可能となった「愛の告白」と言えるのではないだろうか。

そして、小さくなったのは盗賊人物としての盗賊だけではない。この書物自身も長編小説へ成仏するのではなく、およその対極と呼べるものにまで貶められて、終わっている。

大きな大きな寸評

「文化と内容にはち切れんばかり」の「長編小説」などと大げさなポーズをとって見せもしたこの書物については、実のところ、すでに冒頭の二節目において、無価値無内容な本にすぎぬことが予告されている。

この援助に基づいて彼は、いわば他に類を見ぬその存在を持続していったのであり、そしてこの非日常的でありながらもまた日常的でもある存在にもとづいて、わたくしはここに、何一つ学びうるところのない、思慮分別を重ねた本を作り出そうとしているのです。世の中にはすなわち、書物のうちに生の拠り所を見出そうとする方々がおられます。わたくしは、誠に遺憾ながら、そうした類の敬意を表すべき方々のために書いているのではないのです。(『作品集第五巻』一五頁、AdB3/14)

そこからは「何一つ学びうるところのない」と「思慮分別を重ねた」という二つの形容は必ずしも相矛盾するわけではない。当初よりこの書物は、知的に「思慮を重ねる (besonnen)」ことがそのままおひさまの光をたっぷり浴びた痴呆状態、「おてんとうさまのごとき無思考 (die sonnigste Gedankenlosigkeit)」(『作品集第五巻』二七頁、AdB3/23) にまで至ることこそを目指して、書かれていたのである。盗賊狙撃後のヴァンダの「ああ、なんと極度に知的かつ痴的な男でしょう」というコメントは、まさにその成就を言祝いでいるかのようである。いかなる意味においても知的有用性を持たぬ書物を書くべく知を運用するのだというこの意図は、最終節においても、あらためて実現が言祝がれている。

さて、この本を締めくくるにあたって、最後のまとめを付け足しておきましょう。ここで書いたことすべては、ちなみにわたくしには、大きな大きな寸評、ばかげて底なしに思えるのです。(『作品集第五巻』二一三－二一四頁、AdB3/148)

最終節でアイロニーをこめて、「さあ、芸術の勝利を喜ぼうではありませんか。」(『作品集第五巻』二一四頁、AdB3/148) と書かれるとき、それを、迂回を経つつも実現された「芸術(Kunst)」の復権、長編小説からの落伍者を描いた長編小説の成功と誤解してはならないだろう。この書物における „Kunst" という語の用法を見れば、失敗者への嘲りに包囲されつつも「朗らかでいる術(Kunst)」(『作品集第五巻』六二頁、AdB3/45)、エーディットに自らを狙撃させようとする「彼の奇術(Kunst)」(『作品集第五巻』二一一頁、AdB3/146) を指していることからもわかるように、それが長編小説作家からの落伍を耐える方法、絶えざる説教壇からの墜落を演出する技術をさしていることは明らかである。

むろん、それは外の世界ではいまだ、「芸術」としては通用しないのである。今、ここでの勝利、それは、せいぜい同時代における「芸術」の規範との稀有な闘いの記録を二四枚の小さな紙片上に封じ込めてみせるという手仕事職人の「業(Kunst)」の勝利にすぎないのであり、そのことを、この自己嘲笑を忘れぬアイロニカルな語り手は十二分に意識しているのである。

わたくしが述べたことはきわめて大胆ではないでしょうか。紙はそれに耐えることができます。ではその後で、例えば読者は、いわんや平均的読者はどうか、となると、これはまた別の問題でしょう。（『作品集第五巻』一七七頁、AdB3/123）

「長編小説作家」がペンで筆記用紙に執筆したものとしてならば、適不適が問われもしよう逸脱、おしゃべりの数々も、この紙の上の小さな世界に鉛筆で書き継いでいく限り、そのような同時代の通念、約束事に縛られることなく、存分に展開することができる。おそらくは、鉛筆書きミクログラムという「書記システム」は、この時期のヴァルザーが、書くことの自由を最大限確保するために考案した小さなトリックなのである。ミクログラム長編小説『盗賊』が解読、出版され、「芸術」として認められるのは、この言葉がミクログラム紙片に書きつけられてから五〇年近くたってからのことである。

散文の破片から破片への運動

晩年のヴァルザーが、いかに散文小品のテクストの運動によって、窮状をしのぎ続けたかについては、第一四節の末尾をしめくくるさりげないエピソードが雄弁に物語っている。ある詩人の家で、詩人とピアニストである妻と盗賊の三人がおしゃべりをしていると、不意に詩人の妻は席を立ち、隣室から一山の書物を抱えて戻ってくる。

「私のきちんとした夫がこれまでに書いた全ての著作です。」詩人は感慨深げに床に視線を落として、まるでさまざまな記憶が連なり立ち現れてくるかのような様子をしておりました。盗賊はこの詩人の全著作を膝の上に載せ、ページを繰り、こう言いました。「なんと喜ばしいことでしょう」。わたくしも喜ばしく思っております、つまりは、次節に移れますことを。(『作品集第五巻』九四頁、AdB3/67)

まったく悪意のない夫婦の家で、「盗賊」はまさに自らに欠けている属性――それを欠いているがゆえに彼が「作家」ではなく「盗賊」と呼ばれる当のもの――すべてに直面させられる。「きちんとした」/「夫」の/「全著作」、この三つである。例えばここで、この非の打ちどころのない夫婦に対して、そのブルジョワ性を正面切って非難してみても、何の正当性も能動性も感じられないだろう。それでは書けない小説家のルサンチマンの発散でおわってしまう。ではどうすればよいのか。ここで「盗賊」、さらにスライドして語り手の「わたくし」がとっている行動にこそ、この長編散文作品の、文学的・社会的規範との関わり方は凝縮された形であらわれている。すなわち、長編小説、書物の優位を否定しないこと、肯定すること、肯定しながらもしかし、自らは散文の破片から破片への運動を持続すること。これである。

一九二七年に書かれたミクログラムには次のような詩行がある。「散文小品から散文小品へ僕はすばやく移動する／過去の自分を消し去るために／望ましからぬ感傷が忍び寄るときには。／［……］／僕は散文小品から散文小品へすばやく移動する／あたかも小舟をあやつるように」（AdB6/426）大きな書物、偉大なる作品たれという世界からの要求に対して、小さな断片、卑小なおしゃべりでいかに応えるか、それが長編を書けなくなって以降のヴァルザーの最大の課題であったとするなら、ミクログラムによる長編散文作品『盗賊』こそは、まさしくその矛盾が先鋭化する場であると同時に、その先鋭化した矛盾を最大限利用しつつ新たな長編小説が試みられる場となっているのである。

五　肖像画から鉛筆書きの断片へ

愛する者が同時に書く者でもあるようなメタ恋愛小説『盗賊』において、ヴァルザーは、自らの書くこと、表象することにずっとつきまとってきた〈不可能性〉――名づけようもないはずの〈存在〉を名指してしまうこと――を、これまでになく過激な形で虚構化し、提示してみせる。と同時に、そこから逃走するために、みずからが編み出し、実践してきた方法もまた書きこんでいる。

以下のことを強調しておくことは不可欠でしょう、すなわち、このポンメルン出身の人物［＝大家の女性ゼルマ］は、盗賊の書きもの机もしくは書斎机の上にエーディットの肖像画が立てられているのを目にするや、そのビロードのような手で取り上げて、彼の眼前でずたずたに引き裂いて、自分にいかほどの権限が与えられているかをしみじみと味わったということを。［……］鉛筆書きのエーディットの画は磨き上げられた床の上にありました。盗賊は小さな紙片を拾い上げ［……］。（『作品集第五巻』六三頁、AdB3/47）

さしたる脈絡もないままにさりげなく挿入されているこのエピソードは、並々ならず深刻な事情に触れるものである。

「書きもの机もしくは書斎机」があるということは、「盗賊」がこの貸部屋において、例のエーディットをめぐる小説の執筆作業を行っていることを示しているだろう。そして、机の上に立てられていた「エーディットの肖像画」は、盗賊が彼女から「愛しそして盗む」もの、彼女を「崇拝物」、「偶像」に固定化してしまったもの、すなわち、名指しの賜物にほかならない。つまりそこには、この小説で言及される「エーディットをめぐる［……］長編小説」、さらには、長編小説『盗賊』それ自体が重ねられているのである。[18]

しかしながらここで、この何重もの意味において大切なはずの「肖像画」は部屋に闖入してきた大家によってバラバラに引き裂かれてしまい、盗賊は為す術もない。なぜだろうか？

「存在」に対する「表象の暴力」をなし崩しにしてしまうものとして、ヴァルザーは、さまざまな散文小品において――そこで論じている「もの」、「対象」の在りように即しつつ――「描かれたもの」から送り返されてくる不思議な眼差しの力に触れている。[19]『盗賊』のクライマックスにおいて、「モデル」であるエーディットから発射される銃弾も、この「描かれたもの」からの眼差しのアレゴリーと見なすことができるだろう。しかしながら、ここで「肖像画」にふるわれている暴力は、それとは異質なものである。それは、「表象する／される」という関係の外部から訪れている。

このエピソードは、この部屋の中、この机の上で起こることすべてに関しての主権者が、居住者の盗賊ではなく、大家ゼルマであるという現実を、誤解しようのない形で露わにする。たとえ机はあろうとも、ここは、世に書斎と呼ばれるような、精神の住まう場所、主体の玉座が据えられうるような場所ではない。ゼルマは掃除をしに、そして何よりも家賃を取り立てに、自由気ままに部屋の中へ足を踏み入れてくる。そうであれば、これと似たような恣意的暴力は、いつなりとまた繰返されうるのである。その意味で、実はここは、「書斎」などよりも、あのヴァルザーの登場人物たちお馴染みの場所、助手たちが仕事をする事務室にはるかに近い空間と見るべきだろう。[20] 挿入されたこの小さなエピソードは、実のところ、小説全体が前景化している「モデル」と「書き手」の権力関係をはるかに凌駕する、圧倒的にリアルなもう一つの権力関係が存在することに触れているのである。

そして、貸し部屋から貸し部屋へ転々と移動し続けるヴァルザー自身、まさにこの条件下で『盗賊』を含めミクログラムの紙片を書き続けていたのである。ヴァルザーはここで、自らの筆記行為が置かれているマテリアルな条件を、みずからの表象行為を嘲笑するための虚構装置として、小説内部に取りこんでいるといっていいだろう。

所有を否定し、移動を賞揚するには、この間借り人のさらされる脅威を引き受ける用意がなければならない。そこでヴァルザーは、賢明にもまたつつましくも、すでに部屋の主権者の暴力がふるわれた後の状態から始めるのである。「肖像画」は引き裂かれた後で、はじめて、その真なる存在様態をあきらかにする。それは「鉛筆書き」であり、「小さな紙片」なのである。それを拾い上げようと屈みこむ「盗賊」＝「ヴァルザー」がつぶやくにふさわしい言葉は、ほかならぬ「そう、あなたはなんといっても名づけようもないほどに愛しい人」（『作品集第五巻』九三頁、AdB3/67、傍点による強調は引用者）なのではないだろうか。

本章では、一九二〇年代のヴァルザーの置かれた状況――小説の書けない小説家、まともな職業を提示できぬ都市住民、貸し部屋を転々とする五〇がらみの独身男……――をさまざまな形で反省しているミクログラム長編小説『盗賊』において、いかに密接にその作品構造と執筆形態とが絡み合っているかを、いくつかの自己言及的な記述に着目しつつ、論じてきた。

最後に、この「恋愛小説」から落伍してみせた作品において、エーディットをめぐる三角関係で「盗賊」のカウンターパートとして登場していながら、ここまで論じることのなかった一人の登場人物について、一言だけ触れて、本章を閉じることにしたい。「盗賊」の恋敵である「月並みな男」である。

エーディットのことでは、ある月並みな男が成功を収めたのです。この男はともかくも、かぶる者みなに時流に乗った見てくれを与えてくれる洒落た帽子をかぶっています。月並みということでいえば、わたくしもまた月並みな人間であり、そうであることを喜ばしいとも思っています、しかし森のベンチに腰をおろした、あの盗賊となると、そういうわけにはいきません。（『作品集第五巻』一二頁、AdB3/12）

「月並みな男（der Mittelmäßige）」は、一見したところその名前の通り、「平均的市民」を代表する存在として理解しておけばそれでよいようにも思われる存在である。盗賊とは違いエーディットのことではまんまと「成功を収めた」彼は、「ともかくも、かぶる者みなに時流に乗った見てくれを与えてくれる洒落た帽子をかぶって」いる。しかし、テクストの表層にとどまってこの人物の名をもう一度眺めてみるとき、そこには、もう一つ別の姿が浮かび上がるのではないだろうか。すなわち、彼は文字通り、「中くらいの大きさ（Mittel-Mäßig）」、いわば「Mサイズの寸法」の人間なのであり、つまりは、「等身大」世界のアレゴリーなのである。そう読んでこそ、彼は、登場人物としての「盗賊」のみならず、テクストとしての『盗賊』が対決すべき相手役としての、十分な資質を備えることになるだろう。自らを包囲する「等身大の世界」に抗しつつ〈愛〉について書くためにヴァルザーが必要としたのが、卑小な主人公「盗賊」であり、微小文字による長編小説『盗賊』なのである。

註

1 »du«, Schweizerische Monatsschrift. Nr. 730 Oktober 2002, S. 58.

2 Keller, Ursula/Rakusa, Ilma (Hg.): Europa schreibt. Hamburg 2003, S. 58.［『ヨーロッパは書く』ウルズラ・ケラー、イルマ・ラクーザ編著、新本史斉、吉岡潤、若松準訳、鳥影社、二〇〇八年、五三頁。］

3 »du«, Schweizerische Monatsschrift. Nr. 10 Oktober 1957, S. 46.

4 一九三六年以降、ヘリザウの療養施設を定期的に訪れ、すでに、一九三七年の段階で鉛筆書き原稿をローベルトの姉リーザから預かっていたゼーリヒは、書かなくなって以降のヴァルザーについての情報をいわば独占する立場にあった。そのゼーリヒの眼を通したヴァルザー像は、『ヴァルザーとの散策』と題され、一九五七年に出版されている。(Seelig, Carl: Wanderungen mit Robert Walser. St. Gallen 1957.) その一方で、ゼーリヒは、»du«に遺稿を掲載した翌年の一九五八年、若手研究者J・グレーフェンから掲載原稿の一部解読を含む手紙を受け取りさらなる遺稿紙片の参照を求められたが、これを拒否し、以降、生前に、ヴァルザーの遺稿を公開することはなかった。一九六二年、ゼーリヒはチューリヒで交通事故に遭い、「ヴァルザーの意志により」遺稿を廃棄することを命じて死ぬが、遺言を受けたエリオ・フレーリヒ (Elio Fröhlich) は、これに従わず、遺稿を保存する道を選んだ。Gräfin von Schwerin, Kerstin: „Kolossal zierliche Zusammengeschobenheiten von durchweg abenteuerlichem Charakter" In den Regionen des Bleistiftgebiets. In: Text und Kritik. Heft 12/12a. Robert Walser. München 2004, S. 161.

5 Walser, Robert: Das Gesamtwerk. Hg. von J. Greven. Bd. XII/1. Genf/Hamburg 1972.

6 Walser, Robert: Aus dem Bleisiftgebiet. Mikrogramme aus den Jahren 1924-1933. 6 Bde. Hg. von Berhhard Echte. Entzifferung in Zusammenarbeit mit Werner Morlang. Frankfurt a. M. 2000.

7　二四枚のミクログラム紙片から成るテクストを「作品」、いわんや「長編小説」として論じることの正当性について、ここでまず、テクスト校訂にかかわる事実的な問題に絞って、簡単に述べておきたい。『鉛筆書きの領域から』の第三巻での編集者エヒテ、モアラングによる解説に明らかなように、『盗賊』は遺稿の中でも一つの塊をなす二四枚のアート紙に書き付けられており、最初と最後の紙片がそれぞれ前後に他の散文小品、場面劇、詩を含む以外は、一貫して他のテクストを交えない形で計三六の節が書き続けられている。また、節の順序についても――ミクログラムにおいては例外的なことに――二枚を除くと、紙片の終わりがテクストの終わりと一致せず、次の紙片にまたがって文が続いているために、問題なく一義的に定めることが可能になっている。さらに、執筆時期についても、最初と最後の紙片に書き込まれた他のテクストが発表された時期から、また『盗賊』の作品内容と期日を確かめることのできる伝記的事実との対応関係から、一九二五年の四、五月の六週間のうちに書き上げられたことまで確認されている。つまり、ミクログラムの中でもこの『盗賊』のテクストが書き記された紙片については、一枚の紙片の欠如もなく、一体をなすことが確かめられているのである。さらに、解読者によれば、この紙片群においては筆跡も一貫して安定しており「もっとも解読しやすい」。以上の理由から、これは最初の解読対象となったのである。

8　Walser, Robert: Briefe 1921-1956, S. 299f.

9　ペーター・ウッツはこの紙片を含め、いくつかの紙片においては、すでに書かれてある文面、内容と新たに書かれたミクログラムの間に遊戯的な応答関係を読み取ることができることを指摘している。Utz, Peter: Avant-propos, In: Robert Walser. L'ecriture miniature. Microgrammes de Robert Walser. Traduit de l'allemand par Marion Graf. Carouge-Genève 2004, p. 9f. 参照。

10　最初の解読者J・グレーフェンは、ミクログラムは執筆速度を速めることに寄与したと推測していた。Walser, Robert: Das Gesamtwerk. Hg. v. J. Greven. Frankfurt a. M. 1978, Bd. 6, S. 168. 参照。それに対して、後の解読者B・エヒテは、執筆速度は明らかに遅くなったはずだと断言している。Echte, Bernhard: Nie eine *Zeile* verbessert? Beobachtungen an Robert Walsers Manuskripten. In: Wärmende Fremde. Robert Walser und seine Übersetzer im Gespräch. Akten des Kolloquiums an der Universität Lausanne, Februar 1994. Hg. von Peter Utz. Bern 1994. S. 65. 参照。なお、付言しておくならば、この時期のヴァルザーが金銭的に困窮してはいなかったこともわかっている。つまり、経済的な理由から、身近な紙片の利用を説明することもできないのである。ヴァルザーのベルン時代の状況については、以下の文献を参照されたい。Gräfin von Schwerin, Kerstin: Minima Aesthetica. Die Kunst des Verschwindens. Robert Walsers mikrographische Entwürfe *Aus dem Bleistiftgebiet*. Frankfurt a. M. 2000, S. 24-27. 参照。

11　一九一七年に書き上げられた「中編」と呼べる長さの散文作品『散歩』においても、「ペン」から「鉛筆」への筆記用具の持ち替えは暗示的に予告されている。本書第四章第六節を参照。

12　一九五〇年代末以来、英語圏でのヴァルザー受容に決定的な影響を与えてきた翻訳者C・ミドルトンは、そのアンソロジー（Walser, Robert: Speaking to the Rose. Selected and translated by Christocher Middleton. Lincoln and London 2005.）において、このくだりを、“My Hand became a sort of refusenik. In order to relieve it［……］”（p. 102）と訳すことで、原文において前景化している手の擬人性を大きく後退させ、「発展」という積極的な方向づけも――アイロニーともども――消去している。ドイツ語から英語への翻訳において、名詞の性を消去することは、個別言語の特性からして当然の操作に見えるかもしれない。しかし、原文において含意されていた、精神を持つ主体としての「頭」の男性性と筆記する「手」の女性性との間の支配と従属の関係、その揺らぎ、場合によっては転倒、これは、まさにミクログラムの形態で書かれたヴァルザーのテクストにおいても様々に変奏されつつ、繰り返し登場するモチーフなのである。それゆえ、ペンの精神性、男根性から逸脱するテクストの誕生を可能にした手のストライキはあえて「発展」と逐語訳されねばならないし、その手は英語においても、従属する女性の比喩で持って譬えられねばならないだろう。なお、ここで、たんに「業務拒否をする女性」とも訳しうる„Dienstverweigerin"という語は、主体に「仕える」（＝„dienen", „Dienst leisten"）ことを拒否する女性として、――„Dienstmädchen"（召使娘）、„Dienerin"（召使女）という語との連関を念頭に置きつつ――あえて「仕事を拒否する召使女」と訳した。

13　「短編小説」の諸特徴、理論史については、Aust, Hugo: Novelle. Sammlung Metzler 256. Stuttgart 1990, S. 9-39. を参照。

14　「長編小説」とならんで同時代が期待するもう一つのジャンルとしての「短編小説」に対するヴァルザーのアイロニカルな態度については以下を参照されたい。Bleckmann, Ulf: Intertextualität und Metasprache als Robert Walsers Beitrag zur Moderne. Frankfurt a. M. 1994, S. 167-168.

15　ちなみに、知られている限り、ヴァルザーは眼鏡すら使っていなかった。

16　本稿における「極小文字」と「微小文字」という語の使い分けは、飯吉光夫編訳のヴァルザー小品集『ローベルト・ヴァルザーの小さな世界』（筑摩書房、一九八九年）と『ヴァルザーの詩と小品』（みすず書房、二〇〇三年）二冊の間での用語の変化に想を得たものである。

17　一八九四年に兄カールが描いたこの水彩画（第一部第一章図1参照）は、一九二五年の執筆当時、ベルンに住んでいた妹ファニーの家に飾られており、ローベルトは、繰り返しこの絵を見ることができる状況にあった（『作品集第五巻』二二三頁、AdB3/210の注釈参照）。なお、『盗賊』の中の別の一節において、この絵は言葉によって忠実に描写、再現されている（『作品集第五巻』二二三頁、AdB3/20参照）。

18 トーマス・ボリは、その『盗賊』論の「両義的指示を遂行する語り」の章において、この「エーディットの肖像画」も含め、この作品に特徴的な、執筆プロセスそのものについての自己言及的な表現として読みうる箇所を列挙している。Boli, Thomas: Inszeniertes Erzählen. Überlegungen zu Robert Walsers „Räuber“-Roman. Bern 1991, S. 69-72.

19 例えば、散文小品『セザンヌ思考』の終部は次のようなものである。「彼が観察したものは、多くを語るようになった。そして彼が造形したものは、まるで幸福に酔い痴れているかのように彼を見つめ、そして今日なお、わたしたちをも、そんな具合に見つめてくる。」（『作品集第五巻』二八三頁、SW18/256）本書第七章での議論も参照されたい。

20 その空間の空気を伝える詩行を引いておこう。一九〇九年に出した最初の詩集『詩（Gedichte）』の最初に据えられた詩「事務所で」の冒頭の数行である。「月が僕らを覗き込んでいる／彼が見るのはあわれな見習いの僕／厳しい主人の眼差しの下／ふうふうと息をついている／［……］／首をぽりぽり掻かなくてはいけないこと／店の主人の眼差しの下で。」（SW13/7）

第二部　翻訳からヴァルザーの原作を読み直す

第一章
『白雪姫』全訳

庭。右手に城中への入口。背景に山なみ。
王妃、白雪姫、異国の王子、狩人

王妃
ねえ、おまえ、病気なのかい？

白雪姫
いったい何をお聞きになりたいの。
美しすぎるゆえの日々の眼の棘の
死を本当はお望みのくせに。
なぜそうお優しくごらんになるの。
さも愛しげな眼《まなこ》から
あふれる善意は見せかけで
猫撫で声もつくりもの。
あなたの心には、そう、憎しみが巣くってるのよ。
だって狩人を遣わして
この厭わしい顔に短剣を
突きつけるよう命じたのだもの。
それをいまさら病気かいなんて。
嘲りにそんな優しいお言葉は似合わない。
いえ、優しさこそ悪意たっぷりの嘲り
恥知らずに、こんなに残酷に侮辱するときは。
病気なんかじゃない、そう、死んでるの。
あの毒林檎でとても苦しんだのよ。
ああ、本当に苦しかった、そしてお母さま、あなた
あなたなのよ、それをわたしに喰べさせたのは。
それをいまさら病気かいなんて、馬鹿にしてらっ
しゃるの。

王妃

ねえ、おまえ、勘違いですよ。おまえは病気
そう、重い、本当に重い病気なんですよ。
お庭のそよ風にあたればきっと
よくなりますよ。お願いですよ
弱いおつむで考えるのはおよし。
無理をするのはおよしなさい。
あれこれ思い悩むのはやめて
体を動かしてごらん、跳ねたり駈けたりね。
ちょうちょさんおいでって呼んでごらん。
風に叫んでごらん、もっとあったかくなれって。
子どもでいなさい。そうしたらば
薔薇のほっぺを蒼白い
死装束のように包むその色も
すぐに消え去ってしまうから。
罪なんて考えるんじゃありません。
罪は忘らるるべきもの。わたしはもう何年も前に
おまえに罪を犯したことはあったかもしれぬ。
でもそんなこと誰が覚えてるもんですか。
嫌なことはすぐに忘れてしまうもの。
手のとどく楽しいことに思いめぐらせば。
おまえ、まさか泣いているんじゃないでしょうね。

白雪姫

ええ、涙がでちゃうの、あなたがちょうど
わたしにしたように、早くもポキンと
過ぎ去ったばかりのことの首の根っこを
ねじ折ろうとなさる、そう考えると。
そう、涙がでちゃうの、口先だけの
罪深い忘却を目のあたりにすると。
ああ、あなたは罪に翼をつけて
解き放とうとなさるけれども
あわぬ翼じゃうまく飛び去りやしない。
おべっか言葉でごまかし消して
しまおうとしても罪は傍《そば》にある。
そう、手を伸ばせば触れるほどすぐ傍に。
だから、忘れるなんてできやしない
罪も、それを犯したあなたのことも。

言ってごらん狩人よ、おまえは殺しを誓ったわね？

狩人
確かに、姫さま。身の毛もよだつ残酷な殺しを。
けど、実行してはおりません。それはあの童話《メルヒェン》が
はっきりと真実を告げ知らせておりますとおりで。
おまえさまの命乞いがあんまり愛くるしいもんで
おてんとさまのキスする雪のような
お顔があんまり可愛らしかったもんで
それでつい心を動かされたのです。
わしはおまえさまを殺すためのナイフを引っこめ
ちょうど飛び出してきた鹿を刺し殺し
やつから貪り啜るように血を吸いとった。
おまえさまには指一本触れてはおりません。
だから殺しを誓ったなどと言っては下さりますな。
わしはおまえさまを苦しめるまえに
情に負け誓いを破ったってわけですから。

王妃
ということでしょう。なぜにそんなに泣くのです？
この男はふざけてナイフを抜いてみただけのこと。
おまえを刺し殺すにはまず自分のなかの優しさを
先にズブリとやらなくてはならなかったろうよ。
けれどそうはしなかったのは、心のなかの優しさが
太陽のようにきらきら生き生き輝いてたからさ。
さあキスをして忘れておくれ。
元気よく上を向いてお利口になさい。

白雪姫
この狩人を酷《むご》い行為に駆りたてた
その口にどうしてキスなどできて。
死んでもあんたなんかにキスするもんか。
そうよ、あんたはキスでこの狩人を
殺しへと煽りたてたんだわ。
あいつがあんたの甘い恋人だったその瞬間《とき》
わたしに死が宣告されたのよ。

王妃
おまえ、何を、いってるんだい？

狩人
お妃さまが、わしを、キスで？

王子
それは真実に違いないと、真底、僕は信じるね。
この緑色の服の男はそもそも
高貴なるお妃さまの御前にふさわしい
敬意というものを全くもって欠いてるよ。
ああ、姫、愛なき憎悪が君を
何と酷たらしくもてあそんだことか。
こうして生きているのが奇跡だよ。
毒もナイフも効かないなんて
いったい君の体は何でできてるの？
死んでいるのに生き生きと愛らしく
本当に全然死んでなどいないなんて。
それはもう生命《いのち》が君に惚れこんだよう。
さあ、僕に言ってごらん。こいつは君を刺したのかい？

白雪姫
いいえ、いいえ、この男のうちには
憐れみ深い善良な心が生きているわ。
こんな心をお妃さまが持っていらしたら
もっといいお母さんだったのに。

王妃
猜疑心がおまえにささやくよりずっと
わたしはおまえのことを思ってるのよ。
キスでこの狩人をおまえのもとへ
差し向けたりしてはいないのよ。
闇雲な臆病心が疑り深くしてしまったのね。
ところがどうしてわたしはいつもおまえを
罪なき愛しいわが子、と愛してたのよ。
わが乳をふくませた子のように
かわいいおまえを憎む原因も
理由も権利もあるはずがない！

ああ、ありもしない罪をささやく
臆病な声など信じてはいけませんよ。
左ではなく右の耳、正しい方の耳を信じるのよ。
わたしを美しさにやきもち嫉いた
悪い母だなんておまえに伝える
誤ちの耳ではない方の耳を。
ああ、世間の好奇心でそばだつ耳に
わたしが妬みのあまり気がふれただの
根っからの悪党だのと噂をふりまく
あんな迷信深い作り話《メルヒエン》など信じるんじゃありませんよ。
あんなの全部根も葉もないおしゃべり。
わたしはおまえを愛してるのよ。
これほど正直な告白はほかのどこにもありはしない。
おまえが美しいのは、わたしにはもう嬉しいばかり。
自分の子どもが美しいということは
張りを失った母を喜ばす香油でありこそすれ
ここでこのお話の、このお芝居の
底に童話《メルヒエン》がすえたような
あの恐ろしい行為への衝動などにはなりはしない。
さあそっぽなんか向いてないでいい子になさい
自分を信じるように親の言葉を信じるのですよ。

白雪姫

ああ、喜んで信じたいところよ。
信じることは安らかな至福ですもの。
でもどれほどの信頼で信じろというの？
信頼などまったく存在しないところで
悪戯好きの悪意の待ちかまえるところで
不正がふんぞりかえってるところで。
あなたはそれはお優しくお話しになる
けど、優しくしてくださったことは一度もないわ。
嘲るように輝いて、母親らしさのかけらもなしに
脅かすようにギロリと見下すその眼ときたら
不吉な光に満ち満ちて、お世辞たらたらの
舌の出す音《ね》を馬鹿にして笑っているわ。
眼が真実を語っているのよ。
わたしが信じるのはただこちらだけ
本心を隠した舌じゃなく、その誇らかな眼だけだわ。

王子
僕は君の考えは正しいと思うね、お嬢さん。
王妃
火に油を注ぐような真似を
なさるおつもり、小さな王子さん
今や癒しの水が必要だというのに。
どこの者ともしれぬ若造よ
王妃たるわたしに近寄らぬがよいぞ。
王子
お姫さまのためならあなたのような
卑劣漢さえ何を恐れよう。
王妃
何ですって。
王子
そうとも、小さく弱々しく見えようとも
千回だって、一万回だって
十万回だって繰り返してやる。
お妃さま、あなたに不利な証言をする
悪辣な犯罪がここに目の前にあるのです。
毒が、犬に撒かれるようにこの
愛らしい子の前に撒かれたのです。
なぜかは、あなたの悪どさに、良心に
お尋ねになることです！　さあ、可愛い姫さま
僕らは少しばかり城内にあがって
この苦しみについてよく考えてみよう。
疲れ切っているならこの誠実な肩に
よりかかりさえすればいいんだよ。
そんな重みなら喜んで受けとめる肩だからね。
お妃さま、あなたからはさしあたり
しばしおいとまするこことにいたします。
では、後ほど話し合うことにいたしましょう。
（白雪姫に）　さあ、おいで下さい。
甘美なる自由をわたくしめにお許しを。
（王子は白雪姫を城中へ導きつつ退場）

王妃
出航するがよい、ちぎれほころんだ帆綱をはって。
行っておしまい、死と婚礼を挙げた花嫁花婿め。
進むがよい、苦悩よ、弱々しさに先導されて。
せいぜい仲むつまじく腕組み合って楽しむがよい。
さあおいで、狩人よ、ゆるりと雑談でもいたしましょう。

場面移って
城中の一室。王子、白雪姫。

王子
こうして腕組みおしゃべりをして
日がな過ごせたらと思っていたんだ。
ああ、なんと素敵な心地だろう。
君の甘美な口からこぼれ落ちる言葉を聞くのは。
その言《こと》の葉《は》の一ひら一ひらがなんて生き生きしてるんだろう！
その豊かさに陶然と傾けられた僕の耳は
まるでハンモックに揺られ傾くよう。
バイオリンの妙なる調べに、囁きに
ナイチンゲールの啼き声に
愛のさえずりに夢心地。
寄せては返す夢はあたかも
僕らの楽園に打ち寄す湖水の波のよう。
おお、話しておくれ。僕はこうしてずっと
まどろみの中、愛の虜となろう
縛られていながらも無限に豊か
求愛者にかつてないほどに自由。

白雪姫
お上品な王子風の物言いをなさるのね。

王子
いや、聞き役にしておくれ。
庭の葉陰で君に誓った
愛が虚ろな言葉となって
飛び去り消えてしまわぬように。

僕はただもう聞き役になって
胸の裡《うち》でのみ君の愛の音に応えよう。
話しておくれ、口をつぐんでいれるよう
君に忠実なままでいられるように。
不実とは言葉が出るや生まれ落ちるもの。
噴水のように迸り、風にむち打たれ
饒舌のうちに、泡立ち溢れかえる。
いや、黙って忠実でいさせておくれ。
この意味で、僕は愛をもってするより
はるかに深く君を愛している。
真の情愛はもはや自らを知らぬもの
君も僕をもしっとりとおおってしまう。
愛は夜の如く湿りをおびていればよい
乾いた埃に曇ることがないように。
だから話しておくれ、その話が露となり
僕らの愛に落ち、宿るように。
全然口を開かないね。何を見つめているんだい？

白雪姫
あなたはまるで滝のように沈黙について話してばかり。
なのにご自身は、沈黙なさりはしないのね。

王子
どうしたの、話してごらん！　君はひどく深刻そうに
ずいぶん苦しそうに足の先っぽを見つめてる。
まるでそこに愛を囁く言葉を捜すかのように。
暗い顔をするのはもうおやめ。
悩みに潰されそうなときは軽やかに話してごらん。
絨毯のように悩みを繰り広げて
その上で愉快に遊べばいい。
愁嘆の上でも楽しく戯れることはできるから。

白雪姫
あんたは話してばかりのくせに
そのくせ沈黙を約束する。
なぜそうせかせかと話し続けるの？
信頼はそんな早口で話しはしない

愛が愛するのは、柔らかな静謐。
おお、もしもあんたがわたしの至福に
本当に身を捧げるつもりがないのなら
なら言って。言ってよ、だって言ったでしょう
不実はそれは熱心に話し続ける
そんなにおしゃべりなのは不実だけだって。

王子
そんなこと、もういいじゃない。

白雪姫
そうね、おしゃべりしましょ、陽気にね。
重い気分も暗い悩みも
愛の国から追放しましょ。
ふざけて、踊って、叫びましょ。
沈黙を無理に押しつける
時代の苦などなんでしょう！
ところで、庭には何が見えるの？

王子
（窓から外を見て）
ああ、僕の見るものは優美で甘美
眺めるだけの、たんなる眼には。
聖なるもの、その繊細な網の目に
像《ぞう》を受けとめる感覚にとっては。
濁った水がどろどろと
溢れ出るように汚らわしいもの
過去のことを知る精神にとっては。
ああ、それは二重の光景で
甘美で邪《よこしま》、憂慮すべきはずの優美。
とにもかくにも、自分自身の眼で見てごらん。

白雪姫
いいえ、ねえ、何が見えるの？　言ってちょうだい。
そうしたらわたしは唇から
その像《ぞう》の細やかな描写を受けとるから。
描くときにはあんたはきっと
賢明で分別のある意味をかぶせて

どぎつい光景を和らげるでしょう。ねえ、何なの？
眼で見る代わりに、耳で聞きたいの。

王子
それはかつて恋人たちが燃やしたなかでも
まさるもののないほどに優美な愛の悦び。
お妃は狩人にキスを与え
狩人はキスにはキスで返礼をする。
柳の下の二人の頭上には
しだれた枝が揺れている。
縺れあった両足が乱れる度に
芝生はそっとくちづけをする。
愛の歓喜の抱擁のなか
一つとなった体の重みに耐えかねて
ベンチの板はふうっと吐息を洩らす。
おお、虎の番《つがい》はこのように愛し合うのだ
世を遠く離れた原生林の奥深く。
甘美な悦びが二人を一つにし
また引き離す、もっとぴたりと

あらたに互いを与えあえるように。
こんな像《すがた》を前に、僕は言葉を失い、像《たとえ》を失う。
君ものぞいて言葉を失ってみるかい？

白雪姫
いやよ、そんなの見たら気分悪くなっちゃう。
ねえ、そんな汚らわしい像《すがた》を見るのはもうやめて。

王子
魔法にかけられでもしたように
この色彩から眼をそらすことができないのだ。
甘美な愛が画家となり、この像《ぞう》を描いたのだ。
おお、あいつの屈強な腕に組みしかれ
あの女が、お妃が横たわっているさまときたら。
悦びのあまりお妃が絶叫するさま
奴がそれをくちづけでふさぐさまときたら。
ちょうどおはちに蓋するようだ
いや違う、天国だ、天にも昇る悦びだ
あのぽっかり開かれた口の穴は。

それにしてもあの悪党、とんでもない恥知らず野郎だ。
緑色の狩人服にはナイフなど通らぬと思ってやがる。
ここでグサリとくるものといえば
かくも陶然たるさまがこの眼を突き刺すばかりだ。
おお、おれは興奮してきたぞ。この女《あま》め！
野郎じゃあない、くそっ、女《おんな》のほうだ。
あんながさつな野郎など、どうだっていい。
ああ、この甘美な、甘美な女《おんな》——
俺はもう、見ていると分別を
失くしてしまいそうだ。もうだめだ。
嵐よすべてを吹き飛ばせ
愛と呼ばれたもの、まだ呼ばれていたいもの
でももうそうは呼べぬもの。全部飛んでっちまえ！

白雪姫
こんな言葉を聞かなきゃならないなんて、なんてわたしは不幸なの。

王子
こんな光景を見なきゃならないなんて、なんて僕らは不幸なんだ！

白雪姫
おお、わたしはもう何も望みはしない
ただ微笑んで死んでるだけでいい、死んでるだけで。
じっさいわたしは死んでるし、これまでもそう。
熱い生命《いのち》の嵐を感じたことなどありはしない。
わたしは柔雪のようにひっそりと
うけとめるべき陽光のために横たわる。
そう、わたしは雪——
そしてわがためならぬ、春のための
暖かな息吹きに溶けて流れる。
うっとりするのはこうして浸みこんでいくこと。
愛しい大地よ、おまえのおうちに迎えておくれ！
おひさまの光はわたしにはそれはひどく痛いのです。

王子
そのひどい痛みは僕のせいかい？

白雪姫
いいえ、違うわ。あんたじゃない。あんたにそんなことできるわけないでしょう！

王子
君はなんと優美なんだろう。僕に笑いかける微笑みかけるそのさまときたら！　僕を愛するのはやめてくれ。
僕は君の静けさを乱すだけなんだから。
おお、君を棺《ひつぎ》にそのままにしておけばよかったのだ。
棺の中に横たわる君はどんなに美しかったことか。
ちょうどあの姿そのままに雪は静かな冬の世界に横たわる。

白雪姫
雪、いつも雪なの？

王子
許しておくれ、愛しい冬の像《イメージ》の君
敬虔で真っ白な静けさの模像《にすがた》の君
君を傷つけたとしても、それは愛ゆえのことなのだから。そして今
愛は泣き泣き君に背を向け
お妃の方に向いちゃったんだ。
許しておくれ、薔薇色の頬と開いた口と
吐息で生者さながらに
君が眠るガラス棺から
愛が君を抱き上げたことを。
あれは本当に死ぬほど美しい像《すがた》だった。
もしあのままにしておいたなら
今でも愛は君の前に跪いたろうに。

白雪姫
まあなんてこと、なんてこと！　今ではこうして生きているというのに
あんたはわたしを死人のように投げ棄てるのね！

あんたたち男はなんて奇妙な人たちなんでしょう。

王子

責めておくれ、僕にはそれがありがたい。
憎んでおくれ、君の足下に跪こう。
イカサマ野郎と呼んでおくれ、そのほうが
僕は嬉しい。けれども今はあの
優美なお妃さまを捜しに行かせておくれ
僕はあの方を身分不相応の恋愛から
自由にしてさしあげたいのだ。お願いだ
さあ恨んでおくれ、悪しざまに呼んでおくれ。

白雪姫

どうして？　ねえ、言って、どうしてなの？

王子

どうしてって、そりゃ、僕は君を裏切って
官能をもっと刺激するほかの女へと走っていく
そんなひどい悪党じゃないか。

白雪姫

あんたは悪党には遠く及ばないわ！　そうなの、そ
　うなの？
官能を、つまりは意味をもっと刺激するの？
まあなんてこと、意味の中にはなんて無意味がある
　んでしょう。
どんな猟犬の群が官能を刺激したせいで
あんたはびっくり怯えた鹿のように
追い立てる敵の待ちうける方角へと
走るのでしょう。でも、仕方ないわ。
わたしに背を向け、別の小川に逃げてお行き
もっと美味しい水で乾きを癒してくれる小川にね。
わたしはここで微笑み、揶揄《からか》いましょう。
蒼白い手を伸ばしお道化た声で
逃げていく背中に呼びかけましょう。
白雪姫が待っているのようっ
古い扉もノックしてちょうだあいって。
そして大声で笑うの。そしたらあんたは
それは忠実な顔をこちらに向けて立ち止まり

叫んだところでどうなるものでもありません
どうか静かにして下さいって言うのよ。——さあ、
　お行き！
おお、行ってちょうだい。あんたは自由よ。
お妃さまにどうぞよろしくね。

王子
お妃さまにどうぞよろしくだって？
何だって？　僕は夢でも見てるんだろうか？

白雪姫
そうよ、伝えてね。庭園の木陰で
刺繍仕事をしていらっしゃるお母さまに
あんたを通してご挨拶するくらい
罰はあたりはしないでしょう。
お母さまは愛の道具に針を通していらっしゃる——
関係ないわそんなこと。わたしにはお母さまを愛す
　る義務があり
その愛があんたを通してお母さまによろしくと言う。
伝えてちょうだい、お母さまを許しますと。待っ
　て、違うわ。
どうしてこれは、こんなとき
子どもの言うべき言葉じゃないわ。
跪いてわたしのために許しを乞ってちょうだい。
そもそも自分の愛のためにもあんたは
跪くのがあたりまえ。そのときついでにお願いね
口説き文句のお砂糖菓子にでも使ってちょうだい。
そして見届けてね、お妃さまが優美に頷くご様子
感動に胸震わせながら、燃えるようなキスを受ける
　ため
その御手をあんたに差し伸べるご様子
あんたがとても行儀良いものだから
わたしの過ちも許して下さるそのご様子を。
なんと待ち遠しいことでしょう。
お母さまのお言葉が。さあ、早く行ってちょうだい。

王子
白雪姫、僕は君のことが理解できないよ。

白雪姫
この際そんなことどうだっていいわ。
さあ、お願いだから、行ってちょうだい！
孤独なときだけ咲き誇る
花など一人にさせといて。
あんたのためのお花じゃないから
心配無用よ。行っちまってわたしのことは
色とりどりの草花のように豊かに花開く
夢にゆだねて、ほおっておいてちょうだい。
さあ、お行き、別のお花のところへ
もっと甘い香りを嗅いでらっしゃい。

王子
落ちついて、ここで待っているんだよ。
お妃を宥めて連れて戻って来るからね。
それでは僕は庭の木陰に彼女を
捜しに行って来ることにしよう。
悪党の狩人とは何時《いつ》、何処《どこ》で、何《ど》のように
会うことにするか話をつけよう。
どうかそれまで落ちついて
僕らの戻るのを待っていておくれ。

（場外へ去る）

白雪姫
あの人は自分が落ちつかないくせに
わたしに落ちつけ落ちつけと言う
わたしのほうがずっと冷静沈着なのに。
何もかも、なるようになればいい。
王子の裏切りは悲しいけれど
でも泣いたりしないわ、たとえ王子の
深い愛情が証明されても
大喜びしないのと同じこと。
興奮が興奮させる以上には
わたしは興奮するつもりはないし
興奮だって黙りこみ、不安をごくりと呑み下すもの。
そうしたらわたしも同じくそうしましょう。
おや、あそこにお母さまご自身、たったお一人でいらしたわ。

（登場した王妃にむかって）

ああ、お優しいお母さま、どうかお許し下さいませ。

（白雪姫、王妃の足下に身を投げる）

王妃

いったいどうしたというのです？　ちょっと、おまえ、お立ちなさい！

白雪姫

いいえ、どうかこうして跪かせて下さいな。

王妃

いったい何のつもりです。何故そのようなことをするのです。

どうしてそんなに胸うち震わせているのです？

立って言ってごらんなさい。いったいどういうつもりなのか。

白雪姫

そのお優しい手をどうか引っこめないで

わたくしのキスで覆わせて下さい。

こうして御手に触れるのをどんなに待ち望んでいたことでしょう！

気まずいだけの謝罪なら、このように

怯えつつ許しを乞いはしないでしょう。

お忘れになって。お許しになって。

どうか慈悲深いお母さまでいて下さい。

おずおずと体をすりよせる

お母さまの子どもでいさせて下さい。

ああ、なんと甘美な御手でしょう。

わたし、母さんがわたしの命をつけ狙い

林檎をよこしたとばかり考えてたの。でもそんなの本当じゃない。

罪なんてものは、あれこれ考えたあげくのさもありそうなこさえもの。

ここでの罪はただ一つ、考えるってこと。
ああ、わたくしを、あなたのことを中傷した
猜疑心から、どうか自由にして下さいませ。
わたくしはあなたを愛したい、ひたすら愛したいのです。

王妃
何ですって？　わたしは狩人を差し向けはしなかったかい？
あの男にキスをして、それはひどく罪深い行為へと
駆りたてたのではなかったかい？
ちゃんと考えているかどうか、よく考えてごらんなさい。

白雪姫
わたし、感じるの！　感情は鋭く考えるの。
このことならば感情が、全部はっきりわかっているの。
どうか生意気をお許しになってね。
でもある物事について感情は
思考よりはるかに高貴に考え抜くの。
その判決はなんにも判決しないまま
なにもまして鋭く素直に判決するの。
そう、思考にはもううんざりよ。
ああだこうだと頭をひねるばかりで
さも重々しげなしかめっ面で意見を述べたてては
こう成り行くのは理の当然、などと言い散らし
あらを探し出しては有罪判決を下そうとする。
思考するだけの裁判官なんてどこかへいっちまえ！
感じることがないなら考えることもちっぽけに小さい。
その判決は胃痛持ち
血色悪く、告訴人の頭をおかしくさせる、
罪人の場合であればなおのこと
今度は無罪であると判決を下し
一気に訴えを破棄してしまう。
あのもう一人の裁判官を連れて来て。
あの甘美で何も知らない感情を。
そして耳を澄ませましょう。おお、それは
何も言わず、微笑み、キスで罪を殺す。

自分の妹分よ、と優しく撫でさすり
キスで息の根を止めてしまうのです。
わたくしの感情が、あなたは潔白と申しております。
あなたの足下に身をよじるように跪き
わたくしこそ罪人と呼んで下さるよう乞い願うのです
怯えつつ許しを乞い願うわたくしこそを。

王妃
わたしは毒林檎をおまえに与え
かじったおまえは死んでしまった。
小人たちはおまえを棺に入れて運んだ
ガラスの棺に。そして王子が
キスをしておまえは息を吹き返した。
すべてはこうではなかったかい？

白雪姫
キスをのぞいては全部その通りよ。
でも、この唇には今日の今日まで
汚らわしい男の口は触れておりません。
王子ですって。どうしてあんな子どもがキスなどで
きて。
まだ顎髭の一本も生えてない
ほんの小さな子どもじゃないの。
高貴であるには違いない、けど、それにしても恐ろ
しく小さい
おのれの潜む身体のように弱々しく
しがみつく意味のように小さいの。
王子のキスなど、ねえママ、もう二度と
口にしないで。キスは死んだの。
まるで二人のしっとりとした唇の
潤いなど一度も感じなかったかのように。
それにしても何を話そうとしてたのかしら。
そう、愛しい罪人であるあなたの前に
跪く罪の話をしたかったのです。

王妃
いいえ、嘘ですよ。おまえは自分自身に
作り話《メルヒエン》をしてるのよ。だって童話《メルヒエン》が言ってるでしょう

わたしはあくどい王妃だと
狩人をおまえに差し向けたのだと
林檎を食べるように仕向けたのだと。
どうですおまえ、返す言葉がありますか。
おまえはわたしを嘲るために
許しを乞うているだけ、そうでしょう?
さっきのは全部、どこかで学んだ身ぶり、やり口
巧みに覚えた口先だけの言葉でしょう?
本当のところ、おまえを見ていると疑心暗鬼になる
　のです。
おまえ、いったいそこで何をしているの?

白雪姫
お優しい慈悲深い御手を見ているの
なんて美しいのって見つめているの
消え去りかけた昂まりを子どもの胸に
魔法のように呼び覚ます御手を。
いいえ、あなたは罪人じゃありません。
そんなお気持ちあろうはずないわ。

わたしもまた罪人じゃない。わたしたちは二人とも
いかなる汚辱にもまみれることなく
澄みきった瞳で澄みきった空を見上げ
こうして穏やかに振る舞っている。
たしかにむかしはお互い悪いこともしました。
けれどもそれはずうっと以前のことで
もはや知ることすらできはしない。
ねえ、お願い、どうかお口を開いて
何か楽しいお話、して下さい。

王妃
わたしはおまえを殺すため刺客を放った。
おまえのところへ向かう男に
惜しみなく愛撫とキスを与えた。
男は野獣のように野を越え森を抜け
おまえが力尽き倒れるまで追い続けたのです。

白雪姫
ああ、そのお話なら知ってるわ

林檎のことも、棺のことも。
お願いだから、何かほかのお話、話してよ。
ほかには何も思い浮かばないとおっしゃるの？
いつもおんなじ話を書かなくてはと
この筆跡にこだわってばかりなの？

王妃
くちづけをしてキスをして
わたしは狩人を、あの殺し屋を煽りたてた。
ああ、キスが夜露のように狩人の顔に
降り注いだのです、そしてその顔が
わたしには忠誠、おまえには災いを誓ったのです。

白雪姫
お忘れになって、お妃さま。
お願いそんなこと、お考えにならないで。
そんなにギョロリと目を剝かないで。
何を震えてらっしゃるの？　あなたは
一生かけて良いことばかりなさったわ。
わたくしどんなに感謝してることでしょう。
もしも愛がもっとうまい言葉を知っているなら
こんなに不器用に話したりはしないかもしれない。
でも愛はあまりに際限がなくて
話す術《すべ》を知らないの、だって愛は自らの
存在のうちに沈みこんでいるのですもの。
憎んで下さい、そうすれば
それだけ分別ない子どものように
ただひたむきに愛せるでしょうから。
だって理屈抜きに愛する者にこそ
愛することは甘美でかけがえのない
ものとなるのでございますもの。
わたくしを憎んで下さいませんか？

王妃
わたしはむしろ自分自身を憎んでいます。
たしかにかつてはおまえを憎み
美を妬みました、世間全てに逆らって。
だって世間じゃ、皆、おまえを誉めちぎり

崇めたてまつっているというのに
わたし、お妃とくるともう目の敵。
おお、それがわたしの血潮を煮えたぎらせて
虎へと変じてしまったのです。
もはやわたしは自分の眼で見ることをやめ
自分の耳で聞くこともなくなってしまった。
根拠もない底なしの憎悪ばかりが代わりに
見、聞き、食べ、夢み、遊び、眠ったのです。
わたしは悲しい気持ちで横になると
憎悪のなすがままをなしたのです。でももう過ぎた
　こと。
今や憎悪が愛そうとし、愛は自らを憎んでいる
もっともっと激しく愛せないのに腹を立てて。
おや、ごらん。あの若い王子がやってきますよ。
さあ行ってキスをして、大切な人と呼んでおあげな
　さい。
そして言うのですよ、おまえのためにあの男が語った
苦々しい言葉にもかかわらず、わたしは気分を害し
　てはおらぬと。
さあ行って、そう言っておあげ！

　（王子登場。）

王子
優美なるお妃さま、お探ししておりました。

王妃
何ですって？　優美なるですって？　これはなんと
　ご挨拶だこと。
わたしはあなたを愛しておりますよ、王子さん
あなたが婚約を交わした白雪姫のためにもね。

王子
白雪姫は僕の花嫁になりたがってはおりません。
僕が姫を棺から抱き上げて
こちらへ連れて参ったときとは
僕の心は変わってしまったと言うのです。
そして、もしそうならそれは、あなたの罪なのです。

お妃さま、僕はあなたにこの身を捧げましょう。

王妃
いったいその弱い心の持ちようはどうしたことです。
まるで葦の葉のようにふらふらと
風が吹く度に揺れ動くなんて。

王子
どうしたかって？　それは僕にも本当にわかりません。
はっきりわかっているのはただ一つ
惚れてしまったということ、そして誰にといえば
そう、お妃さまであらせられる、あなたになのです。

王妃
おやおや、そんな愛など嬉しいことはありませぬ。
それではあまりに性急なお話。あなたの振舞い全体が
わたしには、ひどく幼く思われます。
あなたの心はゆらゆら不確かで
性質はずいぶんせっかちのご様子。
心を落ちつけなさい、愛しているなどとおっしゃい
ますな。
なんとも薄情にお忘れになったらしい
白雪姫のためにも、あなたはむしろ
わたしのことを責めるべきなのです。
狩人よ、これへ参れ！

王子
あんな悪党がどうしたって言うのです？

王妃
悪党ではない。狩人服を着こんだあの男は
万人もの王子にも劣りはせぬ。
かっかするのはやめて冷静にわきまえるがよい
興奮した頭で、自分が誰のそばにおるのかを。

（登場した狩人にむかって）

ああ、きましたね。

狩人
何でございましょう？

王妃
あたかも現実であるかのように
ここ、わたしたちの眼の前で演じるのです。
森の中での白雪姫の苦境の場面を。
本当に殺したいかのように振舞うのですよ。
姫、おまえは本気で命乞いするのですよ。
わたしと王子は拝見するとして
演技が甘いようなことでもあれば
けちをつけます。さあ、はじめ！

狩人
白雪姫、さあ、こっちへ来なされ、殺してやる。

白雪姫
やだ、それじゃあ、あまりにせっかちよ。
まずはナイフを抜かなくちゃ。

ご大層な脅し文句じゃ怖くはないわ。
いったいどうしてあなたのことを
侮辱したことも傷つけたこともない
この命の息の根を止めてしまおうとするの？

狩人
お妃さまはおまえを憎んでいらっしゃる。
わしを甘美なキスで激しく煽りたてると
ここでおまえを殺すようお命じになったのだ。

王妃
まあまあ、キスでだなんて、ハッハッハッ。

白雪姫
愛しいお妃さま、何かいたらぬところがございまして？

王妃
いや、何でもない。続けるがよい。なかなかのものじゃ。

王子
悪党が悪党の役を演じるのだから
それはごくごく自然なものさ。ちょうど
狩人服のようにぴったりと、体に板についていやがる。

王妃
こらこら、王子！

狩人　（白雪姫に向かって）
さあ、お覚悟をお決めなされ。
じたばたはやめて、あきらめなされ。
おまえさまはお妃さまの目の中の砂
この美しい世界からおさらばせねばならんのです。
お命じになったお妃さまがそうお望みでいらっしゃる。
さあ観念なさい、何を抵抗することがあるもんですか。

白雪姫
無遠慮な死が首っ玉を摑もうとしてるのに
どうして逆らわぬわけがありましょう。
おまえがその死だというの、ああ、酷《ひど》い人！
いいえ、信じないわ。だって優しい善い眼をしてる
　もの。
おまえの眉根には優しい性根が出てるもの。
おまえは獣は殺しても、人を殺そうはずはない
自分の憎い敵《かたき》でもない者を。
ほら、憐れみで、武器を持つおまえの手は
だらりと下がる。ありがとう、おお、ありがとう！
お妃さまがおまえのような心を持っていらっしゃれ
　ばよいのに。

王妃
そうなのかい？　本当かい？　誓って本気で言って
　いるのかい？
われを忘れてつい本心をしゃべったのかい？
そうかい、それなら狩人よ、やめておしまい

おまえのような男に似合わぬ演技など。
下心を隠した馬鹿なおしゃべりで
今日の午後中わたしを不安にさせた
このあくどい小娘に襲いかかるのです。
おお、殺しておしまい。この女の
どす黒い偽りの心《しん》の臓《ぞう》を持ち来たり
ここに、王妃の足下に置くのです。

（狩人、ナイフを抜いて白雪姫に突きつける）

王子
どうしたんだい？　いったい？　白雪姫、逃げるんだ。
おいやめろ、悪党め。おお、お妃さま
それにしてもあなたは、なんと狡賢い蛇なんだ。

王妃　（笑って狩人の腕を押さえて）
全部お芝居にすぎないのですよ。
さあ、お庭へいらっしゃい。
春風そよ吹く庭園の木陰を散策し
砂利道の上で歓談しましょう。
さすれば諍いもめでたくおしまい。
わたしはおまえたちの眼には蛇かもしれぬ
あるいはもっと酷いもの。でもかまいはせぬ。
もう次の時には、そうでないことが
おまえたちにもわかるでしょうから。
白雪姫、おいで。王子よ、いいでしょう
姫を、愛しいわが子、と呼んだって。
わたしたちは演じていただけなのですよ！
お信じなさい。それに役どころもぴったりでした。
ナイフもほんの冗談半分で
狩人の手の中でキラリと閃いただけ。
誰が悪党ですって――ハッハッハッ。
いらっしゃい、さあみなさんお庭へいらっしゃい。

王子
でも僕はまだ、信じる気にはなれません。

王妃
いらっしゃい、子兎の王子さん！　狩人よ、おいで。
さあ、笑い声を道連れにすすみましょう。

狩人
かしこまりました、お妃さま。

（場面変わって、第一場と同じく庭。
王妃と白雪姫が登場。）

王妃
おやおまえ、また以前のように嘆いているのね。
恨めしそうに、悲しい瞳でみつめるのですね。
この無言の変化はどうしたことです？
知っての通り、わたしは憎悪など隠しておらぬ。
底なしのおまえの悲嘆には、つまり根拠はないのですよ。
王子さんはもう一度惚れなおし
おまえの方を向いたではありませんか。
おまえはふくれてばかりで気づいてないのですよ、
四方八方から愛が近づいていることを。

白雪姫
ああ、あなたがわたしを憎み迫害なさるという
この考えがどうしても頭から消えないの。
いつも追いかけてきては不安な気持ちにするの。
そして生きてる限り、この気持ちから
自由になることなどないでしょう。
それは真っ黒な染みのように心臓にこびりつき
魂がどんな楽しい響きを奏でようとも
翳りを投げかける。もう疲れちゃった。
できることなら何も感じぬ像《ぞう》となり
開いた棺の中に横たわってたいわ。
小人さんたちのとこに今もいたなら、そこで
静かな日々を送れたし、あなただってそうだったはず。
わたしはあなたを苦しめてるの。わかるの。
わたしを何千マイルの彼方へやっちまいたいことが。

王妃
いいえ、そのようなことはありませぬ。
白雪姫
ああ、小人さんたちのとこにいればよかった。
王妃
そこはどんなとこだったの？　静かで綺麗なところかい？
白雪姫
あそこは雪のような静けさに包まれていた。
まるで兄弟のようによくしてくれた
あの方たちのところにいればよかった。
あそこは心地良い清潔さでピカピカだった。
細やかな感覚にとって不愉快な
目にも汚い食べ残しである苦痛は
生の小綺麗な食卓にはとんと縁がなかった。
喜びはベッドシーツのように染み一つなく
その上に寝そべってはうつらうつらと
色とりどりの夢の世界に遊んだものよ。
高貴さに欠けるような存在はそこでは
ただの一つも知られてはいなかった。
誰もがほどよい礼節を愛し
お行儀よろしく振る舞っていた。
甘美な会話が唇にこだましていた。
ああ今でもあそこにいられたら。
けれどわたしは泣く泣くあなたのところへ
この世界へと連れ戻されて、そこでわたしの心臓は
死に絶え、朽ち果てていかねばならないの。
王妃
ではおまえの小人たちには憎悪というものはなかったのね。
そう、それならば、愛もまた
彼らには無縁のものかもしれぬ。
だって知っての通り、憎悪は愛を育むのだし
愛が何より深く愛するものはといえば

おまえも知る通り、それは冷たく苦い憎悪なのだから。

白雪姫
あそこでは、粗暴な言葉は一度も耳にしなかった。
憎悪が愛に翳りをおとすことなど一度もなかった。
愛があったのかどうかも全然わからない。
憎悪があってこそ愛は感知できるのだから。
あそこではわたしわからなかった、愛とはどんなものなのか。
ここではわかる、だってあるのは憎悪ばかりだもの。
無い物ねだりで手を伸ばすほどに
わかってくるのが愛というもの。
憎悪にゆすぶられてこそ魂は愛に憧れる。
あの小人さんたちのところでは、愛は
翳りもないままにただ晴れやかだった。
もうやめましょう！　過ぎ去ったことだもの。

王妃
そうですよ。さあ、愛しい子、いっしょに笑いましょう。

白雪姫
そんなの無理よ。笑うには、わたしの
胸の裡とは別のほかの気分が必要だもの。
わたし、ただもう泣きたい気分なの。
あなたはキスと歯の浮くお世辞言葉で
狩人を駆りたて、つい先だってもあの通り
殺しておしまい、と焚きつけたのですもの。
「あのあくどい小娘に襲いかかるのです」
そう言って、怒りに体を震わせておいて
後からそれをお芝居だと言うのですもの。
ああ、あなたは復讐心の塊となって
未聞のやり口でわたしをもてあそぶ。
身を守る術さえ知らぬこのわたしを。
どうか墓穴に下ろしてくださいな、そうしたら
白雪姫の墓こそ白雪姫のよろこびの場所。
微笑む気持ちになれるところといえば
わたしのよろこびの場所の棺の中だけ。

お願いです、わたくしをあそこに横たえて下さいませ。

王妃

ほら微笑みましたね、今にっこりしましたね。

白雪姫

ああ、そんなのほんの一瞬だけよ。
でももう次の一瞬がわたしに
あなたのあくどさ、酷さを告げる。
指を立て脅かし、じっと考えこんで
大きな目をしてわたしを見つめる
ちょうどあなたがなさるように。そして囁くの。
おかあさんはおかあさんじゃない。
世界は甘美な世界じゃない。
愛は疑心暗鬼の無言の憎悪。
王子は狩人、生は死。
あなたは善いお妃さまではなくて
血に飢えた狩人をわたしに差し向けた
プライドの高い好色なお妃だって。
あなたはその男を愛し、おだてあげ
甘美なキスをお許しになり
殺しへと駆りたてたのだって。
わたしはあの男の餌食なのだって。——
次の苦い一瞬がこうしたこと全部を告げるのよ。
今やあなたは以前の倍にも、わたくしのことを憎んでいらっしゃる。

王妃

わたしはキスで狩人を煽りたてた。
ちがう？　そうじゃないの？　そうお言いなさい！
善良な世界に大声でそうお叫びなさい。
風に、雲に、くりかえし
逞しい木の幹に刻みつけ
柔らかな大気へ吹きこむがよい。
春のように、芳しい香りとともに
それを振りまき散らすように。
おお、そうすれば誰もがそれを吸いこんで
おまえを無垢と讃え、わたしを悪者と呼ぶ

愛で殺しをもてなして
キスの毒薬で煽りたてたというので。
これ、狩人よ、何処におる？　これへ参れ。
恥もてらいもなくおまえにキスをして
誰よりも愛しい男《ひと》と呼ぶことにしましょう。
誰よりも優れた、忠実な、頑強な
優美な、大胆な男と呼ぶことに。
白雪姫よ、もっと賞賛するから手を貸すがよい。

白雪姫
十分よ、もう十分よ。気が変になっておしまいにな
　るわ。
毒にやられた古傷に二度と触れてはいけなかったのね。
また新たに血が吹き出して
もう決して治りやしない。
どうか許して下さるのなら……お妃さま。

王妃
えい、許しなど、忍耐、恥じらい、優しさなど
悪魔にくれておしまい。さあ下僕よ、これへ参れ！

（狩人、登場）

狩人
ご主人様、何の御用で？

王妃
わたしの、たった一人の男《ひと》。まずキスをね。
もう消えちまいたいくらいだわ。けれど
なおしばしの間、わたしは話さねばならぬ。
この芝居をば説明せねばならぬ。さもなくば
当事者のこの子は野蛮だなどと言うでしょうから。
話しておくれ、わたしの代わりに。
言っておくれ、悲嘆にくれる愚かな娘に
わたしがどんなに憎み、また愛しているかを。
ナイフを抜いて。いや、およしなさい！
鞘におさめたままにしておくのです。
話すだけにしてこの子を宥めるのです。

何を信じればよいのか言うのです。
そしてわたしの心をしずめ
この場全てに沈黙をもたらすのです
このネジの緩んだ芝居が始まる前のように。
さあお始め、ただし気をつけるのですよ。
あまりに言葉が少なすぎるため
寡黙が語りすぎてしまわぬように。

狩人
白雪姫さま、こちらへおいでなさい。

白雪姫
ええ、喜んでいくわ。もう怯えてはいないもの。

狩人
わしはおまえを殺そうとしたと信じるかい？

白雪姫
はい、ううん、いいえ。はいを圧し殺したら
いいえがすぐまた、はいと言っちゃう。
信じるわって言うのよ。そう言うのよ。
はいがいつもおまえを信じるように。
いいえにはもううんざり。はいは心地良いわ。
おまえが何を言おうとわたしは信じるわ。
喜んで言うわ。「はい、信じます」って。
いいえにはもうずっと嫌気がさしてたんだもの。
そうよ、はいはい、あなたのことを信じるわ。

狩人
ほら、それでこそ白雪姫さまの声というもの。
猜疑心にかられた声は別人の声。
それは自分自身も姫さまへの愛に服する者も
いずれをも苦しめさいなむ女主人。
今こそはっきり申し上げましょう。
猜疑心のささやく言葉は嘘っぱち。
こさえものの毒々しい嘘、そうでございましょう。
白雪姫さま、わしの言うことを信じなされ！

白雪姫
はい、喜んで。それはもうおまえの言うことなら
何だってはいと言わないはずないでしょう。
はいと言うのは心地よく、至極甘美なことだもの。
おまえの言うことを信じましょう。
はい、もしもおまえが嘘をついたとしても
天に届かんばかりに作り話《メルヒエン》を積み上げたとしても
手に取るように単純馬鹿に嘘を並べたてたとしても
おまえの言うことならいつでも信じるわ。
はいと言わなくちゃ。いつもはいって。
こんなに麗しい信頼が胸を膨らませるのは初めてよ。
そうよ、はい、このはいほどに告白が
甘美だったことはいまだありませんわ。
さあなんでも言ってちょうだい。信じちゃうから。

狩人
なんとおまえさまは事を簡単にして下さる
わしにも、おまえさまにも、お妃さまにとっても。
そいつにゃ礼を申しましょう。けれど姫さま、信じ
なさい。
わしはおまえさまにそれは厚かましい嘘をつきます
ぞ。
あそこにいらっしゃるご主人様のためにも
わしはおまえさまに馬鹿げた作り話《メルヒエン》を並べたてますぞ。

白雪姫
だめだめ、自分に嘘をついてはいけないわ。
わかっているの、おまえの魂が話していることは。
おまえを信頼してるのよ。おお、こんな信頼の
歩みは確か。信じ間違いなどありえないもの。
さあ、嘘をつくがいいわ、信頼が
それを銀色に輝く真実にするから。
あらゆることにあらかじめ、はいと言っておきますわ。
あまえが何を考えて、何を言おうとこのはいが
おまえの話を真実に無理矢理変えてしまうのよ。
話してちょうだい、だって信頼しきった心には
はいは囚われ人のように潜んでて
よどんだ空気の独房から外の世界に出たがってるの。

狩人
お妃さまは罪と恥辱から自由でいらっしゃると
ここで宣言しますぞ。信じなさるか？

白雪姫
信じなさるかですって？　はい、もちろん
どうしてそんな嬉しいこと信じないわけありましょう
信じるわ。さあ続けて。信じるんだから。
さあ威勢よくどんどん先を続けてよ。

狩人
お妃さまが燃えるようなキスでわしを悪行へ
駆りたてた、というのは真実じゃない。
童話は嘘をついておる、それはつまり、かたってお
るのです。

白雪姫
あんなのどうして真実でありましょう。こうしてお
まえが
真実ではないと言うのだから。さあ続けてよ、信じ
るから。

狩人
おまえさまが甘美なまでにお美しいのでお妃さまは
毒蛇の如くおまえさまを憎んでいらっしゃる
という話も嘘っぱち。お妃さまはご自身が
はちきれんばかりの夏の樹木のようにお美しい。
さあ、ご自分の眼で見て、お美しいと言いなされ。

白雪姫
お美しい、ああ、なんてお美しいんでしょう。
溢れんばかりの春の華やかさでさえ霞むほど。
真なる芸術家が彫像を彫り上げて
大理石を磨き上げたとしても
お妃さまの輝かしさにはかないはしない。
まるで優しい夢のように甘美なご様子。
火花を散らすこめかみの想像力にすら
こんな妖精の如き像《おすがた》は創れやしない。

お妃さまが、そのお妃さまが、わたくしを
凍てつく寒い冬のような添え物にすぎぬわたくしを
お側に立っているこのわたくしを
妬むなんてこと、どうしてありえましょう。
そんなこと決して信じやしない。ありえないもの。
さあもっと続けて、わかるでしょう
この件ではわたしはおまえの思いのままよ。

狩人
美は美をさほど憎みはしない。
作り話《メルヒエン》がここでひろめてるほどには。

白雪姫
そうよ、だってご自身がお美しいんですもの。
どうして憎んだりなさいましょう
足下にすがるように身を投げて
あなたの影でかまいませぬ、どうかおそばにと
懇願している妹分の像《すがた》など。

狩人
わしがおまえさまを殺そうとしたなど
どうしようもない幼稚な憶測。
そんな心持ちなど一度として抱いたことはない。
わしは最初からおまえさまの口と眼が語る
祈るような甘美ないたいけな願いに
心動かされていたのだから。
わしはナイフを下ろし腕を下げ
可愛いおまえさまを抱き上げた。
そこへ鹿が斜めに飛び出してきて
わしはそいつをグサリとやった。そうじゃろう？

白雪姫
そのお話が本当だって
保証する必要もないほどよ。はい。
もちろん、そうよ。そのとおりだわ。

狩人
お妃さまはおまえさまの命を奪うため

小人たちのところへ毒をよこしてはおらぬ。
あの毒林檎は本当じゃない。
毒があるのはそれを語る嘘の方。
そう主張する嘘自身
見事な実の如く膨らんで
誘うばかりに媚び張ちきれんばかり。
そのくせ中身は、それを大胆にも
口にする者、皆に病をもたらす。

白雪姫
あんなの真っ黒で気違いじみた
聞くに耐えない嘘っぱち。それは子ども心を不安にさせる。
あんな嘘とっとと失せちまえ。さあ、嘘をもっと続けてよ。
ほかには何を言って下さるの？　お願い
もう一つの馬鹿げた嘘の首っ玉なんて
うまくポキンとねじ折っちまってよ。
お妃さまはどうしてお黙りになってしまったの？

狩人
お妃さまはかつての苦悩に想いをめぐらせておいでなのです。
おまえさま方を燃えさかる醜い諍いへ突き落とした
あの過ちのことを考えていらっしゃるのです。
あれほどの誤解に涙していらっしゃるのです。
白雪姫さま、お妃さまにキスをしてさしあげなされ。
わしからも一つ好ましいことを頼んでよいならば。

白雪姫　（王妃にキスをする）
この甘美なる印をお許し下さいませ。
なんとお顔が蒼いのでしょう！　お許し下さいませ
わたくしがキスで蒼白の命を絶ってしまうことを。
あなたの至福を歪めてしまう
どんな悲しみの色合いにも
このキスは透みとおっていくのです。
ねえ、狩人さん、何かほかに新しいこと知らないの？

狩人
おお、まだまだ知っております。でももう口をつぐみましょう。
おしまいはしまいにはみずからにキスをするもの
はじまりはまだおしまいにはなっていないけれど。
お妃さまは慈しみ深く頷いていらっしゃる
その慈しみに満たされてわしの言葉は息を止める。
それゆえわしは至福に満ちて口をつぐむことにいたしましょう。

（王、王子、宮廷の女たち、貴族たち登場）

白雪姫
おお、お優しいお父さま
いまだに息を止めてはおらぬ
二つの燃えさかる心の争いに
貴なる封印をして下さいませ。
キスをお受けになって、平和の使者となり
互いを妬む諍いを踏み鎮めて下さいませ。

王
おまえたちはいつも平和だと思っておったが。
可愛い姫よ、いったいいかなる諍いがあるというのじゃ？

王妃
争いなどはもはやなく、あるのは微笑む言葉だけ。
眉に皺寄せあなたをあざむく
真面目な身振りの戯れだけ。
ここで諍いはありました、けれども今はございません。
愛は勝利の術を心得ており
憎悪はその強い愛を前に破れ去ったのです。
わたしは憎んでおりました。でも、あれはただのお芝居でございます。
つい真剣になりすぎて、心が昂ぶってしまっただけ。
ほんの一瞬の気まぐれが、脅し文句を並べただけ。
ただそれだけのこと、今は甘美な平和があるばかりでございます。
傷つけられた妬み心が一瞬、憎まねばならぬと

思いこんでしまったのです。ああ、そのことで
わたくし自身誰より辛い思いをしたのでございます。
白雪姫よ、申し上げるとおりだと言っておくれ。

王
この狩人には罪はないのかな？
ここにおる王子がそれはひどく訴えておるのじゃが。

白雪姫
天国でさえかくも無罪ではございませんわ。
もしや許されざることに
この者がお妃さまと愛を通じ
キスと抱擁を交わしたとお疑いなのでしょうか？
おお、そんなこと信じてはいけませんわ。
この男の心様を勘違いしていらっしゃるのです
宝石の如くかくも高貴な心様を。
愛はこの男を愛さなければなりません。
名誉の冠が疑いもなくこの者の頭を飾るのです。
勇気ある男よ、感謝の気持ちが負うているだけの
感謝をおまえに払いましょう。

（王にむかって）

主たる王さま、ここではすべてが仲良しで
諍いなどひとつとてない青空のようでございます。

王
じっさいのところ、このわずかの間に
ここでは奇跡が起こったものとみえる。

王子
悪党はもはや悪党ではないというわけですか。

王妃
お黙りなさい、高貴なる王子。
ささいな過ちにこだわって
それを何度も繰り返し指さして
蓋するかわりに咲き誇るようにと懸命になる

これは高貴な態度とは言えませぬ。
もし過ちが大きなものなら、こうして仲良く
集っていることはないのですよ。さあ、手を差し出
して
友情の握手で罪など忘れてしまうのです。

王子
忘れろというのですか？　この場所で
あの忌々しい毒々しい悪党が
狩人服に身を包んだ緑色のならず者が
ほんのまだ小一時間前にはお妃の
寵愛をほしいままに乳繰りあったことを。
それならいっそ忘れさせて下さい。
僕が聖油をうけた王子、支配者だということを。
何の価値もない忘却に委ねてしまうには
あまりにも大きな罪ではなくて。

白雪姫
おお、罪などもはや存在しないのよ。
この輪の中では死に絶えてしまったの
わたしたちから逃げていったのよ。わたし
この罪人さんの御手に忠実な子としてキスをして
こんなに愛しいやり方ならもっともっと
罪を犯してよってお願いしてよ。
どう？　王子さん？　争いの種を播くおつもり？
ほんの少し前に誓ったばかりのことを
もうお忘れになってしまったの？
あなたはお妃さまに愛を誓い
畏れおおくも甘美な華やかな像《おすがた》を
前にして跪いたのではなかったの？
さあ今こそ愛を証すのです。
まことにふさわしいのは、ここで晴れやかに
はにかみながら忠誠の印のキスをすること。
わたしも、わたし自身も、傷つけられたと信じてたの
命を狙われ、追放され、憎まれたのだと。
なんて馬鹿で石頭だったんでしょう
忌まわしい罪というものをすぐさま思い描いて
ああもせっかちに猜疑心に身をゆだね

恨みつらみのあまり盲目になるなんて。
有罪判決や怒り狂った法のかたる
気短かな意見など捨てちまいなさい。
ここでの法は優しさよ。
優しさこそ王冠を授けられた安息。
さああなたも加わってね、この聖なる甘美な祝祭に。
罪を虚空に投げ散らし
花びらと遊ぶように戯れるこの祝祭に。
機嫌なおしてよ、そしたら陽気になれるから！
ああ、こんなに偉大で聖なる目的のため
入り用なだけ話すことができればいいのに。
でもわたしには弁舌の才がないの。
胸の裡の悦びもあまりに奔放で
昂まり矛盾する歓喜がわたしの中で
あまりに激しく溢れかえってるの。

王妃
まあ可愛い姫、なんて愛らしく演説するんでしょう！

（退場）

王
このキスをうけるがよい。さあこれで
今日はすべてが王の歓びの宴じゃ。
王子よ、おまえも皆の至福にともに
あずかるのが得策というものじゃ。
はみだし者であろうというのではあるまいな
まさかしらけた態度をとるのではなかろうな
かように信頼に満ち、互いに心を預けあった歓びに。
どうしたのじゃ？　まだ怒った眼をしておるのか？

王子
怒ってはおりません。けれど嬉しいわけでもありません。
何と言ってよいやら、僕にはわかりかねます。

王妃　（白雪姫にむかって）
もうおまえ、疲れてはおりませんね。
また笑って陽気になって種播くように
明るさを振り撒いてくれるかい？

白雪姫
もう決して、決して疲れやしないわ。あれ？　王子
　さんは
わたしたちの大団円からこそこそ逃げ出してしまっ
　たの？
それって高貴な男にふさわしい態度かしら？

王妃
それはもうお似合いですよ、あの男は臆病者ですか
　らね！

白雪姫
臆病者かどうかはわからない。
でもあの態度はよくないわ。

ねえ、狩人さん、王子を連れて戻っておいで。
　　（狩人、退場）
戻ってきたら、叱ってあげる。
それにきっと戻ってくるわ。だって
みんなにかまってもらいたいだけなんだから。

王妃
そうすれば、あの男はきっとまたおまえの恋人ですね。
そうしたら――そうしたら、その、なにかい
あの事も思い出さなくちゃいけないかい、つまり
――
なんのことでしたかしら？　ああ、そうそう、つま
　りですね
偶然の言ったことだけれども
『あんたはキスであの男を煽りたてて
そして』……

白雪姫
黙って、おお、お黙りになって。あの童話《メルヒェン》が
言ってるだけで、あなたじゃないし、わたしでもない。
わたし、むかし、むかしにそう言ったのよ——

もういまはむかしのこと。さあ、おとうさま。
皆を城中に引き連れて下さいな。

（皆、城へ向かってすすむ。）

第二章
「イメージ」、「意味」、「物語」の／に抗する、レトリックを翻訳する
――『白雪姫』の英・仏・日本語翻訳比較分析

文とは原作の語の前の壁であり、逐語性はアーケードなのだから。
（W・ベンヤミン『翻訳者の使命』）[1]

ひとつの仕事の中にひとつの生のなした全仕事が、この全仕事の中にその時代が、その時代のなかに歴史過程の全体が、保存されており、かつ止揚されている。

（W・ベンヤミン『歴史の概念について』）[2]

作品『白雪姫』全体の解釈についてはすでに第一部第一章で論じた通りである。ここでは、その補論として、この作品を日本語に翻訳した際に、もっとも翻訳困難であった三つの語、„Bild"、„Sinn"、„Märchen"が、英語訳、仏語訳、および日本語訳において、いかなる形にうつされているかに論点をしぼって論じたい。[3]

とりわけてこの三つの語が、日本語訳の際に現に抵抗を示したという事実、これは、たんにいず

れもが日本語において容易に対応する語を見いだすことのできぬ多義的な語である、という一般的理由のみに由来するのではない。小劇『白雪姫』のきわめて複雑な作品構造は、多義性をもつこれらの語が、きわめてレトリカルに配置されることによってはじめて、成立し得ているのである。その際、これらの語がカバーする「イメージ」、「意味」、「物語」の三つの領域いずれもが、表象する手続きに関わっていることは偶然ではないだろう。これらの語は、主人公「白雪姫」の表象され方、意味づけられ方、物語られ方のみならず、物語「白雪姫」の表象され方、意味づけられ方、物語られ方に関しても、読者の眼差しのありようを決定づけるきわめて重要な役割を果たしているのである。

翻訳困難という事態は、もっとも親密な読者たるべき翻訳者の眼差しがそこで堰きとめられたことを意味している。その際、通常の読書であればそのまま読み流すこともできる。しかし、翻訳者は訳し流すことはできない。翻訳困難な箇所を翻訳するとは、原文において作動しているレトリックを何らかの形で明示的に言説化する行為なのである。

ここで、「意訳／逐語訳」の問題が大きく関わってくる。抵抗度の強い箇所の翻訳には、訳者個人の作品理解、解釈が反映されるだけではない。それ以前の段階として、原文のレトリック性に降伏するのかしないのか、つまり、原文のレトリックをどの程度まで訳文にうつしこむべく配慮するのか（それともまったくしないのか）、といった翻訳全体に関わるある種の態度決定――これが無意識な「決定」であることは充分にありうる――に、そもそも「抵抗」が聞き取られるかどうか、がかかっているのである。

以下では、原文のレトリックがもっとも凝縮度を増していると思われる箇所を抜き出し、その諸言語による訳文を比較分析する。そこからは、きわめて音調の異なる訳文のきしみ（あるいはきしみの不在）が聞こえてくるだろう。しかし、「翻訳不可能性」といった常套句を口にしてもどうなるものでもない。「他言語の後熟に注意をはらい、自身の言語の生みの陣痛に配慮する」という「翻訳という形式に固有な特性」[4]が展開しうる場所は、まさに翻訳困難な箇所にほかならないのである。翻訳困難な箇所には、原文の言語を批評の光にさらし、無意識の薄闇に包まれていた自身の言語に光を投げかける可能性が秘められている。歴史の光を通すための鍵は逐語性である。

一 「イメージ」という語の反復がもたらす反イメージ的抵抗を翻訳する

まず、**„Bild“** が登場する箇所の原文、つづいて英訳、仏訳、日本語訳をあげよう。（**„Bild“** およびその訳語には下線を付す。）

《原文》

Prinz:

Die süße Wonne macht sie eins,
reißt los sie, nur um inniger sich
von neu'm zu geben. Ich bin sprach-
und bilderlos vor solchem Bild.
Willst du es sehn und sprachlos sein?

Schneewittchen:

Nein, es würd' übel mir dabei.
Komm weg doch von dem schnöden Bild.

Prinz:

Kaum läßt es aus dem Zauber mich
der Farben los. Es ist ein Bild,
des Maler süße Liebe ist. (84)

《英訳》

PRINCE

The sweet delight which makes them one
Tears them apart, only the more entranced
To give themselves again. I am
Speechless and imageless before this scene.
Care you to see it and be speechless too?

SNOWWHITE

No—it would turn my stomach. Come,
Away from the repulsive sight.

PRINCE

The magic of its colors scarce
Will let me loose. It is a scene
Which surely has sweet love for painter. (109)

《仏訳》

Le Prince:

Douce volupté les fait un,
les disjoint pour les ramener
plus intimement l'un à l'autre.
L'image m'ôte image et voix.
Veux-tu voir et rester sans voix ?

Blanche-Neige :

Oh non, j'en aurais la nausée.
Repousse donc la vile image.

Le Prince :

Magiques, ses couleurs ne me
lâchent pas. C'est là une image
dont le peintre est le doux amour. (33)

《日本語訳》

王子

甘美な悦びが二人を一つにし
また引き離す、もっとぴたりと
あらたに互いを与えあえるように。
こんな像《すがた》を前に、僕は言葉を失い、像《たとえ》を失う。
君ものぞいて言葉を失ってみるかい？

白雪姫

いやよ、そんなの見たら気分悪くなっちゃう。
ねえ、そんな汚らわしい像《すがた》を見るのはもうやめて。

王子

魔法にかけられでもしたように
この色彩から眼をそらすことができないのだ。
甘美な愛が画家となり、この像《ぞう》を描いたのだ。 (284 頁)

こうして並置してみると、ヨーロッパ言語間、とりわけ、親縁関係の強い独英両言語間におけるシンタクス・語彙の「近さ」を意識しないわけにはいかないだろう。しかしながら、下線部を見てすぐに気づくように、その近さにもかかわらず、英訳は、逐語訳という方法をあえて拒んでいるのである。

具体的に見てみよう。

「絵」、「写真」といった〈画像〉にはじまり、「様子」、「場面」といった〈目に見える光景〉、「表象」、「観念」といった〈心に映るイメージ〉、「比喩」「象徴」という〈言語表現によるイメージ〉までをもカバーする、きわめて多義的な語 „Bild“ を繰り返し用いることにより、ここでの王子と白雪姫との会話は、微妙に異なる複数の解釈を誘う、きわめて曖昧な文章になっている。（英訳、日本語訳における下線部を見比べていただきたい。）

といっても、ここで問題にしたいのは、どの翻訳が正しい解釈を示しているかということではない。考えてみたいのは、そもそも意識的に曖昧さが演出されている原文のテクストを、クリアな光景しか読み取れぬ訳文に置き換えることがいかなる意味を持つのか、ということである。

読んでの通り、英訳は、„Bild“ の一語を、文脈に応じて “scene”、“sight”、“image (less)”、とある意味「適切に」、すなわち、一読して明確なイメージを結びうる一連の語に訳し分けている。そして、そのイメージ自体は、決して間違ってはいない。ドイツ語原文から呼び出されうるイメージを代表するものの一つといっていいだろう。

しかしながら、原文と英訳で決定的に違ってくるのは、いわば読まれるスピードである。英訳の文章には抵抗がない。原文において„Bild"の異様な反復によって生じている抵抗、文を素通りしてイメージを形成しようとするのに待ったをかけずにはいない文の抵抗とでも呼ぶべきものが、英訳には欠如しているのである。(それが、対応する語彙の欠如ゆえに生ずる不可避の事態でないことは、仏訳を見れば明らかだろう。英訳は、例えば"image"という単語を用いることができるところを、意識的に訳し分ける方法を選択しているのである。)

そして、この抵抗の消失という事態が、翻ってテクスト解釈の是非に関わってくる。すなわちこの箇所を、あたかも「現実」が報告されている箇所であるかのように訳してしまってもよいのかどうか、という問題である。

英訳のみを読む読者で、この箇所が、現実に窓の下で交わされている愛欲の光景についての会話だということを疑う者はまずいないだろう。しかし、„Bild"が反復されるドイツ語原文を読む限り、このくだりは、問題になっているのはもしかすると「現実」ではなく「画像」なのではないか、「表象」なのではないか、という疑念を強烈に呼ばずにはいない箇所なのである。(仮に、現在のメディア環境をも連想することが許されるならば、この箇所だけを読んで、王子はスクリーン上の電子的映像を前に語っているのだとイメージする読者がいたとしても、さして不自然ではない。)類似した効果は、「像」という文字がほとんどルール違反のルビを従えつつ執拗に反復される日本語訳においても、また"image"が反復される仏訳においても、程度の差はあれ生じている、といってよいだろう。(日本語訳における苦し紛れの解決が、日本語におけるルビの使用法を逸脱してしまっているのではないかという問題は、本章第四節で考察することにしたい。)

引用箇所において、問題が、（虚構の中における）「現実」をめぐっているのか、それとも、「表象」性そのものをめぐっているのかは、王妃の愛欲場面を目撃する以前に、そもそも白雪姫を見る王子の視線がいかなる質をもっていたのかを語る、次の箇所を見れば明らかだろう。

《原文》

Schneewittchen:
Schnee, immer Schnee?
Prinz:
Verzeih, du liebes Winterbild,
du Abbild frommer, weißer Ruh'.
Kränkt' ich dich, so geschah es doch
in Liebe nur. Nun wendet sich
Lieb' weinend wieder von dir ab,
der Königin zu. Verzeih der Lieb',
daß sie dich aus dem Sarge nahm,
dem gläsernen, worin du lagst
mit Rosenwangen, offnem Mund
und Atem, der Lebend'gen gleich.
Dies war ein Bild zum Sterben süß:
Hätt' ich es doch gelassen so,
dann kniete Liebe noch vor dir. (86)

《英訳》

SNOWWHITE
Snow? Always snow?
PRINCE
Forgive me, winter image dear,
Likeness of pious white repose!
If I offended you, it was
Done but in Love. Now Love, in tears,
Averts his face from you again
Towards the Queen. And pardon Love
For lifting you from that glass vault
In which you lay and rested then,
With cheeks like roses, open lips,
And semblance of a living breath—
That was a sight sweet unto death:
Would only I had left it so,
Then love would kneel before you still. (111)

《仏訳》

Blanche-Neige:

Neige, toujours neige?

Le Prince:

Pardon, chère image d'hiver,
pieuse figure, calme et blanche.
Si je t'ai froissée, ce ne fut
qu'amour. Or l'amour à nouveau
te quitte en pleurant pour aller
vers la Reine. A l'amour pardonne
de t'avoir tirée du cercueil,
celui de verre où, joues de rose,
la bouche ouverte, et même haleine
qu'une vivante, tu gisais.
L'image était douce à mourir:
l'eussé-je laissée telle, amour
aujourd'hui serait à tes pieds. (37f.)

《日本語訳》

白雪姫

雪、いつも雪なの？

王子

許しておくれ、美しい冬の像《イメージ》の君
敬虔で真っ白な静けさの模像《にすがた》の君
君を傷つけたとしても、それは愛ゆえの
ことなのだから。そして今
愛は泣き泣き君に背を向け
お妃の方に向いちゃったんだ。
許しておくれ、薔薇色の頬と開いた口と
吐息で生者さながらに
君が眠るガラス棺から
愛が君を抱き上げたことを。
あれは本当に死ぬほど美しい像《すがた》だった。
もしあのままにしておいたなら
今でも愛は君の前に跪いたろうに。 (286 頁)

原文の読者には、再び出くわした„Bild"の反復を前に、数頁前の先ほどの引用箇所に意識をリンクさせる可能性が開かれている。そして、両者を併せ読むとき、この王子の欲望がいかなる形で構成されるのかを見抜くことはさして困難ではないだろう。

対象が王妃であろうと、白雪姫であろうと、この王子はいつも、本人ではなく„Bild"（＝表象されたイメージ）しか見てはいないのであり、彼にとっての二人の魅力の多寡は、もっぱらイメージの意味論的充塡の多寡に支配されている。もし、白雪姫が「ガラス棺の中の生きた死体」という屍体嗜好的《ネクロフィリア》なオブジェにとどまっていれば、それは「野卑な狩人と交わる高貴な王妃を覗く」という凡庸な小市民的ポルノグラフィー以上の倒錯的魅力を備えていただろうに、とぬけぬけと語るこの王子には、一般的な構図には決して回収できぬ不意打ちの魅惑など無縁なのである。[5]

文学作品の翻訳は、読者のうちにリアルなイメージを立ち上げるものでなくてはならない。その意味で、それだけのリアリティーを生み出しえない訳文を「逐語訳」だからというだけで原文に「忠実」なのだ、と無差別に肯定するわけにはいかない。しかし、千差万別の原文読者のうちに千差万別のイメージが形成される以前に、潜勢力としての原文テクストは、語の配置として、語のネットワークとして、マテリアルなレベルで実在しているのであり、翻訳が、訳者のうちに形作られたイメージ――それは発現態の一つである――のみならず、原文の潜勢力そのものをうつすことを意志する限り、「逐語性」は翻訳作業における最良の配慮の一つであり続けるだろう。

原文テクストという曖昧な「他者」を、一義的な「イメージ」へと置き換えようとする英訳の意訳主義は、この作品に書き込まれている批評、すなわち、「他者」を意味に充塡された「イメージ」として消費しようとする王子の視線に対する批評を、訳文から消去してしまう。そのとき生じているのは、訳者自身がすでに原文テクストに批評されているという事態にほかならないのだが、不幸なことに、その事態は、適切に訳し分けられた訳文のみを目にすることのできる英訳読者には隠されたままなのである。[6]

二 「意味」という語の反復による意味フェティシズム批評を翻訳する

続いて、やはり、この作品のキーワードとなっている語 „Sinn" が、きわめて特異な形で反復して用いられている箇所に注目したい。

以下に引用するのは、王妃に心変わりした王子が、その旨を白雪姫に告げ、自分を裁いてくれるよう懇願する場面での二人の会話である。

下線部を読んでわかるように、ここでもやはり英訳は、ドイツ語 „Sinn" を、語源を同じくし意味的にも相当部分重なる語 "sense" の一語で置き換えようとはしない。しかし、ここにきて問題は、英訳にとどまらなくなる。仏訳も、日本語訳も、きわめて曖昧なドイツ語原文を前に、これまでのような形では、逐語訳を貫徹できなくなる。„Sinn" の語の増殖を眼前にしたとき、文字通りの意味での "sense" for „Sinn", "sens" for „Sinn" という逐語的置き換えはもはや不可能となり、訳者は、"sense-for-sense translation"、すなわち、文脈に応じた訳し分けをすべく決断を強いられるのである。

《英訳》

PRINCE
[…] Call me a worthless knave:
It shall be boon to me. But now
Let me seek out the lovely Queen,
Whom I intend to liberate
From an unworthy love. Please be
Right angry, right enraged with me.
SNOWWHITE
Why should I, though? Do tell me why?
PRINCE
Because I am the kind of brute
That throws you over for another
More teasing to his mind — that's why.
SNOWWHITE
No, never a brute! So that is it!...
More tempting to your mind, your sense?
What pack of hounds incites your sense
So that, affrighted like a doe,
You flee before the enemy
Who chases you. Still — let it be.（111f.）

《原文》

Prinz:
Nenn einen schlechten Schelmen mich:
du tust mir wohl. Doch laß mich jetzt
die holde Königin suchen gehen,
die aus unwürd'ger Liebe ich
befreien will. Ich bitte, sei
recht bös, ja, recht ergrimmt auf mich.
Schneewittchen:
Warum auch? Sag' mir doch, warum?
Prinz:
Ei, weil ich solch ein Schurke bin,
der weg von dir zur andern läuft,
die seinen Sinn nun höher reizt.
Schneewittchen:
Ein Schurke bist du nie! So, so?
Den Sinn, den Sinn dir höher reizt?
Ei, welcher Unsinn ist im Sinn.
Welch eine Meute Hunde reizt
dir so den Sinn, daß wie das Reh
erschrocken du dem Feinde fliehst,
der dich verfolgt. Je nun, es sei.（86f.）

Le Prince:

Traite-moi de mauvais sujet:
tu me fais du bien. Laisse-moi
pourtant quérir la noble Reine
que d'un amour indigne je
veux libérer. Va, fâche-toi
bien, rage bien contre moi.

Blanche-Neige:

Mais pourquoi ? Dis-moi donc: pourquoi?

Le Prince:

Ah, c'est qu'en vrai coquin voici
qu'oublieux je cours à une autre
par qui mes sens sont plus troublés.

Blanche-Neige:

Toi, un coquin ? Jamais, voyons !
Les sens, tes sens, sont plus troublés ?
Ah, que de non-sens en ces sens !
Quelle meute de chiens t'excite
les sens au point que tu fuies, telle
la biche effrayée, l'ennemi
qui te poursuit. Hé bien donc, soit. (39f.)

《日本語訳》

王子

イカサマ野郎と呼んでおくれ、そのほうが
僕は嬉しい。けれども今はあの
優美なお妃さまを捜しに行かせておくれ
僕はあの方を身分不相応の恋愛から
自由にしてさしあげたいのだ。お願いだ
さあ恨んでおくれ、悪しざまに呼んでおくれ。

白雪姫

どうして？　ねえ、言って、どうしてなの？

王子

どうしてって、そりゃ、僕は君を裏切って
官能をもっと刺激するほかの女へと走っていく
そんなひどい悪党じゃないか。

白雪姫

あんたは悪党には遠く及ばないわ！　そうなの、そうなの？
官能を、つまりは意味をもっと刺激するの？
まあなんてこと、意味の中にはなんて無意味があるんでしょう。
どんな猟犬の群が官能を刺激したせいで
あんたはびっくり怯えた鹿のように
追い立てる敵の待ちうける方角へと
走るのでしょう。でも、仕方ないわ。　　　　(287 頁)

この作品中、もっとも謎めいた箇所の一つである。

王子は、お妃のもとに走ろうとする「悪党」である自分のことを責めるよう、白雪姫に懇願するのだが、白雪姫は、王子を「悪党」と認めようとしないのみならず、„welcher Unsinn ist im Sinn"という箴言めいた言葉を呟くと、積極的に王子を王妃のもとへと送り出そうとするのである。王子をして「僕は君のことが理解できない」という台詞を吐かせしめることになる、この白雪姫の不可解な態度はどのように理解すればよいのだろうか。

実のところ、ここで、英訳、仏訳、日本語訳は、三者三様に異なった解釈を提示している。そして、解釈の違いは、反復して用いられている„Sinn"という語をどのように置き換えるか、その訳語の選択と連動しているのである。

すでに触れたように、ドイツ語の„Sinn"は、「意識」「分別」「意味」など知的心的領域に関わる事柄を意味しうる一方、他方では「感覚」といった身体的感受性、さらには「官能」といった性的領域までを指示しうる語である。そして、英語には、語源を同じくし、かなりの程度重なった意味領域をカバーする語"sense"が存在するのだが、ここでも英訳は、逐語的置き換えの途をとらず、訳し分けにより、クリアな場面を演出しようとする。

英訳における解釈は、およそ以下のようになるだろう。

王子自身は、自分の変節を"mind"、すなわち「身体」ではなく「心」の問題だと理解している。しかし、原文で二度繰り返される„den Sinn"が、最初は"your mind"、次に"your sense"という語に置き換えられていることから、英訳における白雪姫は、王子の変節の質を、「身体」問題として、少なくとも「身体」も関わる問題として捉えなおしているかに読めるのである。白雪姫は王子がお上品にも心の問題として説明しようとしたものを、感覚、性的刺激の問題へ訂正しているかのようなのである。話をわかりやすくするために、もっと俗っぽく言うならば、英訳の白雪姫は、王子のことを「心」よりも「体」の人、「文明人」よりもよく言えば「自然人」、悪く言えば「野蛮人」として理解している、ということになるだろうか。

日本語訳が示しているのは別様の解釈である。日本語訳における王子は、自らの変節の根拠を「官能」に求めている。しかし、ここでの白雪姫は、あたかも「自然に帰った」かのように振舞おうとする王子の自意識を認めはしない。ここでは „den Sinn" の反復は、「官能を、つまりは意味を」、と訳されている。すなわち、日本語訳の白雪姫は、英訳と方向は逆で、王子が「体」の問題、「自然」の問題として理解するものを、「頭」の問題、「文化」の問題、すでに述べた言葉で言えば、「欲望の意味構成」の問題として、フェティシズムとして見切っているのである。

それに対して仏語訳はどうだろう。一見したところ、ここでも訳者は、多義的な原語にはほぼそれに見合うだけの多義性を持つ訳語を逐語的に対応させているかに見える。しかしながら、注意深く読めば気づくように、実のところ、原文では単数形であった „Sinn" が、ここでは一貫して複数形に変えられているのである。そのために、仏訳においては、問題の重心は一貫して「肉体的官能」の領域へシフトしている。そのとき、あの謎めいた一文、„Welcher Unsinn ist im Sinn!" は、"Que de non-sens en ces sens!"「この肉体の官能のうちにはなんとノンサンスなもの、ばかげたものがあるのだろう！」とでも訳すべききわめて凡庸な認識を語る文と化している。

多義的なドイツ語原文は、このようにまったく異なる理解を現にもたらしている。では、「開かれたテクスト」、「解釈の自由」というスローガンのもと、いずれの読み方にも同じだけの正当性がある、という民主的態度で終わらせればよいのだろうか？[7]

逐語主義的立場からすると、ここで問題になるのが、原文全体における言葉のネットワークである。すなわち、„Sinn"という語が、作品内の別の箇所において、どのような意味合いで用いられているのか、[8]を参照することで、緩やかな判断基準は得られるのである。別の箇所における王子の描かれ方、王子に対する白雪姫の態度の描かれ方、そしてそこでの„Sinn"という語の用法が、ここで白雪姫が王子の„Sinn"を「肉体的官能」として受け取っているのか、それとも「意味」として受け取っているのか、あるいはまたそれ以外の意味合いとして受け取っているのかを、判断するための材料となるのである。

（以下の引用では、„Sinn"およびその訳語に下線、„Bild"およびその訳語に二重線、„Geist"およびその訳語に波線を付す。）

《原文》

Prinz (*der zum Fenster hinaussieht*) :

Ach, was ich seh', ist hold und süß
dem bloßen Auge, das nur schaut.
Dem Sinn ist's heilig, der das Bild
in seine feinen Netze nimmt.
Dem Geist, der das Vergangne weiß,
ist's häßlich wie die schlammige Flut
von trübem Wasser. Ach, 's ist ein
zwiefacher Anblick, süß und schlecht,
gedankenvoll und hold. Sieh doch
mit deinen Augen selbst es an.

Schneewittchen:

Nein, sag', was siehst du? Sag' es nur.
Den Lippen dann entnehme ich
die feine Zeichnung solchen Bilds.
Wenn du es malst, so milderst du
gewiß mit weisem, klugem Sinn
des Anblicks Schärfe. Nun, was ist's?
Gern, statt zu schauen, hört' ich es. (83)

《英訳》

PRINCE (*looking out of the window*)

Ah- what I see is dear and sweet
To just the eye, which merely gazes;
It's holy to the sense which captures
The picture in its subtle nets.
But to the mind which knows the past
It's ugly like the turbid flow
Of muddy water. Ah, the sight
Is of two kinds, lovely and bad,
Provocative and sweet. Come here
And look at it with your own eyes.

SNOWWHITE

No, *you* tell it. What do you see?
And I will gather from your lips
The picture's subtle lineaments.
When you depict it, I am sure,
You'll soothe the harshness of the view.
With judgment wise and shrewd. Well? Start.
I'd like to hear instead of watching. (108f.)

《仏訳》

Le Prince (*qui regarde par la fenêtre*) :
Ah, c'est chose gracieuse et douce
à l'œil qui simplement regarde.
Chose sainte au sens qui saisit
l'image en sa nasse subtile.
Pour l'esprit qui sait le passé,
chose laide comme flot trouble
d'eau boueuse. Ah, c'est double à voir,
c'est doux et mauvais, c'est gracieux
et lourd à penser. Mais vois donc,
toi aussi, de tes propres yeux.
Blanche-Neige :
Non, dis, que vois-tu? Dis, c'est tout.
De tes lèvres je recevrai
la fine esquisse de l'image.
La peignant, tu auras l'adresse,
bien sûr, d'atténuer l'acuité
du spectacle. Hé bien, qu'est-ce donc?
Plus que voir, j'aimerais entendre. (31)

《日本語訳》

王子（窓から外を見て）
ああ、僕の見るものは優美で甘美
眺めるだけの、たんなる眼には。
聖なるもの、その繊細な網の目に
像《ぞう》を受けとめる感覚にとっては。
濁った水がどろどろと
溢れ出るように汚らわしいもの
過去のことを知る精神にとっては。
ああ、それは二重の光景で
甘美で邪《よこしま》、憂慮すべきはずの優美。
とにもかくにも、自分自身の眼で見てごらん。
白雪姫
いいえ、ねえ、何が見えるの？　言ってちょうだい。
そうしたらわたしは唇から
その像《ぞう》の細やかな描写を受け取るから。
描くときにはあんたはきっと
賢明で分別のある意味をかぶせて
どぎつい光景を和らげるでしょう。ねえ、何なの？
眼で見る代わりに、耳で聞きたいの。(283 頁)

ここで王子は「眺めるだけのたんなる眼（dem bloßen Auge, das nur schaut）」において生じる感覚受容、を叙述する言葉として、受容される対象に „Bild"、受容する場に „Sinn" という語を用いている。「過去のことを知る精神（dem Geist, der das Vergangne weiß）」＝いわば「知」の眼と対照されたそれは、あたかも無垢なる「赤ん坊の眼」の如くである。[9] しかしながら、当然のこと、「赤ん坊」が網膜に映じた光景を「優美」とも「甘美」とも判断するはずはないのであって、王子が語る「たんなる眼」とは、言ってみれば「(大人の表象するところの) 赤ん坊の眼」にすぎないのである。もっとふさわしい例は、「カメラの眼」かもしれない。王子は「たんなる眼」をカメラの非人称のレンズの如きものとして想定しているつもりかもしれない。しかしながら、窓枠の存在が示すように、王子のいう「たんなる眼」はあくまでも「表象された像をみつめる人間の眼」にすぎないのであり、フレームの中の像を「甘美」と判断するのは知と意味の世界に住まう鑑賞者の眼にほかならない。

王子のいかがわしい二元論に対し、白雪姫は „Bild" および „Sinn" という語を、もっぱら言語による意味づけを媒介とした世界理解に関係づける。白雪姫は王子が似非「純粋感覚」の領域に関係づけて用いる語彙を、意味の領域へとシフトさせて用いているのである。

この箇所を参照することでわかるのは、このドラマにおいて、白雪姫はつねに王子に対し、批評の関係にあるということである。王子の持ち出す「自然」のレトリックは、その度に後続する白雪姫の仮借ない批評により、たちまち化けの皮をはがされてしまう。

さらにもう一箇所、白雪姫が王子の „Sinn" をどのように見ているかがはっきり書かれている箇

《原文》

Schneewittchen:

Bis auf den Kuß ist alles wahr.
Hier diese Lippen küßte nie
noch ein entweihnder Männermund.
Der Prinz, wie könnt' er küssen auch;
er hat ja noch kein Haar am Kinn,
er ist ein kleiner Knabe noch,
sonst edel, aber furchtbar klein,
schwach, wie der Leib, worin er steckt,
klein, wie der Sinn, woran er hängt.
Von einem Prinzenkusse sagt
nichts mehr, Mama. Der Kuß ist tot,
als hätt' er nie das Naß gespürt
beidseitigen feuchten Lippenpaars.（92）

《英訳》

SNOWWHITE

But for the kiss, it is all true.
These lips have never yet been kissed
By desecrating lips of man.
How could the Prince have kissed, at that?
No hair yet grows on his smooth cheek.
He's but a little boy as yet,
High bred, indeed, but precious small,
Weak as the body he inheres,
Small as the sense he cherishes.
About a prince's kiss, Mamma,
Say nothing more. The kiss is dead
As if it never had perceived
The moistening touch of lip to lip.（116）

《仏訳》

Blanche-Neige:

À part le baiser, tout est vrai.
Ces lèvres, jamais bouche d'homme
ne les profana d'un baiser.
Que serait un baiser du Prince?
Il n'a pas de poil au menton,
c'est encore un petit garçon,
noble, oui, mais diantrement petit,
chétif quant au corps où il loge,
petit, quant au sens qui est sien.
D'un baiser du Prince, ne dites
plus mot, Maman. Mort, le baiser:
n'aurait-il donc jamais senti
couple de lèvres deux fois moites? (51f.)

《日本語訳》

白雪姫

キスをのぞいては全部その通りよ。
でも、この唇には今日の今日まで
汚らわしい男の口は触れておりません。
王子ですって。どうしてあんな子どもがキスなどできて。
まだ顎髭の一本も生えてない
ほんの小さな子どもじゃないの。
高貴であるには違いない、けど、それにしても恐ろしく小さい
おのれの潜む身体のように弱々しく
しがみつく意味のように小さいの。
王子のキスなど、ねえママ、もう二度と
口にしないで。キスは死んだの。
まるで二人のしっとりとした唇の
潤いなど一度も感じなかったかのように。(292 頁)

所を参照しよう。

この箇所を読めばもはや明らかだろう。小さく弱い存在へカリカチュアされているこの作品での王子には、官能の世界など百年早い、と白雪姫は断言しているのである。

以上の箇所を併せ読むとき、先ほどの引用箇所における王子の科白の中の „Sinn"、それに続く白雪姫の科白の中で反復される „Sinn" をどのように訳すべきか、おおよその方向は得られるだろう。白雪姫は王子が自称する「官能」を、批評しているはずなのだ。

„Sinn" に関して、最後にもう一つ決定的な客観的事実を挙げておこう。白雪姫の „Ei, welcher Unsinn ist im Sinn."（「まあなんてこと、意味の中にはなんて無意味があるんでしょう。」）、このキーフレーズは、驚くべきことに英訳においてはまるまる一行脱落している。たんなる不注意なのか、意味をなさない箇所は端折ってしまおうという訳者の判断と理解すべきことなのか、結論を出すことはできないが、症候として解釈することが許されるならば、すべてを一義的な意味に、クリアな光景に置き換えようとする英訳にとって、「意味の中に無意味がある」という一文はおそらく許容しがたいメッセージを含んだ一文なのではないだろうか。何しろ、この英訳が志向しているのはひたすら「意味」なのである。

さらに、奇妙な事実を一つ補足してこの節を終わることとしたい。ヴァルザーの『白雪姫』をオペラ化したハインツ・ホリガーの作品『白雪姫』のCDには、多言語国家スイスにふさわしく、ドイツ語原文に英訳、仏訳を添えた付録テクストがついている。そして、その出典としては、本論文で引用したものと同じ書物の名が記されているのだが、不可思議なことに、このCD付録テクストでは、英訳書では脱落していたあの一文が、きっちり補充されているのである。[10]

しかしながらその一文——"Such sense in this nonsense!"——は方向が逆になっている。「意味の中にナンセンスがある」のではなく「ナンセンスの中に意味がある」。ひたすら意味を志向する英訳ならではのこの転倒は、同時に、キーセンテンスの脱落というアクシデントそのものについて解説している自己言及文と読むこともできるかもしれない。

三　「物語」という語の反復による、「現実／虚構」の二元論の解体を翻訳する

最後に、三つ目のキーワードである „Märchen" をとりあげよう。„Märchen" というドイツ語には「童話」、「作り話」という二つの意味があるのだが、ドラマの設定上、〈既知の『白雪姫』の童話の内容〉＝〈過去の事実〉となるかに思えるこの作品においては、この両義性が奇妙な効果を持つことになる。すなわち、„Märchen" は定冠詞とともに「あの童話（das Märchen）」を指すときには「真の言説」となるのに対して、そうでないとき、不定冠詞とともに書かれたときは「作り話（ein Märchen）」＝「偽の言説」となり、冠詞の違い一つでまったく正反対の価値を付与されるという事態が生じてしまうのである。

誰もが「過去の事実」だとして根拠に挙げるものが、すでに言葉で織り成された言説であるということ、しかもそのことを（王子を除く）誰もが知っているという奇妙な状況、これが、このドラ

マ全体に奇妙な浮遊感を与えているのだが、それを言葉のレベルで可能にしているのが、めまぐるしく冠詞を取り替えては、「真／偽」双方の言説を指示する „Märchen“ という語なのである。

以下に引用するのは、この両義性がもっともあからさまに対照を成している箇所である。自分の足元に跪き、「ママ」と呼びかける白雪姫の情愛を容易に信頼することができない王妃は、例の如く、「あの童話」を根拠に持ち出して、自分が「あくどい王妃」であることを思い出させようとする。

ここでも英訳は „ein Märchen“ / „das Märchen“ という原文の語を、文体的配慮ゆえか、“a story” / “the story” とせず、あえて、“a lying tale” と “the story” に訳し分ける。しかしながら、そうすることで英訳は原文テクストがもたらす認識を見えなくしてしまう。すなわち、「真／偽」の別が冠詞の違いに過ぎぬことがかくまで強調されて演出されるとき、原文読者には、あたかも一人は王冠をかぶり、一人は襤褸をまとった双生児を前にしたときに感じるだろう「とりかえばや」の感覚が生じる可能性が開かれている。定冠詞の特権性を蓋然的なものとみなす可能性が開かれているのである。

この認識は、その数頁後で、「童話は嘘をついておる。それはつまり、かたっておるのです。(Das Märchen lügt, das also spricht.)」（本書三〇七頁）という狩人の驚くべき科白に、すなわち、「真の言説」こそ言語的構成物＝フィクションなのだ、という決定的認識につながってくるはずのものである。もう一度繰り返そう。英訳における訳し分けは、原文における語の配置、ネットワークを破壊してしまう。意訳の提示するクリアな光景によってこそ、読者は盲目となるのである。

《原文》

Königin:

Nein, das ist falsch. Du lügst dir selbst
ein Märchen vor. Das Märchen ja
sagt, daß ich schlimme Kön'gin sei,
daß ich den Jäger dir gesandt,
den Apfel dir zum Essen gab. (92f.)

《英訳》

Queen

No, that is false, you tell yourself
A lying tale. The story goes
That I am the ill-natured Queen,
Who sent her huntsman after you
And brought you poisoned fruit to eat. (116)

《仏訳》

La Reine:

Non, c'est faux. Tu te mens, et forges
toi-même un conte. Mais le conte
le dit : moi, la Reine mauvaise,
je t'ai envoyé le chasseur,
et donné la pomme à manger. (53)

《日本語訳》

王妃

いいえ、嘘ですよ。おまえは自分自身に
作り話《メルヒェン》をしてるのよ。だって童話《メルヒェン》が言ってるでしょう
わたしはあくどい王妃だと
狩人をおまえに差し向けたのだと
林檎を食べるように仕向けたのだと。(292-293 頁)

四　翻訳は翻訳史を反復する

最後に、ここまで引用してきた日本語訳におけるキーワードの翻訳方法について、考察しておきたい。

個々の解決方法は、ほとんど場当たり的とすら言ってもいいほどに異なっている、と言わねばならないだろう。また、「意訳／逐語訳」という対立軸に照らしてみるなら、„Bild“の訳語、„Märchen“の訳語は逐語訳の極に寄りつつも、文字かルビのいずれかにおいて、意訳的要素を混交させてしまっており、また、„Sinn“の訳語は、意訳の極に大きくぶれている。

しかしながら、首尾一貫性を完全に欠いているのか、といえば、そうではない。一貫しているのは、原文において――過度の反復、通常を逸脱する用法といった形で――見過ごすことのできぬ身ぶりをしている語を流してしまわない、という判断であり、さらには、その一般化できぬ身ぶりを「不自然さ」という犠牲を払っても訳文にうつしとろう、という意志である。出来の良し悪しは問わぬとしても、この判断と意志は、やはり、「逐語性」の側につこうとする態度と呼ぶことができるだろう。訳文の流麗さよりも、翻訳言語の軋みから聞こえてくるかもしれぬ新たな認識可能性を優先する態度である。

では、これらの軋みから、現実に、いかなる認識が聞こえてくるだろうか？

まず、„Sinn“について言えば、精神から身体にまでわたり広範な用法において用いられるこの言葉を日本語に移し変える困難には、すでに三〇〇年近い歴史があるという事実である。杉田玄白著『蘭学事始』には、この困難に遭遇した最初の日本語母語者たちの当惑が書きとめられている。

其翌日、良沢が宅に集り、前日の事を語合ひ、先ツ、彼ターフル・アナトミイの書に打向ヒしに、誠に艪舵なき船の大海に乗出せしが如く、茫洋として寄へきかたなく、ただあきれにあきれて居たるまでなり。［……］其中にもシン子ン（精神）などいへる事出しに至りては、一向に思慮の及ひかたき事も多かりし。これらは亦、往々は可解時も出来ぬべし。先符号を付置へしとて丸の内に十文字を引きて記し置たり。其頃不知ことをは轡十文字と名けたり。毎会いろいろに申合。かんがへ案じても、解すへからさる事あれは、其苦しさの余り、それも又くつわ十文字くつわ十文字と申したりき。[11]

ここでの「シン子ン」とは„zinnen“、すなわちドイツ語の„Sinn“、英語の“sense”に相当するオランダ語„zin“の複数形にほかならず、そもそも„zinnen“自体が、ドイツ語原書からオランダ語訳書への翻訳の結果であり、自然科学書という性格を考えても、原語は„Sinn“もしくは„Sinne“だったと想像される。

むろん、当時の、「訳すことで辞書を作っていく」ような作業の困難さは想像を絶するものであるが、„Sinn“の翻訳不可能性を前にするとき、訳者はわずかなりとも日本における欧文翻訳史を反復体験している、と言えるのではないだろうか。

また、„Bild“および„Märchen“の翻訳に際しても、実のところ、訳者は意識せずして翻訳史を反復している。

一見したところ、「像」という漢字に辞書に載ってはいない読みをあてること、いわんや、「作り話」、「童話」にメルヒェンという読みをあてることは、日本語のふりがなのルールを逸脱した、工夫とすら呼べぬごまかしに見えるかもしれない。しかしながら、事後的に分析対象として考察するとき、ここでとられた方法は翻訳史的にきわめて興味深いものである。

なぜなら、周知のように、現在、「日本語」と呼び慣らわされている個別言語は——生成の相から見るならば——大陸において用いられていた文字を、大陸での慣用に従って発音する（音読み）だけでなく、島国における意味的対応物の注釈を付し、その名でもよむ（訓読み）、という作業を通じて成立してきたからである。そして、漢字の傍にその読み方を添える「振り仮名」＝「傍訓」とは、文字通り、その文字を本来の名ではなく、さしあたりの仮の名でよむやり方＝「訓読み」を可視化したものにほかならない。その意味でたとえ、辞書に載っていなくとも、「像」を可能な意味範囲で読ませることは、十分に日本語の生成システムに織り込まれている方法なのである。[12]「作り話《メルヒェン》」、「童話《メルヒェン》」という変則的なふりがなも、実のところ、同じ原理に基づいている。「中国／ヨーロッパ」と、由来する大陸こそ違え、これも島国の外部からもたらされた外国語の文字に、島国における意味的対応物の注釈を付す行為なのであり、注釈としての訓読みの原理に忠実に従って記述するならば、本来、「ein Märchen《作り話》」、「das Märchen《童話》」とでも記述されるべき事態なのである。

以上のことが示すように、翻訳は決して完全な自由の中で行なわれる行為ではなく、すでに日本語というシステムに内在している可能性の範囲内で行なわれる不自由な行為である。しかしながら、それは——とりわけ逐語性の側につくとき——自足しているかに思われた翻訳先の言語をきしませ、それを翻訳のプロセスを経て生成してきた形成物として見るまなざしをもたらしてもくれる。無謀な逐語訳の試み一つ一つには、日本語という記述システムが翻訳から生まれ落ちようとするプロセスを生き直す可能性が潜在しているのである。

註

1　Benjamin, Walter: Die Aufgabe des Übersetzers. In: Gesammelte Schriften. Bd. IV.1, S. 18.［「翻訳者の使命」内村博信訳、『ベンヤミン・コレクション2』浅井健二郎編訳、ちくま学芸文庫、四〇六頁。］

2　Benjamin, Walter: Über den Begriff der Geschichte. In: Gesammelte Schriften. Bd. IV.1, S. 693.［「歴史の概念について」浅井健二郎訳、『ベンヤミン・コレクション1』浅井健二郎編訳、ちくま学芸文庫、六六二頁。］

3　ドイツ語原文は、Walser, Robert: Sämtliche Werke in Einzelausgaben. Hg. von Jochen Greven. 1. Aufl. Zürich und Frankfurt a. M. 1986. Bd. 14. から、英訳テクストは、Walser, Robert: Snowwhite. translated by Walter Arndt, In: Robert Walser Rediscovered. London 1985. から、仏訳テクストは Walser, Robert: *Blanche-Neige*. traduit par Hans Hartje et Claude Mouchard, Paris 1987. から、日本語訳は、本書第二部第

一章から引用し、それぞれ頁数を付す。

4 Benjamin, Walter: Die Aufgabe des Übersetzers. In: Gesammelte Schriften. Bd. IV.1, S. 13.［「翻訳者の使命」『ベンヤミン・コレクション2』三九六頁。］

5 このフェティッシュな王子に対する批評は、ある種の態度で「白雪姫」の物語を読むフェティッシュな「読者」と、さらに重ねあわされている。本書第一部一章三節を参照されたい。

6 この点については、英訳が英語の訳文のみで構成されている書物であるのに対し、仏訳は左に原文、右に訳文が配置された二言語ヴァージョンの書物として出版されていることを、指摘しておかねばならないだろう。すなわち、英訳は最初から自立した読み物であろうとしているのに対し、仏訳は読み物であることよりも翻訳過程そのものを読むことへ読者を誘っている。両者は書物としての在り方からして異なった読書法を演出しているのである。

7 ちなみに、引用箇所では鹿の逃げる方向が、英訳、仏訳と日本語訳で逆になっている。仮にドイツ語原文が、„vor dem Feinde“となっていれば一義的に英仏訳の方向であり、また、„zu dem Feinde“あるいは„dem Feinde entgegen“となっていれば一義的に日本語訳の方向であることが明確になるのだが、実際は„dem Feinde fliehen“となっており、この箇所のみ取り出せば原文の意味は――„vor“の省略という理解が大勢であろうが――厳密には両義的である。しかしながら、ここで「鹿」と「敵」は、王子とそれまで悪役として登場してきた王妃の関係の比喩になっているのだから、やはりここは猟犬に追い立てられた鹿が敵の待つ方向へ向かってしまう狩の情景でなければならないだろう。

8 むろんここにも解釈が入り込むだろう。しかし、読書の経験、翻訳の経験が教えるように、テクストは極度に曖昧、難解な箇所ばかりから構成されているわけではない。

9　英訳は「過去のことを知る精神（dem Geist, der das Vergangne weiß）」の「精神（Geist）」の訳語として“mind”を置いてしまう（波線部参照）。確かにそれは意味的に可能な置き換えではあるけれども、ここでのドイツ語原文における二項対立„Sinn"–„Geist"の訳語として“sense”–“mind”を置いてしまうと、それに先立つ引用箇所において„Sinn"の訳語として“mind”を採用したこととの関係がまったく成り立たなくなる。この例に明らかなように、その場その場では適切に意味を再現しているかに見える英訳は、実のところ、原文における言葉のネットワークを破壊してしまっているのである。別の言い方をするなら、意訳主義の英訳は壁となり、訳文から原文へ注がれうる光を遮ってしまうのである。

10　Holliger, Heinz: *Schneewittchen*. Oper in 5 Szenen, einem Prolog und einem Epilog nach Robert Walser. 2000 ECM Records GmbH. S. 87.

11　杉田玄白著『蘭学事始』講談社学術文庫、一〇九－一一一頁。

12　周知のように、この方法は、命名に関しては、現在も合法的である。

第三章
絵で描く存在を文字で描く存在を翻訳する
――ベルン時代の散文小品『ヴァトー』を読む

王子

許しておくれ、薔薇色の頬と開いた口と／吐息で生者さながらに／君が眠るガラス棺から／愛が君を抱き上げたことを。／あれは本当に死ぬほど美しい像《すがた》だった。／もしあのままにしておいたなら／今でも愛は君の前に跪いたろうに。

白雪姫

まあなんてこと、なんてこと！　今ではこうして生きているというのに／あんたはわたしを死人のように投げ捨てるのね！／あんたたち男はなんて奇妙な人たちでしょう。（一九〇一年、本書二八六頁、SW14/86）

僕は彼について（über）書く。つまり、彼を僕の下に（unter）いるものに感じたいわけだ。

そうでなければ、彼〈について（über）〉書いたりはしないだろう。この卑しい行為。出かけていって生きている人びとについて書くこと。あたかも彼らが死人であるかのように。（一九〇七年、SW15/58）

厳密に申しますならば［……］わたしたち長編小説、短編小説を書く者は、配慮に富んだ無遠慮、繊細なる大胆、畏れを知らぬ臆病、苦悩に満ちた快活、快活なる苦悩をもってして武器の引き金を引く、すなわち尊敬おくあたわざるモデルに対して振舞う限りにおいて、皆、悪党なのです。とにもかくにも文学というのはそういうものなのです。（一九二五年、『作品集第五巻』一九三頁、AdB3/134）

本書で論じてきたこれらの文章に如実にあらわれているように、三〇年あまりの執筆期間を通じて、ローベルト・ヴァルザーにとって「対象について書く」こと、正確に言えば「書くことによって存在を対象と化してしまう」ことは、ついに自明な行為となりえなかった。それが非対称な、しかも暴力的な権力関係ぬきには成立しえぬきわめて疑わしい行為であるという――物書きにとっては致命的ともいえる――意識がつきまとい続けたこと、これこそが、彼を世に言う「長編小説作家」としては「失敗」させる一方、一五〇〇を越える数の、類例のない屈折、重層性をかかえた小品の書き手としたのである。[1] この「何かについて書く」ことそのものの抱える問題とヴァルザーの小品の特異性との関係について、もっとも早い時期に、もっとも適切な表現を与えることができたのは、やはり自身、表現の問題を捨象することがなかった、そして小さなものへの感覚を欠いてはいなかった同時代の書き手ヴァルター・ベンヤミンである。

なかでもローベルト・ヴァルザーに思い当たるのは、最後になることだろう。なぜなら彼ら［＝俗物的な批評家たち］が文学的事柄に関して唯一持ち合わせている、その貧弱な教養主義的知の最初の反応は、彼らが内容のなさと呼ぶものに出会うと、「洗練された」、「高尚な」形式でその埋め合わせをするよう彼らに勧めるのだが、さてそこでほかならぬローベルト・ヴァルザーにおいて最初に目につくものはといえば、ある常軌を逸した、何ともいいようのないだらしなさということになるからだ。この無内容さが重量であり、とりとめのなさが根気であるということ、ヴァルザーの営みについての考察は、最後にこのことに思い至る。［……］そこにはあらゆる形式がある、われわれは先にそう言った。さていまそこにはひとつだけ例外があると付け加えよう。つまり内容だけが問題であって、その他の何にも目をくれないという、あのいちばんおなじみの形式だけは例外なのである。ヴァルザーにとって、仕事がどのようになされるかは副次的な事柄では全然ないのであって、彼にとって自分の言うべきことはすべて、書くということの意義に比べればまったく背景に退いてしまうのだ。言うべきことは書く際に雲散霧消してしまう、そう言ってもいいかもしれない。[2]

ヴァルザーの可能性を論じるには――叙述の価値を書かれた内容のみによって測ろうとするあ

らゆる写実主義的言語観、教養主義的文学観から離れて――見たところ、「無内容さ」、「だらしなさ」、「とりとめのなさ」にも映る、そのテクストの「常軌を逸した」展開こそを、独自の形式として受けとめなくてはならない。「対象について書く」ことに何ら問題を感じない立場から否定するのではなく、そのような立場の存立可能性そのものに根底的な問いを投げかけているテクストとして、その屈折の必然性を読み解いていかねばならないのである。

この「書くこと」の不可能性／可能性の問題が、とりわけ可視的なものとなっているのが、「描くことを生業とする存在」をスケッチしている小品群である。そのうち「文字によって描く存在」、すなわち「作家」を描いている小品群については、すでに第一部三章四節で論じた。本章では――「文字によって」ではなく――文字通り「描く」存在、すなわち「画家」を描こうとする小品における、ヴァルザーのテクストの運動について論じる。

あえて「描く存在を描く」テクストに注目するのは、一つには、そこに描かれた「生きている存在を描く」画家の描写態度との関係において、画家を描くヴァルザー自身の叙述態度を分析することが可能となるからである。いわば、ヴァルザーが「やっていること」を、「言っていること」との関係の中で考察することが可能となるのである。（むろん、両者が一致しなければならないというわけではない。）

この点と関係するが、さらにもう一つ、この種のテクストに注目するのは、これらのテクストが、ヴァルザーにおける〈持続〉の問題――「長編小説家」としては「失敗」しつつも「わたしという本」を書き続けること――に切り離しがたく関わっているからである。ヴァルザーは自らがある種の親近性を感じている作家、画家について書くことを通して、言い換えれば、あえて複雑性を内包するテクストを彼我の間に差し挟むことを通じて、彼らとの間に同一化と差異化の遊動関係を作り出す。そうすることで、過去の表現者との安易な同一化意識を回避するとともに、それ以上に警戒すべき自己との同一化をも回避しつつ、既成のジャンルの周縁で書き続けていく自らの執筆行為についてある種の反省を続けているのである。[3] これは、鏡を見ることにより「自己像を創りあげてしまう」、「自己自身を意味づけてしまう」ような、忌むべき事態を避けるための、自己と関係しつつ差異化していくための運動の一環なのである。既成の文学に場所を見つけることができなかったヴァルザーにとって、運動し続けることがどれほど重要な意味をもっていたかは——貸し部屋を転々とし続けたその生涯をも想起しつつ——繰り返し強調されてしかるべきだろう。ヴァルザー自身も、みずからにこれを想起させるべく、テクストの所々でさまざまに言葉を書きつけている。「運動しているもの、それはいつも、このうえなく正しい。」(SW3/72)

上記の問題に、いわば「内側から」アプローチするために、本章では、上述のような複雑性を抱えたヴァルザーのテクストの翻訳可能性／不可能性について検討する。「絵で描く存在、を文字で描くテクスト、を翻訳するテクスト」をさらに導入するなど、いたずらに問いを複雑にする行為に見えるかもしれない。しかし、二つの異なる法の支配する言語間で行われる翻訳とはまさに、他者性が暴力的抹消にさらされようとする現場なのであり、そこでの翻訳可能性／不可能性の問題は、ヴァルザー自身の抱える描写可能性／不可能性と通底する問題を抱えているのである。

とりあげるテクストは、一読して、まさに「とりとめのない」という読後感を与える、最晩年の小品『ヴァトー（Watteau）』（一九三〇年）である。[4]「生の歓びを描く画家ヴァトー」、「それを描く書き手ヴァルザー」、「描く描かれるの関係をめぐる反省的思考」、「それを静的な思考にとどめてはおかぬ遊戯的運動」――これらの諸要素から織り成されるテクストを、たんなる静的な記述対象に貶めてしまうのではなく、本稿の記述者自身、「生の歓びを描く存在を描く作品を他言語にうつす」という困難な課題を引き受けることによって、ヴァルザーにおける他者性との関わり方の特異性、固有性に、さらなる接近を試みたい。[5]

一　生の歓びを描くヴァトーの生の歓びを描くヴァルザー

まずは、繰り返し言及することになる小品『ヴァトー』の日本語訳（新本史斉訳）を、あらかじめ全文掲載しておこう。次頁に掲載した関連するヴァトーの作品のうち、図1『庭の集い（ASSEMBLÉE DANS UN PARC）』は、ヴァトーのいわゆる「雅宴画」を代表する作品の一つ、図2『無関心（L'INDIFFÉRENT）』と図3『イリス、今にも踊り出しそうな（IRIS, C'EST DE BONNE HEURE AVOIR L'AIR À LA DANCE）』は具体的に文中で言及されているもの、図4『ジル（GILLES）』は本稿の論述の中で言及する作品である。

図１『庭の集い（L'ASSEMBLÉE DANS UN PARC)』

図２
『無関心（L'INDIFFÉRENT)』

図３『イリス、今にも踊り出しそうな
（IRIS, C'EST DE BONNE HEURE AVOIR L'AIR À LA DANCE』

図４『ジル（GILLES）』

ヴァトー

彼《かれ》についての知識などほとんどたずさえぬまま、彼方《かなた》へと野をわたりゆくように歩をすすめ、道すがら瀟洒な装いの小亭にふと心ひかれ立ち寄るように、朗らかさ、すなわち芸術、言うなれば「わが為すところを歓びと為すこと」に捧げられた彼《か》の人《ひと》の生を描くという課題に、つと足を踏み入れてみようと思う。見習いの身分で都へ上り、何かしら手に職をつけるべく修業を続けていったその人は、刻苦勉励、学ぶべき技能をわがものとしてゆく日々の中、いつしか生を愛しむようになり、ついには、その生を哀惜すればこそ、あらまほしき姿で描くようになったのである。おそらく自分は若くして、息し歩き、考え食べ、眠り働くことに別れを告げねばならぬ、と予感したのはかなり早い頃だったのだろう、屋根裏から豪華絢爛たる大広間までを知り、種々さまざまな人々の知遇を得ながらも、彼の人は、社交を遁れた生活のうちにこそ、無上の――といってしまいかねぬほどの――歓びを見いだしつつ、まったく独自の領域へひそやかにおもむいていったのだった。生を楽しむ者、それも感謝しつつ楽しむ者は、それだけ穏やかに心静かに生きてゆくのであって、のんびりと心のどかに起こるにまかせておけばよいことに、熱狂し心煩わすなど、縁なきことなのである。わたしはおりをみつけ彼の伝記なるものを読んではみたのだけれど、さしたる手がかりを得ることはかなわなかった。姿を描こうとするや、彼の人は願いのように、憧れのごとくに感じられてくるのであって、それゆえこの習作もまた、ほのかなあえかな気配漂うものとなっていようと、いっこうに不思議はないのである。例えば、彼の人は、「無関心な男」と題された人物を描いたことがある。これは偶然のことだろうか、あるいは、そのような人物を描いてみせることで、心打ち震える者にとっては、眼に写るままの形、現にあるがままの姿など取るに足らぬものなのだ、と言いたかったのではないだろうか。みずからの望みに、臆する心に、現実世界の荒々しさからの逃走に、好ましい愛らしい表現を与えるすべを心得ていた点、彼の人の右に出る者はいないといってよいのである。ところである日、わたしは多くを目にし体験もしてきたとあるご婦人の前で、物事というのは、えてして手を加えるより、成り行くにまかせるにしくはないのです、と口走り、その一言になにがしかの拍手をいただいたことがある。話題としている彼の人には、たしかに才能というものが欠けてはおらず、しかもそれはまぎれもなき天からの賜物として顕われ出でたのであって、彼の人がその天賦の才を駆使しくさぐさの美しきものをこしらえる業に通じていたことは、その畢生の作が証しているとおりなのである。彼の人の絵からは、おりにふれ鐘の音のひびきが、木の葉のささやきが聞こえてくる。樹々には時として浪漫的な形姿が与えられもするけれど、その絵のうちに場所を得ている浪漫的なものはすべからくいわば良き作法にかなっているのであって、そのさまは、田園の暮らしと自由を描いた数々の作品――そこでは、あでやかな衣装を身にまとった人々が朗らかでみやびなる宴へとつどい、楽の音、詩の朗誦に耳を傾けつつ、緑の野に腰を下ろしている――に映し出されているとおりなのである。彼の人の手になる、観る者をひきつけてやまぬ作の一つでは、花柄の衣装をまとった小柄な少女が、歓楽と典雅さながらの姿で踊っている。あの、すぐそばにあってほしいもの、無縁でありながらなつかしいもの、よく知ってはいれど遠く遥かなるものは、彼方から、やさしくつつましやか

に、こちらをのぞきこんでいる。(SW20/245)

ジャン・アントワーヌ・ヴァトー (Jean Antoine Watteau, 1684-1721) は、日本でこそ、さほど一般的知名度は高くないものの、ヨーロッパにおいては一八世紀ロココ美術を代表する名匠として、揺るぎない評価を得ている画家である。ヴァルザーのこの小品もむろんそれを前提に書かれている。それを確認する意味でも、このヴァルザーの小文とほぼ同時期に書かれた林達夫の批評文を引用しておきたい。

ワトーはある人たちによって好んで「みやびなる宴の画家」と呼ばれている。「彼の名を呼んで最初に喚び起される影像は、遠い見晴らしと眠れる水とをもった庭園の大きな樹々、具合のよい茂み、物憂い川の流れている谷、撫でるような微風とそこを楽の音に伴われて過ぎる女と花のかすかな香り、羽根飾りの帽子、長い繻子の裳裾、短い絹の上衣、妙なる横顔、尖った胴着から突き出ている喉元、弓なりの腰、振り向く笑顔、遠ざかりゆく一組である。そしてこれらの影像から、あたかもアリエルの歌に喚び起こされたかのように、一つの仙郷がその道具立ての中につくられる」(セアイユ)[……]

人々は普通これらの『みやびなる宴』物を歓楽、恋愛、幸福の讃頌と見なしている。[……]しかしこの世界は果たして純一な曇りなき異教的快活の世界であろうか。このみやびなる宴に揺曳している人たちは、果たして身を忘れて歓楽し、心の底から愛と幸福とに浸っているであろうか。［……］人はこの「幸福」と「歓楽」の讃頌のうちに、「不幸」と「諦念」との哀歌を聴かなければならない。そしてそれは多少の感受性に恵まれた人なら容易になし得るわざである。彼は暫くこの画面を眺めているうちに、後苑にゆらめく樹々のかげにざわめき渡る華やかな歓宴の底に不思議にも「寂寥」と「孤独」との皺深い表情を見出し、集える人々の優美な物腰、美しい粉飾、あでやかな嬌態の下から、蔽い隠し難い深い「哀傷」と「憂鬱」との息づかいを聞くであろう。[6]

こう述べた後、林はヴァトーの「薄幸な一生の物語」に触れつつ、彼の作品の内包する二重性を「彼の要求と彼の境遇との調停すべからざる背馳」、「疾患のため実現の可能を奪われた彼の切なる願望と、仮借するところなき痛ましい現実との間の悲しい矛盾」、すなわち「彼の担った運命の反語のあらわれ」と解したい、と述べる。[7] 欧文関連文献を読み込んだ上で、対象の核心に切り込み、それを自らの関心事である「反語的精神」の系譜に位置づける林の批評の基本形がすでに二〇代にしてできあがっていたことをいかにも納得させる名文ということができるだろう。

この林の記述からもわかるように――また、ヴァトー研究一般からも確認できるように[8]――小品『ヴァトー』前半部での画家の伝記的事実に関わる記述は、当時の一般的ヴァトー理解をふまえて書かれたものである。ヴァトーの絵に見ることのできる優雅で繊細な風景は、現実生活における病と孤独こそが生み出しえた「夢」の風景である、とする生と作品の関係をめぐる基本的構図は、ヴァルザーにオリジナルな読みではない。とすると「彼についての知識などほとんどたずさえぬまま」、あるいは「彼の伝記なるものを読んではみたのだけれど、さしたる手がかりを得ることはかなわなかった」という語り手の言葉は、たんなる自己韜晦的なポーズに過ぎないのだろうか？

そうではない。おそらくは、ヴァルザーの描こうとするヴァトーの生と作品の関係は、伝記で触れられている、そして林の批評文にくっきりと抉り出されているヴァトー受容の核心部分、すなわち、「不幸」な現実生活と「幸福」の讃歌としての作品という二項対立的かつ相補的関係とは、ほとんど重なるように見えながら、実は微妙にズレているのである。

ヴァルザーの『ヴァトー』においては、現実のヴァトーの「薄幸」と描かれた作品の「歓楽」は、対立と相補の二元的関係の彼方で、ともに、ある同質なものに一元的に覆われている。あくまでも否定的意味において言われる「薄幸」とは異なる、文字通りの意味での「薄っすらとした幸福」が、〈生の歓び〉がヴァトー自身の生にも作品にも見いだされているのである。そして、対立と相補が対象にダイナミックでくっきりとしたイメージを与える描写方法であるならば、ヴァルザーの描き方は、そのシャープな画面を再びぼやけさせてしまう。

テクストの中で、「彼の伝記なるもの」がいかなる形で拒まれていたか、丁寧に確認してみよう。

［……］彼の人は、社交を遁れた生活のうちにこそ、無上の——といってしまいかねぬほどの——歓びを見いだしつつ、まったく独自の領域へひそやかにおもむいていったのだった。生を楽しむ者、それも感謝しつつ楽しむ者は、それだけ穏やかに心静かに生きてゆくのであって、のんびりと心のどかに起こるにまかせておけばよいことに、熱狂し心煩わすなど、縁なきこと

なのである。わたしはおりをみつけ彼の伝記なるものを読んではみたのだけれど、さしたる手がかりを得ることはかなわなかった。

語り手は、派手な社交生活から静かな製作の日々へ向かうこと、これを「無上の――といってしまいかねぬほどの――歓び（eine ans Vollkommene streifende Freude）」と呼ぶ。すなわち、完全ではないとはいえ、それもまた――「不幸」と「諦念」ではなく――「歓び」としているのである。続いて、強調されたもの、刺激的なものではないけれども、やはりもう一つの生の楽しみ方といえるものが解説される。[9] むろん、ヴァァトーもまた、ここでの「生を楽しむ者、それも感謝しつつ楽しむ者」に数え入れられている。そして、それに続ける形で、このような観点を持たぬ「彼の伝記なるもの」でのヴァトーの捉え方があっさりと却下されているのである。

これは微細な差異である。しかし、ヴァルザーの書くものに充溢している、というよりつねに希薄に漂っている生の肯定の気配を読み落とすかどうかに関わる決定的な差異でもある。かつて作家を描いた小品の中で、クライスト、ヘルダーリン、ビュヒナーという現在ではドイツ文学を代表するメジャーな詩人たちが、二〇世紀初頭のベルリンにおいて自殺、発狂、早世した「不幸の詩人」としていわばイメージとして再発見されつつあった中で、それを幸福な存在、笑う存在として読み直したのと同様（第一部三章四節参照）、ここでもヴァルザーは、ヴァトーをたんに病弱で短命であった不幸な芸術家としてではなく、強調されることなき、希薄な生の歓びを日々生きてもいた存在として受け止めているのである。この、対象を抉り出そうというような気負いとは無縁の、柔らかな眼差しは、生きている存在を即座にわかりやすいイメージへと対象化してしまうことを、どこかで妨げてしまうような効力がある。

『ヴァトー』第一文の終わりでは、「芸術（Kunst）」という言葉が「朗らかさ」、そして「我が為すところを歓びと為すこと（Mitsichselbstbeglücktsein）」と言い換えられている。後者は、一つの句をそのまま名詞化した、ドイツ語ならではの奇妙な造語であり、散文的に砕いて訳せば「自分自身によって幸福であること／自分自身とともにありつつ幸福であること」とでもなろう言葉であるが、どう訳すにせよ一つ間違いないことは、このフレーズに書き込まれているのが、「不幸」ではなくて、「幸福（Glück）」すなわち〈生の歓び〉であるということだ。

繰り返せば、伝記作家一般はもちろんのこと、不幸な生と幸福の表象を鋭く切り分け、そこに反語的表現としての雅宴画成立の秘密を看て取る二〇代の林達夫にしても、その批評の切れ味が鋭いほどにヴァトー像をくっきりと際立たせ対象化してしまう。それに対し、描かれた絵画のみならず、それを描くヴァトーのうちにも一様な〈生の歓び〉を感知してしまうヴァルザーは、ヴァトーその人を明確なイメージとしては対象化しそこなってしまうのである。

姿を描こうとするや、彼の人は願いのように、憧れのごとくに感じられてくるのであって、それゆえこの習作もまた、ほのかなあえかな気配漂うものとなっていようと、いっこうに不思議はないのである。

この何とも唖然とさせるくだりを読めば、根本的な疑問が湧き起こってきても不思議はないだろう。この語り手は本気でヴァトーの姿「をうつしとろう」としているのだろうか？　もしかすると、ヴァトー「にうつされよう」としているのではないだろうか？　もしそうならば、この小品の翻訳者が目指すべきことも、ヴァルザーのテクストのうちに描出されてもいない明確なヴァトー像を無理に取り出すことではないだろう。むしろ、テクスト上で遊戯的に実現されているヴァトーとヴァルザーとの間の共振関係こそをうつすべきなのである。別の画家についてのヴァルザーの小品の中で、語り手はこう語っている。

ここで問題になっているのは、事物を摑み取る一つのやり方なのであり、おそらくは彼の人が長年にわたって対象に関わり続けてきたということ、そのことなのだ。［……］テーブル・クロスに向かって彼が「生きよ！」と呼びかけた、そんなこともしかするとあったのかもしれない。（『作品集第五巻』二七九－二八〇頁、SW18/252）

ヴァルザーの小品に関しても同じことが言える。そこで問題になっているのは、ヴァルザーがおそらく長年にわたって培ってきた対象との関わり方なのだ。対象に「生きよ！」と呼びかけているヴァルザーの言葉のふるまい、レトリック、これこそがうつしとられねばならないのである。

二 『ヴァトー』のレトリックの翻訳不可能性と演出可能性

このヴァルザーのテクストのふるまいは、すでに、「書くこと」へ踏み入るための敷居となっている冒頭の——ドイツ語としてはほとんど破格といっていい——文章においてはっきりとあらわれている。

意味内容に集中しようとするや見落とされかねないのだが、まず、文そのものを構成する音のレベルであからさまに顕れているのが、Wの音の反復である。ドイツ語原文、日本語訳の順で、再度、引用しよう。

Wenig über ihn wissend, gehe ich dennoch, wie über Wiesen wandernd, ungesäumt in die Aufgabe wie in ein verlockendes Häuschen, das hübsch tapeziert ist, hinein, sein Leben zu beschreiben, das der Heiterkeit, will sagen der Kunst, mit andern Worten einem Mitsichselbstbeglücktsein gewidmet war.

[下線は引用者による強調。]

彼についての知識などほとんどたずさえぬまま、彼方へと野をわたりゆくように歩をすすめ、道すがら瀟洒な装いの小亭にふと心ひかれ立ち寄るように、朗らかさ、すなわち芸術、言うなれば「わが為すところを歓びと為すこと」に捧げられた彼《か》の人《ひと》の生を描くという課題に、つと足を踏み入れてみようと思う。

ドイツ語原文における頭韻の連鎖が、本文に先立って書きこまれている二つの言葉、すなわち、作品の題名 „Watteau“、さらには著者名 „Walser“ に始まっていることを見過ごすことはできないだろう。すでに「書かれる者」„Watteau“ と「書く者」„Walser“、そして「書くテクスト」の共振が始まっていることが、本文最初の一行において告知されているのである。この共振関係を前にしては、「主体」—「客体」—「手段」といった非対称な役割分担など、まるで根拠のない、薄っぺらな約束事にすぎぬかのようだ。すべてはひとしなみにWの音の物質性において共振する言葉以外の何者でもないかのようなのである。

それだけではない。この最初の一行には、ヴァトーを描写／叙述対象の位置に据え付けようとするのを妨げる、さらなるレトリックが書き込まれている。

〈**Wenig über ihn wissend**〉　→〈**wie über Wiesen wandernd**〉
「彼についての知識などほとんどたずさえぬまま」　→「彼方へと野をわたりゆくように歩を進め」

発音してみれば、母音を発する口の動きと子音の刻むリズムで、おのずとわかるだろう。[v]、そして現在分詞の語尾［nt］の子音に、［iː］（［eː］）—［yː］—［iː］の母音が挟み込まれることで、ここでは、全体として四つの強母音を含むかたまりが単位を為し、意味的には、ほとんどあっけにとられてしまうような、ズレを抱えた反復が成立している。つまり、第一行目においてすでに模倣的《ミメーティッシュ》に、〈ある存在を認識対象とする知的態度〉、本稿冒頭の引用文を想起するなら〈生ある存在を死体のように扱う権力的態度〉を否定し、〈散歩という目的を欠いた身体の運動〉へ向かうという決定的な態度変更の一歩は、踏み出されているのである。

さらに、第一文の後半では、この移行に先導されるように、もう一つのズレを抱えた反復が書き込まれている。

〈ungesäumt in die Aufgabe, sein Leben zu beschreiben, hineingehen〉
「彼の人の生を描くという課題に、つと足を踏み入れる」こと
↓
〈wie in ein verlockendes Häuschen hineingehen〉
「道すがら瀟洒な装いの小亭にふと心ひかれ立ち寄る（ように課題に足を踏み入れる）」こと

すなわち、〈生ある対象を文字のつらなりへと変換する、暴力的作業〉、ここでも冒頭の引用での表現を借りるなら〈「武器の引き金をひく」ような行為〉ともいえるものを、〈ふと、ある建物の中へ入り込むという、ほとんど不随意的な身体の動き〉のごとく遂行してみようという決意が書きこまれているのである。

このように、一見、散漫この上ない、破格の文章にも読めてしまう第一文には、「さあ認識してやろう」という知的な主体としてではなく、「つい誘惑されてしまった」という運動する身体とし

てヴァトーに関わろうとする意志、対象として客体化する態度を拒否しつつ、非目的論的な遊びの関係に入ろうする意志がすでにテクストのレベルにおいて、実践されているのである。

ところで、第一文をこのようにレトリックのレベルにまで立ち入って読み解いたとして、はたして翻訳者はこのドイツ語という素材と密接に結びついた表現を他言語に置き換えることができるのだろうか？

おそらく、最初に断念せねばならないのが、最初に触れたWの反復を「うつす」ことである。これは、二つの固有名に結びついている以上、W以外の他の音に置き換えて反復したのでは、意味がないだろうし、となると、［V］の音を持つ言葉に極端に乏しい日本語においてはまず実現不可能だろう。[10] しかし、開き直って言うならば、そもそも、［v］のみならず、それぞれの音声が含意し連想させるものがドイツ語と日本語において傾向としてすら一致するはずがない以上、さらには、言語における音声的側面が果たす役割そのものにおいても二つの言語において差異がある以上、つまるところ、これは必ずしも実現されねばならぬ課題ではないのではないだろうか。

むしろ、そのような直接的、感覚的類似を犠牲にしても、ここで追求されるべきは、読者としての翻訳者が、原文の言葉の身振りのレベルにおいて読み取ったものの中で、もっとも伝達すべきであると判断するものを、日本語訳の文章の、言葉の身振りにおいて新たに演出することだろう。

事実、上に挙げた日本語訳には、ドイツ語原文における音声的な反復はほぼ跡形もない代わりに、視覚的レベルに転換されて、上述の論点——内容的ズレをかかえた形式的反復において遂行されているヴァトーに対するヴァルザーの関係の仕方——が演出されている。

彼《かれ》についての知識などほとんどたずさえぬまま、彼方《かなた》へと野をわたりゆくように歩をすすめ［……］彼《か》の人《ひと》の生を描くという課題に、つと足を踏み入れてみようと思う。［下線は引用者による。］

訳文全体において「彼」という言葉が人称代名詞もしくは所有代名詞として単独で用いられているのは二箇所のみ、すなわち、ここでの第一文の最初の文字（「彼についての知識」）、そして、すでに何度か言及した「彼の伝記なるもの」という言い回しのみである。その他の箇所では、原文における、ヴァトーを指示する三人称単数の人称代名詞および所有代名詞には、基本的に「彼の人」という訳語があてられている。この使い分けについて説明しなければならないだろう。

日本語において「彼」が単独で第三者を指示する男性代名詞として用いられるようになったのはさほど古いことではない。現在でも、「彼」という語に感じられるいくぶん突き放したような語感、「書き言葉」的硬さから、十分直観的に感じ取れることだが、この用法は、欧文翻訳のプロセスから生まれたものであり、いわゆる「翻訳語」なのである。（ちなみに、江戸時代の蘭語学習書より始まる「欧文訓読」［漢文訓読にならって逐語単位で訳をつけた欧文の単語に返り点を打って読む方法］に端を発するこの人称代名詞的用法がほぼ普及したことが資料的に確認できるのは明治二〇年代はじめになってからのことである。[11]）

これは一語の歴史にとどまらず、近代言語としての日本語が獲得していった客観的な対象表象能力全体に関わる大問題の一端というべきものであるが、ここでは、ドイツ語における„er“（およびその派生形）の自明なありようとは異なり、「日本語」における「彼」という語が、そのにべもない対象指示性によって、いまだにある種の異和感を伴う点のみが押さえられていればよい。日本語で「彼」という言葉を発するとき、そこにはヨーロッパ言語における„er“, “he”, “il”などとは違った意味で、存在の文字化という飛躍的操作が感知可能なのである。

それゆえ、ヴァルザーがヴァトーと関わろうとする姿勢を叙述する際に、メタレベルに立った知的主体が、一方的に対象を認識しようとする関係を想起させる「彼」という日本語はなんともそぐわないのである。それはむしろ、ヴァトーを知の対象とする者、ヴァトーの伝記を書けてしまう者が、ヴァトーに対してもつ関係を表現するにふさわしい言葉なのであって、メタレベルに立つことを拒みつつ同じ地平の上で、遠方にいるヴァトーに向け、偶然と誘惑に身をゆだねつつ、接近を試みようとするヴァルザーの振る舞いを表現するには、例えば、「彼の人《かのひと》」の方をとるべきなのである。

以上のような理由から、ドイツ語原文の第一文における、とりわけ音声面において感知される反復は、日本語訳においては、むしろ視覚面において読み取りうる「彼」―「彼方」―「彼の人」という漢字表記上の反復へと変換され、同時に、原文においては音声的反復に支えられつつ遂行されていた〈超越的対象化から身体的接近への転回〉が、訳文では、「彼」ではなく「彼の人」を用いることと、そして同時に、「彼方へ」すなわち「彼（の）方へ」向かおうという方向性を書き込むことによって、演出されているのである。

三　彼方からの眼差しにのぞきこまれること

第一文において、そのレトリックを駆使して、超越から内在への転回を成し遂げ、以降、薄っすらとした幸福のヴェールをかけることで、生と作品の対立と相補の構図からその絵画性を剝奪してきたこのテクストの行き着く先には、一人の少女の姿が現れる。

最後の二文を再度、ドイツ語原文、日本語訳文の順番で引用しよう。

In einem seiner in der Tat in reichem Maß anziehenden Gemälde tanzt ein kleines, mit geblümtem Kostüm geschmücktes Mädchen, die das Vergnügen und die Artigkeit selbst zu sein scheint. Von weitem guckt dasjenige sanft und diskret in die Nähe herüber, das man gern nahe haben möchte, das fremde und doch wieder vertraute, bekannte Ferne.

彼の人の手になる、観る者をひきつけてやまぬ作の一つでは、花柄の衣装をまとった小柄な少女が、歓楽と典雅さながらの姿で踊っている。あの、すぐそばにあってほしいもの、無縁でありながらなつかしいもの、よく知ってはいれど遠く遥かなるものは、彼方から、やさしくつつましやかに、こちらをのぞきこんでいる。

若き林達夫が描いて見せた構図に従うならば、「歓楽と典雅さながらの姿で踊る少女」は、直接的な〈生の歓び〉の断念を強いられた画家からこそ生まれ得る反語的表現の枠ということになるだろう。しかし、ことヴァルザーの描くヴァトーにあっては、ここでもまた事態はさほどにくっきりと絵になるものではないように思われるのだ。先に引用した図1のような雅宴画であればまだ、「社交の歓楽にふける描かれた世界」と「そこから身を引いた孤独な画家の生」とを対のものと考えることはいかにも可能かもしれない。しかし、この絵はそうした雅宴画とは少し違っている。図3の少女の絵に漂っているのは、社交の場に集い戯れる人々の間の、見せ合い魅せ合う、それゆえにおのずと強調されたものとなる以前の、もっと小さな、つつましやかな生の歓びではないだろうか？

少なくとも、自らの散文を繰り返し「小さな踊り子」に譬えてきたヴァルザーが、この踊り子に眼差しを注ぐとき、それは、「描かれた歓楽」にとどまるものではなくなる。

わたしは喩えたい、わたしの小さな小さな散文小品たちを、小さな小さな踊り子たちに。踊って踊って、しまいにはボロボロになって、疲れ果て、倒れこんでしまう……。[12]

すなわち、ヴァルザーが言及するこの少女は、ヴァトーを描いているこの小品そのものと重なる存在でもあるのだ。ヴァトーの「生を描く」という課題にふと足を踏み入れつつ、描こうとするや願い、憧れのごとく捉えがたいものとなる彼の人の姿を前に、それ自体が「ほのかなあえかな気配漂うもの」と化してしまったというこの小品は、その最後の最後に至って、自ら自身をまさにヴァトーの絵そのものと重ね合わせようとしているのである。そして、この不可思議な関係を結んだ少女の絵から訪れる〈眼差し〉の質に言及することで、この小品は結ばれているのだが、今一度、ヴァルザーのテクストを離れ、ヴァトーの絵そのものに目を向けて、この少女の眼差しをよくよく見てみよう。

すると、そこにあるのが、ひたすら「描かれている」ばかりの雅宴画の登場人物たちの、特定の対象を見つめる具体的な志向性を持った眼差しでも、歓楽に没頭した眼差しでもなく、むしろ、何も見てはいない茫然自失の眼差し、例えば、図2『無関心』に描かれている眼差し、あるいはまた、美術批評家たちによってヴァトー自身の自画像と見なされてもいる、多くの作品に亡霊のように繰り返し登場するあの「白いピエロ」の眼差し（図4）であることに、気づくだろう。[13] ここにあるのは、描かれる一登場人物のものであると同時に描く者自身のものでもあるような、対象であると同時に主体でもあるような、不思議な眼差しなのだ。

「彼の人」に近づくことを希求して、「彼［の］方」へ向かったこの小品の歩みは、彼の姿を捕捉することで終るのではなく、逆に「彼［の］方」からの眼差しにのぞきこまれることで終っている。何ら具体的な名を持たず、ただ „dasjenige“（＝「あの例のもの」）とだけ呼ばれている「それ」は、まずは、ヴァトーにとっては描こうとしたはずの少女から訪れる何かであり、のみならずヴァルザーにとっては描こうとしたはずのヴァトーから訪れる何かであったかもしれない。おそらく、その眼差しの訪れを受け止めるや、描こうとしたものを対象とすることは不可能となるのだ。そして、描き手は描きつつその眼差しの中に入り込んでいき、ともに画布上にそしてテクスト上にこの不思議な眼差しを創り出してゆく以外のことはできなくなるのである。

描き手は、決して把捉し所有することができない「それ」が「すぐそばにあってほしい」と願う。しかし、ヴァルザーは「描き手」が「それ」との間に作りうる関係が、親密さと疎遠さの織り成す遊動関係でありながら、他者性に始まり遠さに終ること、そしてあくまでも受動性に規定されたものであることを書き入れるのを忘れてはいない。もう一度最後の一文を引用しておこう。――「あの、すぐそばにあってほしいもの、無縁でありながらなつかしいもの、よく知ってはいれど遠く遙かなるものは、彼方から、やさしくつつましやかに、こちらをのぞきこんでいる（Von weitem guckt dasjenige sanft und diskret in die Nähe herüber, das man gern nahe haben möchte, das fremde und doch wieder vertraute, bekannte Ferne)」。[強調は引用者による][14]。ヴァルザーのテクストをうつそうとする翻訳者の置かれている状況を、これほど的確に言い表している言葉はない。

註

1　その小品群を、ヴァルザー自身は、ある一つの小説の各章ともみなしていた。「わたしの書く散文小品は、わたしの考えるところでは、ある長い、筋のない、リアリスティックな物語の部分部分を成している。あれやこれやの機会に作成したスケッチは、一つの長編小説のあるいは短めの、あるいは長めの章なのだ。先へ先へと書き継いでゆくその小説は、同じ一つの小説のままで、それは大小さまざまに切り刻まれて、ページもとれてばらばらになった〈わたしという本〉と名づけてもらってもよいものだ。」（『作品集第四巻』二〇五頁、20/322）

2 Benjamin, Walter; Gesammelte Schriften. Bd. II. 1, S. 326.（『ベンヤミン・コレクション2』九九－一〇〇頁。）

3 第一部第三章、および第一部第五章も参照されたい。

4 「描写する存在を描写」している作品群としては、『ヴァトー』以外にも、後で言及する『セザンヌ思考（Cézannegedanken）』（SW18/252-256）、『フラゴナールの絵（Ein Bild von Fragonard）』（SW20/40-41）などをあげることができる。むろん、加えて、『ある画家の生（Leben eines Malers.）』（SW7/7）をはじめとする兄カール・ヴァルザーを描いた多くの作品群が当然、想起されねばならないだろう。しかし、一足先にスイスから二〇世紀初頭のベルリンへ出てきて「芸術家」として「成功」したこの一歳年上の兄を描くという行為には、表象をめぐる問題としてよりも、むしろ伝記的細部とも絡んだヴァルザーの自己関係と自己差異化の問題として論じられるべき側面がある。こちらについては第一部第三章を参照されたい。

5 本稿は、二〇〇六年一二月九日にスイス、チューリヒ大学において開催されたシンポジウム『ローベルト・ヴァルザーを翻訳する』でのヴァルザーの翻訳可能性をめぐる口頭発表を機会に、作品論を展開したものである。シンポジウムでの議論（英語圏、仏語圏、スペイン語圏、日本語圏におけるヴァルザー受容、および『ヴァトー』の英語、仏語、カタロニア語、日本語への翻訳に際しての諸問題）についてのドイツ語による全体的報告は、Irene Weber-Henking, Walser übersetzen. Ein Gespräch mit Susan Bernofsky, Marion Graf, Fuminari Niimoto und Teresa Vinardell Puig. In: Robert Walsers ›Ferne Nähe‹. Neue Beiträge zur Forschung. Hg. von W. Groddeck, R. Sorg, K. Wagner, Paderborn 2007. S. 277-302. を参照。

6　林達夫『林達夫著作集一』平凡社、八四－八六頁。(初出は一九二七年四月『思想』六六号［岩波書店］、ただし一九二〇年に同人雑誌『音楽と美術』に掲載したものを改稿したもの。)

7　同書。八七頁。

8　日本語で読むことのできるヴァトーの生と作品に関する文献としては、「人と作品」、『ヴァトー全作品』(中山公男、中央公論社、一九九一年) 所収、一五三－一九二頁を参照されたい。

9　ベルリン時代、兄カールも属する芸術家グループ「ベルリン分離派 (Berliner Sezession)」の秘書ともなっていたヴァルザーは、美術商パウル・カッシーラーを中心とする派手な社交世界を間近で観察する機会を得ている。

10　ちなみにチューリヒでのシンポジウムにおいては、英訳、仏訳――日本語よりはるかにドイツ語との親縁関係も強く、歴史的交流による蓄積も多い言語――においても、このWの反復をうつすことは試みられていなかった。以下に、第一文の英訳および仏訳をあげておく。"Knowing little about him, I shall nonetheless proceed, as if rambling through meadows, promptly into this task as if entering an inviting little cottage with a prettily wallpapered interior, entering, that is, the task of describing his life, which was devoted to gaiety, by which I mean art, in other words a happiness found entirely within one's own person." (Susan Bernofsky)、"Ne sachant pas grand-chose à son sujet, je vais, pourtant, j'avance comme vaguant à travers prés, et j'entre de plain-pied, comme dans une attrayante maisonnette tapissée à ravir, dans la tâche de décrire sa vie qui fut vouée à l'allégresse, c'est-à-dire à l'art, autrement dit à une façon d'être comblé par soi-même."（Marion Graf）、英訳、仏訳においては、むしろ、ドイツ語としては特異な現在分詞構文をうつしとることに重点を置いていることがわかる。なお、ここには掲載しないが、カタロニア語訳においても、Wの反復をうつすことは試みられていない。Weber-Henking, I.: Walser übersetzen. S. 281-284 参照。

11 森岡健二『欧文訓読の研究――欧文脈の形成――』（一九九九年、明治書院）一五六－一六七頁を参照。

12 Walser, Robert: Briefe 1921-1956, S. 275.

13 例えば、『ヴァトー全作品』（中山公男、中央公論社、一九九一年）所収、一八七頁を参照されたい。

14 この最後の文は、Susan Bernofsky による英訳では、"Far distant from where we are standing, the very thing we would most dearly love to have close beside us is now peering gently and discreetly in our direction, strange and yet familiar, removed from us and yet so well-known." とされ、「よく知っていること」が最後に置かれて終わっている。Marion Graf による仏訳でも "Ce qui de loin jette un regard caressant et discret jusque dans nos parages, c'est cela que l'on aimerait avoir tout près, ce lointain tout à la fois étranger et connu, familier." となり「既知」と「親密さ」を示す語が最後に置かれている。それに対して、Teresa Vinardell Puig によるカタロニア語訳では、"De illuny mira cap aquí a la vora, plàcid i discret, allò que un voldria tenir ben a prop, i que és estrany i, tanmateix, familiar i conegut en la distància." とあり、最後に置かれているのは「へだたり」であることがわかる。ここでの近さと遠さ、親密さと異質さの力点の置き方には、翻訳者という読み手が、この小品における諸関係をどのような

質のものとして解釈しているかが、如実に反映されているのではないかと思う。(Weber-Henking, I.: Walser Übersetzen, S. 281-284)

参考文献一覧

【一次文献】

〔ローベルト・ヴァルザー、全集、作品集〕

Walser, Robert: Der Spaziergang. Frauenfeld & Leipzig. 1917.

Walser, Robert: Das Gesamtwerk. 12 Bde. Hg. von Jochen Greven. Zürich und Frankfurt a. M. 1978.

Walser, Robert: Sämtliche Werke in Einzelausgaben. 20 Bde. Hg. von Jochen Greven. Zürich, Frankfurt a. M. 1985-1986.

Walser, Robert: Aus dem Bleistiftgebiet. 6 Bde. Hg. von Bernhard Echte u. Werner Morlang. Frankfurt a. M. 1985-2000. Taschenbuch: Bd. 1 bis 3 Frankfurt a. M. 1990, 1992.

Walser, Robert: Kritsiche Ausgabe sämtlicher Drucke und Manuskripte. Hg. v. Wolfram Groddeck u. Barbara von Reibnitz. Basel, Frankfurt a. M. 2008-

Walser, Robert: Briefe 1897-1920. Hg. von Peter Stocker u. Bernhard Echte, unter Mitarbeit von Peter Utz u. Thomas Binder. Berlin 2018.

Walser, Robert: Briefe 1921-1956. Hg. von Peter Stocker u. Bernhard Echte, unter Mitarbeit von

Peter Utz u. Thomas Binder. Berlin 2018.

〔ローベルト・ヴァルザー、翻訳〕

Walser, Robert: Snowwhite. translated by Walter Arndt. In: Robert Walser Rediscovered. London 1985.

Walser, Robert: Speaking to the Rose. Selected and translated by Christocher Middleton. Lincoln and London 2005.

Walser, Robert: Blanche-Neige. traduit par Hans Hartje et Claude Mouchard, Paris 1987.

『ローベルト・ヴァルザーの小さな世界』飯吉光夫訳、筑摩書房、一九八九年。

『白雪姫』新本史斉訳、『スイス文学三人集』所収、行路社、一九九八年。

『ヴァルザーの詩と小品』飯吉光夫訳、みすず書房、二〇〇三年。

『ローベルト・ヴァルザー作品集』全5巻、新本史斉、若林恵、フランツ・ヒンターエーダー＝エムデ訳、鳥影社、二〇一〇―二〇一五年。

〔その他の作家〕

Bachmann, Ingeborg: Werke 1. Hg. v. Christine Koschel, Inge von Weidenbaum und Clemens Münster, München 1993.

Benjamin, Walter: Benjamin über Kafka. Hg. von Hermann Schweppenhäuser. Frankfurt a. M.

1981.
Benjamin, Walter: Die Aufgabe des Übersetzers. In: Gesammelte Schriften. Hg. von Rolf Tiedemann und Hermann Schweppenhäuser. Frankfurt a. M. 1980, Bd. IV. 1, S. 9-21. [「翻訳者の使命」内村博信訳、『ベンヤミン・コレクション2』浅井健二郎編訳、ちくま学芸文庫、一九九六年、三八七－四一一頁。]
Benjamin, Walter: Linke Melancholie. In: Gesammelte Schriften. Hg. von Rolf Tiedemann und Hermann Schweppenhäuser. Frankfurt a. M. 1980, Bd. III, S. 279-283. [「左翼メランコリー」岡本和子訳、『ベンヤミン・コレクション4』浅井健二郎編訳、ちくま学芸文庫、二〇〇七年、六〇一－六一五頁。]
Benjamin, Walter: Robert Walser. In: Gesammelte Schriften. Hg. von Rolf Tiedemann und Hermann Schweppenhäuser. Frankfurt a. M. 1980, Bd. II. 1, S. 324-328. [「ローベルト・ヴァルザー」西村龍一訳、『ベンヤミン・コレクション2』浅井健二郎編訳、ちくま学芸文庫、一九九六年、九七－一〇五頁。]
Broch, Ernst: Das Prinzip Hoffnung. Band 1. Frankfurt a. M. 1974.
Büchner, Georg: Werke und Briefe. Hg. von Karl Pörnbacher, Gerhard Schaub, Hans-Joachim Simm u. Edda Zeigler. München und Wien 1988.
Canetti, Elias: Die Provinz des Menschen. Aufzeichnungen 1942-1972. München 1973.
Halter, Jürg: Nichts was mich hält. Zürich 2008.

Keller, Ursula/Rakusa, Ilma(Hg.): Europa schreibt. Hamburg 2003.［『ヨーロッパは書く』ウルズラ・ケラー、イルマ・ラクーザ編著、新本史斉、吉岡潤、若松準訳、鳥影社、二〇〇八年。］
Kleist, Heinrich von: Über die allmähliche Verfertigung der Gedanken beim Reden. In: Sämtliche Werke und Briefe in 2 Bänden. Hg. von Helmut Sembdner, München 1987.
Morgenstern, Christian: Galgenlieder.［1905］. Berlin 1917.
Walser, Martin: Selbstbewusstsein und Ironie. Frankfurt a. M. 1981.
アントワーヌ・ヴァトー『ヴァトー全作品』中山公男、中央公論社、一九九一年。
ローベルト・ムージル『ムージル・エッセンス』圓子修平、岡田素之、早坂七緒、北島玲子、堀田真紀子訳、中央大学出版部、二〇〇三年。
林達夫『林達夫著作集一』平凡社、一九七一年。

【二次文献】

〔伝記的記述、研究史〕

Echte, Bernhard/Meier, Andreas (Hg.): Die Brüder Karl und Robert Walser. Maler und Dichter. Stäfa 1990.
Gisi, Lucas Marco (Hg.): Robert Walser Handbuch. Leben-Werk-Wirkung. Stuttgart 2015.
Mächler, Robert: Das Leben Robert Walsers［1966］. Eine dokumentarische Biographie. Neu

durchgesehene u. ergänzte Ausgabe. Frankfurt a. M. 1992.

Morlang, Werner: »Ich begnüge mich, innerhalb der Grenzen unserer Stadt zu nomadisieren…«. Robert Walser in Bern. Bern, Stuttgart, Wien 1995.

Seelig, Carl: Wanderungen mit Robert Walser [1957]. Neu hg. im Auftrag der Carl-Seelig-Stiftung u. mit einem Nachwort versehen von Elio Fröhlich. Frankfurt a. M. 2013.

〔研究書単行本〕

Albes, Claudia: Der Spaziergang als Erzählmodell. Tübingen 1999.

Aust, Hugo: Novelle. Sammlung Metzler 256. Stuttgart 1990.

Bleckmann, Ulf: Intertextualität und Metasprache als Robert Walsers Beitrag zur Moderne. Frankfurt a. M. 1994.

Boli, Thomas: Inszeniertes Erzählen. Überlegungen zu Robert Walsers „Räuber"-Roman. Bern 1991.

Gößling, A.: Abendstern und Zauberstab. Studien und Interpretationen zu Robert Walsers Romanen. Der Gehülfe und Jakob von Gunten. Würzburg 1992.

Gräfin von Schwerin, Kerstin: Minima Aesthetica. Die Kunst des Verschwindens. Robert Walsers mikrographische Entwürfe Aus dem Bleistiftgebiet. Frankfurt a. M. 2000.

Herzog, Urs: Robert Walsers Poetik. Literatur und soziale Entfremdung. Tübingen 1974.

Hübner, Andrea: Ei, welcher Unsinn liegt im Sinn? Robert Walsers Umgang mit Märchen und Trivialliteratur. Tübingen 1995.
Mayer, Hans: Das unglückliche Bewußtsein. Frankfurt a.M. 1986.
Niccolini, Elisabetta: Der Spaziergang des Schriftstellers. Stuttgart, Weimar 2000.
Rodewald, Dirk: Robert Walsers Prosa. Versuch einer Strukturanalyse. Bad Homburg v. d. H., Berlin, Zürich 1970.
Schaak, Martina: „Das Theater, ein Traum". Robert Walsers Welt als gestaltete Bühne. Berlin 1999.
Stefani, Guido: Der Spaziergänger. Untersuchungen zu Robert Walser. Zürich und München 1985.
Utz, Peter: Tanz auf den Rändern. Frankfurt a. M. 1998.
Utz, Peter: Anders gesagt. Autrement dit. In Other Words. Übersetzt gelesen: Hoffmann, Fontane, Kafka, Musil. München 2007. [『別の言葉で言えば』新本史斉訳、鳥影社、二〇一一年。]
ルネ・ジラール『欲望の現象学』吉田幸男訳、法政大学出版局、一九七一年。
杉田玄白『蘭学事始』講談社学術文庫、二〇〇〇年。
ジャン・スタロバンスキー『ルソー　透明と障害』山路昭訳、みすず書房、一九七三／一九九三年。
ジョルジュ・バタイユ『至高性』湯浅博雄、酒井健、中地義和訳、人文書院、一九九〇年。
森岡健二『欧文訓読の研究――欧文脈の形成』明治書院、一九九九年。

〔研究論文集〕

Chiarini, Paulo, Zimmermann, Hans Dieter (Hg.): ›Immer dicht vor dem Sturze ...‹. Zum Werk Robert Walsers. Frankfurt a. M. 1987.
Fattori, Anna/Gigerl, Margit (Hg.): Bildsprache, Klangfiguren. Spielformen der Intermedialität bei Robert Walser. München 2008.
Groddeck, Wolfram u.a. (Hg.): Robert Walsers ›Ferne Nähe‹. Neue Beiträge zur Forschung. München 2007.
Hinz, Klaus-Michael/Horst, Thomas (Hg.): Robert Walser. Frankfurt a. M. 1991.
Kerr, Katharina (Hg.): Über Robert Walser. 3 Bde. Frankfurt a. M. 1978/1979.
Noble, C. A. M. (Hg.): Gedankenspaziergänge mit Robert Walser. Bern 2002.

〔雑誌〕

Mitteilungen der Robert Walser-Gesellschaft 12. Zürich 2005.
»du«. Schweizerische Monatsschrift. Nr. 10. Oktober 1957.
»du«. Schweizerische Monatsschrift. Nr. 730. Oktober 2002.

〔その他〕

Böschenstein, Bernhard: Zu Robert Walsers Dichterporträts. In: Von Angesicht zu Angesicht,

Porträtstudien. Michael Settler zum 70. Geburtstag. Hg. von F. Deuchler, M. Flury-Lemberg u. K. Otavsky. Bern 1983.

Echte, Bernhard: Nie eine Zeile verbessert? Beobachtungen an Robert Walsers Manuskripten. In: Wärmende Fremde. Robert Walser und seine Übersetzer im Gespräch. Akten des Kolloquiums an der Universität Lausanne, Februar 1994. Hg. von Peter Utz. Bern 1994. S. 61-70.

Goldammer, Peter (Hg.): Schriftsteller über Kleist. Eine Dokumentation. 1. Aufl. Berlin und Weimar 1976.

Goltschnigg, Dietmar: Rezeptions- und Wirkungsgeschichte Georg Büchners. Kronberg/Ts 1975.

Gräfin von Schwerin, Kerstin: "Kolossal zierliche Zusammengeschobenheiten von durchweg abenteuerlichem Charakter" In den Regionen des Bleistiftgebiets. In: Text und Kritik. Heft 12/12a. Robert Walser. München 2004. S. 161-180.

Holiger, Heinz: Schneewittchen. Oper in 5 Szenen, einem Prolog und einem Epilog nach Robert Walser. 2000 ECM Records GmbH.

Irene Weber-Henking, Walser übersetzen. Ein Gespräch mit Susan Bernofsky, Marion Graf, Fuminari Niimoto und Teresa Vinardell Puig. In: Robert Walsers ›Ferne Nähe‹. Neue Beiträge zur Forschung. Hg. von W. Groddeck, R. Sorg, K. Wagner, Paderborn 2007. S. 277-302.

Schutte, Jürgen/Sprengel, Peter: Die Berliner Moderne. Leipzig 1987.

Sembdner, Helmut (Hg.): Heinrich von Kleists Nachruhm. Eine Wirkungsgeschichte in

Dokumenten. München 1977.

Utz, Peter: Avant-propos, In: Robert Walser. L'ecriture miniature. Microgrammes de Robert Walser. Traduit de l'allemand par Marion Graf. Carouge-Genève 2004. S. 5-11.

Walser, Martin: Woran Gott stirbt. Über Georg Büchner. In: Liebeserklärungen. 1. Aufl. Frankfurt a. M. 1986. S. 225-235.

奥田修「傾城阿古屋：カール・ヴァルザーの歌舞伎絵について」『CROSS SELECTIONS Vol.6 京都国立近代美術館研究論集』二〇一四年、五四－六五頁。

新本史斉「二〇世紀のメルヒェンの場所――ローベルト・ヴァルザーの『白雪姫』小論」『詩・言語』四〇号、東京大学大学院・ドイツ語ドイツ文学研究会編、一九九二年、二七－四〇頁。

新本史斉「〈不幸の詩人〉の幸福――ローベルト・ヴァルザーの読むクライスト、ビュヒナー」『ドイツ文学』九一号、日本独文学会編、一九九三年、一二六－一三六頁。

新本史斉「小説から落伍するイロニー I――ローベルト・ヴァルザーの『ヤーコプ・フォン・グンテン』論」『外国語科研究紀要　ドイツ語学文学論文集』四二巻一号、東京大学教養学部外国語科編、一九九五年、六一－九七頁。

新本史斉「小説から落伍するイロニー II――ローベルト・ヴァルザーの『盗賊』論」『外国語科研究紀要　ドイツ語学文学論文集』四三巻一号、東京大学教養学部外国語科編、一九九六年、七六－一二三頁。

新本史斉「fall の相から見られた世界 I ――クライストの『カント危機』論」『津田塾大学紀要』三〇号、一九九八年、二一七-二三八頁。

新本史斉「fall の相から見られた世界 II ――クライストの『こわれ甕』論」『津田塾大学紀要』三一号、一九九九年、二二五-二六一頁。

新本史斉「fall の相から見られた世界 III ――クライストの『ミヒャエル・コールハース』論」『津田塾大学紀要』三三号、二〇〇一年、一二三-一四六頁。

新本史斉「「はじめて書きつけた慣れない手つきの文字」に出会うための散歩――ローベルト・ヴァルザーの『散歩』論」『ドイツ文学』一一六号、日本独文学会編、二〇〇四年、二四-三五頁。

新本史斉「「イメージ」、「意味」、「物語」の／に抗するレトリックを翻訳するために――R・ヴァルザー『白雪姫』の英・仏・日本語翻訳比較」『津田塾大学紀要』三八号、二〇〇六年、九五-一一六頁。

新本史斉「レトリックの翻訳不可能性と演出可能性――生の歓びを描くヴァトーを描くヴァルザーのテクストを翻訳する」『津田塾大学紀要』四〇号、二〇〇八年、一四九-一七〇頁。

新本史斉「ローベルト・ヴァルザーのミクログラム論考 I ――長編小説『盗賊』における自己言及構造について」『津田塾大学紀要』四一号、二〇〇九年、一六三-九三頁。

新本史斉「「母の言葉」の喪失から生まれる「微笑む言葉」、「舞い落ちる」散文――ローベルト・ヴァルザーの小説『タンナー兄弟姉妹』をその前史から読む」『津田塾大学紀要』四二号、二〇一〇年、一三五－一六三頁。

アンリ・バルビュス『地獄』田辺貞之助訳、岩波文庫、一九五四年。

三宅晶子「夢と記憶」、『感覚変容のディアレクティク――世紀転換期からナチズムへ』所収、平凡社、一九九二年、二八－三九頁。

〈小ささ〉から生まれる世界文学 ――あとがきにかえて

二〇一九年六月中旬から九月上旬にかけて、ローベルト・ヴァルザーの生地であるスイスのビール市において、「ローベルト・ヴァルザー・スカルプチャー」と呼ばれる大規模なパブリック・アートが催された。ドイツ語圏とフランス語圏が接する二言語都市ビール／ビエンヌの駅前広場に木製パレットで建てられた円形劇場のような建造物で、八六日間にわたって朝の九時から夜の一〇時まで、毎日三〇を超えるローベルト・ヴァルザー関連の催しが続けられたのである。折しもヨーロッパを襲った記録的猛暑以上に熱い、この規格外のアートを企画したのは、トーマス・ヒルシュホルン、日本でも二〇一三年の「あいちトリエンナーレ」展、二〇一八年の「カタストロフと美術のちから」展（森美術館）等への出品で知られる、パリを中心に国際的に活躍する現代芸術家である。「あいちトリエンナーレ」と言えばヒルシュホルンは、二〇〇四年にパリのスイス文化センターで催された「スイスのスイス的民主主義」展において、当時スイス法相であった右翼国民党のクリストフ・ブロッハーが描かれたポスターに役者が犬のように小便をかけるポーズをとるパフォーマンスによって、スイス政府から主催者スイス・プロヘルベチア財団への次年度財政支援削減一〇〇万スイスフラン（当時の為替で約九〇〇〇万円）をもたらしたことでも知られる、過激に政治的なアーティストでもある。

このトーマス・ヒルシュホルンが世界中のヴァルザー研究者、翻訳者に投げかけた「なぜ、ヴァルザーはかくも重要なのか？」という問いに答える形で、八六日間にわたり続けられた連続講演会で、著者はヴァルザーの言語がそもそも『白雪姫』改作によって、物語と意味の重荷から解き放たれるところから始まっていること、それゆえに「長編小説」の枠組みからこぼれ落ちないではいない、舞い落ちるような言語となっていること、そしてその軽さゆえにこそ日常の偶景をすくいとりうる言葉として、現代日本においても小川洋子の連作短編集『不時着する流星たち』（二〇一七年、角川書店）、三宅唱監督の映画『きみの鳥はうたえる』（二〇一八年）などの作品で読まれ用いられていることに触れ、アメリカのクエィ兄弟による映像的受容（映画『ベンヤメンタ学院』一九九五年）、スイスの作曲家ハインツ・ホリガーによる音楽的受容（歌劇『白雪姫』一九九八年等）、イタリアでの哲学者アガンベンらによる思想的受容（『バートルビー 偶然性について』月曜社、二〇〇五年）、スペインでの作家ビラ＝マタスによる文学史的受容（『バートルビーと仲間たち』新潮社、二〇〇八年）等々に続き、日本においてもいまや翻訳を通じてのクリエイティヴなヴァルザー受容が進行しつつあることを報告した。

本書第一部では、そのような発言の根拠となる著者自身のヴァルザー読解の基本ラインを叙述することを試みた。今回、過去二〇年以上にわたるみずからのヴァルザー読解を辿り直してみるなかで、ヴァルザー文学の力の源泉のひとつは、なによりも〈小ささ〉への徹底したこだわりにあることを、あらためて思い知らされた。はじめての散文小品『グライフェン湖』における「小さな」

「名もない」湖への歩みに始まり、『白雪姫』における「メルヒェン＝小さな嘘」へのリフレクションを通じての虚構言語の発見、『タンナー兄弟姉妹』に描かれている――とりわけ最終章のメルヒェンに寓話的に描かれている――所有とは無縁の、雪ひらが舞い落ちるような散文の実現、『ヤーコプ・フォン・グンテン』での長編小説からの能動的落伍、ビール時代の中編『散歩』における幸福と乖離することなき散歩知の実践、そしてミクログラム小説『盗賊』における長編小説執筆システムそのものの転倒、とヴァルザーの散文は〈小ささ〉に向かい続けることによってこそ、既成の文学を根底的に批評しつつ幸福に踊り続ける、稀有な言葉の運動なのである。

本書第二部では、意味内容で存在意義を主張する伝統的小説とは異なる、ヴァルザー作品のレトリカルな強度を可視化すべく、各国語訳をドイツ語原文の周囲に配置する翻訳比較読解の方法を用いて、初期作品『白雪姫』、そして後期作品『ヴァトー』の解読を試みた。諸言語への翻訳と照らし合う関係において原文のポテンシャルを可視化するこの方法論を著者が学んだのは、多言語国家スイスのローザンヌ大学ドイツ文学科での、ローベルト・ヴァルザー研究の第一人者ペーター・ウッツ教授のセミナー、そして文学翻訳センター所長のイレーネ・ヴェーバー・ヘンキンク教授によるセミナーである。母語を異にする参加者たちによる翻訳比較読解をめぐる尽きせぬ議論は、モノリンガルな日本からやってきた著者にとって忘れることのできない刺激的な経験となった。ペーター・ウッツ教授には、二〇〇二年のローザンヌ大学での在外研究以来、数々の翻訳者国際会議、『ローベルト・ヴァルザー作品集』（全五巻、鳥影社、二〇一一―一五年）および著書『別の言葉で言えば――ホフマン、フォンターネ、カフカ、ムージルを翻訳の星座から読みなおす』（鳥影社、二〇一一年）の翻訳刊行等に際しても、さまざまに助言をいただいた。ここに記して心より感謝したい。

ヴァルザーを新たに読み解くための資料は、現在もさらに充実し続けている。二〇一〇年にシュトレームフェルト／シュヴァーベ社から刊行が始まった批判版全集は、生前に出版された書籍から始まり、各雑誌・新聞での掲載稿、手稿、ミクログラム手稿、ヴァルザー受容史までを網羅し、文字テクストに加え、ファクシミリ写真、DVDデータをも含む大規模な出版プロジェクトである。二〇一九年秋現在、全四七巻のうち二〇巻が刊行されている。並行して二〇一八年より、ズーアカンプ／インゼル社から、ベルン版全集全三一巻の刊行も始まっている。これまでのズーアカンプ社刊の文庫版全集二〇巻＋ミクログラム六巻を継ぐべく、最新の研究成果をふまえた注釈と解説が付された一般読者向けの全集で、現在では『手紙』三巻、『助手』、『小散文集』、『散文小品集』の計六巻が刊行されている。また、二〇一五年にはメッツラー社から古典作家研究の基盤となるハンドブック・シリーズの一つとして『ローベルト・ヴァルザー・ハンドブック』が刊行され、ヴァルザー研究の現状についても格段に見通しが良くなった。

ドイツ語圏の外でも受容は進んでおり、ヴァルザーの作品は二〇一五年の段階で、アフリカを除く全ての大陸において、三〇を超える言語に翻訳されている。フランス語、英語、イタリア語、スペイン語に続き、作品の翻訳刊行が進んでいる日本においても、二〇二〇年には散文小品集『詩人の生』（新本史斉訳）、散文小品アンソロジー『絵画の前で（仮題）』（若林恵訳）の刊行が、いずれも鳥影社より予定されている。また、二〇二一年には、スイスよりペーター・ウッツ教授に加え、ヴァルザー文書館長レト・ゾルク、パウル・クレー・センター研究員柿沼万里江らを迎え、これまでヴァルザー作品の翻訳出版にかかわってきた、フランツ・ヒンターエーダー＝エムデ、若林恵、松鵜功記らとともに、ヴァルザーとクレーを主題とする国際シンポジウムが、東京、山口などで行われる予定である。このようにヴァルザー読解は世界においても日本においても、なお現在進行形ですすめられている。その通過点の一つとして本書が何らかの役に立つようなことがあれば、望外の喜びである。

本書各章の初出は以下の通りであり、第一部第一章、第三章、第五章は大幅に加筆している。

第一部

序章　「「はじめて書きつけた慣れない手つきの文字」に出会うための散歩――ローベルト・ヴァルザーの『散歩』論」、序章、『ドイツ文学』一一六巻、日本独文学会編、二〇〇四年。

第一章　「二〇世紀のメルヒェンの場所――ローベルト・ヴァルザーの『白雪姫』小論」『詩・言語』四〇号、東京大学大学院・ドイツ語ドイツ文学研究会編、一九九二年。

第二章　「〈母の言葉〉の喪失から生まれる「微笑む言葉」、「舞い落ちる」散文――ローベルト・ヴァルザーの小説『タンナー兄弟姉妹』をその前史から読む」『津田塾大学紀要』

四二巻、二〇一〇年。
第三章　「小説から落伍するイロニー　I——ローベルト・ヴァルザーの『ヤーコプ・フォン・グンテン』論」『外国語科研究紀要　ドイツ語学文学論文集』四二巻一号、東京大学教養学部外国語科編、一九九五年。
第四章　「〈不幸の詩人〉の幸福——ローベルト・ヴァルザーの読むクライスト、ビュヒナー」『ドイツ文学』九一巻、日本独文学会編、一九九三年。
第五章　「「はじめて書きつけた慣れない手つきの文字」に出会うための散歩——ローベルト・ヴァルザーの『散歩』論」一—六章、『ドイツ文学』一一六巻、日本独文学会編、二〇〇四年。
「ローベルト・ヴァルザーの「ミクログラム」論考　I——長編小説『盗賊』における自己言及構造について」『津田塾大学紀要』四一巻、二〇〇九年。

第二部
第一章　『白雪姫』新本史斉訳『スイス文学三人集』所収、行路社、一九九八年。
第二章　「「イメージ」、「意味」、「物語」の／に抗するレトリックを翻訳するために——R・ヴァルザー『白雪姫』の英・仏・日本語翻訳比較」『津田塾大学紀要』三八巻、二〇〇六年。
第三章　「レトリックの翻訳不可能性と演出可能性——生の歓びを描くヴァトーを描くヴァル

ザーのテクストを翻訳する」『津田塾大学紀要』四〇巻、二〇〇八年。

なお、本書の刊行に際しては、津田塾大学二〇一九年度特別研究費による出版助成を受けている。ここに記して深謝したい。

最後にあらためて、畏友ペーター・ウッツ、フランツ・ヒンターエーダー゠エムデ、若林恵に、そして『ローベルト・ヴァルザー作品集』に続くものとして本書の刊行を引き受けてくださった鳥影社の樋口至宏さんに、心より感謝いたします。このような信頼できる、気持ちの良い方々と一緒に仕事ができたのは、ヴァルザーにとっても私にとっても、奇跡のような僥倖であったと思います。ありがとうございました。

著者紹介

新本史斉（にいもと・ふみなり）

1964 年広島県生まれ。専門はドイツ語圏近・現代文学。翻訳論。

現在、津田塾大学教授。

訳書：『ローベルト・ヴァルザー作品集』1 巻、4 巻、5 巻（鳥影社、2010 年、2012 年、2015 年)、イルマ・ラクーザ他編『ヨーロッパは書く』（鳥影社、2008 年、共訳)、ペーター・ウッツ『別の言葉で言えば』（鳥影社、2011 年)、イルマ・ラクーザ『もっと、海を』（鳥影社、2018 年）他。

微笑む言葉、舞い落ちる散文
――ローベルト・ヴァルザー論

二〇二〇年二月二〇日初版第一刷印刷
二〇二〇年三月　五日初版第一刷発行

定価（本体二二〇〇円＋税）

著者　新本史斉
発行者　百瀬精一
発行所　鳥影社
長野県諏訪市四賀二二九―一（編集室）
電話　〇二六六―五三―二九〇三
東京都新宿区西新宿三―五―一二―7F
電話　〇三―五九四八―六四七〇
印刷　モリモト印刷

ISBN 978-4-86265-799-2 C0098